HEYNE <

Das Buch

Sex & Drugs & Rock 'n' Roll! Das war seit der Schulzeit der Traum von Konni, Thomas, Rainer und Bulle. Nun sind die vier in den besten Jahren. Außer ihren Doppelkopfabenden haben sie kaum noch etwas gemeinsam. Jeder hat sich auf seine Weise mit dem bürgerlichen Dasein abgefunden. Schicksalsschläge wie Scheidungen oder der Tod einer Partnerin haben sie ebenso hingenommen wie das tägliche Einerlei ihrer Affären und ihrer Jobs. Aber das kann es doch nicht gewesen sein! Wie wäre es, wenn sie ihren alten Freund Ole aus seinem Berliner Exil zurück nach Bochum holen und mit ihm den alten Jugendtraum wiederbeleben: Als Rockband auf der Bühne zu stehen und die alten Seventies-Klassiker zu röhren. Und die fünf in die Jahre gekommenen Jungs wissen dann auch ganz genau, wo die größte Party steigen muss: auf dem Abi-Treffen, fünfundzwanzig Jahre danach.

Der Autor

Frank Goosen, geboren 1966, hat sich Ruhm und Ehre als eine Hälfte des Kabarett-Duos Tresenlesen erworben. Sein Durchbruch war Liegen lernen, der lange auf den Bestsellerlisten war und erfolgreich verfilmt wurde. *Pokorny lacht* war sein zweiter, *Pink Moon* sein dritter Roman. 2003 erhielt Frank Goosen den Literaturpreis Ruhrgebiet.
Besuchen Sie seine Website www.frankgoosen.de.

Lieferbare Titel

Pokorny lacht – Pink Moon – Weil Samstag ist – Radio Heimat

Frank Goosen

So viel Zeit

Roman

WILHELM HEYNE VERLAG
MÜNCHEN

Für Brandy, Christian, Falo, Pädda und Ralle
Marianne!

Verlagsgruppe Random House FSC® N001967

5. Auflage
Vollständige Taschenbuchausgabe 02/2009

in der Verlagsgruppe Random House GmbH
Neumarkter Straße 28, 81673 München
Printed in Germany

Umschlaggestaltung nach einer Idee von Moni Port:
Nele Schütz Design, München
Satz: KompetenzCenter, Mönchengladbach
Druck und Bindung: GGP Media GmbH, Pößneck
ISBN: 978-3-453-40582-0

www.heyne.de

»Musik ist nicht dazu da, die Welt zu retten.
Musik ist dazu da, dir das Leben zu retten.«
Tony Parsons: Als wir unsterblich waren

Früher

Im Sommer 1982 waren sie davon überzeugt, dass sie niemals sterben würden.

Fünfundzwanzig Jahre später würde einer der vier verlassen auf einer Baustelle sitzen und der vermeintlichen Liebe seines Lebens nachtrauern, der Zweite würde Vater von Zwillingen sein, aber keine Frau mehr haben, der Dritte in alten Unterhosen auf einem Bett in einem billigen Loch sechshundert Kilometer weiter östlich liegen, und der Vierte könnte nachts nicht mehr schlafen. Außerdem würden sie zu fünft sein, denn fünf war die magische Zahl, um die Welt aus den Angeln zu heben und das eigene Leben zu retten, aber das konnten sie damals noch nicht wissen.

1982 waren sie zu viert, und die Sonne stand tief. Es war eine staubige, dunstige Sonne, die jenseits der zwei Kirchtürme am anderen Ende der Stadt unterging. Sie saßen auf dem Bürgersteig und ließen die Flasche kreisen. Konni wischte die Öffnung mit dem Ärmel ab und nippte nur, Rainer hatte die Augen geschlossen, Bulle trommelte einen vertrackten Rhythmus auf seinen Oberschenkeln und Ole drehte sich unendlich langsam eine Zigarette.

Sie hatten sich hier zum »Vorglühen« getroffen, um nicht nüchtern auf ihrer Abiturfeier zu erscheinen. Die Brücke über die Eisenbahnschienen am Lohring lag nicht gerade auf dem Weg zur Schule, wo in der Pausenhalle bereits der Großteil der Stufe versammelt war, aber Konni wohnte hier in der Nähe, und sie waren noch nicht in der Stimmung, sich ins Getümmel zu stürzen.

Rotwein als Grundlage, später würde Bier dazukommen, auch härtere Sachen. Noch vor Mitternacht würden sie betrunken sein. Außer vielleicht Konni, der sich meist etwas zurückhielt. Außerdem interessierte er sich für Michaela Borgfeld und wollte eine gute Figur machen. Die Party heute war die letzte Gelegenheit.

»Sag mal«, meinte Rainer zu Ole, »willst du das Ding irgendwann mal rauchen oder im Museum ausstellen?«

»Eine Zigarette ist wie ein guter Freund«, erwiderte Ole, »man sollte sich füreinander Zeit nehmen.«

»Ich möchte nicht zwischen deinen dürren Fingern stundenlang hin und her gedreht werden«, sagte Bulle.

»Ich kann nicht mehr sitzen«, sagte Konni, erhob sich und stampfte mit dem rechten Fuß auf. »Mein Bein ist eingeschlafen.«

Er ging ein paarmal auf und ab, blieb dann vor dem Metallzaun stehen, der potentielle Selbstmörder davon abhalten sollte, sich ausgerechnet hier auf die Gleise zu werfen, und schaute in Richtung Stadt.

»Findet ihr das eigentlich schön?«, fragte er, ohne sich zu den anderen umzudrehen.

Bulle stand auf und stellte sich neben ihn. »Schön ist nicht das richtige Wort.«

Rainer kam dazu und sagte: »Wenn man sich dran gewöhnt hat, kann man fast alles schön finden.«

Ole blieb sitzen und schwieg, zündete sich aber endlich seine kunstvoll gedrehte Zigarette an.

Nach ein paar Minuten der Stille sagte Konni: »Ist das nicht der Moment, in dem wir uns feierlich ewige Freundschaft schwören müssen? In dem wir uns gegenseitig sagen, dass wir uns in fünfundzwanzig Jahren hier wiedertreffen wollen, um zu sehen, was aus uns geworden ist?«

Fünfundzwanzig Jahre – das war mehr als die Ewigkeit. Sie hatten gerade mal neunzehn Jahre hinter sich, und an die ersten konnten sie sich nicht mehr erinnern. Die Zukunft war der heutige Abend und der anschließende Sommer. Ole und Bulle würden ihren Zivildienst antreten, Konni und Rainer hatten sich für den Bund entschieden.

»Lasst uns gehen«, sagte Ole und stand auf.

Bulle, Rainer und Konni rissen sich von dem Anblick ihrer Heimatstadt los und folgten ihm zum Wagen. Ole hatte sich für den heutigen Abend den Ford Granada seines Onkels ausgeliehen. Rainer und Konni saßen hinten, Bulle auf dem Beifahrersitz. Ole schob die Kassette in den Recorder und Applaus brandete auf. Dann die ersten Töne dieses wunderbaren Orgelmotivs. Allen vieren jagte es einen Schauer über den Rücken. »Child in time« von der nicht zu überbietenden *Made in Japan*. Es waren immer die Live-Platten, die einen umhauten. Dieses Gefühl, dabei zu sein, wirklich das zu kriegen, was man hörte. Und diese unglaubliche Kraft. Wieso sahen Väter und Mütter nicht ein, dass man das nicht leise spielen *konnte*?

Ole fuhr auf dem Ring noch zwei- oder dreimal um die ganze Innenstadt herum, bis die zwölf Minuten, die das Stück dauerte, um waren. Dann bog er in die Straße zur Schule ein. In acht Ohren klingelte jene Stille, die man nur genießen kann, wenn man die Nummer zuvor besonders laut gehört hat. Neun Jahre, Morgen für Morgen. Das war jetzt vorbei. Sie parkten hinten, an der Turnhalle.

Es wurde bereits getanzt, wenn auch verhalten. Peter Oehlke war für die Musik zuständig, und deshalb gab es Chartfutter,

Dutzendware. Gerade lief »Hurra, hurra, die Schule brennt«. Ole, Bulle, Konni und Rainer sahen sich an: Kindergartenmusik. Wieso nicht gleich Andrea Jürgens? Musik mit deutschen Texten – das ging gar nicht. Aber sie hatten Punk überstanden, sie hatten Disco überlebt – sie würden auch die Neue deutsche Welle überleben. Sie waren schon jetzt unmodern, und sie wussten es.

Sie mischten sich unters Volk, unter ihre Mitschüler. Rainer fragte sich, ob er heute noch einmal das Vergnügen haben würde, mit Gisela Kaufmann zu schlafen, bevor man sich aus den Augen verlor. Konni riskierte ein paar Blicke in Richtung Michaela Borgfeld, die mit drei Freundinnen zusammenstand und ihn nicht bemerkte. Bulle holte sich ein Bier und wartete ab. Er hatte hier kein Eisen im Feuer, war solo und nicht daran interessiert, das ausgerechnet heute zu ändern. Er war hier wegen der Musik und des Alkohols und weil man all diese Leute jetzt sehr lange nicht sehen würde.

Das »Festkomitee« – bestehend aus den üblichen Verdächtigen, die sich immer nach vorn drängelten, wenn es Fleißpunkte zu ergattern gab – hatte ganze Arbeit geleistet. In der ansonsten sterilen, kahlen Pausenhalle standen Sofas und Sessel herum, die Fenster waren verhängt, die Beleuchtung *schummrig.* Man konnte es fast *gemütlich* nennen. Peter Oehlke hatte eine ganz anständige Lichtorgel besorgt, und die Boxen schienen einiges auszuhalten. Nichts war so schlimm wie eine Stereoanlage, bei der nach vier Stunden Musik in Partylautstärke die Hochtöner in den Lautsprechern durchknallten oder der Verstärker aufgab.

Ole setzte sich in eine Ecke, rauchte und legte die Handgelenke auf die angezogenen Knie. Er wartete. Auf Dora.

Man spürte es, wenn sie da war, auch wenn man sie nicht sah.

Sie veränderte die Chemie in einem Raum, die Zusammensetzung der Luft, das Licht. Auch Ole wurden entsprechende Fähigkeiten nachgesagt. Ole war cool. Für ihn war dieses Wort erfunden worden. Ihm schien egal zu sein, was um ihn herum passierte. Er drängte sich nie nach irgendetwas oder irgendwem. Er war der Prophet, und der Berg kam zu ihm, nicht umgekehrt. Er war die unumstrittene Autorität in musikalischen Angelegenheiten, in politischen Fragen und Belangen des allgemeinen Benehmens. Wenn man darum bat, sagte er einem, welche Platten gut und welche zu vernachlässigen waren; ob man auf eine Demo gehen sollte oder nicht; ob man Puma-Turnschuhe zu engen Jeans tragen konnte oder nicht. (Konnte man nicht. *Adidas Allround* waren die einzige Möglichkeit.)

Ole und Dora waren das logische Paar. Auch wenn man sich nicht vorstellen konnte, wie sie miteinander alt würden. Man konnte sich nicht mal vorstellen, dass sie überhaupt alt würden. Ole würde noch mit siebzig seine Nato-Kampfjacke tragen, die engen Jeans und das schwarze T-Shirt. Er würde immer so hager und hohlwangig sein wie jetzt. Dora würde immer außerirdisch sein. Lange, blonde Haare, die nicht von dieser Welt waren. Ihre Nase, ihre Augen, ihre Wangenknochen, all die Details ihrer äußeren Erscheinung waren für die Ewigkeit gemacht. Sie gehörte zu den Frauen, die man sehen muss, die man nicht beschreiben kann.

Es war nicht ganz klar, was zwischen Ole und Dora lief. Man sah sie zusammen reden, man sah sie, wie sie die Straße entlanggingen, oder wie sie zusammen im Auto saßen. Doch niemand hatte jemals gesehen, wie sie sich berührten. Nie wären sie auf die Idee gekommen, sich zu küssen, wenn andere zusahen. Nicht mal Bulle, Rainer und Konni hatte Ole Näheres erzählt.

Dora war jetzt da. Es gab keinen Fanfarenstoß. Aus den Boxen dröhnte »Tainted Love«. Die anderen Mädchen fühlten sich hässlich, die Jungs dumm.

Zeit verging. Draußen wurde es dunkel. In der Pausenhalle war es warm. Sogar Ole tanzte. Bulle hatte in die musikalische Gestaltung des Abends eingegriffen. Es lief »Starstruck« von Rainbow. Oles Bewegungen verrieten, dass er jede einzelne Note des Stückes kannte. Dora stand abseits, mit einer Flasche Bier in der Hand, und sah ihm zu.

Mehr Zeit verging. Es wurde spät und später. Bulle und Rainer waren betrunken. Auch Konni hatte genug. Vor allem von sich selbst. An Michaela Borgfeld war kein Rankommen. Ole hatte eine Flasche Tequila in der Hand. Er trank das Zeug ohne Salz und ohne Zitrone.

Irgendwann, endlich, saßen Ole und Dora zusammen auf einer Matratze im Schülercafé und tranken aus derselben Flasche. Dann tanzten sie eng umschlungen zu »Since I've been loving you«. Alle durften zusehen. Bulle trank, Konni fielen die Augen zu, Rainer knutschte mit einem Mädchen herum, das nicht auf ihrer Schule war und dessen Namen er nicht kannte.

Der Hofstaat durfte nicht zu Bett gehen, solange das königliche Paar wachte.

Und dann gingen sie nach draußen, Hand in Hand.

»Wo wollen die hin?«, fragte Bulle.

Konni öffnete die Augen. Rainer ließ ab von dem unbekannten Mädchen und sagte: »Keine Ahnung.«

Bulle stieß Konni an. Rainer stand auf. Sie gingen nach draußen. Ole und Dora waren schon beim Ford Granada angekommen.

»Der will doch wohl nicht fahren, so besoffen wie der ist«, sagte Bulle.

»Ole ist nie besoffen«, entgegnete Rainer. »Ole ist nur anders.«

Zu dritt standen sie am Straßenrand wie Fußvolk, als das königliche Paar in seiner schäbigen Kutsche in die Nacht hinausfuhr. Es war die letzte Nacht ihrer Schulzeit. Die letzte Nacht, in der sie unsterblich waren.

Jetzt

1

Konni bekam keinen Stich. Er warf die Karten auf den Tisch und seufzte. Früher hatte er diese Runde dominiert, war immer ganz vorn dabei gewesen, und zweimal war sein Name auf dem Sockel des kleinen Pokals, den sie nun im achten Jahr ausspielten, eingraviert worden. In den letzten Monaten kriegte er jedoch fast ausschließlich schlechte Blätter auf die Hand, und wenn es mal nicht ganz so schlimm war, spielte er katastrophal, bediente falsch, ließ sich die Herz-Zehn rausziehen oder hielt die abgeworfenen Fehl nicht nach. Außerdem waren seine Ansagen zu zaghaft. Bevor er sich mal zu einem »keine 90« durchrang, musste er sich schon sehr sicher fühlen, und in letzter Zeit war er sich bei gar nichts mehr sicher: Nur ein Pik und kein Kreuz, ich kann rauskommen, den einen einsacken und den anderen mit dem Fuchs mitnehmen. Was aber, wenn einer der anderen fünf Kreuz hatte, der andere drei, und sein, Konnis, Fuchs abgestochen würde? Und wie oft hatte er schon sein blankes Ass verloren und sich schwarzgeärgert, weil er zu viel angesagt hatte? Er wusste, dass er zu viel nachdachte, konnte aber nichts dagegen tun. Ein Solo hatte er bestimmt seit einem Jahr nicht mehr gespielt.

Im letzten Spiel war er chancenlos gewesen. Nur ein einziger Trumpf höher als Herz-Bube, und das war eine schlappe Karo-

Dame gewesen, über die Rainer mit einer Herz-Dame drübergegangen war. Bulle hatte zwar eine Herz-Zehn gehabt, die aber auf einen Stich verschwendet, in dem ansonsten nur Bilder gewesen waren. Rainer und Thomas ergötzten sich noch einmal an diesem Spiel, rühmten ihre Cleverness, obwohl es keine große Leistung gewesen war, gegen solche Katastrophenblätter zu gewinnen. Keine Sechs, keine Neun, angesagt, keine Zwölf, angesagt, zwei Extrapunkte (Fuchs gefangen, Charlie), verdoppelt durch Rainers »Re« – das machte zusammen vierzehn. Rainer hatte die letzten beiden Jahreswertungen souverän gewonnen und lag auch heute, im ersten Spiel des neuen Jahres, wieder uneinholbar vorn.

Es war wohl wegen des Anbaus. Er sollte »Pik-Dame« denken, dachte aber »Estrich«. Im Religionsunterricht predigte er Gewaltverzicht, sollte aber der Papst zu einem Kreuzzug gegen Architekten und Bauunternehmer aufrufen, wäre Konni in vorderster Linie dabei. Na gut, vielleicht nicht in vorderster Linie, das war nicht sein Stil. Eher weiter hinten, dafür mit grimmigem Gesicht. Auch einer Exkommunizierung von Maurern und Dachdeckern würde er mit Freuden zustimmen, aber wahrscheinlich waren das sowieso alles Protestanten.

Thomas stand auf und ging zur Toilette. Konni lehnte sich zurück. Das konnte dauern. Wahrscheinlich nutzte Thomas die Gelegenheit, noch ein wenig zwischen Tür und Angel mit Corinna zu streiten, die achtzehn Jahre jünger war als Thomas, 21 Jahre jünger als Konni, kaum älter als seine Schülerinnen. So etwas war doch peinlich!

Bulle und Rainer tranken Bier und dachten wohl über das Spiel nach. Vielleicht dachten sie auch an Corinna oder an ihre Frauen oder ihre Arbeit. Manchmal entstanden diese merkwürdigen Pausen, in denen keiner von ihnen was sagte, meistens, wenn einer aus dem Raum war.

Plötzlich stand Thomas wieder in der Tür, viel schneller, als Konni gedacht hätte.

»Habt ihr heute Morgen Zeitung gelesen?«, fragte Thomas im Hinsetzen. »Da ist ein Dreijähriger von der Polizei an einer Bushaltestelle aufgegriffen worden, der hatte nur Windeln und ein T-Shirt an. Seine Mutter war auf der Arbeit, und ihr Lebensgefährte hat geschlafen, da ist der Kurze stiften gegangen.«

»Lebensgefährte, alles klar!«, sagte Konni.

»Still, Leute«, sagte Bulle, »Papst Benedikt der Siebzehnte verkündet seine Sozialcharta.«

»Enzyklika, wenn überhaupt!«

Konni fing an zu mischen. Es ging auf Mitternacht zu, und sie hatten noch zwei Runden zu spielen. Sie kriegten es einfach nicht hin, pünktlich um halb sieben anzufangen. Selten ging es vor halb acht los. Außerdem hatten sie sich beim Essen wieder verquatscht.

Die Karten waren abgegriffen und klebten aneinander.

»Die Karten pappen!«, sagte Konni.

In unterschiedlichen Graden von Freundlichkeit wurde er von den anderen darauf hingewiesen, dass er sich heute Abend schon mehrfach beschwert habe. Ihr Ton gefiel ihm nicht. Sie gaben sich amüsiert, als wäre er ein bemitleidenswerter Irrer, der sich an Kleinigkeiten hochzog, dabei war es ein Fakt, dass man diese Karten nicht ordentlich mischen und folglich auch nicht korrekt austeilen konnte. Wenn es nach ihm ginge, müsste festgelegt werden, dass mit einem Kartensatz höchstens dreimal gespielt werden durfte.

Beim Austeilen war Konni in Gedanken bei der Wohnzimmerwand, die wieder hatte eingerissen werden müssen, weil sich die Pläne auf dem Weg vom Architekten zu den Bauarbeitern auf wundersame Weise verändert hatten. Zwanzig Zentimeter! Ein Witz, über den er noch immer nicht lachen konnte, obwohl das jetzt schon einige Wochen zurücklag. Anfangs hatte Michaela sich damit auseinandergesetzt, hatte jeden Morgen mit den Bauarbeitern die Pläne auf ihre Richtigkeit geprüft und sich damit den Ruf einer peniblen Zicke eingehandelt, was sie aber nicht gestört hatte. Konni kriegte das nicht hin. Ihm konnten sie auf der Nase herumtanzen, und er sagte auch noch danke. Wieso konnte er sich nicht da hinstellen und die Leute zur Schnecke machen? Stattdessen stand er da und fragte sich, wieso ihnen das alles völlig egal war, denn das war es. Den Architekten interessierte es nicht, weil er sich bei einigen seiner Entwürfe nicht hatte durchsetzen können, aber er musste darin ja auch nicht wohnen. Und die Bauarbeiter interessierte es nicht, weil sie Konni das ganze Haus nicht gönnten, nicht in dieser Größe und nicht in dieser Lage, direkt am Wald, in einer ruhigen, wenig befahrenen Straße, umringt von anderen gepflegten Eigenheimen mit Basketballkörben in der Garagenauffahrt, ein Idyll aus Stein und Asphalt, Rasenstücken, Rhododendren und Kindergeschrei. Anstatt froh zu sein, dass er, Konni, mithalf, ihren Arbeitsplatz zu sichern, sahen sie ihn an, als hätte er das Geld für diesen Anbau nicht teuer von der Bank geliehen, sondern ihnen und ihren Familien aus der Tasche gezogen.

Er stand einfach nicht über den Dingen, das kriegte er nicht hin.

Was er auch nicht hinkriegte, war das Austeilen. Er hielt inne und stellte fest, dass er nur noch zwei Karten in der Hand hatte. Rainer brauchte aber noch drei.

»Ich glaube, ich hab mich vergeben«, sagte er so ruhig wie möglich.

Alle zählten durch. »Ich hab dreizehn! Und alle schon gesehen!«, rief Bulle und warf die Karten auf den Tisch. »Konzentrier dich doch mal! Das war mein erstes gutes Blatt heute Abend.«

Das war natürlich Unsinn, schließlich lag Bulle auf Platz zwei. Aber der war ja nie mit irgendwas zufrieden.

Rainer nahm die Mappe mit dem Spielprotokoll vom Boden auf und notierte einen Straf-Euro für Konni, der gleich mal nachfragte, was denn eigentlich mit dem ganzen Geld passiere, das sie am Ende jedes Spielabends für ihre diversen Verfehlungen zu zahlen hatten. Rainer beugte sich vor und legte Konni eine Hand auf den Unterarm. Durch den Alkoholkonsum im Laufe des Abends hatte sich sein leichter Silberblick verschärft. »Damit«, sagte er im Tone eines Familienvaters, der seinem begriffsstutzigen Sohn geduldig ein neues Spiel erklärt, » gehe ich nachher noch schön in den Puff!«

Thomas blickte auf das Protokoll. »Ich denke mal, für drei Euro kriegst du nicht mal die Rita, und die ist achtzig und braucht das Geld richtig dringend.« Der Uhrzeit angemessen wurde nur müde gelacht.

Na ja, legte Thomas nach, wenn sie erst mal ihre Band hätten, bekämen sie mehr auf den Zapfen, als ihnen lieb sein könnte.

Konni sah auf die Uhr. So lange wartete Thomas üblicherweise nicht, um diesen Running Gag zu bringen. Vor zwei Jahren etwa war ihm aufgefallen, dass sie zu viert eine prima Rockband abgeben würden. Bis auf ihn, Konni, gaben alle zu, früher mal davon geträumt zu haben. Betrunken grölend während der langen Rockpalast-Nächte mit Rory Gallagher und Little Feat, Paul Butterfield und Ten Years After, Patti Smith und Johnny Winter. Außer Konni hatten alle schon mal ein

Instrument gespielt, Bulle hatte sogar mal eine Band auf die Beine zu stellen versucht, die aber 1978 oder 79 nach nur einem Konzert bei einem Schulfest wieder auseinandergebrochen war, weil sich die Mitglieder nicht auf die musikalische Richtung hatten einigen können, wobei die Bandbreite der Vorstellungen von traditionellem Blues über Hard Rock bis hin zu Art Rock à la Yes oder King Crimson gelegen hatte.

»Wie oft soll ich es dir noch sagen«, gab Rainer zurück, »zu viert ist man nur eine Band, keine Rockband. Zu viert ist man Beatles. Erst zu fünft wird man zu Deep Purple.«

»Led Zeppelin waren zu viert!«

»Wenn der Pauker sich noch ein paarmal vergibt«, sagte Bulle, »haben wir jedenfalls genug Zeit, berühmt und wieder vergessen zu werden.«

»Mit Ole wären wir fünf«, sagte Rainer. »Dann wäre hier auch ein wenig mehr Zug in der Runde. Nicht so viel Gelaber, nicht so viel Schlamperei.«

Stille breitete sich aus. Nur das Flappen der Karten, die Konni mischte wie ein Besessener, war zu hören. Mit Ole wären wir fünf, dachte er. Mit Ole wären wir mehr als fünf. Ole fehlte an allen Ecken und Enden. Ich muss ihn mal wieder anrufen. Wir haben ihn ein wenig sich selbst überlassen. Und es wissen doch alle, dass das Ole nicht guttut.

Unauffällig blickte Konni in die Runde. Er sah ihnen an, dass sie alle an Ole dachten. Und dass sie alle ein schlechtes Gewissen hatten. Es war nicht leicht mit Ole. Aber ohne ihn war es noch schlimmer. Seit er nach Berlin gegangen war, fehlte was. Herrgott, was hatten nur immer alle mit Berlin?

Konni ließ Rainer abheben und teilte aus.

»Vorbehalt!«, sagte Bulle und steckte seine Karten um. »Nacktes Solo. Oder bietet jemand mehr?«

Alle stöhnten auf. Rainer warf einen Blick auf den Spielstand. Wahrscheinlich um nachzusehen, wie viele Punkte er noch Vorsprung hatte auf Bulle und ob der mit einem hoch gewonnenen Solo noch Rainers Tagessieg gefährden konnte.

Während Bulle nachdachte, wie hoch er ansagen konnte, ließ Konni seinen Blick schweifen. Die roten Wände, der alte, runde Tisch, die zusammengewürfelten Elektrogeräte, Omas Küchenschrank – hier sah es aus wie in einer Studenten-WG. Jedenfalls stellte sich Konni ungefähr so eine WG vor. Für ihn war das nie in Frage gekommen. Unter der niedrig hängenden Küchenlampe, die den Tisch beleuchtete, sammelten sich bläuliche Nikotinschwaden. Konni ging durch den Raum und öffnete das Fenster. Corinna würde sich trotzdem beschweren. Halbherzig hatte Thomas die anderen das letzte Mal gebeten, weniger oder gar nicht zu rauchen, dann aber eingesehen, dass das Unsinn war. Selbst ihm als Nichtraucher würde etwas fehlen, hatte er zugeben müssen.

Bulle brachte sein Solo knapp durch, konnte aber nicht verhindern, dass die anderen im letzten Stich noch zu einem Doppelkopf kamen, weil er bis zuletzt gehofft hatte, auf die zweite Pik-Zehn noch einen Stich zu kriegen, um die anderen unter neunzig zu halten. Rainer aber hatte aufgepasst und außerdem ausreichend Pik auf der Hand gehabt, so dass er sich das Ass bis zuletzt hatte aufsparen können.

»Nullspiel«, stellte Bulle selbst fest.

Rainer trug jedem einen Strich ein. »Bockrunde. Da ist noch alles drin!«

Konni setzte sich wieder hin. Eine Bockrunde war eigentlich die Gelegenheit, Boden gutzumachen, aber so, wie es zurzeit lief, würde er leer ausgehen und weit abgeschlagen Letzter werden.

»Mach doch mal einer das Fenster zu«, sagte Bulle. »Da ist mir zu viel Januar in der Luft.«

Thomas stand auf und schloss das Fenster.

Früher hatten sie zu fünft gespielt, obwohl der Geber dann immer hatte aussetzen müssen. Dann war Ole nach Berlin gegangen, und sie hatten zu viert weitergemacht. Jetzt musste niemand mehr aussetzen. Trotzdem kamen sie nicht schneller voran, weil sie weniger diszipliniert spielten als früher. Das wäre mit Ole nicht passiert, der immer darauf geachtet hatte, dass jeder das Spiel ernst genug nahm.

Mit Ole, dachte Konni, wären wir wieder Deep Purple. Er erinnerte sich an Partys in Kellerbars und Gemeindezentren. Jon Lords Orgel. Es stimmte schon, ohne ging nicht. Rainer hatte ein Keyboard zu Hause stehen. Soviel Konni wusste, spielte er regelmäßig darauf. Aber was sollte das alles! Er selbst hatte nie wieder ein Instrument angefasst, nachdem er im Alter von neun Jahren der Blockflöte abgeschworen hatte.

Rainer, der Keyboarder, musste jetzt geben.

Die ersten drei Karten, die Konni aufnahm, waren Neunen, und der Rest war auch nicht besser. Genauso ging es weiter. Einzig im miesesten Spiel der ganzen Bockrunde, als nur vier Punkte vergeben wurden, weil niemand den Mut gehabt oder die Notwendigkeit gesehen hatte, was anzusagen, konnte er zusammen mit Thomas gewinnen. Bis gegen elf hatten die anderen ihn aufgezogen, weil es so schlecht lief. Jetzt hatten sie ehrliches Mitleid mit ihm und zählten die lange zurückliegenden Abende auf, an denen es ihnen ähnlich gegangen war.

Es war fast eins, als sie Thomas mit dem Chaos in der Küche allein ließen. In Konnis Passat zerrissen sie sich ein wenig das Maul über Corinna, wobei Bulle und Rainer sich einig waren, dass sie so einer schon gerne mal die Körpertemperatur würden messen wollen, sie aber unmöglich länger als unbedingt notwendig in der Wohnung haben wollten. Rainer nickte, und Konni seufzte hörbar. Männer Mitte vierzig. Wo andere ein Gehirn hatten, war bei ihnen noch immer ein großer Schulhof, jedenfalls nachts um eins, jenseits von 1,0 Promille.

»Wenn wir die Band hätten«, meinte Rainer, »hätten wir ständig diese jungen Dinger am Hals.«

»Ich habe keinen Hals«, sagte Bulle, dessen massiger Körper den Beifahrersitz unsichtbar machte.

»Die sind wie Egel«, sagte Rainer, »die saugen sich fest, wo sie Platz finden.«

Konni wollte wissen, woher Rainer seine Kenntnisse beziehe, und kriegte zur Antwort, das sei allgemein bekannt.

Ein paar Sekunden schwiegen sie.

»Ich kann ja nicht mal ein Instrument spielen«, gab Konni zu bedenken.

Bulle rülpste und brachte darin das Wort »Bass« unter. »Wir bringen dir das Bassspielen bei. Ist keine große Sache. Bisschen zupfen, das kriegst du ja wohl hin.«

»Der ist katholisch, der darf das nicht!«, warf Rainer ein.

»Schnapsidee!«, sagte Konni. »Als wenn einer von uns Zeit für eine Band hätte. Zumal in unserem Alter. Mir ist doch der Kühlschrank schon zu laut.«

Er setzte die anderen vor ihren unterschiedlich großen Einfamilienhäusern ab, Bulle vor dem umgebauten Bergarbeiterhaus mit den kleinen Räumen und den niedrigen Decken und Rainer vor diesem ausufernden Neubau mit dem schwarzen Marmor im Eingangsbereich.

Kurz darauf parkte er vor dem kleinen, geklinkerten Siedlungshaus aus den Sechzigern, das er von einer Tante geerbt hatte und das er zusammen mit Michaela durch einen doppelt so großen Anbau kindgerecht hatte vergrößern wollen. Der Rohbau stand, Michaela war weg. Das Haus und die Baustelle lagen im Dunkeln wie ein Denkmal seines Scheiterns.

Er stieg die drei Stufen zur Eingangstür hoch und nahm seinen Hausschlüssel aus der Tasche. Bulle hatte ihm geraten, es so zu sehen, dass Michaela viel mehr verloren hatte als Konni, der froh sein könne, dass sich das hinterhältige Miststück aus dem Staub gemacht habe, bevor sie schwanger geworden sei. Nun, das hatte sie ziemlich fix nachgeholt. Keine drei Wochen war sie mit diesem hässlichen Orthopäden zusammen gewesen, als sie auch schon Vollzug melden konnte. »Ich wette«, hatte Bulle gesagt, »die hat sich von dem schon bumsen lassen, als sie noch bei dir die Pläne korrigiert hat, die Schlampe!« Konni beneidete Bulle um die Fähigkeit, sich so aufzuregen. Bulle war zornig für sie beide gewesen, die anderen hatten ihm ihr Mitgefühl ausgedrückt, sich um ihn gekümmert und versucht, ihn aufzuheitern, aber die heilsame Portion Hass war von Bulle gekommen.

Konni steckte den Schlüssel von innen ins Türschloss und schloss zweimal ab. Dann ging er durch die Brettertür in den Anbau hinüber. Er ging von Zimmer zu Zimmer und malte sich aus, wie sie ausgesehen hätten. Jetzt würden sie leer stehen. Aber den Anbau zu stoppen und abreißen zu lassen, wäre auch unsinnig.

In dem, was mal das Wohnzimmer hätte werden sollen, setzte er sich auf den Boden und rauchte. Kurz bevor sie bei Thomas aufgebrochen waren, hatte er sich noch eine von Bulle geben lassen. Er schlug den Kragen seines Mantels hoch und verschränkte die Arme vor der Brust, um sich zu wärmen. Es zog hier noch an allen Ecken und Enden.

Über ihm hing diese Papierlaterne, mit der er früher als Kind losgezogen war, beim Martinszug durch Wiemelhausen. Über ein langes Kabel wurde sie mit Strom versorgt. Wenn er abends das Haus verließ, knipste er sie an und ließ sie brennen, bis er nach Hause kam. Auch drüben, im »Haupthaus«, ließ er immer eine Lampe an. Vorgeblich, um Einbrecher abzuschrecken. Tatsächlich aber mochte er es einfach, wenn er zurückkam und das Haus nicht völlig dunkel war.

Die Papierlaterne war, wiewohl mehr als dreißig Jahre alt, in ausgezeichnetem Zustand und stellte einen knallgelben Mond dar, auf einem nachtblauen Hintergrund. Das Mondgesicht hatte große, fröhliche Augen, eine kleine Nase und ein freundliches, breites Lächeln. Er hatte das Ding an seinen Sohn oder seine Tochter weitergeben wollen. Daraus würde nun nichts werden.

Schon in der Schule war er in Michaela verliebt gewesen, hatte sich aber nicht an sie herangetraut. Noch auf der Abiturfeier hatte er sie von weitem angeschmachtet, aber nichts unternommen. Erst fünfzehn Jahre später waren sie sich wieder über den Weg gelaufen, und plötzlich hatte es gefunkt. Nach zehn weiteren Jahren war Michaela aufgefallen, dass er zu langweilig für sie war. Bis dahin hatte sie gerade die Verlässlichkeit an ihm gerühmt, dann aber stillschweigend das Anforderungsprofil für ihren zukünftigen Ehemann und Vater ihrer Kinder geändert und festgestellt, dass Konni es nicht erfüllte. Sie brauche Spaß, Aufregung, Risiko, ein wenig Nervenkitzel, und das schien ihr dieser Früh-Ergraute mit dem Alfa Spider zu bieten. Früher hatte sie zu Konni gesagt: *Bei dir fühle ich mich geborgen*, und irgendwann war daraus ein *Bei dir schlafe ich ein* geworden. Jahrelang hatte sein katholisches Herz sich damit abgefunden, dass sie nicht heiraten wollte. Was die Sache am Ende allerdings auch einfacher gemacht hatte, jedenfalls die äußeren Abläufe. Sie hatte angerufen, ihn gebeten, sich einen Nachmittag lang im Haus nicht blicken zu lassen, und als er abends zurückgekommen war, waren ihre Sachen aus den Regalen und Schränken verschwunden, und der Hausschlüssel hatte auf dem Küchentisch gelegen.

Er schnippte die Zigarette durch die Fensteröffnung in den Garten hinaus, knipste den Mond aus und ging wieder hinüber.

Nach der Abendtoilette, während der er mehrmals seine Haare nach hinten zog, um mit gelindem Entsetzen das Zurückweichen seines Haaransatzes zu überprüfen, legte er sich ins Bett, stöpselte den Kopfhörer in die Mikroanlage auf dem Nachttisch und überließ sich der Anniversary Edition von *Deep Purple in Rock*, sprang gleich zur Nummer drei, Child in time. Englisch war nie sein Fach gewesen. Und schon in deutschen Gedichten waren ihm die Metaphern auf die Nerven gegangen, weil er sie nicht begriff. Auch hier hatte er keine Ahnung. Er wusste nicht, was das sein sollte, ein Kind in Zeit, das die Linie sehen wird, die zwischen Gut und Böse verläuft, mal ganz abgesehen von dem blinden Mann, der auf die Welt schießt. Kugeln fliegen, *taking toll*? Die Orgel. Er verstand das nicht, aber er fand es großartig. Doch es war völlig unmöglich, so etwas selbst auf die Beine zu stellen.

2

Obwohl er sie gebeten hatte, sich im Hausflur still zu verhalten, polterten sie die Treppe hinunter wie ein zufriedenes Sondereinsatzkommando nach einer erfolgreichen Razzia. Thomas schloss die Tür und fing an, die Küche aufzuräumen. Er warf die leeren Zigarettenpackungen in den Müll, leerte die Aschenbecher und verschnürte die Plastiktüte, weil er den Gestank nicht ertragen konnte.

»Sind sie endlich weg?«

Thomas fuhr herum. Corinna stand im Türrahmen, die Arme vor der Brust verschränkt.

»Sieht ganz so aus.«

»Das wird auch jedes Mal länger.«

Was wusste sie denn! Sie spielten reihum bei einem von ihnen zu Hause, das heißt, jeder war nur alle vier Monate Gastgeber, und für den Jahresabschluss zwischen Weihnachten und Neujahr gingen sie in eine Kneipe. Nicht ganz ein Jahr wohnte Corinna jetzt bei ihm, und erst zum zweiten Mal hatten sie heute hier gespielt.

»Wenn ich euch da sitzen sehe …«

Thomas stellte Konnis und Rainers Glas in die Maschine. Bulle und er tranken aus der Flasche. »Was ist dann?«, fragte er.

»Ihr nehmt den Scheiß so ernst.«

Thomas ließ Wasser in die Spüle und gab einen Spritzer Spülmittelkonzentrat hinzu. Während das Wasser lief, räumte er die drei kleinen Cognacschwenker, aus denen Bulle, Rainer und er Veterano getrunken hatten, in den Geschirrspüler.

»Schnaps?«, fragte Corinna.

»Spanischer Brandy.«

»Ach so, na dann ist es ja nicht so schlimm.«

»Was geht dich das an?«

»Es stinkt hier tierisch nach Zigaretten. DAS geht mich was an.«

»Das Fenster ist auf, und gleich zünde ich eine Duftlampe an.«

»Prima, dann stinkt es morgen wieder den ganzen Tag nach Zitrone.«

Thomas begann, die Aschenbecher zu säubern, und nahm sich vor, die Spülbürste hinterher wegzuwerfen. Die restliche Asche schwamm im Wasser, und ihm fiel auf, dass er die große Platte, auf der er die Brötchen gestapelt hatte und die nicht in die Maschine passte, noch nicht gespült hatte. Seufzend zog er den Stöpsel, ließ frisches Wasser nachlaufen und wartete auf eine Bemerkung von Corinna, doch die sagte nichts. Er drehte sich um, sie war weg. Es war nicht ihre Art, Dinge auszudiskutieren. Andererseits gab es nichts zu diskutieren. Er nahm den Besen aus der kleinen Abstellkammer und fegte ein wenig durch. Für den Staubsauger war es zu spät, den hörte man im ganzen Haus.

Er sah auf die Uhr. Halb zwei. Er war noch nicht müde und goss sich einen weiteren Veterano ein. Er hatte schon drei oder vier getrunken, dazu ein paar Bier, aber seit Corinna bei ihm wohnte, war er wieder besser im Training. In den Jahren davor hatte er es einigermaßen reduzieren können, jetzt lief es wieder hinein ohne Widerstand.

Er setzte sich an den Laptop, der auf einem Tisch unter dem Fenster stand, und rief die Datei auf, an der er zuletzt gearbeitet hatte.

Ihre langen blutroten Fingernägel umspielten ihre Brustwarzen, die sich vor Erregung aufgerichtet hatten. Sie hob ihre festen Brüste an ihren Mund und begann mit geschlossenen Augen daran zu lutschen. Pedro fiel auf die Knie und vergrub seinen Kopf in ihrem wild wuchernden Schamhaar. Sie seufzte wohlig und

Weiter war er nicht gekommen, weil ihm eingefallen war, dass Zielek das mit dem wild wuchernden Schamhaar nicht gefallen würde. *Sauber gestutzt* musste es sein oder, noch besser, komplett abrasiert. Das war der gängige Chic, aber Thomas hatte seine ersten Erfahrungen mit Pornographie in den Siebzigern gemacht, als es noch natürlich sprießen durfte.

Ihre langen blutroten Fingernägel umspielten ihre Brustwarzen, die sich vor Erregung aufgerichtet hatten. Sie hob ihre festen Brüste an ihren Mund und begann mit geschlossenen Augen daran zu lutschen. Pedro fiel auf die Knie und vergrub seinen Kopf in ihrem sauber gestutzten Schamhaar. Sie seufzte wohlig und

Nein, das war Unsinn. In etwas sauber Gestutztem konnte man seinen Kopf nicht vergraben.

Pedro fiel auf die Knie und fuhr mit seiner Zunge über den bleistiftdünnen Strich, der von ihrem gestern noch wild wuchernden Schamhaar übrig geblieben war.

Zielek wäre das wahrscheinlich zu kompliziert formuliert, aber so ging es erst mal. Nein, der Mann durfte nicht Pedro heißen. Ein deutscher Geschäftsmann musste es sein, der vor der sinnlichen Juanita in die Knie ging. Thomas änderte den Namen des Mannes und überlegte, ob sie ihn wegstoßen sollte, so dass er auf den Rücken fiel, damit sie sich über sein Gesicht hocken konnte, denn darauf, das wusste Thomas, fuhr Zielek ab, doch bevor er es hinschreiben konnte, spürte er eine Hand auf seiner Schulter.

»Musst du so spät noch arbeiten?«

Ihre Stimme war jetzt ganz anders, weich, versöhnlich, einschmeichelnd. Vielleicht brauchte sie wieder Geld. Er klappte den Laptop zu und fragte sich, wie lange sie da schon gestanden hatte. Sie fuhr mit ihren Händen über seinen Oberkörper und knabberte an seinem Ohrläppchen. Er hatte eigentlich vorgehabt, sich im Bad noch schnell einen runterzuholen, aber das würde jetzt nicht mehr nötig sein.

Sie knöpfte sein Hemd auf und sagte: »Komm ins Bett, ja?«

»Jetzt sofort?«

Offenbar ging sie davon aus, dass sie ihn noch nicht überzeugt hatte, denn entgegen ihrer üblichen Gewohnheit entschuldigte sie sich plötzlich für ihr Genörgel vorhin in der Küche. Sie schob ihm ihre Zunge ins Ohr, und er fragte sich, wann er das letzte Mal Q-Tips benutzt hatte. Er stand auf, und sie stellte sich auf die Zehenspitzen, um ihn zu küssen. Dann leckte sie sich übertrieben die Lippen und lachte, um zu unterstreichen, dass sie es ironisch meinte. Ihre kurzen, gänzlich auf Farbe verzichtenden Fingernägel umspielten die erigierten Warzen ihrer Brüste, die Thomas in einem Text für Zielek als »klein und fest« hätte bezeichnen müssen. Sie würde sie nicht bis an den Mund heben können, aber vielleicht wollte sie ihm auch nur mitteilen, dass sie gelesen hatte, was er da schrieb. Sie stieg aus ihrem weißen Slip, ein perfektes, dunkles Dreieck zwischen den Schenkeln, und schmiegte sich an ihn. Sie nahm seine Hände und legte sie auf ihren Hintern.

Dreiundzwanzig, dachte Thomas. Das Alter war in Ordnung, nur das Mädchen dazu war so anstrengend. Hieß es denn nicht immer, die jungen Frauen seien heute so zielorientiert, kreativ und vernünftig? Kürzlich hatte er im SPIEGEL einen Artikel über junge Frauen in Führungspositionen gelesen. Die 24-jährige promovierte Juristin mit hochgesteckten

Haaren hatte ihn besonders interessiert. Zauberhaft hatte sie ausgesehen in ihrem Businesskostüm und mit dieser strengen Brille auf der perfekten Nase. Er hatte an eine Fotostrecke im *Penthouse* denken müssen und sich gefragt, was diese junge Frau unter dem Kostüm trug (eine Frage, auf die er keine ehrliche, sondern allenfalls eine aufreizende Antwort akzeptiert hätte) und ob sie zu Hause so leidenschaftlich war wie im Beruf erfolgreich. Wieso war er nicht an eine solche geraten? Eine, die ihm helfen konnte, sein Leben in Ordnung zu bringen. Eine, die ihn dazu brachte, dass er wieder etwas schrieb, das andere lesen wollen, nicht nur Wichsvorlagen.

Weil Frauen wie diese nicht an Männer wie ihn gerieten. Deshalb waren sie ja so erfolgreich.

Corinna ging jetzt vor ihm in die Knie und zog seinen Reißverschluss herunter. Damit hatte sie ihn, und das wusste sie. Achtzehn Jahre Unterschied. Er könnte ihr Vater sein. Aber daran wollte er nicht denken, während sie mit ihrem 23-jährigen Mund tat, was sie gerade tat.

Eine Dreiviertelstunde später war er noch immer wach. Corinna schlief. Auf der Straße dröhnte ein Lastwagen vorbei, und Thomas stand auf. Er sah sich im Zimmer um und beschloss einmal mehr, morgen auf jeden Fall aufzuräumen. Die missbilligenden Blicke der anderen waren ihm nicht entgangen. Er hasste es selbst, wie es hier aussah. Er hatte schon immer Schwierigkeiten gehabt, seinen Stall sauber zu halten, aber seit er mit »diesem jungen Mädchen« zusammenlebte, waren alle Dämme gebrochen. Am liebsten hätte er jeden Tag den einen Satz zu ihr gesagt, der, aus dem Munde seiner gestressten Mutter, der Soundtrack seiner Kindheit gewesen war: *Ich habe keine Lust, ständig hinter dir herzuräumen!*

Aber da war seine Mutter schon keine dreiundzwanzig mehr gewesen, und wie geschickt sie in Fellatio war, hatte ihn nie interessiert.

Er ging wieder ins Wohnzimmer, nahm den iPod, der im Dock auf dem Verstärker der Yamaha-Anlage stand, fand die Kopfhörer auf seinem Schreibtisch und legte sich aufs Sofa. Er scrollte durch die Wiedergabelisten auf der Suche nach etwas, das zu seiner Stimmung passte. Und es musste zu der Band passen, die es noch nicht gab.

Diese Bemerkung »Wenn wir erst mal die Band haben …« hatte sich zu einem liebgewonnenen Routinespaß entwickelt, aber dahinter steckte die tiefere Wahrheit, dass Thomas bedauerte, es nie versucht zu haben. Er hatte so vieles nicht versucht. Er hatte nie im Ausland gelebt, war nie in New York gewesen, hatte es nie mit zwei Frauen gleichzeitig getrieben, und er hatte nie in einer Band gespielt, obwohl er ohne Rockmusik nur ein halber Mensch wäre. Als er im richtigen Alter für eine Band gewesen war, hatte er sich eher als neuen Bob Dylan gesehen und mit seiner Westerngitarre einige Auftritte in einer kleinen Kneipe absolviert, wenn die meisten Gäste schon gegangen waren. Er hatte eigene Songs geschrieben, wobei er einen etwas peinlichen Hang zu sentimentalen Liebesliedern und naiven Antikriegs-Agitprop-Nummern an den Tag gelegt hatte. Heute, dachte er, müsste es vor allem darum gehen, Lärm zu machen und den Kopf zu schütteln, bevor man so alt war, dass man davon ein Aneurysma kriegte.

Er hörte sich durch ein paar klassische Nummern. Es ging unheimlich oft um Stürme und Gewitter, Blitze und Donner, heulenden Wind.

Young blood, you're hot property.

Corinna. Die Sache hatte gut angefangen. Ihr Alter war ihm

gar nicht aufgefallen. Und jetzt waren sie an einem Punkt, wo er sich fragte, ob es doch eine Rolle spielte.

Wenn du im Fieber brennst und zitterst bis auf die Knochen, brich nicht in kalten Schweiß aus, denn es ist nur dein Blut, das Steine wirft. Das hörte sich schon ziemlich bescheuert an. Aber zusammen mit der Musik klang es absolut logisch.

Mit der eigenen Band in New York auftreten und es hinterher im Hotelzimmer mit zwei Frauen gleichzeitig treiben, das müsste er noch hinkriegen, dann könnte er sich in die Kiste legen.

Ich nehme, was ich will, und ich stehle, was ich brauche, ich tue alles, was nötig ist, um mir Befriedigung zu garantieren. Ich suche nach Liebe und ich bin rau und bereit. Das hörte sich alles so vormodern männlich an, wie es schon lange verboten war. Es klang so wunderbar scheißegal, nach Jeans und Lederhosen, die eng im Schritt waren.

Ohne Ole wären sie nur zu viert, also keine Rockband. Das Argument hatte was.

Ole. Da Thomas drei bis vier Jahre jünger war als die anderen, war er nicht mit Ole zur Schule gegangen, kannte ihn jetzt aber auch schon seit fast zwanzig Jahren. Der rätselhafte Ole in seiner olivfarbenen Armee-Kampfjacke, der die Welt besser verstand und besser erklären konnte als alle anderen und der trotzdem (oder deswegen?) an ihr verzweifelte. So sehr, dass er nicht an ihr teilhaben wollte. Ole fehlte etwas, das Thomas mal im Überfluss gehabt hatte: Ehrgeiz. Dafür hatte Ole etwas, von dem Thomas noch einiges hätte brauchen können: Talent. Echtes Talent. Ole ging in die Tiefe, Thomas nur in die Breite, das wusste er mittlerweile.

Dieses gepresste Geschrei, fast erstickt von dem Testosteron, das einen da durchspülte. *Don't want no heartache. I'm a victim of love.* Das bin ich auch. Corinna hat mich gekapert, überfallen, gefangen genommen. Ich kann nicht anders, ich liebe ihren Arsch und ihre Brüste und ihren Mund, und ich liebe, dass sie mich nicht fragt, was ich von dem halte, was sie tut oder nicht tut.

Mein Gott, wie lange habe ich mich nicht bei Ole gemeldet! Was macht er? Wie geht es ihm? Hoffentlich weniger schlecht als früher üblich. »Leben ist eine tolle Sache«, hatte Ole mal gesagt. »Ich liebe es, den anderen dabei zuzusehen.«

Was diese Musik auszeichnet, ist die Stille danach. Und wenn sie sinnvoll gefüllt wird: *I don't know, where I'm going/ but I sure know where I've been // Here I go again on my own.*

Er sprang zurück und hörte das Ganze noch mal.

3

Rainer sah die Rücklichter von Konnis Wagen um die Ecke verschwinden und blieb noch ein paar Minuten vor der Haustür stehen. Er zündete sich eine Zigarette an und rauchte im Dunkeln. Warum sollte er hineingehen, er würde sowieso nicht schlafen können. Er umrundete das Haus, versuchte bei den Nachbarn hinter die Rollos zu schauen, gab sich aber keine große Mühe, weil es ihn dann doch nicht genug interessierte. Die Leute rundherum waren alle gleich, gutsituierte Rechtsanwälte, Zahnärzte, Orthopäden oder erfolgreiche Steuerberater wie er selbst. Im Sommer wurden hier reihum Gartenpartys gefeiert, man stand herum mit bunten Getränken in den Händen und sah den Frauen dabei zu, wie sie versuchten, ihr Alter zu verbergen. Offenbar war es besonders schlimm, alt zu werden, wenn man Geld hatte. Vielleicht weil dann alle Welt, und man selbst, davon ausging, dass man sich doch etwas kaufen könnte, was das Alter und letztlich den Tod aufhob oder abschaffte, wenigstens hinauszögerte oder in etwas verwandelte, das nicht so schlimm war. Wenn Rainer ehrlich war, würden ihn die meisten Frauen in der Nachbarschaft tot mehr interessieren als lebendig. Bleich aufgebahrt im kalten Licht der Pathologie, wie man es aus den Fernsehkrimis kannte. *Genaueres kann ich erst nach der Obduktion sagen.* Später dann die y-förmige Naht von den Schlüsselbeinen über Solarplexus hinunter bis zum Schambein. *Sehen Sie hier, Herr Kommissar, dieses Opfer ist an festverzinslichen Wertpapieren gestorben.*

Das Spiel heute war mittelprächtig verlaufen. Anfangs hatte er gute Karten bekommen und beherzt angesagt. Im vierten Spiel hatte er beide gegnerischen Füchse gefangen und am Ende den Charlie platziert. Nach dem Essen, das stets nach der zweiten Runde auf den Tisch kam, hatte er zehn Spiele ohne Punkte durchstehen müssen und war bis auf den letzten Platz zurückgefallen. Es mochte am Essen liegen, denn als er sah, wie Thomas die Mett- und Käsebrötchen sowie die Frikadellen von der Supermarktfleischtheke auf den Tisch stellte, hätte Rainer am liebsten den Pizzaservice angerufen. Bulle und Rainer gaben sich immer Mühe, den Speiseplan ihrer Spielrunden variabel zu gestalten, aber der Herr Schriftsteller hielt sich einiges auf seinen Purismus und seine Bodenständigkeit zugute, dabei war es in Rainers Augen nur Einfallslosigkeit. Wie in seinen Büchern, schob er in Gedanken nach, kam sich dann aber mies vor, weil das unfair war. Er konnte das nicht beurteilen, er las ja nicht mal.

Nach den Frikadellen, den Brötchen und den Landjägern (Überraschung!) hatte er eine Menge Pech gehabt, war aber auch unkonzentriert gewesen. Er hatte versucht, das durch zwei Veterano zu bekämpfen, doch erst, als er gegen Ende auf Apfelschorle umgestiegen war, hatte er den Abend noch retten können. Die Bockrunde hatte ihn aus dem Tief geholt und wieder dorthin gebracht, wo er hingehörte: an die Spitze des Feldes. Er konnte es nicht ändern, in letzter Zeit gelang ihm hierbei fast alles.

Mit der Zigarette zwischen den Zähnen stieg er über den Zaun und ging durch den Garten. Rechts war noch immer der riesige Sandkasten, der seit Jahren nicht mehr benutzt wurde. Eigentlich hatten sie dort einen Teich anlegen wollen, aber jetzt konnte man es auch so lassen, bis sie Enkel hatten. Was hoffentlich noch ein paar Jahre dauern würde. Daniel war sechzehn und weit davon entfernt, etwas mit einem Mädchen anzufangen. Er schien seine ganze Zeit mit etwas zu verbringen, das »nichts« hieß und sehr bedeutsam war. Was machst du gerade? – Nichts. Was hast du heute Nachmittag vor? – Nichts. Was willst du zum Essen haben? – Nichts. Er hatte ein paar Freunde, doch auch mit denen unternahm er »nichts«. Manchmal erfuhr man, dass dieses »nichts« im Kino stattfand, manchmal auf einer Party oder einem Konzert. Soweit Rainer beurteilen konnte, fehlte seinem Sohn im Gegensatz zu vielen Altersgenossen das Bedürfnis zu selbstzerstörerischer Ekstase durch Alkohol, Drogen oder industrielle Musik. Die schlechtgelaunten Jungs, die bei ihnen ein und aus gingen, wirkten genauso verschlossen wie Daniel, aber wenn man von weitem zusah, wie sie miteinander redeten, ohne sich beobachtet zu fühlen, dann wirkten sie anders. Da wurde gelacht und mit den Händen herumgefuchtelt wie in einem italienischen Café, und als Vater fühlte man sich ausgeschlossen.

Helena war anders. Sie war vierzehn und gab ihren Eltern das Gefühl, sie an allem zu beteiligen, erzählte bereitwillig von den Festen, die sie und ihre Freundinnen ausrichteten, und auch von Paul, einem schlaksigen Fünfzehnjährigen in weiten Hosen und mit einem eher peinlichen Koteletten-Versuch an den Wangen, dem die Ehre zuteil geworden war, der Familie als erster fester Freund vorgestellt zu werden. Der gute Eindruck war ins Wanken geraten, als eines Samstagabends eine besorgte Mutter anrief und Rainer bat, seine volltrunkene Tochter aus ihrem Partykeller abzuholen, wo er sie dann über eine Toilettenschüssel gebeugt vorfand. Am nächsten Tag hatte sie sich damit entschuldigt, dass sie das wohl nicht richtig eingeschätzt habe und ihr dieser Vorfall eine Lehre sei. Derartiges werde sich nicht wiederholen.

Sie war vierzehn. Rainer hatte seinen ersten Vollrausch mit sechzehn gehabt. Angeblich ging heute ja alles viel schneller. Er wurde das Gefühl nicht los, dass Helena nicht ganz ehrlich zu Brigitte und ihm war, aber er wollte ihr nicht hinterherschnüffeln und fand sich damit ab, dass er aus dem Leben seiner Kinder immer mehr verdrängt wurde. Vielleicht vertraute sie sich ja ihrer Mutter an, und die würde ihm alles in zehn, fünfzehn Jahren, bei Helenas Hochzeit, nachliefern, als skurrile Anekdoten weiblicher Komplizenschaft.

Er stand vor der Terrassentür und überlegte, hier einzusteigen wie ein Einbrecher. Die Rollladen dürften kein Problem sein. Und üblicherweise vergaß Brigitte, die Alarmanlage einzuschalten.

Konni war heute Abend nur ein Schatten seiner selbst gewesen. Die Trennung von Michaela machte ihm noch immer zu schaffen.

Rainer verwarf die alberne Einbruchsidee und betrat das dunkle Haus auf dem dafür vorgesehenen Weg. Rechts und links der Haustür waren senkrecht längliche Milchglasscheiben angebracht, durch die das Mondlicht auf den glänzenden schwarzen Marmorboden fiel. Links Daniels Zimmer, rechts das von Helena. Früher hatte Rainer, wenn er spät nach Hause kam, immer einen Blick auf seine schlafenden Kinder geworfen, doch das hatte er sich jetzt zu verkneifen. Das Risiko, dass sie aufwachten und sich über die Verletzung ihrer Privatsphäre beschwerten, war zu groß. Er legte ein Ohr an Daniels Tür, um wenigstens etwas zu hören, aber da war nichts. Rainer legte eine Hand auf die Klinke und sagte sich, dass er leise sein würde. Die Zimmer waren mit dickem Teppichboden ausgelegt, die Türen immer frisch geölt. Er wollte ihnen nichts rauben, nicht im Schlaf ihre Seelen essen, er wollte nur für ein paar Sekunden das Gefühl haben, er müsse sie beschützen, wie früher.

Langsam drückte er die Klinke herunter und öffnete die Tür. Er würde kein Wort über die Unordnung hier drin verlieren, diese Diskussionen hatte er mit seinen Eltern bis zum Erbrechen geführt: pubertär-linksradikales Chaos gegen überholte bürgerliche Ordnung, Thin Lizzy gegen die Hitparade. War Phil Lynott nicht tot? War Dieter Thomas Heck nicht noch am Leben? Wieso konnte er beide Fragen nicht zuverlässig beantworten? Das wäre ihm früher nie passiert.

Von einem Ring unter der Decke hing ein Mückennetz über Daniels Bett. Darunter konnte Rainer die Silhouette seines Sohnes nur undeutlich erkennen. Er schlich näher und schob das Netz beiseite. Unwillkürlich zuckte er zusammen. Im Schlaf ähnelte Daniel wieder dem Säugling, dem Vier-, Sechs-

und Achtjährigen, der irgendwann verschwunden war, gekidnappt von der Zeitmafia, der Vergänglichkeitscamorra, die keine Lösegeldforderungen schickte und ihre Opfer niemals laufen ließ.

Rainer hatte genug gesehen, ging hinaus und schloss die Tür. Der Vollständigkeit halber musste er auch nach Helena sehen. Hier gab er sich nicht so viel Mühe, leise zu sein, weil er sich sagte, dass sie einen tieferen Schlaf habe. Wenn er ehrlich war, musste er zugeben, dass es ihm nicht so viele Probleme bereitete, das Zimmer seiner Tochter zu betreten wie das seines Sohnes. Es war keine Frage des Ausmaßes von Liebe, aber er hatte sich seinem Sohn immer näher gefühlt, was alles sehr viel komplizierter machte.

In Helenas Zimmer stand auf einem niedrigen Tischchen eine kompakte Stereoanlage. Auf der Stereoanlage ein paar CDs von leicht bekleideten jungen Mädchen, die aussahen, als würden sie nicht nur Musik machen, sondern auch in Pornofilmen mitspielen. Dass Jungs so etwas hatten, hätte Rainer verstanden, denen wäre es wenigstens nicht um die Musik gegangen. Rainer lag in ständigem Clinch mit Daniels White Stripes, obwohl Rainer unterm Strich froh war, dass er sich nicht mit rechtsradikalem Gewaltrock oder frauenfeindlichem Hip-Hop herumärgern musste. Thomas war geradezu euphorisch geworden, als er von Daniels musikalischen Vorlieben erfuhr. Heimlich hatte Rainer sich ein paar Nummern aus dem Internet heruntergeladen und musste zugeben, dass ihn das ein wenig an früher erinnerte, nur wäre er nie auf die Idee gekommen, sich damit an seinen Sohn heranzukumpeln.

Helena lag auf dem Bauch, halb abgedeckt, in einem gestreiften Herrenpyjama mit Knopfleiste. Ihr Mund stand ein wenig offen. Rainer deckte sie zu und verließ das Zimmer.

Er ging in die Küche und nahm sich ein Glas Weißwein. Der Kühlschrank war so groß wie eine Telefonzelle, die linke Seite konnte Eiswürfel auswerfen. Die Spülmaschine stand halb offen, das Geschirr war sauber, Rainer räumte sie aus, trank zwischendurch von seinem Wein. Er sah auf die Uhr. Viereinhalb Stunden noch, bis er vorgeben konnte, einfach nur früh auf den Beinen zu sein. Brigitte schlief wie tot, beneidenswert, auch wenn ihr tiefer Schlaf nur vermittels chemischer Hilfsmittel möglich war.

Rainer ging hinauf in sein Arbeitszimmer, schaltete den Computer ein und rief seine E-Mails ab, fand aber nicht die Energie, sie zu beantworten. Er ging an den Aktenschränken entlang und besah die Rücken der Handbücher und Ordner, ohne sie wirklich wahrzunehmen. Er trat hinaus auf den Balkon und verhielt sich ein paar Sekunden still, um zu hören, ob die Bäume sich regten, doch er hörte nur das entfernte Brummen der Autobahn.

Er mochte nicht mehr wissen, wann und wohin die Kindheit seiner Kinder verschwunden war, dafür wusste er ziemlich genau, wann das mit seiner Schlaflosigkeit angefangen hatte.

Er ging wieder hinein, schloss die Balkontür, trank den mittlerweile handwarmen Wein aus, brachte das Glas in die Küche und stieg hinab in den Keller. Er benutzte die dortige Toilette, um sicherzugehen, dass er niemanden störte. Er wollte nicht erklären, wieso er noch nicht schlief.

Dieses winzige Bad war der einzige Raum im Haus, der nicht verputzt worden war. Rainer hatte vergessen, wieso. Mittlerweile sammelten sich hier Edding-Graffiti auf den nackten Steinen. Der originellste war von Thomas. Über dem Mauervorsprung hinter der Toilettenschüssel ein Pfeil, daneben in Großbuchstaben: SPENDEN FÜR DEN VERPUTZ BITTE HIER!

Rainer spülte und wusch sich die Hände. Er trat auf den Kellergang, wandte sich der Tür gegenüber zu, holte den Schlüssel aus der Hosentasche und schloss auf. Auf einem x-förmigen Ständer ruhte das Yamaha-Keyboard, das Brigitte ihm vor zwei Jahren zum Geburtstag geschenkt hatte. Er war ehrlich überrascht gewesen. Dass er früher Klavier gespielt hatte, war zwischen ihnen nur selten ein Thema gewesen, und Rainer hatte nie behaupten können, dass er es vermisste.

Rainer schaltete ein und schlug eine Taste an. Es hörte sich fast echt an, aber eben nur fast.

Als er acht Jahre alt gewesen war, hatte seine Mutter die Idee gehabt, er müsse ein Instrument erlernen, vorzugsweise jenes, das sie selbst gern hätte spielen wollen. Ein Klavier wurde angeschafft und irgendwie in das winzige, schon viel zu volle Wohnzimmer gequetscht. Seinem Vater war das ein Dorn im Auge gewesen. Er hatte nicht eingesehen, wieso er Geld dafür ausgeben sollte, dass Rainer etwas lernte, das er später nie wieder würde brauchen können. Geld konnte man damit nicht verdienen, also war so ein Ding wertlos, die Beschäftigung damit Zeitverschwendung. Und doch hatte sein Vater das Instrument geduldet, war später auch zu den Schulkonzerten gegangen, bei denen Rainer gespielt hatte.

Als Rainer verkündet hatte, Musik studieren zu wollen, war es mit der Toleranz allerdings vorbei gewesen. Die Vehemenz der Ablehnung seines Vaters hatte ihn schockiert. In den Jahren danach hielt Rainer es für ein Zeichen mangelnder Leidenschaft, dass er sich nicht durchgesetzt hatte, und redete sich ein, dass aus ihm ohnehin nie ein wirklich guter Pianist hätte werden können. Eine Zeitlang hatte er noch an den

Wochenenden gespielt, wenn er aus München, wo er studierte, nach Hause kam, dann hatte er keine Zeit mehr gefunden und es vergessen, bis ihm Brigitte dieses Ding geschenkt hatte.

Kurz darauf hatte das mit der Schlaflosigkeit angefangen.

Er hätte in einer Band spielen können. Bulle hatte ihn gefragt, damals, irgendwann in den Siebzigern. Rainer hätte bei Black Pearl einsteigen können, der Band, in der Bulle Schlagzeug spielte, aber die Vorstellung, mit Hotte Vorholz und Schraube Scheffler in einem Keller zu stehen und sich über Musik zu streiten, hatte ihn angewidert. Wie hatte Bulle das nur ausgehalten? Na ja, lange hatte es ja auch nicht gedauert.

Wieso hatte Ole eigentlich nie in einer Band gespielt? Die Gitarre hatte ihm gehorcht wie niemandem sonst, aber er hatte sie immer nur für sich gespielt, im Keller. Rainer, Bulle, Konni und ein paar andere hatten ihn einige Male spielen sehen. Bei ein oder zwei Rocknächten war er in der Pausenhalle aufgetreten, mit der E-Gitarre hatte er Folksongs gespielt, die sich wie AC/DC angehört hatten. Ein deutscher Billy Bragg, bevor es einen englischen gab.

Ohne Ole wären sie nur zu viert.

Aber eine Band – das war doch ohnehin eine Schnapsidee. Mit Mitte vierzig wurden Rockbands nicht *gegründet*, sondern sie feierten *Reunions*.

Obwohl er sicher war, dass die anderen ihn nicht hören konnten, stöpselte er die Kopfhörer ein. Zum Warmspielen ein wenig Rachmaninow, auch wenn ihm die Russen immer zu elegisch gewesen waren. Danach wechselte er zu Philip Glass, dessen Schlichtheit ihn begeisterte. Schließlich aber ergötzte er sich an der redundanten Schlichtheit des Orgelmotivs von Uriah Heeps »July Morning«. Zehn Minuten, dreiunddreißig Sekunden. Er hatte Ole und Dora dazu tanzen sehen. Eine

Party im Keller, Matratzen auf dem Boden, eine Lichtorgel mit drei farbigen Birnen.

Dora. Der Grund, wieso Ole letztlich nach Berlin gegangen war. Weg von all den Erinnerungen.

There I was on a July morning / with the strength of a new day dawning / and the beautiful sun.

Rainer schaltete das Keyboard aus, ging nach oben und warf einen Blick auf die Küchenuhr. In zwei Stunden würde sein Sohn sich beschweren, dass jemand bei ihm im Zimmer gewesen sei, was er an dem abgerissenen Streifen Tesa erkannte, den er jeden Abend an Tür und Rahmen klebte, aber das war noch weit.

Brigitte hatte Rainer im Verdacht, Affären zu haben. Dabei hatte er sich in den zwei Jahrzehnten ihrer Ehe nie ernsthaft für andere Frauen interessiert. Seit die Kinder zunehmend ihre eigenen Wege gingen, langweilte sich Brigitte und bekämpfte diese Langeweile mit Paranoia. Und die wiederum versuchte sie in den Griff zu kriegen, indem sie ihr Leben bis ins Letzte durchplante. Es machte sie wahnsinnig, dass sie jetzt, im Januar, noch nicht wussten, wohin sie im Juli in den Urlaub fahren würden.

Wann habe ich mich das letzte Mal bei Ole gemeldet? Und warum habe ich deswegen ein schlechtes Gewissen? Er meldet sich schließlich auch nie.

Er ging zur Stereoanlage, setzte sich den Kopfhörer auf und hörte *Uriah Heep – The Ultimate Collection* einmal quer. Und plötzlich sah er seine Haare vor sich. Sah sich selbst vor dem Spiegel stehen, als Siebzehnjährigen. Neben ihm seine Mutter, zwei Köpfe kleiner: Sieh dich doch mal an! Ich habe nichts gegen lange Haare, aber es steht dir einfach nicht! Sie hatte an die rettende Kraft der Vernunft geglaubt, während er in Gefühlen und Hormonen ersoff.

Also, »Come away Melinda« war eigentlich unerträglich. So viel Kitsch. Weil diese Typen immer den Ehrgeiz hatten, sich als große Musiker und Komponisten zu beweisen, anstatt einfach nur Lärm zu machen. Jon Lords klassische Stücke waren doch lächerlich!

Rainer legte sich auf den Boden und lieferte sich »Gypsy« aus: *Ich war gerade mal siebzehn und verliebt in eine Zigeunerkönigin.* Gott, der Text war wieder so ein hanebüchener Blödsinn. Ausgepeitscht vom Vater des Mädchens! *Aber eines Tages komme ich zurück, dann werde ich stark genug sein, um zu kämpfen und zu gewinnen.* So was hörte man damals einfach weg! Von dem Text kriegte man nicht so viel mit. Rainers Gypsy-Queen hatte Gisela Kaufmann geheißen. Das unanständigste Mädchen der Schule. Keine zum Verlieben, sondern eine, mit der man sich bei lauter Musik atemlos durch die Laken kämpfte, ohne die Sorge, etwas zu tun, das sie verletzen könnte; die einem alles machte, was man sich vorstellen konnte, nur kein schlechtes Gewissen; die am nächsten Tag nicht so tat, als sei alles ein Fehler oder ein Missverständnis gewesen; mit der Sex kein emotional überfrachtetes Drama war, sondern etwas, das Freunde miteinander taten, so wie man zusammen ins Kino ging. Es war nie besser gewesen, nie lockerer, nie wieder so völlig ohne Lüge.

Er würde keiner Band beitreten, die nicht bereit war, »Gypsy« zu spielen.

4

Um halb sieben erwachte Bulle von dem durchdringenden Alarmton seines Weckers, obwohl er am Abend zuvor auf Radio umgestellt hatte. Das Werk der Mädchen. In der Eile fand er den Knopf nicht, also riss er den Stecker aus der Steckdose und ließ sich in die Kissen zurückfallen. Dann besann er sich, nahm das ganze Gerät und warf es quer durchs Zimmer. Jetzt hatte er einen guten Grund, sich einen neuen Wecker zu kaufen. Schon lange wollte er sich einen mit CD-Player zulegen, um morgens nicht auf die Musik des Westdeutschen Rundfunks angewiesen zu sein. BFBS war auch nicht mehr, was es wahrscheinlich nie gewesen war. Bulle wurde einfach mit den Jahren immer intoleranter, und das war, wie er fand, eine seiner angenehmsten Eigenschaften.

Noch zehn Minuten auspendeln, dann aufs Klo und in die Dusche, das Frühstück für die Mädchen zurechtmachen und sehen, was dieser Tag brachte. Kein Dienst, was nur hieß, dass er den ganzen Scheiß erledigen musste, zu dem er sonst nicht kam. Seinen Ausweis verlängern, einkaufen, das Essen vorbereiten – und einen neuen Wecker kaufen. Den alten hatte irgendein Penner durch die Gegend geworfen.

Viereinhalb Stunden Schlaf mussten reichen. Mehr als sechs kriegte er sowieso nie.

Das Spiel gestern war nicht schlecht gelaufen. Rainer hatte es am Ende mal wieder gedreht, aber mit seinem zweiten Platz konnte Bulle sehr zufrieden sein. Wie er Konni die Herz-Zehn gezogen hatte, das war die hohe Schule gewesen, denn genau so hatte er das geplant, das war kein Zufall gewesen. Er konnte, wenn er wollte, und er wollte mit aller Macht. Lange schon hatte ihm die Runde nicht so viel Spaß gemacht wie in den letzten Monaten.

Er warf einen Blick in das leere Bett neben sich, schlug die Decke zurück und setzte sich auf die Bettkante. Die Ellenbogen auf die Knie gestützt dachte er, wie jeden Morgen, ein wenig an Marianne. Die roten Vorhänge, die helle Bettwäsche, der antike Schrank – das alles hatte sie ausgesucht. Auch die alte, im Tisch versenkbare Nähmaschine auf dem geschwungenen Gestell aus Gusseisen. Sie hatte für so etwas eine Nase gehabt, hatte diese Dinge auf Flohmärkten und in Trödelläden aufgespürt und es immer geschafft, den Preis zu drücken. Sie war eine hervorragende Verhandlerin gewesen, charmant, witzig, bestimmt, unnachgiebig.

Bulle stand auf und wollte schon ins Bad gehen, als ihm seine Übungen wieder einfielen. Er holte die zusammengerollte blaue Gymnastikmatratze hinter der Nähmaschine hervor und rollte sie vor dem Bett aus. Sie passte nur knapp zwischen Nachttisch und Kleiderschrank. Er legte sich auf den Rücken und machte zuerst die Übung zur Mobilisierung der Wirbelsäule, drückte die Schulterblätter auf den Boden und hob, die Knie angewinkelt, das Becken zehnmal vom Boden. Die sexuelle Implikation dieser Bewegung entging ihm nicht, vor allem, da dies so ziemlich alles an Erotik war, mit dem er in letzter Zeit zu tun gehabt hatte, vom gelegentlichen Masturbieren unter der Dusche mal abgesehen, ein Vorgang, den er eher halbherzig durchführte und der die Bezeichnung Selbstbefriedigung nicht verdiente. Die anderen gingen davon aus, dass er im Krankenhaus einiges zum Anschauen hatte, und auch wenn die eine oder andere junge Schwester ihm durchaus auffiel, war er kein Uniformfetischist wie einige seiner Patienten, denen ein Schwesternkittel noch auf dem Sterbebett für einige Sekunden verloren geglaubte Energien zurückgab. Ansonsten hielt sich die erotische Spannung auf einer onkologischen Station in Grenzen. Eine Chemotherapie war nicht gerade ein Aphrodisiakum, und ihre sichtbaren Auswirkungen kein stimulierender Anblick.

Er machte einige Übungen zur Stärkung der Rückenmuskulatur. Er war sich nicht ganz sicher, ob er alles in der richtigen Reihenfolge machte, jedenfalls hatte er jetzt weniger Probleme mit dem Rücken.

Er hob den Wecker auf und stöpselte ihn in die Steckdose neben der Tür. Er funktionierte noch. Er würde trotzdem einen neuen kaufen. Manchmal musste man sich einfach etwas gönnen.

Er beschloss, die Dusche nachzuholen, wenn die Mädchen aus dem Haus waren, und ging hinüber zum Kinderzimmer. Noch bestanden sie darauf, zusammen in einem Zimmer zu schlafen, aber Bulle nahm an, das würde sich in zwei bis drei Jahren erledigt haben. Er würde den Dachboden ausbauen lassen müssen, aus dem man problemlos zwei Zimmer machen könnte. Das würde nicht billig werden, andererseits könnten sie dann aus dem jetzigen Kinder- ein Gästezimmer machen.

Das Zimmer war leidlich aufgeräumt. An pinkfarbenen Wänden hingen Poster junger Männer und Frauen, mit deren Musik Bulle nichts anfangen konnte, was ihn Jahre zu spät seinem Vater wieder näherbrachte, dem die kulturhistorische Bedeutung von Led Zeppelin und Black Sabbath nie klar geworden war.

Rechts und links Fenster, unter denen je ein Schreibtisch stand, daneben die Rucksäcke, die sie als Schultasche benutzten. Bulle konnte es nicht fassen, mit welchen Gewichten die Kinder herumzulaufen hatten.

Die fest eingebaute Schrank- und Regalwand hatten sie den Vorbesitzern zu verdanken. Zunächst hatten sie vorgehabt, sie herauszureißen, aber dann war dieser Plan auf der stetig wachsenden Halde ihrer aufgeschobenen Projekte gelandet.

Die Betten standen an der Stirnseite des Zimmers und stießen mit den Fußenden zusammen. Julia lag links, das Gesicht zur Wand, halb abgedeckt, das linke Bein auf der Decke. Nathalie lag im rechten Bett, auf dem Bauch, den Mund halb offen, ein Arm baumelte über die Bettkante, zwischen ihren Lidern sah man das Weiße ihrer Augen. Beide Mädchen trugen weiße Nachthemden, und das war das einzige Kleidungsstück, das bei ihnen gleich war. Marianne und Bulle hatten immer darauf geachtet, sie unterschiedlich zu kleiden, um nicht diesem ständigen Verwechseln Vorschub zu leisten. Bei anderen Zwillingskindern hatten sie festgestellt, wie missmutig die darauf reagierten, mit dem Namen des jeweils anderen angesprochen zu werden. Sie sollten nicht ständig nur als Doppelpack wahrgenommen werden.

Bulle genoss es noch ein paar Sekunden, beide so ruhig daliegen zu sehen, dann legte er ihnen nacheinander eine Hand auf die Schulter, was meistens schon reichte, um sie zu wecken. Er sagte, in einer Viertelstunde erwarte er sie zum Frühstück und erntete ein zweistimmiges Stöhnen.

Er ging hinunter und wandte sich der Kaffeemaschine zu, hielt dann aber inne. Dreckskerl, dachte er, wann lernst du endlich, dass es egoistisch ist, den Kaffee für dich selbst zuerst in Angriff zu nehmen! Er stellte den Herd an und goss Milch in einen Topf. Er schnitt Brot herunter, deckte den Tisch und ließ das Nutella im Schatten des Brotkastens stehen, in der naiven Hoffnung, sie würden es vergessen. Den Honig, die selbst eingekochte Marmelade und den sauber drapierten Wurst- und Käseteller rückte er in die Mitte des Tisches, verlockend, wie er fand, aber leider war er der Einzige, der das so sah. Er nahm die Milch vom Herd und stellte den Topf auf einen Korkuntersetzer neben die Kakaopackung auf den Tisch. Dann erst setzte er den Kaffee auf, der gerade durchgelaufen war, als seine Töchter die Treppe herunterkamen.

In den zurückliegenden nicht ganz zwanzig Minuten hatten sie, wie jeden Morgen, eine erstaunliche Metamorphose durchgemacht. Aus harmlosen, schlafenden Kindern waren zwei energiegeladene Elfjährige geworden, die darauf brannten, den Tag aufzumischen und der Einfachheit halber gleich bei ihrem Vater anzufangen. In gespielter Entrüstung blieben sie wie angewurzelt vor dem Tisch stehen und setzten eine Maske aus Fassungslosigkeit und Abscheu auf. Dann sahen sie sich an.

»Er hat es wieder gemacht«, sagte Julia.

»Er wird einfach nicht schlauer«, bestätigte Nathalie.

»Da ist Hopfen und Malz verloren.«

»Man kann sich seinen Vater nicht aussuchen.«

»Manchmal denke ich, wir brauchen Personal.«

»Wir sollten ihm noch eine Chance geben.«

»Die allerletzte.«

»Wieder mal.«

Bulle gab auf und stellte das Nutella-Glas auf den Tisch. Die Mädchen machten High Five und setzten sich. Sie rührten sich Kakaopulver in die warme Milch und waren sich einig, dass sie demnächst reif seien für Kaffee. Dann gingen sie durch, was in der Schule zu tun war, und zogen über Lehrer und Mitschüler her. Klassenarbeit in Latein, kein Problem. Morgen Mathe, noch weniger ein Problem. Als hätten sie es sich zur Aufgabe gemacht, ihrem alleinerziehenden Vater das Leben so leicht wie möglich zu machen, waren sie zu Spitzenschülerinnen geworden, denen Unterricht nur Beschäftigungstherapie war. Soweit Bulle das beurteilen konnte, waren sie zusätzlich auch noch sehr beliebt, jedenfalls hatte er das Haus oft genug voller junger, kluger Mädchen, die sich mit der Welt dort draußen, ihren Probleme, Zerstreuungen und Moden bestens auskannten und sich auf einem schwebenden Geräuschteppich aus Kichern und Flüstern bewegten. Der Gedanke, seine beiden Töchter seien das Epizentrum eines vorpubertären Bebens aus Intelligenz, Charme und Eroberungsdrang, gefiel ihm. Sprachlos hörte er ihnen zu, während er sich sein Brot mit Käse belegte.

Nach dem Frühstück hörte er sie oben beim Zähneputzen über einen gewissen Marek reden, der mit seiner Zahnspange ganz besonders süß aussehe. In Zeiten schrankenlosen Piercings war auch Metall auf den Zähnen nur eine weitere Möglichkeit, sich zu schmücken. In Bulles Jugend war der Gang zum Kieferorthopäden vergleichbar gewesen mit dem eines Straftäters zum Haftantritt. Er selbst hatte sich seine Spange entfernen lassen, nachdem er mit Carola Hand in Hand gegangen war und bevor sie sich zum ersten Mal küssten. Sie hatte das zur Bedingung gemacht, und er hatte das eingesehen. Mit Zunge ging nur ohne Spange.

Ihre Rucksäcke an einem Riemen über die Schulter geworfen, kamen die Mädchen wieder herunter und tranken den Rest von ihrem Kakao. Julia fragte Bulle, was er heute so vorhabe, und er umriss in groben Zügen sein Programm.

»Hört sich ja spannend an«, meinte Julia mit dem Mitleid der Jugend für das erzlangweilige Leben der Senioren.

»Na dann viel Spaß!«, rief Nathalie und zog ihre Schwester zur Tür.

Als sie draußen waren, wirkte die Stille tiefer als in der Nacht. Bulle räumte den Tisch ab, ging nach oben, zog sich aus und zwängte sich in die enge Duschkabine. Na gut, nicht für jeden wäre sie so eng gewesen, aber er war nun mal mehr als eins neunzig groß und hatte eine ungesunde Vorliebe für Pasta. Rainer hatte ein riesiges Badezimmer mit einer Sauna und zwei Duschen nebeneinander. So etwas brauchte man.

Im Bürgerbüro war überraschend wenig los, allerdings musste er eine Strafgebühr bezahlen, weil sein Ausweis schon seit mehr als einem Jahr abgelaufen war, worauf ihn zwei unfreundliche Polizisten kürzlich im Zuge einer allgemeinen Verkehrskontrolle aufmerksam gemacht hatten. Im Deschauer (der hieß längst Marktkauf, aber Bulle fand, in seinem Alter müsse man solche ungeliebten Veränderungen nicht mehr hinnehmen) reihte er sich in den Strom der Hausfrauen ein, lud den Wagen voll und wartete stundenlang an der Kasse, wo er einer schlechtgelaunten Mittfünfzigerin den Rest gab, weil er keine drei Cent bieten konnte und sie ihm ihr letztes Kleingeld herausgeben musste.

Im Media-Markt konnte er sich nicht zwischen zwei möglichen Funkweckern mit CD-Player entscheiden, wurde aber auch von keiner Bedienung belästigt. Er nahm den schwarzen.

Um fünf vor zwölf parkte er den Volvo vor dem Friedhof und ging einen langen Umweg, bevor er vor Mariannes Grab stand. Er harkte ein paar Blätter herunter, damit es ordentlicher aussah, blieb ein paar Minuten stehen und dachte nach. Er ließ seinen Blick schweifen und sah die üblichen drei oder vier alten Damen, die nach den Gräbern ihrer Männer sahen. Sie kannten sich untereinander und grüßten sich freundlich, plauderten über das Wetter und die Qualitäten der Gärtner, die sie mit der Grabpflege beauftragt hatten. Bulle beäugten sie misstrauisch. Er passte nicht hierher, sie fanden ihn zu jung. Er war der gleichen Meinung.

Zurück im Auto kramte er im Handschuhfach nach einem alten Tape und schob es in den Recorder. Wie alt war das Ding? So alt, dass er es noch mit Ole gehört hatte. Nein, Ole hatte es sogar für ihn aufgenommen. Ein Mix-Tape. Ole hatte einfach alles. Thomas hatte viel im Plattenregal, aber eben auch viel Mist, womit für Bulle vor allem Musik gemeint war, die nach 1980 aufgenommen worden war. Ohne Ole wären wir nur zu viert. Wann haben wir eigentlich das letzte Mal telefoniert? Black Sabbath. Mit Ozzy, der sich heute im Fernsehen zum Affen machte. Er drehte die Lautstärke auf. *All day long I think of things but nothing seems to satisfy.* Das musste doch noch lauter gehen. *Think I'll lose my mind if I don't find something to pacify.* Er brauchte stärkere Boxen, das war klar.

5

Thomas sah den Kopf der Kulturamtsleiterin in seinem Schoß sich auf und ab bewegen, und ein Teil von ihm wünschte, das sei real, diese attraktive Blondine Ende dreißig mit der guten Figur und den intelligenten blauen Augen würde wirklich vor ihm knien und ihm hingebungsvoll einen blasen, tatsächlich jedoch saß sie ihm nur gegenüber und nahm einen Schluck von ihrem Rotwein, während die Buchhändlerin neben ihr zum dritten Mal von der Lesung mit diesem bekannten Schriftsteller erzählte, der so gar nicht eingebildet gewesen sei. Ganz nebenbei streute sie ein, dass der Lesesaal der Stadtbibliothek fast nicht groß genug gewesen wäre für den enormen Publikumsansturm, und das war eine weitere Information, auf die Thomas gern verzichtet hätte, da bei seiner Veranstaltung heute Abend kaum ein Dutzend Besucher gewesen waren, die sich auch noch bemüht hatten, möglichst weit voneinander entfernt zu sitzen.

Corinna spielte mit ihrem leeren Weinglas herum, offenbar ungehalten ob der Tatsache, dass niemand herbeistürzte, es wieder aufzufüllen. Es kam nicht oft vor, dass sie ihn zu Lesungen begleitete, aber es kam ja auch nicht mehr oft vor, dass er überhaupt zu Lesungen eingeladen wurde.

Sie saßen beim örtlichen Kleinstadtitaliener. Die Wände waren bemalt mit mediterranen Motiven (blaues Wasser, weiße Tempel, Grotten), die Tische versteckt unter schweren weißen Decken, im Hintergrund irgendein gespreizter, geölter Kanzonist, Eros Ramazzotti oder ein anderer, die hörten sich doch alle gleich an. Außer ihnen waren noch zwei andere Gäste anwesend, ein junges Pärchen, das sich in einer der Nischen weiter hinten verbarg, weil es unter sich sein wollte, was aber jeder mitbekommen sollte, sonst hätte man ja auch zu Hause bleiben können. Thomas hatte freie Sicht auf den Mann, dessen Augen alkoholisch glänzten, und auf die Hand der Frau, die ständig mit der des Mannes spielte. Der Ring an der Frauenhand sah neu aus.

Zwischendurch meinte Thomas Blicke von Petra – Frau Knüwer – aufgefangen zu haben, mit denen sie ihm, wie er glaubte, zu verstehen gegeben hatte, dass sie das atemlose Geschwätz der Buchhändlerin ähnlich enervierend fand wie er selbst. Vor und kurz nach der Lesung war die Frau noch ganz verträglich gewesen, wenn sie auch etwas Gouvernantenhaftes gehabt hatte, eine etwas unhöfliche Art, Thomas von oben herab zu behandeln, weil er doch schon längst nicht mehr in der Liga spielte, die sie hier gewohnt war, und tatsächlich hatte man ihn nur engagiert, weil ein anderer, prominenterer Kollege aus dem gleichen Verlag kurzfristig abgesagt hatte. Der Blick, mit dem sie Corinna registriert hatte, war allerdings Gold wert gewesen: Alternder Sack mit junger Beischläferin. Man kannte das ja.

Ihre Arroganz hatte sich nach dem ersten Glas Wein ein wenig gegeben, dafür hatte sie angefangen, diese Geschichten von all den Geistesgrößen und Auflagenkönigen zu erzählen, die sich hier üblicherweise die Klinke in die Hand gaben. Sie trug eine schlammfarbene Bluse, die in einem Rock steckte, der etwas enger war, als sie es sich mit ihrem Hintern leisten konnte. Auf ihrer Brust saß eine elfenbeinfarbene Gemme mit einem königinluiseartigen Kopf. Sie war vielleicht Anfang fünfzig, versuchte aber erfolglos, jünger auszusehen, indem sie ihr Haar dunkel färbte und etwas zu viel Rouge auflegte.

Schließlich ging die Tür auf, und ein Mann in einem hellen Cordanzug kam herein. Mit seinem Lockenkopf und dem dicken Schnäuzer sah er aus wie ein gealterter Pornodarsteller aus den Siebzigern, die Frisur von John Holmes, die Statur von Harry Reems, nur dass die Frau des Cordanzugs so gar nichts von Linda Lovelace hatte. Wobei Linda Lovelace auch nicht gerade … Aber das führte jetzt zu weit.

Der Cordanzug beugte sich zu der Buchhändlerin herunter und küsste sie auf die Wange. Sie sprang auf und suchte in ihrer Handtasche nach Geld, aber Petra Knüwer beruhigte sie, das gehe alles aufs Kulturamt. Die Buchhändlerin tat, als sei das neu für sie, bedankte sich überschwänglich, legte ihren Arm um John Reems oder Harry Holmes und quetschte sich mit ihm durch die Tür, ohne ihn loszulassen.

Kaum war die Buchhändlerin weg, breitete sich eine tödliche Stille aus. Petra Knüwer wirkte müde. Corinna verströmte jene Mattigkeit, die schlecht kaschierter Langeweile entspringt. Wäre sie nicht dabei gewesen, hätte Thomas versucht, eine gewisse intime Stimmung zwischen sich und Petra Knüwer zu erzeugen, hätte Persönliches ansprechen können, jetzt, da der Störfaktor Buchhändlerin weg war. Er hätte sich von Petra Knüwer zum Hotel bringen lassen und sich vielleicht zum Abschied zu ihr rübergebeugt, um sie auf die Wange zu küssen, und je nachdem, wie sie reagiert hätte, wäre er weitergegangen oder ausgestiegen. Früher war ihm so etwas ein paarmal gelungen, aber da war er jünger gewesen und, vor allem, erfolgreicher, die Aura guter Kritiken in großen Zeitungen hatte ihn umgeben, ein Aphrodisiakum für einsame, gebildete Frauen in kulturrelevanten Berufen. Aber hier, in diesem verschlafenen Kaff im Ostwestfälischen, war gar kein Zimmer für ihn reserviert worden. Die Buchhändlerin an der Gemme hatte am Telefon gesagt, sicher werde er noch am gleichen Abend wieder nach Hause fahren, das seien ja schließlich nur etwas mehr als hundertdreißig Kilometer.

Das verliebte Pärchen hatte bezahlt und kam aus seiner Nische hervor, strebte eng umschlungen dem Ausgang zu, musste schweren Herzens für elend lange Sekunden voneinander lassen, weil sie zusammen nicht durch die Tür gepasst hätten, und draußen fielen sie sich um den Hals, als wären sie zwei Jahre getrennt gewesen. Sie verschwanden im Kleinstadtdunkel. Es gab eine Farbe und ein Wort für das, was Thomas fühlte: Die Farbe war Gelb, und das Wort hieß »Neid«.

Was ihn außerdem ärgerte, war, dass Corinna nicht die Spur von Eifersucht gegenüber Petra Knüwer zeigte. Thomas hatte sich Mühe gegeben, mit der Frau zu flirten, und den Eindruck gewonnen, sie sei durchaus darauf eingegangen, mit ihrem immer etwas traurigen Lächeln und in diesem wohlkalkulierten Zurückwerfen der Haare, doch Corinna schien das alles nicht zu interessieren, so sicher war sie sich der Überlegenheit und Anziehungskraft ihrer Jugend. Petra Knüwer hatte etwas Weiches, Erfahrenes, ihre Haut und ihre Augen hatten eine Geschichte, und Thomas gefiel es, sich vorzustellen, wie es wäre, sie an sich zu drücken, unbekleidet selbstverständlich, mal wieder einen großzügigen Frauenbusen an sich zu spüren, dem man ansah, dass die Erde sich drehte und Schwerkraft erzeugte, nicht immer diese harten, spitzen Kleinmädchenbrüste.

Angestrengt fahndete Thomas in seinem Hirn nach einem Gesprächsthema, das geeignet war, die Stille, die sich zwischen ihnen ausgebreitet hatte und langsam ins Peinliche zu kippen begann, auszufüllen, aber so etwas konnte in solchen Momenten nur funktionieren, wenn man das Suchen übersprang, um gleich beim Finden zu landen. Den Frauen, nein, dem Mädchen und der Frau am Tisch schien klar zu sein, dass beides seine Schuld war, die Stille ebenso wie ihre Peinlichkeit. Petra Knüwer ergriff schließlich die Initiative, gähnte in die hohle Hand, warf einen Blick auf ihre Uhr und meinte, morgen sei ein neuer Tag, und sie müsse früh raus, weshalb sie nun die Rechnung kommen lasse, aber Thomas und Corinna könnten natürlich noch bleiben, selbstverständlich auf Kosten des Kulturamtes. Nein, nein, gab Thomas zurück, während Petra

Knüwer den Kopf herumwarf, offensichtlich, um ihm ein letztes Mal zu zeigen, wie schön ihre Haare fliegen konnten und was er alles verpasst hatte. Sie winkte dem Kellner, und keine zehn Minuten später saßen Thomas und Corinna in dem acht Jahre alten Benz, den er sich zugelegt hatte, als die Zeiten besser und die Vorschüsse höher gewesen waren.

Zweihundert Euro hatte er für die Lesung heute bekommen. Früher war es mehr als dreimal so viel gewesen.

Schweigend fuhren sie über die stockfinstere Landstraße, auf der ihnen kein einziges Auto entgegenkam. Das Fernlicht meißelte grelle Lichthöhlen in die Dunkelheit. Kaum auf der A2, ging ein Ruck durch Corinna.

»Mann, was für eine blöde Zicke!«, entfuhr es ihr, als habe sie es viel zu lange unterdrücken müssen.

»Und diese alberne Gemme!«, bestätigte Thomas.

»Was? Blödsinn. Die Buchhändlerin war doch völlig okay, ich meine diese andere Tussi, diese Blondine.«

»Was war denn mit der?«

»Ach komm, das war doch so eine Totalfrustrierte, Ende dreißig, geschieden, einsam und ungefickt, so eine macht einem doch echt Angst vor dem Alter.«

Thomas verweigerte die Aussage, um sich nicht selbst zu belasten, schließlich konnte alles, was er sagte, später gegen ihn verwendet werden.

Bei Bielefeld fragte er Corinna, was sie morgen vorhabe, und sie antwortete, sie wolle in aller Frühe mit Gila nach Düsseldorf in den Aqua-Zoo, und in dem Zusammenhang falle ihr gerade »siedend heiß« ein, dass sie vergessen habe, zum Geldautomaten zu gehen, und ob Thomas ihr noch mal schnell zweihundert Euro pumpen könne. Er bot an, in Bochum noch schnell bei der Bank vorbeizufahren, aber sie schenkte ihm einen Blick, den er nicht deuten konnte, und sagte, sie habe ihre ec-Karte nicht dabei.

»Ich dachte nur«, sagte er, »du würdest vielleicht gerne erst mal ein paar Euro zurückzahlen, bevor du dir wieder was leihst. So Schulden, die belasten einen doch.«

Ihre Miene glitt hinüber in einen Ausdruck schierer Fassungslosigkeit.

»Sag mal, führst du Buch, oder was?«

»Nein. Ich hoffte, du würdest das tun.«

»Ich fasse es nicht, ehrlich!« Sie schüttelte den Kopf und starrte nach draußen auf den im Halbdunkel dahinrasenden Pannenstreifen.

Was zum Teufel wollte sie im Aqua-Zoo?

6

Es ging bergab. Konni trat die Kupplung und ließ den Wagen rollen. Er stellte die Musik aus und lehnte sich zurück, übergab sich der morgendlichen Stau-Kontemplation auf der A43 Richtung Wuppertal. Seit hinter Sprockhövel gebaut wurde, musste er jeden Morgen mindestens eine halbe Stunde früher losfahren. Um fünf war er aufgestanden, um in Ruhe frühstücken zu können.

Punkt acht wartete die 6b auf ihn. Ganz normale Schüler des 21. Jahrhunderts, zu neunzig Prozent schwer verhaltensauffällige Kinder, die nach einem Wochenende voller Videospiele und Horrorfilme nicht wussten, wohin mit ihren Energien und der Angst, die Welt könne tatsächlich ein einziges Combat-Spiel sein, mit Blutfontänen aus zuckenden Körpern und platzenden Köpfen. Elfjährige Ego-Shooter, die noch nicht ejakuliert hatten, aber schon wussten, wie man eine halbautomatische Waffe bediente. Er hatte Mitleid mit ihnen. Er konnte eigentlich gar nichts mehr machen. Montags sowieso nicht.

Er blickte nach links und sah einen Mann im weißen Hemd vor sich hin brüllen, zornesrot. An seinem Hals pochte eine dicke Ader. Konni musste zweimal hinsehen, um das Headset im Ohr des Mannes zu erkennen. Schon auf dem Weg zur Arbeit stauchte er irgendwen zusammen. Das war Effizienz.

Auf Konnis Spur ging es weiter, er schaffte tatsächlich etwa zwanzig Meter, ließ den Brüller in seinem BMW hinter sich. Dann musste er wieder stehen bleiben, der BMW holte auf, und als er an Konni vorbeirollte, hatte der Mann im weißen Hemd die Stirn auf das Lenkrad gelegt. Der restliche Verkehr schien ihn nicht mehr zu interessieren. Langsam rollte er auf den Golf vor ihm zu. Konni drückte kurz auf die Hupe, der Mann schreckte hoch, bremste in letzter Sekunde, aber anstatt sich bei Konni zu bedanken, zeigte er ihm den Mittelfinger.

Er wollte gerade in die Einfahrt zum Lehrerparkplatz einbiegen, als er hinter sich hektisches Hupen vernahm. Instinktiv trat er auf die Bremse und sah den Alfa Romeo des Kollegen Barnstedt (Sport und Geschichte) an sich vorbeidonnern. Klar, noch im Februar düste der mit einem Cabrio durch die Gegend, wenn auch mit geschlossenem Verdeck. Dem Kollegen Barnstedt gehörte die Welt. Und, heute jedenfalls mal wieder, Konnis Parkplatz. Strenggenommen besaß hier niemand eine feste Parkbox, doch hatte sich ganz selbstverständlich eine gewisse Verteilung durchgesetzt, und Barnstedt wusste das.

Konni sah zu dem Kollegen hinüber, der in demonstrativer Frische aus dem Wagen sprang und lachend herüberwinkte.

Was für ein Arschloch, dachte Konni, fuhr langsam weiter und stellte seinen Wagen weiter hinten ab, auf den Platz der Kollegin Fuchs (Englisch und Französisch). Vielleicht kam die ja heute nicht. Die fehlte doch sowieso die Hälfte der Zeit, kränkelte wie eine Schwindsüchtige auf dem Zauberberg.

Nachdem der Motor aus war, blieb er noch ein paar Minuten sitzen und genoss etwas, das er für die nächsten fünfeinhalb Stunden nicht bekommen würde: Stille. Erstaunlich, wie ruhig es in so einem Auto sein konnte. Aber es wurde auch kalt, und von seinem Atem beschlugen die Scheiben.

Kaum war er ausgestiegen, bog der Ford Ka der Kollegin Fuchs auf den Parkplatz ein. Zielstrebig steuerte sie ihren Parkplatz an und registrierte erst im letzten Moment, dass dieser besetzt war. Abrupt stoppte der Wagen, und durch die Windschutzscheibe sah Konni, dass die Kollegin Fuchs mit der Situation überfordert war. Er hob die Hand zum Gruß. Sie zeigte ihm ein verzweifeltes Gesicht, setzte zurück und stellte ihren Wagen auf dem Platz des Kollegen Barnstedt ab. Natürlich wäre es am besten gewesen, Konni wäre auf diese Idee gekommen, Barnstedt nimmt meinen Platz, ich nehme seinen, aber irgendwie war er darauf nicht gekommen.

Er wartete, bis die Kollegin Fuchs ausgestiegen war und sich dreimal davon überzeugt hatte, dass ihr Wagen auch wirklich abgeschlossen war. Sie förderte ein bereits mehrfach gebrauchtes Papiertaschentuch aus der Seitentasche ihres dunkelblauen Lodenmantels zutage, breitete es aus, suchte eine noch trockene Stelle und schnäuzte sich mit solcher Kraft, dass ihr Oberkörper dreimal vornüberkippte. Dann kam sie auf Konni zu, winkte gleich ab und meinte, er solle ihr nicht zu nahe kommen, sie habe sich da was eingefangen.

Gemeinsam überquerten sie den Schulhof, viel zu langsam, wie Konni fand, aber er konnte ja jetzt schlecht vorauseilen und die kranke Kollegin hinter sich lassen. Zwei Schüler aus der Jahrgangsstufe neun kamen hinter den Papiercontainern neben dem Feuchtbiotop, welches der Kollege Heinze (Biologie und Physik) vor zwei Jahren mit der damaligen 8c angelegt hatte, hervor und sahen Konni und die Kollegin Fuchs an, als hätten sie gerade hinter der Mülltonne etwas Illegales getan. Wahrscheinlich hatten sie das auch, aber das war Konni egal. Wenn man anfing, sich schon vor der ersten Stunde in völlig sinnlose Auseinandersetzungen zu verstricken, hatte man verloren. Als den beiden Schülern klar wurde, dass sie keinen Ärger kriegen würden, schrieben sie diese Tatsache grundlos ihrer Cleverness zu und kriegten Oberwasser, sahen sich kurz nach Konni und der Kollegin Fuchs um, drehten sich wieder weg, tuschelten und ließen ein gemeines Lachen hören.

Was ich an diesem Beruf so liebe, dachte Konni, ist, dass man es nie mit Menschen, sondern immer nur mit Schülern und Lehrern zu tun hat.

Magnus Eberbachs Augen waren rot umrandet, als hätte er seit Tagen nicht geschlafen. Außerdem hatte er geweint. Immer wieder hatte er seinen Stuhl nach hinten gekippt und sich mit den Händen am Tisch festgehalten, mehrfach gewarnt von Konni, der genau das angekündigt hatte, was dann geschehen war. Die kleinen Hände von Magnus Eberbach waren abgerutscht, und er war mitsamt dem Stuhl umgefallen und mit dem Hinterkopf auf dem Boden aufgeschlagen. Die Klasse hatte sich kaputtgelacht, Magnus Eberbach waren die Tränen aus den Augen geschossen.

Konni befühlte den Hinterkopf des etwas zu klein geratenen Elfjährigen, der Zeit seines Lebens Probleme damit haben würde, dass er ausgerechnet Magnus hieß. Nein, dachte Konni dann, wer kann denn heute noch Latein! Immerhin, der Junge blutete nicht.

Es war nicht so, dass Magnus aus lauter Langeweile mit dem Stuhl gekippelt hatte. Er machte schon den Eindruck, als würde ihn das Thema der Stunde, nämlich warum Vögel fliegen konnten, wie ihr Flugapparat beschaffen war, durchaus interessieren, doch war er es gewohnt, nicht einfach nur zuzuhören, nein, er musste dringend nebenher noch etwas machen, irgendwas erledigen, sonst verlor man doch Zeit, und da ihm nichts Besseres eingefallen war, hatte er eben mit dem Stuhl gekippelt und war umgefallen. Auch jetzt noch konnte er nicht still stehen, trat von einem Bein aufs andere und rieb seine Finger aneinander. Seine Mutter, eine nicht unintelligente Apothekersgattin, die dem örtlichen Kunstverein vorstand, hielt ihn je nach Tagesform für hochbegabt oder hyperaktiv, wahrscheinlich aber sei er beides.

Wenn man die Eltern fragte, dann war die Hälfte der Klasse hochbegabt. Die andere Hälfte war hyperaktiv. An irgendwas musste es doch liegen, dass sie im Unterricht nicht zurechtkamen. Die Schule war schuld. Der Lehrer. Der Staat. Und dann ließen sie sich Ritalin von ihrem Zahnarzt verschreiben, pumpten das Kind damit voll und wunderten sich, dass es so still wurde. Es gab Kinder, die diese Probleme wirklich hatten, aber es waren nur wenige. Die anderen litten vor allem unter der Dummheit und der Unsicherheit ihrer Eltern. Und unter SuperRTL.

Konni wusste nicht, ob das alles auf Magnus Eberbach zutraf, aber wenn er den Jungen ansah, wenn er ihm in die Augen blickte, die seinem biologischen Alter um mindestens fünf Jahre voraus waren, dann griff Mitleid nach ihm, und es überkam ihn eine bleierne Müdigkeit.

»Geht's wieder?«

Der Junge nickte.

»Und? Bist du immer noch Letzter?«

Es war nicht auszuschließen, dass Ursula Gregorius sich für ihn interessierte. Auffällig oft suchte sie das Gespräch mit ihm, hatte Konni auf der letzten Weihnachtsfeier das Du angeboten, was ihn so sehr überrascht hatte, dass er es nicht hatte ablehnen können. Sie saß neben ihm, auf dem Platz des Kollegen Pietsch (Mathematik und Chemie), der zur Pausenaufsicht eingeteilt war, und blies in ihren Kaffee.

Ursula Gregorius meinte die Doppelkopfrunde. Sie war eine der wenigen, die davon wussten, weil sie eine der wenigen war, die sich jemals erkundigt hatte, was er in seiner Freizeit tat.

»Es läuft schlecht«, sagte er.

Konni wusste nicht viel über sie, nur, dass sie in Scheidung lebte. Man erzählte sich, dass ihr Mann ein schwieriger Fall war, der die Trennung nicht akzeptierte. Es wurde gemunkelt, er habe ihr schon die Tür eingetreten, woraufhin sie die Polizei hatte rufen müssen. Dass er ihr Interesse (sollte es denn tatsächlich vorhanden sein) erwidern würde, war schon aus diesen Gründen ausgeschlossen. Nicht auszudenken, was man sich da für Probleme aufhalste. Es war aber nicht zu leugnen, dass sich in der Kollegin Gregorius Attraktivität und Klugheit aufs trefflichste vermählten.

»Kommen auch wieder bessere Zeiten«, sagte sie und strich sich ihre roten Haare hinter das rechte Ohr.

»Sie haben ein Problem!«

Janine Diederichs hatte eine enervierende Art, zu reden. Ihre Stimme war breit und quäkig und durchtränkt von Arroganz und Widerwillen.

Was wollte sie jetzt wieder von ihm? Wieso konnte sie nicht einfach die Klappe halten? Wenn es nach ihm ginge, wäre sie schon gar nicht mehr hier an der Schule. Für ein Gymnasium war sie zu dumm und zu faul. Warum machte sie nicht eine Lehre als Friseurin, das würde zu ihr passen. Und wenn sie auch dafür zu blöd war, konnte sie sich immer noch in hohen Stiefeln unter eine Laterne stellen. Es gab Tage, da hätte Konni all das am liebsten laut ausgesprochen. Heute war so ein Tag. Aber er riss sich zusammen.

Janine Diederichs zog ihren – zugegeben: sinnlichen, volllippigen – Mund in die Breite und ließ ihn kurz das Kaugummi sehen, das sie die ganze Zeit über malmte. Auch jetzt, im Winter, trug sie bauchfrei, lehnte sich zurück, um ihren Nabel zu präsentieren, und sorgte so dafür, dass ihre Brustwarzen sich durch den Stoff drückten. Sie war fünfzehn. Das war wahrscheinlich sogar für Thomas zu jung. Konni langweilte dieser Mist. Dieses ewige Rumreiten auf pubertärer Sexualität. Sie kamen sich so toll vor, diese ganze Generation, die daran gewöhnt war, ihren Körper als Waffe einzusetzen. Der ganze Körper eine Waffe – woher kannte er das? Genau: David Carradine als Kwai Chang Caine in *Kung Fu*. Seine Gedanken gingen auf Reisen.

»Das Problem ist, dass Sie immer noch glauben, wir wollen überhaupt was lernen.«

Sollte er ihr jetzt sagen, dass es *wollten* heißen müsste? Nein. An Janine Diederichs war jeder Konjunktiv verschwendet. An Janine Diederichs war alles verschwendet, was Konni hier machte. Herrgott, sie mussten ja nicht alle Musterschüler sein! Wenn es ihnen nur ein bisschen weniger scheißegal wäre, hätte man schon viel gewonnen. Und wenn die Eltern einem nicht ständig im Nacken sitzen würden. Die Eltern waren das Problem. Vor allem bei Janine Diederichs. Diese Scheißegal-Haltung war alles, was sie von zu Hause kannte. Ihre Eltern hatten zu viel Geld, um sich um sie zu kümmern. Und dann saßen sie am Elternsprechtag da und beschwerten sich, dass Konni ihrer Tochter nur ein »Ausreichend« gab. Dabei hatte er gedacht, sich durch diese Gnade genau dem Terror zu entziehen, der in so einem Gespräch über ihn hereinbrach. Alle hatten sie ein paar Artikel über Pisa gelesen und einmal im Fernsehen verfolgt, wie die Super-Nanny ein paar Schwererziehbare zur Räson brachte, und schon hielten sie sich für kleine Bildungsminister.

»Wollen Sie dazu nicht mal was sagen, Herr Beckmann?«

Was soll ich dir sagen, Janine Diederichs, dachte Konni. Dass du aussiehst wie eine Nutte und mit dem, was du hier lernst beziehungsweise nicht lernst, auch nichts anderes werden kannst? Dass ich Mitleid mit dir habe, weil deine Eltern dich hassen, dass du mir aber trotzdem unendlich auf die Nerven gehst? Glaub mir, es ist besser für dich, wenn ich einfach meine Klappe halte.

»Mann, Sie haben echt ein Problem.«

Es war plötzlich still, sehr still. Da sein Gehör nichts zu tun hatte, nutzte sein Geruchssinn die brachliegenden Energien und registrierte den scharfen Duft von Reinigungsmitteln, der vom Boden aufstieg. Konni sah waagerechte Linien. Nein, keine Linien. Wellen? Wieso sah er Wellen? Estrich, dachte er. Frisch aufgetragener Estrich ist schön glatt, hat weder Linien noch Wellen. Die Holzfenster haben ein Vermögen gekostet, aber in dieses Haus konnte man einfach keine mit Kunststoffrahmen einbauen, da hatte Michaela recht. Sie hatte mit so vielem recht. Ich bin so langweilig. Warum kann ich nicht einfach aufspringen und einmal sehr laut SCHEISSE brüllen?

Weil zwanzig Augenpaare mich anstarren, schoss ihm durch den Kopf.

Er hob den Blick von der Tischplatte seines Pultes. Die Linien oder Wellen waren die künstliche Maserung des Resopals in Holzoptik gewesen, mit dem man versucht hatte …

»Feuerbach«, sagte jemand.

Es war ein junger Mann in der ersten Reihe. Konni musste kurz nachdenken, dann fiel ihm der Name ein. Paul. Paul Burkhardt. Der Vater war …

»Sie wollten etwas über die Religionskritik bei Feuerbach sagen, Herr Beckmann!«

Konni stand auf. Am liebsten wäre er sich mit den Händen durchs Gesicht gefahren, hätte sich eine bessere Durchblutung zurechtgerubbelt. Wie lange war er weg gewesen? Nun, sie hatten noch keinen Arzt gerufen, so schlimm konnte es also nicht sein. Grundkurs Religion, Jahrgangsstufe zwölf, atheistische Positionen: Marx, Freud und eben Feuerbach, Ludwig. Kein schlechter Kurs. Klar, die waren freiwillig hier, hätten längst abwählen können. Heilungswunder und ihre psychoanalytische Deutung à la Drewermann hatten sie besonders interessiert. Es gab noch Lichtblicke.

Forstinspektor. Der Vater von Paul Burkhardt war Forstinspektor. Interessanter Mann.

Konni war wieder im Bilde.

Auf der Heimfahrt kein Stau, kein Mittelfinger. Zu Hause stiefelten Bauarbeiter durch den Anbau. Einer kam zu ihm und sagte, es gebe da ein Problem mit einem der Fenster. Da sei was nicht richtig ausgemessen worden, so dass ein Spalt zwischen Fensterrahmen und Hauswand entstanden sei. Okay, also musste das noch mal gemacht werden. Neu ausgemessen, neu angefertigt. Wer würde das bezahlen? Man müsste sich jetzt aufregen, dachte Konni. Ein bisschen rumschreien, damit drohen, nicht zu bezahlen oder einen Anwalt einzuschalten. Bei Konni reichte es nur zu einem Nicken. Er ließ den bulligen Mann in seinem dunkelblauen Overall stehen, verkroch sich in seinem Arbeitszimmer und wartete, bis alle weg waren.

Der Tag ging dahin. Es waren Arbeiten zu korrigieren. Und das blieb auch so bis zum Abend. Kein einziges Heft hatte er geschafft. Das Haus war dunkel und still. Ein merkwürdiger Tag, ein merkwürdiger Abend. Konni ging zum Kühlschrank: drei Flaschen Bier. Die reichten ihm nicht, spürte er später. Im Keller aber stand noch diese Flasche Eierlikör, die er letztes Jahr von den Kollegen geschenkt bekommen hatte. Was für ein Blödsinn!, hatte er damals gedacht. Wie können die auf die Idee kommen, ich würde so etwas trinken! Die Kollegin Gregorius war hinterher zu ihm gekommen und hatte gesagt, dass sie das Geschenk ebenso einfalls- wie geschmacklos fand.

Der Abend wurde immer älter. Nach Mitternacht schoss ihm eine Frage durch den Kopf: Wie konnte man gleichzeitig so betrunken und so wach sein? Und wo kamen diese ganzen Gedanken her? Sie waren schnell und zahlreich und ganz klar.

Was war morgen? Kamen da irgendwelche Handwerker? Er hatte den Überblick verloren. Er suchte diesen Plan, den er sich für diese Woche gemacht hatte, konnte ihn aber nirgends finden. Er spürte ein Rauschen in den Ohren.

Kurz vor zwei griff er zum Telefon.

Es klingelte nur dreimal, dann war sie dran. Sie sagte nur: »Hallo.« Wieso nannte sie nicht ihren Namen?

»Ich bin's!«, sagte Konni. »Wie geht's?«

»Konni, bist du das?«

»Hör mal, ich habe da mal eine Frage.«

»Weißt du, wie spät es ist?«

Er mochte ihre verschlafene Stimme. Er hatte es immer geliebt, sie aufwachen zu sehen.

»Es geht um den Entwurf für das Kinderzimmer. Ich meine, ich könnte doch jetzt mein Arbeitszimmer auch dahin machen, wo eigentlich das Kinderzimmer sein sollte, anstatt in den Keller. Na gut, es ist nicht wirklich ein Keller, mehr so ein Souterrain, so heißt das doch, oder? Oben hätte ich viel mehr Licht, und unten könnte ich doch vermieten, immerhin gibt es da einen eigenen Eingang. Das war deine Idee. Da hast du schon ganz schön gut mitgedacht, das muss ich sagen.«

»Konni, bitte, wir sind vorhin erst aus Florida zurückgekommen, wir sind hundemüde und ich …«

»Aus Florida? Im Februar? Was macht man denn in Florida im Februar?«

»Urlaub. Wir haben da ein Haus und …«

»*Wir?* Wir haben ein Haus in Florida? Du meinst, der Knochenbrecher hat da ein Haus. Ein Haus in Florida. Da muss man natürlich mal nach dem Rechten sehen, klare Sache.«

»Bist du betrunken?«

»Also, ich mache das Arbeitszimmer oben rein. Da ist es

zwar etwas kleiner, aber dafür habe ich doch viel mehr Licht. Und unten vermiete ich vielleicht. Mit dem Bus sind es zur Uni nur zehn Minuten. Oder ich nehme mir ein Au-pair-Mädchen. Kriegt man auch ein Au-pair-Mädchen, wenn man keine Kinder hat? Du hast doch gesagt, ich bin so kindisch. Da müsste ich doch ein Au-pair-Mädchen kriegen. Nicht dass ich ihr an die Wäsche wollte. Ich meine, sie könnte meine Schülerin sein. So eine Fünfzehnjährige könnte meine Tochter sein, verdammte Scheiße.«

»Hör auf zu fluchen. Das passt nicht zu dir.«

»Sag mir nicht, was zu mir passt und was nicht.«

»Ich muss jetzt Schluss machen, ich bin müde.«

»Das hast du damals auch gesagt. Wörtlich. Ich muss Schluss machen, ich bin müde. Ich war ein fünfzehn Jahre langes Telefongespräch für dich! Denk mal an die Gebühren!«

»Konni, bitte …«

»Kommst du zu dem Abitreffen?«

»Das ist im Sommer. Ich weiß nicht, ob wir im Sommer in Deutschland sind.«

»In Florida ist es da doch viel zu heiß!«

»Es gibt auch noch andere Länder.«

»Ach, wo habt *ihr* denn alles Häuser? Paris, Rom, London, Reykjavik?«

»Gute Nacht, Konni.«

Und dann war die Leitung tot.

Am nächsten Nachmittag rief er Bulle in der Klinik an. Eine Schwester holte ihn ans Telefon. »Mach hin«, sagte er, »ich hab nicht viel Zeit.«

»Kurze Frage nur«, sagte Konni. »Ist das eigentlich schwer, das mit dem Bassspielen?«

7

Es ging um Sekunden, und langsam wurde ihm klar, er würde es nicht schaffen. Er hastete die Treppe hinunter und sah die Bahn im Tunnel verschwinden. Bulle keuchte. Na gut, in zehn Minuten kam die nächste. Trotzdem Scheiße. Halb sieben sei er wieder zu Hause, hatte er gestern zu Gerda am Telefon gesagt. Bitte pünktlich, hatte sie geantwortet. Sie wolle ins Theater und müsse sich noch umziehen. Wenn ich es nicht schaffe, hatte er gesagt, dann geh ruhig, die beiden sind elf Jahre alt, die können mal ein paar Minuten allein bleiben. Gerda hatte nur geseufzt.

Ein ganz normaler Arbeitstag lag hinter ihm. Viel Weiß und viel elendes Verrecken. Wer auf seiner Station lag, der hatte das Beste lange hinter sich.

Am Morgen hatte es schon mal schlecht angefangen, als er festgestellt hatte, dass Schwester Nicole in der Nacht Herrn Borowski eine Infusion mit Kalium statt mit Kalzium verabreicht hatte, was den Mann beinahe umgebracht hätte. Gut, er hatte ohnehin nur noch ein paar Monate, und der Tod durch die Folgen der Infusion von Kalium wäre um einiges angenehmer gewesen als das, was Borowski noch bevorstand, aber darum ging es nicht. Wie konnte man so blöd sein? Okay, sie waren überarbeitet und schlecht bezahlt, und jetzt wollten sie ihnen auch noch an die Nachtzuschläge, aber verdammte Kacke noch mal, sie hatten sich diesen Beruf selber ausgesucht, da hatten sie ihn auch anständig zu machen. Ein bisschen abstumpfen musste hier jeder, man konnte den ganzen Scheiß nicht ständig an sich ranlassen, da konnte man sich gleich in einen Raum mit sehr weichen Wänden einschließen lassen und immer wieder den Kopf auf den Boden schlagen, aber dann und wann konnte es nicht schaden, sich mal wieder klarzumachen, dass man es mit Menschen zu tun hatte und nicht mit Autos, die man ein bisschen zusammenschweißte oder auf den Müll warf.

Das hatte Bulle Schwester Nicole gesagt, richtig zusammengeschissen hatte er sie, weil er es hasste, wenn ein Tag so anfing, und sie hatte ihn angesehen, als sei er nicht ganz gescheit. »Fertig?«, hatte sie dann gefragt und ihn stehenlassen. Jetzt rennt sie ins Schwesternzimmer, hatte Bulle gedacht, und heult sich aus, und plötzlich ist das Problem nicht mehr, dass sie einen alten Mann beinahe umgebracht hätte, sondern dass Doktor Geiger sich absolut peinlich aufgespielt hatte.

Bei der Visite war Professor Bredemeier ganz schlecht drauf gewesen, weil seine Frau ihn verlassen hatte. Na gut, das war jetzt ein halbes Jahr her, aber noch immer war Bredemeier stinksauer, dass die Welt die Frechheit besaß, sich weiterzudrehen, wo er doch litt wie ein Hund, und überhaupt, was erdreisteten die sich eigentlich alle, ihm nach und nach unter den Händen wegzusterben!

Der Rest des Tages? Ach, scheiß doch auf den Rest des Tages, wo bleibt die verdammte Bahn! Eine Minute noch, stand auf dem »Zugzielanzeiger«, aber das stand da bestimmt schon seit fünf Minuten, es würde immer später werden, und seine Schwiegermutter würde ihm für alles die Schuld geben: dass sie nicht ins Theater gehen konnte, oder wenn doch, dann aus Zeitmangel nicht ausreichend gut hergerichtet; dass die Mädchen so lange auf ihren Vater warten mussten – obwohl sie ihn mit kaum mehr als einem kurzen Heben der Hand grüßen würden, während Shakira im Fernsehen Fickbewegungen machte. Gerda würde ihm am liebsten auch in die Schuhe schieben, dass die Sonne im Herbst so früh unterging.

Und natürlich, dass er ihrer Tochter nicht hatte helfen können.

Wozu hatte er denn Medizin studiert?

Drei etwa vierzehnjährige türkische Mädchen mit enger, tief auf der Hüfte sitzender Hose, kurzer Jacke, freiem Nabel und langen schwarzen Haaren standen dicht an der Bahnsteigkante und regten sich auf, dass die Bahn nicht kam.

»Ey voll die Scheiße, ey, die Scheißbahn, was soll die Kacke, ey!«

Das Merkwürdigste heute war der Anruf von Konni gewesen. Ob das schwer sei, das mit dem Bassspielen. Was für eine bescheuerte Frage! Ob er ihn nur deshalb in der Klinik angerufen habe, hatte Bulle wissen wollen, aber Konni hatte nur gelacht. Richtig aufgekratzt hatte er geklungen und dann noch etwas über Feuerbach und einen Blackout erzählt, was Bulle nicht begriffen hatte, weil Schwester Irina, die schmale Russin, ihm ein Krankenblatt zum Abzeichnen hingehalten und »Spassiba« gesagt hatte.

»Du musst das doch wissen«, hatte Konni gesagt, »du bist doch der Einzige, der mal in einer Band gespielt hat!«

Wie aus einem verstopften Abfluss waren Erinnerungen hochgeschwemmt worden, brackig, undurchsichtig, übelriechend. Die glorreichen achtzehn Monate von Black Pearl, der amtlichen Hard-Rock-Combo des Bert-Brecht-Gymnasiums. Papa hatte sie in der Garage proben lassen. Wochenlanges Üben, bis die Finger bluteten. Saufen, ohne betrunken zu werden. Die Euphorie, wenn plötzlich alles passte, wenn »Black Night« im Raum stand wie eine Wand, an die man sich anlehnen konnte. Hitze, Schweiß und schlechter Atem, dazu der Geruch des Gummis, verströmt von den Winterreifen, die an der Wand hingen. Der erste Auftritt bei der Rocknacht in der Pausenhalle. Bis zehn Uhr musste alles durch sein, der Hausmeister drehte sonst unbarmherzig den Saft ab. Anarchie nach Zeitplan. Hotte Vorholz, Lead Guitar (weil Ole nicht gewollt hatte); Michael »Schraube« Scheffler, Rhythm Guitar and Vocals; Christoph Küster, Bass; and on Drums: Bulle Geiger, the animal! Ansagen auf Englisch. Es war albern gewesen, aber geil!

Nein, hatte er zu Konni gesagt, das mit dem Bass sei nicht so schwer, man müsse halt üben.

Endlich, die Bahn. Die türkischen Mädchen klatschten höhnisch Beifall. Als die Bahn zum Stehen gekommen war, trat die eine heftig gegen die Tür.

»Musse nur gegentreten, dann geht die Scheiße auch auf, ey!«

Mit verschränkten Armen stand Gerda in der offenen Tür, den Mantel bereits auf dem Arm. »Ach, Udo«, sagte sie. Er ging an ihr vorbei. Die Mädchen lagen vor dem Fernseher.

»Du wusstest doch, dass ich ins Theater will.«

»Du siehst toll aus, Gerda.«

»Darum geht es doch gar nicht.«

Bulle ging in die Küche und nahm sich ein Bier aus dem Kühlschrank. Der erste Schluck, der in einen lechzenden, leeren Magen lief, war nicht zu überbieten. Gerda stand in der Küchentür, ein Mensch gewordener Vorwurf von eins siebzig.

»Die Bahn«, sagte er. »Die verdammte Bahn. Die eine ist mir vor der Nase weggefahren, und die nächste hatte Verspätung.«

»Das kann man sich doch einteilen, Udo. Da geht man ein paar Minuten früher los, dann schafft man das.«

Es hatte keinen Sinn, mit ihr zu diskutieren. Und er tat es doch. »Ich lade dich ein, mal einen Tag mit mir in der Klinik zu verbringen, dann würdest du sehen, dass man da manchmal nicht so einfach wegkommt.« Viel zu defensiv. Er war müde.

»Ich habe immer gesagt, du solltest irgendwo in eine Praxis einsteigen. Das mit dem Krankenhaus, das ist doch nichts. Die Arbeitszeiten. Und all die Leute, die …«

»Ich glaube, die Vorstellung fängt um halb acht an, oder?«

»Um acht. Aber Udo, darum geht es doch gar nicht.« Gerda wusste immer ziemlich genau, worum es *nicht* ging.

»Du musst dich beeilen, wenn du dich noch umziehen willst.«

Julia und Nathalie stürzten herein.

»Ey, was ist mit Abendbrot?«

»Wir haben Hunger.«

Gerda warf ihm einen *Siehst-du-*Blick zu und machte sich endlich aus dem Staub.

Black Pearl, dachte er, während er Brot runterschnitt und die Mädchen den Küchentisch deckten. Ein schwarzes Pearl-Schlagzeug hatte er gehabt. Weihnachtsgeschenk seiner Eltern, die ihn unterstützten, so lange er in der Garage übte. Er hatte es verkauft, als er zum Studium nach München gegangen war.

Bulle Geiger, the animal, stellte das Glas mit den Cornichons auf den Tisch.

8

Also, für ihn sah das aus wie Blut. Rainer stützte sich an der gekachelten Wand ab und blickte in die Schüssel. Blut und etwas Schleim. Spuren davon fanden sich auch am Toilettenpapier. Er säuberte sich gründlich, spülte und zog sich die Hose hoch. Er streifte die roten Hosenträger über das weiße Hemd und ließ sie schnappen. Eigentlich fand er sie ein wenig albern, zu businessmäßig, aber leider hatte er fast gar keinen Arsch und sehr knochige Hüften, so dass ihm die Hosen ständig herunterrutschten. Gürtel halfen da kaum.

Auf dem Weg zu seinem Büro kam er am Empfang vorbei, wo Frau Edelmann saß, mit ihren hochtoupierten Haaren und ihrer bunten Bluse, als hätten die Siebziger nie aufgehört. Mit zwanzig hatte sie hier angefangen und seitdem nicht viel in ihre Garderobe investiert. Er grüßte sie höflich und erntete einen Blick voller Unverständnis, über den er sich wunderte, bis er in den Gang zu seinem Büro einbog, wo ihm aufging, dass er sie morgens schon gegrüßt hatte, ein kurzes Nicken hätte jetzt also gereicht, ein volltönendes Guten Morgen hätte es nicht gebraucht, ja war sogar unverständlich, und er überlegte, ob er zurückgehen und das richtigstellen sollte, aber wie nahm man einen überflüssigen Gruß zurück?

Vor seiner Bürotür angekommen, hob er die Hand, um anzuklopfen, dann schüttelte er den Kopf und ging einfach hinein, schließlich war das sein Büro, was sollte er da anklopfen! Er ließ sich auf seinen Stuhl fallen und atmete durch. Er fühlte sich wie ein Fernsehbild, das nicht richtig scharfgestellt war.

Er legte die Papiere zusammen, an denen er vorhin gearbeitet hatte, heftete sie zurück in den Ordner und stellte ihn ins Regal. Gleichfarbige, fein säuberlich beschriftete Etiketten blickten ihn an. Er fragte sich, ob die Putzfrau Anweisung hatte, jeden Tag die Aktenordner genau an der vorderen Kante des Regals auszurichten. Es war so ordentlich, dass einem schlecht werden konnte. Rainer schob einige Ordner ein paar Zentimeter nach hinten, aber das änderte den Gesamteindruck kaum.

Er nahm die Akte Langbein und warf sie auf den Schreibtisch. Er war sich ziemlich sicher, dass hier etwas faul war, dass der Herrenausstatter Langbein im großen Stil Steuern hinterzog. Sollte sich dieser Verdacht bestätigen, würde er Langbein zur Selbstanzeige drängen müssen. Er hatte solche Fälle schon erlebt. Manche der Betreffenden waren zu dumm gewesen, andere zu naiv, die Dritten hatten einfach gedacht, wenn sie nur dreist genug vorgingen, würde es nicht auffallen, und alle zusammen hatten den Fehler gemacht, die Damen und Herren von der Steuerfahndung zu unterschätzen.

Nachdem er festgestellt hatte, dass er seit fast einer Viertelstunde den gleichen Absatz wieder und wieder las, ohne den Inhalt zu erfassen, klappte er den Aktendeckel zu und blickte nach draußen zu dem Geschäftshaus gegenüber. Im Herbst und im Winter, wenn es früh dunkel wurde und in den Büros gegenüber das Licht anging, konnte man sehen, was in den anderen Büros vor sich ging. Nichts Spannendes. Keine Orgien auf dem Schreibtisch, keine Schlägereien, kein Mord.

Er stand auf und trat ans Fenster. Da unten war die Fußgängerzone zur Hälfte aufgerissen, weil neue Abwasserrohre verlegt wurden. Die Leute mussten über Holzbohlen zu den Geschäften auf der gegenüberliegenden Straßenseite balancieren.

Die andere Seite würde auch noch drankommen, und dann müssten die Mandanten über diese Bohlen gehen, wenn sie nicht – was eher zu erwarten war – über die Tiefgarage des Bürohauses kamen, deren Einfahrt in der nächsten Querstraße war.

Er war müde.

Er hatte Blut im Stuhl.

Ein Kaffee, vielleicht half ein Kaffee. Rainer stemmte sich aus seinem Bürostuhl hoch und ging hinüber in den fälschlicherweise als *Teeküche* bezeichneten fensterlosen Verschlag, in dem die Kaffeemaschine stand. Niemand in der Firma trank Tee.

Er starrte auf den Kaffee, der durch die Haube aus Milchschaum lief. Das dröhnende Geräusch erstarb, und Rainer nahm die Tasse an sich. Die Düse tropfte noch nach.

Als er sich umdrehte, bog gedankenverloren, mit zerfurchter Stirn, die neue Auszubildende um die Ecke, die bei der Hollenbeck mit im Büro saß. Als sie Rainer bemerkte, zuckte sie zusammen, blieb stehen, legte eine Hand auf die Brust und sagte: »Oh Gott, haben Sie mich erschreckt!«

»Tut mir leid.«

»Nein, nein, schon gut. Ich war ganz in Gedanken.«

»Ich hab mir nur einen Cappuccino geholt.« Wieso sagte er das? Er hatte sich nicht zu rechtfertigen.

»Genau das wollte ich auch tun.«

Sie trug einen Jeansrock, ein dunkles Oberteil und eine Strumpfhose mit Ringelmuster. Sie war nicht besonders hübsch, sie wirkte hohlwangig und knochig, aber ihr Selbstbewusstsein hatte etwas Anziehendes.

»Toll, so eine Maschine!«, sagte sie zu ihm, nachdem sie auf den Knopf gedrückt und sich zu ihm umgedreht hatte. »Letztes Jahr habe ich als Praktikantin bei Graf & Partner gejobbt, und da hat morgens die Sekretärin vom Chef eine große Kanne Filterkaffee gekocht, der schon nach einer Stunde auf der Warmhalteplatte praktisch ungenießbar war. Außerdem waren die meisten bei denen Teetrinker. Schlimm!«

»Dann sind Sie hier ja genau richtig.«

»Das denke ich auch.«

Sie hielt ihm die Hand hin. »Ich habe mich Ihnen noch gar nicht vorgestellt. Krohn, Stefanie. Also Steffi, schließlich bin ich hier die Azubi-Maus.«

Rainer ergriff ihre Hand. »Grigoleit, Rainer.« Also *Herr* Grigoleit, schließlich bin ich hier Partner, hätte er am liebsten hinzugefügt. Und: Ich kann seit zwei Jahren nicht mehr schlafen, und meine Freunde reden davon, wie es wäre, eine Band zu gründen, um reihenweise junge Dinger wie Sie abzuschleppen, aber wir sind nur vier, und für eine richtige Rockband braucht man fünf, aber Ole ist nicht greifbar, außerdem habe ich vielleicht Krebs, und meine Frau verdächtigt mich, Affären zu haben, was, wenn ich Sie hier so sehe, gar keine schlechte Idee zu sein scheint.

Wie würde sie darauf reagieren? Ihre zur Schau gestellte Selbstsicherheit ging ihm ein bisschen zu weit. Er fragte sich, wie sie über diese Firma reden würde, wenn sie erst mal woanders war. *Alles Kaffeetrinker, schlimm!* Früher war er genauso gewesen, aber da hätte er auch nicht gedacht, er könnte jemals so alt werden, dass er sich Sorgen darüber machen würde, was zum Vorschein kam, wenn er sich auf der Toilette niederließ.

Ihr Cappuccino war fertig. Sie kippte noch etwas Zucker dazu, der auf dem Milchschaum liegen blieb und nur langsam einsank. »Okay«, sagte sie, »man sieht sich!«, und drückte sich an ihm vorbei.

Durch diese ganze Trödelei, die lange Sitzung auf dem Klo, das blicklose Lesen und das Aus-dem-Fenster-Starren, war er zeitlich arg ins Hintertreffen geraten. Außerdem fehlten in der Langbein-Sache noch ein paar Zahlen, die Böck ihm schon gestern hatte geben wollen. Anstatt einfach die paar Meter den Gang hinunter zu Böcks Büro zu gehen, rief er ihn an und fragte, wann er mit dem Material rechnen könne. Böck, ein schmaler, immer etwas abwesend wirkender Mittdreißiger, der sich damit abgefunden hatte, dass er nie Karriere machen, sondern immer nur als *solide und zuverlässig* gelten würde, Böck sagte, die Sache sei komplizierter als gedacht, und er brauche noch einen weiteren Tag.

»Wieso haben Sie das nicht gesagt?«, wollte Rainer wissen.

»Ich wollte Sie gerade anrufen.«

»Morgen früh um zehn will ich die Zahlen haben!«

Ohne eine Antwort abzuwarten, legte Rainer auf. Danach fühlte er sich etwas besser. Er kniete sich weiter in die Akte Langbein, ließ das Mittagessen aus, trank noch einen Cappuccino und zwei starke Espressi und stellte wieder fest, dass Koffein zwar den Puls in die Höhe schießen ließ, nicht aber die Müdigkeit aus den Knochen und dem Gehirn vertreiben konnte. Als er sicher war, dass er mit Langbein ein ernstes Gespräch würde führen müssen, machte er Schluss.

Zu Hause empfing ihn Brigitte vor der Haustür mit einer Miene, die wie üblich zwei widerstreitende Aufforderungen aussandte: *Frag mich bloß nicht, wie mein Tag gewesen ist!* war die eine, und *Wehe, du fragst nicht, wie mein Tag gewesen ist!* die andere.

»Und? Wie war dein Tag?«, fragte er noch im Hereinkommen, während sie den Kopf schräg legte, eine Bewegung, die ebenfalls zweideutig war: Hielt sie ihm die Wange zum Kuss hin oder wandte sie sich von ihm ab?

»Frag bloß nicht!«, stöhnte Brigitte und ging in die Küche.

Rainer zog Jackett und Schuhe aus und folgte ihr.

»Wenn du wirklich wissen willst, wie mein Tag gewesen ist, dann frag doch mal ihn!«, sagte Brigitte, während sie Brot schnitt. Offenbar meinte sie ihren gemeinsamen Sohn, der im Wohnzimmer vor dem Fernseher lag und rauchte, während er sich irgendeine Sendung mit Musikvideos ansah. Rainer ging zu ihm und setzte sich in den Sessel.

»Hi!«, sagte er.

Daniel hob kurz die Hand.

»Du rauchst?«

Daniel schüttelte den Kopf.

»Oh, tut mir leid«, sagte Rainer. »Hat von hier so ausgesehen.«

Daniel nickte verständnisvoll und drückte die Zigarette im Aschenbecher aus.

»Was ist denn zwischen dir und deiner Mutter vorgefallen?«

Etwas zu gestelzt formuliert, dachte Rainer. Folgerichtig bekam er die einzige Antwort, die er verdiente: »Nichts.«

»Okay, dann ist ja alles gut.«

Rainer sah ein paar Minuten zu. Breitbeinig dasitzende Schwarze in Trainingshosen und mit umgehängten Goldketten machten mit abgespreizten Fingern merkwürdige Handbewegungen in die Kamera. Um sie herum tanzten fast nackte schwarze Mädchen. Was war aus dem seinerzeit manchmal etwas nervigen, aber in der Rückschau beruhigenden Feminismus geworden, mit dem er es in den Siebzigern zu tun gehabt hatte? Die »Wir haben abgetrieben«-Kampagne des *Stern*, die für stundenlange Diskussionen sogar im Sportunterricht gesorgt hatte? Wieso wurden heute keine BHs mehr verbrannt? Warum war es so gar nicht mehr wie früher? Er wollte wieder in die Kloschüssel schauen können, ohne Angst zu haben.

»Das sind aber nicht die White Stripes, oder?«

Daniel warf ihm einen Blick voller Mitleid zu. Der Junge war ein Meister nonverbaler Kommunikation.

Die Haustür wurde geöffnet und fiel mit einem Knall ins Schloss.

»Geht das auch leiser?«, rief Brigitte aus der Küche.

»Dann hätte ich es leiser gemacht!«, rief Helena, rauschte ins Wohnzimmer, sagte »Hallo Dad« zu Rainer und »Guten Abend, Versager« zu ihrem Bruder und fasste in einem schnellen, atemlosen Referat ihren Tag zusammen: eine Matheklausur, die gut gelaufen war; Mittagessen bei Nadine, gemeinsame Hausaufgaben und dann etwas, das sie unter dem Begriff »weibliche Aktivitäten« zusammenfasste. Und heute Abend mit Paul ins Kino, wenn die Familie nichts dagegen habe. Ohne eine Antwort abzuwarten, stürmte sie in ihr Zimmer, als könnte es nicht mehr da sein, wenn sie sich nicht beeilte.

»In zehn Minuten gibt es Essen!«, rief Brigitte aus der Küche.

Rainer stand auf und ging zu seiner Frau, die gerade vor dem Kühlschrank stand und etwas suchte. Er umfasste sie von hinten und küsste sie in den Nacken.

»Du müsstest noch Bier aus dem Keller holen«, sagte sie.

»Kommst du mit und hilfst mir suchen?«, flüsterte er ihr ins Ohr.

»Rainer, bitte!« Sie warf die Kühlschranktür zu, ließ ihn sie aber weiter festhalten.

»Die Kinder sind heute Abend weg«, sagte er. »Wir könnten uns einen bestimmten Film ansehen.«

In letzter Zeit hatten sie es ein paarmal mit Pornos versucht, die Rainer sich von Thomas ausgeliehen hatte. Es hatte nicht funktioniert, aber noch machten sie sich Hoffnungen. Rainer jedenfalls wollte noch nicht aufgeben.

»Ich dachte, wir planen unseren Urlaub«, sagte Brigitte und nahm ein Stück Käse aus dem Kühlschrank.

Planung. Sie wusste einfach, wie sie ihn wieder runterbrachte. Prospekte wälzen, statt sich gegenseitig aus den Kleidern zu schälen.

»Du bist spät dran heute Abend!«, sagte Brigitte.

Das war das Zeichen, sie loszulassen.

»Viertel vor sieben. Wie üblich.«

»Normalerweise kommst du zwischen sechs und halb sieben. Was war los? Irgendwas Neues im Büro? Oder sollte ich fragen: Irgend*wer* Neues im Büro?«

»Was soll das nun wieder heißen?«

»Ich habe gehört, die Hollenbeck hat eine neue Auszubildende.«

»So, so. Hast du gehört.« Rainer wusste, dass Brigitte sich sehr gut mit Frau Edelmann verstand, und das sicher nicht wegen gemeinsamer modischer Vorlieben. Brigittes schlechte Laune und ihr Misstrauen gegenüber ihrem absolut treuen Ehemann hatten nicht dazu geführt, dass sie ihr stets elegantes Äußeres vernachlässigt hätte. Sogar in der verwaschenen Jeans und dem karierten Hemd sah sie umwerfend aus. Nein, nicht sogar, sondern *gerade* in diesen abgenutzten Sachen. Am liebsten wäre er hier und jetzt über sie hergefallen, hätte an ihren wunderschönen nackten Zehen gelutscht, hätte ihr gern die Hose heruntergestreift, sie auf den Tisch gelegt und sein Gesicht zwischen ihren Beinen vergraben. Er bezweifelte, dass es viele Männer gab, die auch nach fast zwei Jahrzehnten immer noch so geil auf ihre Frau waren.

»Sie soll ziemlich gut aussehen«, sagte Brigitte und trug den Teller mit der Wurst zum Tisch.

»Wenn man den knochigen Typ mag.«

»Und?« Brigitte sah ihn an.

»Du weißt doch, dass ich völlig damit ausgelastet bin, mich durch die Nachbarschaft zu vögeln.«

Brigitte entgleisten die Gesichtszüge. »Das ist nicht witzig!«, zischte sie.

»Ich hole jetzt Bier.«

Rainer ging in den Keller und fragte sich, ob vielleicht alles besser würde, wenn er wirklich mal was mit einer wie dieser Azubi-Maus anfing. Aber er hatte sich ja nicht mal den Namen gemerkt.

Als er zurückkam, saß Brigitte am Tisch und wischte sich Tränen aus den Augen. Er wollte zu ihr gehen und sich für die überflüssige Bemerkung entschuldigen, doch sie wehrte ihn ab.

»Übrigens«, sagte sie. »Ich habe ganz vergessen, dir zu sagen, dass Ole angerufen hat.«

»Ole? Wann denn?«

»Vor ungefähr zwei Wochen.«

»Und das sagst du mir erst jetzt?«

»Ja! Tut mir leid!« Ihr Ton sagte das Gegenteil.

»Was hat er gesagt?«

»Ich habe nicht mit ihm gesprochen. Er war auf dem Anrufbeantworter. Sag den Kindern, sie sollen zum Essen kommen!«

Verstört ging Rainer ins Wohnzimmer. Wieso hatte Ole angerufen? Und ausgerechnet bei ihm!

Daniel reagierte nicht, als Rainer ihm sagte, er solle zum Essen in die Küche kommen, also nahm Rainer die Fernbedienung und schaltete den Fernseher aus. Mit einem Stöhnen, welches klarmachte, dass er kurz davor stand, sich an Amnesty zu wenden, kam der Junge vom Sofa hoch.

Mein Gott, dachte Rainer, er ist seit gestern noch weiter gewachsen!

Er ging die Treppe nach oben und klopfte an die Tür zu Helenas Zimmer. Fröhlich rief seine Tochter: »Ich komme!«, und stand kaum eine Sekunde später in der Tür, drückte ihrem Vater einen Kuss auf die Wange und lief an ihm vorbei in die Küche.

Rainer folgte ihr langsam. Ole hatte sich so lange nicht gemeldet. Nein, Ole hatte sich eigentlich noch nie gemeldet. Es waren immer die anderen, die auf ihn zugingen. Die Erde hatte Kontakt zum Planeten Ole aufzunehmen, nicht umgekehrt. Und jetzt hatte er angerufen. Ausgerechnet bei Rainer. Allerdings: Hätte er sich bei einem der anderen gemeldet, wäre Rainer genauso überrascht gewesen.

Mit Ole wären wir fünf, dachte er.

9

Welch ein Anblick! Konni schob die Karten noch einmal zusammen und bemühte sich, nicht zu grinsen. Er steckte sich eine Zigarette an und nahm einen tiefen Zug. Dann fächerte er das Blatt wieder auf und weidete sich an diesem Bild: beide

Kreuz-Damen, beide Pik-Damen, ein blankes Kreuz-Ass, kein Herz. Dafür zwar zwei Füchse, aber es müsste doch mit dem Teufel zugehen, wenn er die nicht durchbekam! Sein Partner musste nur halbwegs potent sein, dann würde das ein glanzvoller Sieg werden, vielleicht der Wendepunkt des Abends, ja des ganzen, noch jungen Jahres.

Er schüttelte den Kopf. Nun mal nicht übermütig werden!

Sie saßen in Bulles Küche, oben rumorten die Mädchen, auf dem Herd köchelte ein gehaltvolles Chili. Rainer hatte heute Fahrdienst, Konni konnte sich also getrost ein zweites, vielleicht sogar ein verwegenes drittes Bier gönnen und nach dem Essen einen kleinen Schnaps. Oder einen mittelgroßen. Das Leben konnte schön sein. Vielleicht würde er morgen mal der Kollegin Gregorius zulächeln.

Jetzt wurde er schon wieder übermütig!

»Irgendwelche Ansagen?«, wollte Rainer wissen.

»Hochzeit«, sagte Konni ganz ruhig.

»Wer geht mit?«, fragte Bulle.

»Erster fremder Fehl.«

»Rainer kommt raus«, wies Thomas auf das Offensichtliche hin.

Ein paar Sekunden knetete Rainer seine Unterlippe und spielte dann eine Herz-Zehn aus. Was war das denn für ein Manöver? Alle warfen ihre kleinsten Trümpfe ab. Unbeirrt ließ Konni sich zu einem »Re« hinreißen, da bis zur fünften Karte alles gesagt sein musste. Natürlich konnte niemand erhöhen, da noch nicht klar war, wer mitgehen würde.

Rainer warf die zweite Herz-Zehn in die Mitte des Tisches, und Thomas quittierte das mit einem »keine hundertzwanzig!«. Was war hier los?

Die Frage war beantwortet, als Rainer mit einem Karo-

König herauskam. Konni starrte auf den Tisch und konnte es nicht fassen. Er schob seine Karten zusammen und warf sie auf den Tisch.

»Das ist nicht dein Ernst!«

Rainer sagte nichts.

»Das ist eine verdammte Sauerei!«

»Wieso?«, fragte Rainer. »Das ist streng nach Regel!«

Wenn einer eine »Hochzeit« hatte (beide Kreuz-Damen auf einer Hand), musste der entsprechende Spieler ansagen, wer mit ihm zusammenspielen sollte. Derjenige, welcher den ersten Stich machte, ganz gleich ob Trumpf oder Fehl, oder aber der, der den ersten Fehlstich mitnahm. War nach dem dritten Stich keine Entscheidung gefallen, musste der Hochzeiter allein spielen, was wiederum am Ende als Solo gewertet werden würde: alle Punkte multipliziert mit drei.

»Das ist eine Scheißregel!«, entfuhr es Konni.

»Ich habe sie nicht gemacht«, meinte Rainer kühl.

»Das ist gegen den Geist des Spieles!«

»Wie kann eine Regel gegen den Geist des Spieles sein?«

»Es ist gegen den Geist des Spieles, seinen Mitspieler in eine solche Situation zu bringen!«

»Vielleicht gewinnst du ja noch!«

»Wenn ich das glauben würde, dann hätte ich das als stille Hochzeit oder Damensolo gespielt!«

»Hör zu«, sagte Rainer, »ich habe ein mieses Blatt auf der Hand, nicht mal ein Ass zum Rauskommen, und wenn ich das ganz normal spiele, gehe ich unter. Also habe ich die Variante gewählt, bei der es für mich am besten ausgeht. Das ist doch völlig legitim!«

»Eine Unverschämtheit ist das! So etwas tut man nicht!

Jemanden, den man als Freund bezeichnet, so derartig … in eine derartige Situation zu bringen.«

»Lass uns das doch erst mal spielen«, sagte Thomas. »Wer weiß schon, wie das ausgeht!«

Konni wandte sich ihm zu. Thomas war mit Abstand der schlechteste Spieler von ihnen, und wenn es bei ihm mal gut lief, dann lag es nur am Kartenglück. »Und du hast auch noch was angesagt! Dabei hast du wahrscheinlich gar nicht durchschaut, was er vorhat!« Konni machte eine Kopfbewegung in Richtung Rainer. »Du spielst dir hier einen verdammten Dreck zusammen und hängst dich dann an ihn dran, wenn er so einen Scheiß abzieht!«

»Jetzt beruhige dich doch erst mal«, gab Thomas zurück, »so kenne ich dich ja gar nicht.«

»Da hast du ausnahmsweise mal recht. Du weißt gar nichts über mich! So, und jetzt spielen wir das hier! Aber ich halte fest, dass das eine Unverschämtheit ist!« Konni sah Rainer an und hoffte, dass man nicht sah, wie sich seine Augen röteten. Mit Mitte vierzig machte es keinen guten Eindruck, wenn man in so einem Moment plötzlich in Tränen ausbrach.

»Und ich möchte festhalten«, machte er weiter, »dass zu so etwas hier am Tisch nur einer fähig ist. Nämlich der, der es gemacht hat!«

»Was soll das nun wieder heißen?«, rief Rainer.

»Du weißt genau, was das heißen soll! Du sorgst immer dafür, dass du über die Runden kommst! Erst kommst du, dann kommt lange nichts, dann noch mal nichts und dann der Rest der Welt auf den hinteren Plätzen!« Konni wandte sich an Bulle. »Was sagst du eigentlich dazu?«

Bulle streckte sich und schob seinen Bauch vor. »Ich verstehe, dass du sauer bist.«

»Aber?«

»Man muss auch nicht gleich eine so grundsätzliche Sache daraus machen!«

So war das also. Nicht mal Bulle hielt noch zu ihm! »Du kennst ihn doch! Was war denn damals mit Gisela Kaufmann? Er wusste genau, dass ich was von ihr wollte. Dass ich verdammt noch mal in sie verliebt war! Nur deshalb hat er sich an sie rangemacht!« Und zu Rainer: »Du hattest doch gar kein Interesse an ihr! Du wolltest mir nur zeigen, dass du sie haben kannst und ich nicht!«

»Mein Gott, Konni, das muss 1976 gewesen sein!«, sagte Bulle.

»März 1978! Die Party bei Horst Vorholz!«

»Konni, bitte!« Bulle legte ihm eine Hand auf den Unterarm. »Wir müssen uns doch nicht darüber unterhalten, was Gisela Kaufmann für eine war, oder?«

Konni wusste, was Bulle meinte. Gisela Kaufmann hatte einen Ruf gehabt. Leichtlebig sollte sie gewesen sein, aber Konni hatte in ihren Augen gesehen, dass da noch etwas anderes war. Etwas Verletzliches. Bulle hatte ihm damals gesagt, er, Konni, wolle nur nicht zugeben, dass er wie alle anderen Gisela Kaufmann einfach nur ficken wolle. Konni hätte niemals ein solches Wort in Zusammenhang mit diesem Mädchen – oder mit irgendeinem anderen – gebraucht. Es konnte nicht immer nur *darum* gehen! Er spürte, dass er sich da in etwas verrannte. Aber er konnte das jetzt nicht zugeben.

»Ich könnte noch andere Beispiele bringen!«, machte er weiter.

»Nur zu!«, meinte Rainer.

»Wir spielen jetzt diesen Mist hier, und dann ist gut.«

»Und ich würde sagen, danach wird erst mal gegessen«, sagte Bulle. »Dann beruhigen wir uns, trinken was zusammen und vertragen uns.«

Klar, dachte Konni, wir kippen Schnaps drauf und alles wird gut! Nicht zu fassen war das!

Er verlor das Spiel mit »keine neunzig« und gab beide Füchse ab. Die anderen strichen dreißig Punkte ein und gingen davon aus, dass Konni sich nicht hatte konzentrieren können und deshalb höher verloren hatte als nötig, tatsächlich aber hatte er absichtlich schlecht gespielt. Wenn schon, dann sollte das hier auch richtig den Bach runtergehen! Und wenn so etwas wie ein schlechtes Gewissen bei Rainer überhaupt eingebaut war, dann hoffte Konni, dass es sich nach diesem Ausgang noch deutlicher meldete. Das war dumm, albern und kindisch, aber wo stand geschrieben, dass ausgerechnet er sich immer im Griff haben musste? Vor seinem inneren Auge tauchte der Architekt auf. Dann die Bauarbeiter, Janine Diederichs und der Kollege Barnstedt mit seinem Alfa.

Und Michaela.

Beim Essen suchten sie krampfhaft nach einem Thema, doch alles prallte an Konnis finsterer Miene ab.

Dann, als Bulle den Grappa rumgehen ließ und Konni seinen kippte wie Wasser, sagte ausgerechnet Rainer: »Habt ihr eigentlich alle die Einladungen bekommen?«

»Welche Einladungen?«, fragte Thomas.

»Du nicht!«, blaffte Konni ihn etwas zu scharf an und schob Bulle sein Glas hin, damit er es auffüllte. Bulle runzelte die Stirn, und Konni warf ihm einen Mach-schon-Blick zu.

»Stufentreffen«, sagte Rainer, »fünfundzwanzig Jahre Abitur.«

Ein paar Sekunden lang ließen alle die Zahl auf sich wirken. Thomas hatte noch etwas Zeit, er war drei Jahre jünger. Konni schickte den zweiten Grappa durch seine Kehle. Wärme breitete sich in seinem Magen aus. Auch seine Ohren liefen rot an. Er kannte das. So war das immer, wenn er Schnaps trank. Er spülte mit Bier nach. Und fing sich wieder ein Stirnrunzeln von Bulle ein, das er mit einem Du-bist-nicht-meine-Mutter-Blick quittierte. Sein Laune-Barometer ging wieder nach oben.

»Oehlke organisiert das«, sagte Rainer.

»Klar, wer sonst«, sagte Bulle. »Der alte Erbsenzähler!«

»Wisst ihr noch?«, sagte Rainer. »Das mit der Zahnpasta?«

»Oktober 1975!«, rief Konni. »Die Klassenfahrt nach Würzburg!«

Der alte Spaß: Nachts hatten sie Martin Oehlke, dem Streber, die Hände mit Zahnpasta eingeschmiert, und am nächsten Morgen hatte Bulle ihm gleich nach dem Aufstehen die Schlafanzughose runtergerissen: Im Schlaf hatte Martin Oehlke sich die ganze Zahnpasta im Schritt verschmiert.

»Gisela wird auch da sein, nehme ich mal an«, sagte Rainer, »dann könnten wir da was klarstellen.«

»Ich wüsste nicht, was es da klarzustellen gäbe«, sagte Konni und schenkte sich selbst noch einen Grappa ein, weil Bulle ihm keinen mehr geben wollte. Gisela war nicht das Problem. An die hatte er bis zum heutigen Abend seit Jahren nicht mehr gedacht. Michaela würde da sein. Mit dem Orthopäden, diesem verdammten Menschen-Metzger. Es waren noch Monate bis dahin. Monate, in denen er sich verrückt machen konnte.

»Da fällt mir ein: Ole hat bei mir angerufen!«, sagte Rainer plötzlich.

»Ernsthaft?«, entfuhr es Konni. »Wieso bei dir?«

»Wieso nicht bei mir?«

»Was hat er gesagt«, wollte Bulle wissen.

»Keine Ahnung. Brigitte sagt, er war auf dem Anrufbeantworter. Vor zwei Wochen.«

»Vor zwei Wochen?«

»Sie hat vergessen, es mir zu sagen.«

»Hast du zurückgerufen?«, fragte Konni.

»Ich habe ihn nicht erreicht. Nicht mal den Anrufbeantworter.«

»Ole hat keinen AB«, sagte Bulle.

»Ich habe seit Monaten nichts mehr von ihm gehört«, murmelte Konni. »Und gesehen habe ich ihn vor … Mann, ich habe keine Ahnung.«

Es wurde still. Bis auf Thomas dachten sie alle das Gleiche. Rainer sprach es aus: »Meint ihr, Ole kommt zu dem Stufentreffen?«

»Ich glaube kaum«, sagte Bulle, »dass Oehlke Oles Adresse hat.« Und nach einer weiteren Pause fügte er hinzu: »Und das ist auch gar nicht die entscheidende Frage.«

Konni und Rainer nickten. Nur Thomas wusste wieder nicht, was gemeint war.

»Könnte mich mal jemand aufklären?«, fragte er.

Offenbar verspürte niemand ein entsprechendes Bedürfnis. Konni sagte: »Ich kann mir nicht vorstellen, dass Dora kommt. Zu den anderen Stufentreffen ist sie auch nicht gekommen. Und dieses hier ist auch noch am gleichen Datum wie die Party damals.«

Rainer nickte. »Ich denke auch, dass sie sich das nicht antun wird.«

Thomas schüttelte den Kopf und verzichtete auf weitere Nachfragen.

Nach dem Essen wurde das Spiel uninteressant. Es war, als würden sich die Karten der allgemeinen Stimmung anpassen. Die meisten Spiele gingen knapp aus und brachten nicht viele Punkte. Konni hatte nach dieser Hochzeit mit dem Ausgang des Abends nichts mehr zu tun. Bulle gewann mit ein paar Punkten Vorsprung vor Rainer und Thomas. Konni hatte sich noch zwei oder drei Gläser Grappa gegönnt und etwas Bier. Bulle hatte das nicht mehr kommentiert.

Morgen war zum Glück Samstag. Schulfrei. Kein Kollege Barnstedt, kein Magnus Eberbach, keine Janine Diederichs.

Aber auch keine Kollegin Gregorius.

Hm.

Als sie gegen halb eins fertig waren, sich die Jacken und Mäntel angezogen hatten und an der Tür standen, um sich von Bulle zu verabschieden, sagte der: »Was ist jetzt, vertragt ihr euch?«

Konni musste kichern. »Vertragen, vertragen! Was heißt das? Dass man Sachen nicht dahin trägt, wo sie hingehören?«

»Der ist ja völlig blau!«, sagte Thomas.

Konni atmete tief durch. »Kinder und Betrunkene sagen die Wahrheit. Und ich bin zufällig beides. Kindisch und besoffen!«

Er breitete die Arme aus. »Kommt mal her!«

Die anderen blieben stehen. Konni legte Bulle und Thomas je einen Arm in den Nacken, zog sie an sich und legte Rainer den Kopf auf die Brust. Gut, dass es hier in der Diele so eng war.

»Der Bulle hier hat gesagt, dass das mit dem Bass gar nicht so schwer ist. Also, wenn ihr denkt, das mit der Band geht nicht, nur weil der doofe Beckmann kein Instrument spielt, dann sage ich euch: Ich bin Lehrer, ich habe viel Zeit zum Üben! Jedenfalls glauben das doch alle. Ich habe kein Privatleben mehr, und ob der Anbau fertig wird oder nicht, ist mir jetzt auch egal. Der Kollege Grigoleit hat eine wunderbar große Garage, die ist sogar beheizt, da können wir spielen. Wir werden nicht jünger, meine Herren, und wenn wir eine Band hätten, könnten wir uns jeden Tag so streiten wie heute, und es wäre nicht schlimm, weil es ja dazugehört. Wir holen uns ein paar alte Fernseher vom Sperrmüll und schmeißen sie aus dem Fenster! So macht man das doch, oder? Also, was ist, seid ihr dabei?«

Die anderen drei sagten keinen Ton. Konni, noch immer mit dem Kopf an Rainers Brust, fing an zu schnarchen. Dann sagte er: »Wir verschlafen unser Leben. Jedenfalls den traurigen Rest davon. Die letzten dreißig Jahre werden nicht so komisch wie die ersten. Gebt doch zu, dass ihr alle in letzter Zeit daran gedacht habt! Dass es euch nicht mehr aus dem Kopf gegangen ist!«

Er sah sie der Reihe nach an.

»Okay«, sagte er, als niemand antwortete, »schlafen wir noch eine Nacht drüber. Oder zwei oder drei oder vier oder fünf oder sechs Jahre oder was weiß ich, oder wir sterben einfach alle darüber und gut ist!«

Er schleppte sich zu Rainers Auto und legte sich auf den Rücksitz. Verdammt viel Platz in so einer E-Klasse. Rainer setzte sich hinters Lenkrad, Thomas auf den Beifahrersitz.

»So blau habe ich ihn noch nie gesehen«, sagte Thomas, nachdem sie ein paar Meter gefahren waren.

»Ich schon«, sagte Rainer.

Konni musste an den Abend in Berlin denken, vor ein paar Jahren, als er mit Rainer und Bulle bei Ole gewesen war. Sie waren in einer Kneipe in Kreuzberg versackt, die interessanterweise eine Rolle in Thomas' erstem Roman gespielt hatte. Um sie herum hatten fette Biker mit Sonnenbrillen und in engen T-Shirts gesessen, und irgendwann war Konni eingeschlafen und erst wieder aufgewacht, als er am Pissoir stand und sich auf die Finger pinkelte. In dieser Nacht hatte er gesungen, und die anderen hatten gemeint, er hätte eine gute Singstimme. Außerdem war da was mit einer zersprungenen Flasche in einer Toreinfahrt gewesen und mit einer Frau, die sich zunächst für Konni wirklich zu interessieren schien, ihn dann aber mit ihren Preisvorstellungen konfrontierte. Zum Glück verzichtete Rainer darauf, diese Geschichte zu erzählen. Immerhin hatten er und Bulle Konni davon abhalten müssen, mit dieser Frau mitzugehen. Er selbst konnte sich das gar nicht vorstellen, aber Bulle und Rainer hatten am nächsten Morgen sehr glaubhaft geklungen und waren auch Jahre später nicht von dieser Geschichte abgerückt.

Ole.

Wieso hatte er angerufen? Wieso war er überhaupt in Berlin? Um sein Glück zu finden? Ole hatte kein Talent, glücklich zu sein, nicht einmal zufrieden, und verzweifeln konnte man doch auch hier.

Nachdem Thomas ausgestiegen war, stellte Konni sich schlafend.

Dann stand er mit Rainer vor dem Haus. Rainer betrachtete den Anbau und sagte: »Da brennt Licht.«

»Der elektrische Mond«, sagte Konni.

Es war kalt, und ihr Atem stand in kleinen Wolken zwischen ihnen.

»Hör zu«, sagte Rainer, »hätte ich gewusst, dass du dich so sehr … Ich meine, dass es dich so trifft, dann hätte ich nicht so gespielt.«

»Ist schon gut«, murmelte Konni. »Es geht eben immer drum, wer gewinnt.«

Rainer seufzte. »Mach doch nicht so etwas Grundsätzliches draus. Tu doch nicht immer so, als wäre die ganze Welt nur darauf aus, dich fertigzumachen.«

Ein paar Sekunden war Stille zwischen ihnen.

»Du hast mir immer Angst gemacht«, sagte Konni dann.

»Was soll das jetzt wieder heißen?«

»Du hattest immer alles im Griff. Die Schule, die Pauker, Gisela.«

»Sie hat sich an *mich* rangeschmissen, nicht umgekehrt!«

»Klar, so war es immer. Du musstest nichts machen, immer nur da sein und warten. Und wir anderen strampeln uns ab wie die Blöden.«

»Übertreib mal nicht.«

Konni machte eine Bewegung mit Zeige- und Mittelfinger. Rainer gab ihm eine Zigarette und zündete sich ebenfalls eine an.

»Als du damals geheiratet hast, als Erster, so kurz nach dem Abi, da dachte ich, da ist jetzt was vorbei. Jetzt will er mit uns nichts mehr zu tun haben. Mit Bulle und Ole und mit mir.«

»Vergiss Thomas nicht.«

»Thomas, ja. Unser Benjamin. Er kam erst später dazu. Der hat mir nie eine Frau weggeschnappt. Er weiß nichts vom März 1978. Oder vom Januar 1979!«

»Erinnere mich nicht daran!«

Lachend stießen sie Rauch aus.

»Als du geheiratet hast, dachte ich, das ist der erste Schritt. Bald macht Bulle dir das nach. Und Ole? Na ja, Ole war immer in einer anderen Welt. Aber dann haben wir diese Runde hier angefangen.«

»Es war Bulles Idee.«

»Seine beste seit August 1980.«

»Sag ihm das bloß nicht!«

Wieder mussten sie lachen. Sie dachten ein wenig an die turbulenten Wochen in Griechenland in jenem Sommer.

»Wenn wir diese Runde nicht hätten, würden wir uns vielleicht gar nicht mehr kennen. Ich kann mir gar nicht vorstellen, nur mit Leuten befreundet zu sein, die nicht wissen, was ich meine, wenn ich von der Osterparty 1979 spreche!«

Sie rauchten die Zigaretten bis auf den Filter hinunter, warfen ihn auf den Boden und traten drauf. Die dichten grauen Wolken am Himmel zeigten ein leichtes Glimmen, als gebe sich dahinter der echte Mond redlich Mühe, ein wenig Licht auf die Erde zu schicken. Vielleicht würde es morgen schneien.

»Aber manchmal denke ich«, fuhr Konni fort, »wir produzieren gar keine neuen Erinnerungen mehr, leben nur noch von den alten. Woran sollen wir denken, wenn wir uns in zwanzig Jahren an diesen Februar erinnern? Dass wir uns gestritten haben über ein blödes Doko-Spiel? Ich weiß, es ist komisch, wenn ausgerechnet ich das sage, schließlich bin ich der langweilige Idiot, neben dem man einschläft, anstatt sich geborgen zu fühlen, aber vielleicht sollten wir einfach da rausgehen und noch ein paar Erinnerungen produzieren, bevor es zu spät ist. Was meinst du?«

Rainer schob die Hände in seine Manteltaschen und blickte hinunter zum Fluss, als gebe es da mehr zu sehen als Nebel.

»Lass uns morgen telefonieren«, sagte er.

Dann umarmten sie sich, und Konni blieb vor dem Haus stehen, bis Rainers Wagen um die Ecke gebogen war.

10

Höhenangst. Das griechische Wort dafür. Zehn Buchstaben. *Akrophobie.* Wieso wusste er so etwas? Stefan überraschte sich immer wieder selbst. Seufzend fragte er sich, wieso er a) so ein großartiges Gedächtnis für solche Sachen hatte und er b) trotzdem in »Werners Musicstore« versauerte. Na gut, es konnte mit der Tatsache zu tun haben, dass er a) das Studium nach dreiunddreißig Semestern (dreiunddreißig und ein Drittel sagte er gern, weil das die Umlaufgeschwindigkeit klassischer Langspielplatten war) abgebrochen hatte und er b) für eine geregelte Arbeit mit den entsprechenden Aufstiegschancen nicht geeignet war. Drummer bei Dirty Backyard, das war es gewesen! Aber als die anderen sich dann doch entschieden, die Sicherheit bürgerlicher Berufe der Freiheit des Rock'n'Roll-Lebens vorzuziehen, war er nirgendwo mehr untergekommen. Ein paar Jahre hatte er als Roadie, als »Veranstaltungstechniker«, gejobbt, aber statt für junge, aufstrebende, leidenschaftlich rockende Newcomer die Technik einzurichten und sie mit Tipps über das Business zu versorgen, hatte er Kabel geschleppt für drittklassige Unterhaltungskapellen mit Namen wie Tanz-Express, Schwoof-Kapelle oder Partytime. Drittklassig? Soviel er wusste, gab es in diesem Bereich nichts Erstklassiges. Also hatte er angefangen, in Musikläden zu arbeiten. »Werners Musicstore« war seine vierte Station, und wie es aussah, würde er hier in Rente gehen. Wenn der Laden nicht vorher Pleite machte.

Seit drei Stunden hockte er jetzt hier, und bis auf eine Mutter, die Noten für den Blockflötenunterricht ihres fünfjährigen Sohnes kaufen wollte, hatte sich niemand blicken lassen, der auch nur entfernt nach einem Kunden ausgesehen hätte. Nur Werner war kurz hereingekommen und hatte ausgerechnet ihn, Stefan, gefragt, wieso hier nichts los sei. Stefan hatte nur mit den Schultern gezuckt und sich zum wiederholten Male gewundert, wieso Werner ihn beharrlich bei seinem richtigen Namen nannte. Seit fast dreißig Jahren kannte ihn jeder nur als Stoney. Er mochte den Spitznamen. Er fand es albern, dass andere Männer mit so etwas spätestens nach dem vierzigsten Geburtstag nichts mehr zu tun haben wollten.

Um den Vierzigsten wurde ohnehin so ein Geschiss gemacht! Peinlich, konnte man da nur sagen! Stoney hatte seinen völlig entspannt mit ein paar Leuten in Südfrankreich verbracht, in einer einsamen Bucht, unter blauem Himmel, mit zwei Gitarren, ein paar Bierchen, zwei Flaschen Calvados und ein bisschen Gras. Die anderen sagten immer, man könne so etwas nicht machen, wenn man erst mal in einem bestimmten Alter sei. Das war Unsinn. Solange man sich keine Kinder ans Bein band, ging das ganz prima. Und man musste eine Frau haben, die einem nicht ständig im Nacken saß, man solle hinausgehen in die böse, feindliche Welt und gefälligst jagen und sammeln.

Mann, was hatte er für ein Glück, dass Ulrike völlig anders drauf war. Nach vier Abtreibungen hatte sie sich vorgenommen, nur noch mit Typen zu schlafen, die sterilisiert waren, und das hatte Stoney schon erledigt, als er dreißig geworden war. Er hatte nichts gegen Kinder, aber das war einfach zu gefährlich. Er wäre a) ein schlechter Vater geworden und b) war es eine böse, raffgierige Welt, die Kinder einfach nicht verdient hatte.

Nur das mit dem Fingernägelkauen sollte ich mir endlich abgewöhnen, dachte er und nahm den Ringfinger aus dem Mund. Das sah echt schlimm aus.

Er dachte daran, sich noch mal an eines der Schlagzeuge zu setzen, um sich die Zeit zu vertreiben, aber da hörte er einen Wagen auf den Hof fahren. Er ging nach hinten und sah durch das vergitterte Fenster neben der Stahltür. Ein weißer Lieferwagen von einer Autovermietung stand da, und vier Typen stiegen aus. Was wollten die hier? Einer von ihnen kam zum Fenster, legte die Hände an die Scheibe, und rief, ob jemand mal eben die Tür öffnen könne. Stoney beschrieb mit dem rechten Arm einen ausholenden Bogen, um ihnen klarzumachen, dass sie durch die Vordertür zu kommen hatten.

Auf dem Weg nach vorn nahm er das Gummi aus der Tasche seiner Cordhose und band sein Haar, das er offen getragen hatte, wieder zu einem Pferdeschwanz zusammen. In Verkaufsgesprächen kam das einfach besser. Kurz darauf standen die vier Figuren im Laden. Sie rieben sich die Hände und zogen ihre Nasen hoch, weil es draußen verdammt kalt war.

»Tag«, sagte der, der durch das Fenster gesehen hatte. »Wir brauchen Instrumente.«

»Wir haben welche«, sagte Stoney.

»Wir sehen uns erst mal um!«

»Wenn ihr Hilfe braucht, sagt Bescheid!«

»Machen wir, Herr …«

»Stoney.«

Der Typ grinste. »Machen wir, Herr Stoney.«

Mit seinem langen dunklen Mantel, seinen Lederhandschuhen und dem Anzug sah der Typ nicht aus wie einer, der es krachen lassen wollte. Auch waren seine dunklen, kurzen Haare viel zu ordentlich gescheitelt.

Sie sahen sich um. Namen flogen durch die Luft. Der, der mit Stoney gesprochen hatte, hieß offenbar Rainer. Er sah aus, als habe er gerade noch vor Gericht gestanden. Entweder als Anwalt oder als Aktienbetrüger. Wahrscheinlich wieder einer, der nur eine Heimorgel für seine frustrierte Ehefrau kaufen wollte oder für das missratene Söhnchen. Was wollten dann aber die anderen drei?

Der eine war ziemlich groß und ziemlich breit. Die anderen nannten ihn Bulle. Der flößte Stoney schon etwas mehr Vertrauen ein, schließlich trug er eine abgewetzte Lederjacke, Jeans und Highway-Boots. Mittelblondes, nein: schmutzig blondes, noch besser: straßenköterblondes Haar, das ihm über die Ohren wuchs. Wahrscheinlich Handwerker, der Typ.

Und wenn der daneben mal kein Lehrer war! Höchstens eins fünfundsiebzig. Ein Jackett aus Tweedimitat und ausgebeulte Breitcordhosen. Stoney schwor seit 1975 auf Feincord. Konni nannten sie den! Das passte ja nun überhaupt nicht. So einen musste man doch immer mit »Herr« anreden, selbst wenn man ihn duzte. Wahrscheinlich sagte der zwischen zwölf und vierzehn Uhr nicht »Guten Tag«, sondern »Mahlzeit«.

Der vierte hieß offenbar Thomas. Zum Glück nannten sie ihn nicht Tommy. Er sah von allen am besten aus, fand Stoney. Mit seinen großen dunklen Augen hatte er wahrscheinlich enorm Schlag bei den Frauen. Hoffentlich hatte er sich noch nicht an die Kinderkette legen lassen. Dichtes dunkles Haar, das etwas chaotisch auf dem Kopf herumlag. Unter einer gefütterten Jeansjacke trug er einen dunkelblauen Pullover mit Reißverschluss. Den konnte sich Stoney gut als Journalisten vorstellen.

Der schicke Rainer sah in Stoneys Richtung. Offenbar war jetzt sein fachmännischer Rat gefragt.

»Also, Herr Stoney, sagen Sie uns doch mal etwas zu diesem Bass hier! Mein Kollege hat sich schon fast in ihn verliebt!« Er legte dem Lehrertypen mit dem unpassenden Spitznamen eine Hand auf die Schulter.

»Ich würde sagen, der Mann hat Ahnung«, meinte Stoney. »Das ist der Fame Baphonet 4, handgefertigt, aus der Fame Edelserie. Große Klasse das Ding. Hat a) einen aufwendig geshapten Bobinga-Body und b) einen verschraubten, siebenteiligen Hals mit Wengegriffbrett und 24 Bünden. Könnt ihr aber auch fretless kriegen!«

»Hä?« Der Lehrer beugte sich kurz vor und machte ein Gesicht, als hätte Stoney ihn tödlich beleidigt.

»Fretless«, sagte der schicke Rainer, »das heißt ohne Bünde, ist aber nur was für Experten. Sting spielt so was.«

Als der Name Sting fiel, machten alle dieses total beleidigte Gesicht, als hätten sie es eingeübt.

»Wie lange spielst du denn schon?«, wollte Stoney wissen.

»Noch gar nicht.«

»Ach so, na ja, auf jeden Fall ist das ein super Instrument, ausgestattet mit a) zwei Single-Coil-PU-Tonabnehmern und b) einer aktiven MEC 2-Bad-Elektronik. Wurde top getestet in *Gitarre & Bass*!«

»In Gitarre und Bass?«

Dieser Pauker hatte offenbar von gar nichts eine Ahnung. »Ist ‘ne Fachzeitschrift«, half ihm Stoney geduldig auf die Sprünge.

»Und wie war noch der Name?«

»Stoney.«

Der Pauker schloss die Augen, als habe er es mit einem besonders begriffsstutzigen Schüler zu tun. »Nicht Ihrer!«, sagte er. »Der Name von dem Ding da!«

»Das Ding da ist ein Fame Baphonet 4.«

»Baphonet. Das gefällt mir! Hat so etwas Keltisches!«

Etwas Keltisches. Das schien dem Pauker zu gefallen. Wahrscheinlich unterrichtete er Englisch.

»Der Preis ist überraschend niedrig«, sagte der schicke Rainer.

»Wir sind bekannt für unsere Topangebote. Nimm ihn doch mal in die Hand!«

»Darf ich?«, fragte der Pauker.

»Na klar!«, machte Stoney ihm Mut. »Gurt ist dran. Häng ihn mal um!«

Der Gurt war etwas länger, so dass der Bass dem Pauker direkt vor dem Schritt hing.

»Komm her, wir schließen ihn mal an!«

Stoney lotste den Pauker zu dem Vorführ-Marshall und stöpselte das Instrument ein. Der Pauker zupfte an ein paar Seiten herum und meinte, das höre sich nicht schlecht an.

»Okay, dann nehmen wir den!«, sagte der schicke Rainer. »Außerdem brauchen wir noch so einen kleinen Verstärker, damit er zu Hause üben kann. Muss nichts Tolles sein!«

»Also, wenn es ein bisschen günstiger sein darf, hätten wir hier den Megatone SL30B, 30 Watt, den kann ich Ihnen für 90 Euro anbieten.«

»Na ja, dreißig Watt ist vielleicht ein bisschen wenig.«

»Dann vielleicht den Megatone PL60B, für knapp hundertfuffzich.«

»Gekauft. Und jetzt zeigen Sie uns mal, was Sie an Gitarren dahaben. Aber überspringen Sie die Billigangebote für Zwölfjährige!«

Die Typen waren offenbar hier, um richtig Geld auszugeben.

»Klar, Mann, also, wenn es was richtig Feines sein soll, dann hätte ich hier die Epiphone Les Paul Standard, traumhaftes Teil, und wieder ein ganz entspannter Preis.«

Der gutaussehende Thomas mit dem dichten schwarzen Haar drängelte sich nach vorn, warf einen Blick auf das Instrument und schüttelte den Kopf. »Nee, wir spielen doch kein Scheiß-Jazz-Gewichse.«

»Ihr habt 'ne Band?«, wollte Stoney wissen.

»Demnächst«, sagte der schicke Rainer.

Der Pauker war bei seinem Baphonet geblieben und zupfte ein wenig darauf herum.

»Okay, dann also hier die Fender Rory Gallagher Relic Strat. Da ist der Preis natürlich nicht mehr so entspannt, aber a) ist es eine Original Fender und b) macht sie äußerlich einiges her.«

»Die sieht ja aus wie gebraucht!«, sagte der Thomas.

»Die sieht aus wie die von Rory Gallagher!«, sagte Stoney.

»Mit dem Unterschied«, sagte der schicke Rainer, »dass die von Rory Gallagher so aussah, weil er jahrelang drauf gespielt hatte. Das ist doch albern, eine neue Gitarre alt aussehen zu lassen! Wie bescheuerte Designerjeans mit Löchern drin.«

Zustimmendes, mönchisch klingendes Gemurmel unterstützte Rainers Statement. Na gut, dachte Stoney, das hier sind ernsthafte Kunden.

»Und außerdem«, fügte dieser Thomas hinzu, »so ganz unentspannt muss der Preis auch nicht sein.«

»Stimmt«, ließ sich der Große vernehmen, »der Preis ist geradezu hektisch.«

»Okay, also dann will ich erst mal fragen, was euch a) so vorschwebt und was ihr b) für Musik macht.«

Der Große sah Stoney an. »Sagen dir die Namen *Deep Purple, Rainbow* oder *Led Zeppelin* irgendwas?«

Stoney nickte. »Musik aus der Zeit, bevor alles den Bach runterging.«

»Jetzt verstehen wir uns«, sagte der schicke Rainer.

»Okay, dann belästige ich euch auch nicht mit irgendwelchen Heavy-Modellen, die wie fliegende Pfeile aussehen oder Leopardenmuster haben. Ritchie Blackmore hat meistens Fender gespielt, und da kann ich anbieten a) eine Standard Strat von der Fender-Tochterfirma Squier, zettbee in Black Metallic, aber auch in Candy Apple Red, oder b) eine Standard Stratocaster MN.«

»Wo ist a) der Unterschied und welche würdest du b) empfehlen?«

Stoney registrierte zufrieden, dass der schicke Rainer zum vertraulichen Du übergegangen war.

»Na ja, die Squier ist ziemlich dicht am Original, und die andere *ist* das Original.«

Der schicke Rainer sah den gutaussehenden Thomas an und sagte: »Wir nehmen das Original. Dazu ebenfalls einen Übungsverstärker.«

»Will er auf dem Ding nicht erst mal spielen?«, fragte Stoney.

»Klar«, sagte dieser Thomas. Stoney holte ihm einen Gurt und ein Kabel und schloss die Strat an einen Fender-Amp an. Gleich und Gleich gesellt sich gern, dachte Stoney und musste grinsen, weil er sich nicht daran erinnern konnte, wann er das letzte Mal so gut gelaunt gewesen war. Dieser Thomas schlug F-Dur an und begann auf der Gitarre zu zupfen wie ein Liedermacher. Na ja, das würden ihm die anderen sicher noch austreiben.

»So, und jetzt zum Thema Schlagzeug«, sagte der schicke Rainer. »Über eine PA reden wir danach.«

Die sind ja völlig bescheuert, dachte Stoney. Aber großartig bescheuert. Mann, früher musste man sich das Geld für die Instrumente vom Munde absparen. Heute ging man einfach in den Laden und sagte: Ich will das haben und das und das und das!

»Du kannst es dir leicht machen«, sagte der Große. »Es muss a) schwarz sein und b) von Pearl. Und, wenn es erlaubt ist ein c) anzufügen: zwei Bassdrums sind Pflicht!«

»Zwei Bassdrums? Klar, du brauchst es untenrum schön fett, nicht wahr? Also, wir haben alles am Start. Da hinten steht ein komplettes Set mit Paiste-Becken, die zweite Bassdrum müsste ich bestellen, aber setz dich doch erst mal dran und sieh zu, wie du damit zurechtkommst!«

Der Große ging nach hinten, wo die Schießbuden aufgestellt waren, hockte sich hinter das Pearl und fing an, auf das Kit einzudreschen. Der Typ wusste, was er tat. Dieser Job konnte echt Spaß machen, wenn man auf die richtigen Leute traf.

Der Große spielte ein bisschen mit der Hi-Hat herum und schlug einen gekonnten Wirbel auf der Snare. Der schicke Rainer nickte im Takt.

Stoney stellte sich neben ihn und sagte: »Ihr braucht nicht zufällig noch einen Tontechniker?«

11

»Hier klingelt irgendwas!«

Thomas ließ die Kiste fallen. Nicht schon wieder, dachte er.

»Da steht aber einer unter Beobachtung!«

»Ihr habt doch keine Ahnung!« Er griff nach dem Telefon, das Rainer ihm reichte. Thomas hatte vergessen, es auszuschalten. Er atmete ein paarmal tief durch. Klare, kalte Endfebruarluft füllte seine Lungen. Auf den Armen und auf dem Rücken spürte er ziemlich schnell erkaltenden Schweiß. Zum Glück schneite es nicht.

Kurz überlegte er, was er sagen, wie er seinen Unmut gleich zu Beginn des Gespräches deutlich machen sollte. Ein scharfes »Was ist los?« wäre eine Möglichkeit, ein kurzes »Was jetzt?« oder ein besonders schneidendes »Du schon wieder? Und es ist noch nicht mal fünf!«. Schließlich beließ er es bei einem »Hallo«.

Es war Corinna. Das dritte Mal heute.

»Du keuchst ja, als hättest du gerade Sex gehabt.«

»Ich habe eine Kiste getragen.«

»Ihr seid immer noch nicht fertig?«

Thomas sah Bulle und Rainer einen alten Lattenrost zum Auto tragen.

»Es wird noch ein Weilchen dauern.«

»Also kann ich Bernd und Ute jetzt definitiv absagen?«

»Ich fürchte ja.«

»Na prima. Und das wusstest du nicht früher?«

»Nein. Triff dich doch allein mit ihnen. Vielleicht komme ich später noch dazu.«

»Was glaubst du denn, wie lange ihr noch braucht?«

Bulle und Rainer hatten festgestellt, dass der Rost nicht in den Wagen passte, und traten jetzt darauf ein, um ihn zu zerkleinern, was ihnen nicht geringen Spaß zu bereiten schien.

»Rainer ist selber überrascht, was in seiner alten Garage so alles rumsteht. Zwischendurch müssen wir immer mal wieder zur Kippe fahren. Das hält natürlich auf.«

Corinna seufzte. »Also gut, ich melde mich dann, wenn ich weiß, wo wir hingehen.«

Gedankenverloren klappte Thomas das Telefon zu und schob es sich in die Hosentasche. Die Band hatte schon Einfluss auf sein Leben, noch bevor sie den ersten Ton zusammen gespielt hatten. Herrgott, sie hatten ja nicht mal einen Namen!

Bulle und Rainer warfen die Trümmer des Lattenrostes in Bulles Volvo. Thomas griff sich die Kiste und trug sie auf den Dachboden. Brigitte stand am Fuße der Treppe und sah sich das alles an. Einerseits war sie offenbar froh, dass die Garage mal ausgemistet wurde, andererseits hätte sie wohl nie damit gerechnet, dass der Zweck der Aktion die Einrichtung eines Probenraums für eine Rockband mittleren Alters sein würde.

Als Thomas wieder herunterkam, wurde im Vorraum die erste Runde Bier ausgegeben. »Ich dachte, man soll mit dem Saufen nicht vor sechs Uhr anfangen!«, warf er ein.

»Irgendwo auf der Welt ist immer sechs Uhr«, sagte Bulle.

Satt ploppten die mit Gummidichtung versehenen Verschlüsse von den Hälsen, dunkel klirrte Glas an Glas.

»Dafür lohnt sich doch der ganze Scheiß!«, seufzte Bulle nach einem tiefen Schluck. »Arbeit ist doch nur erfunden worden, damit das Bier danach besser schmeckt!«

Sie schlossen die Tür, damit die drei Grad minus ihnen das

Vergnügen nicht ruinierten und hockten sich im Schneidersitz hin. Fußbodenheizung hat was, dachte Thomas.

Corinna hatte ihn für verrückt erklärt, als er ihr das mit der Band erzählt hatte. Die Heftigkeit ihrer Reaktion hatte ihn durchaus überrascht. »Rockband? Ihr seid zusammen fast hundertsiebzig! Streichquartett könnte ich ja noch verstehen!«

Er hatte das Thema nicht vertieft, aber auch nicht verhehlen können, dass ihre Reaktion ihn enttäuschte. Irgendwie hatte er gedacht, dass sie in ihrem Alter die Idee gut finden würde.

»Also«, sagte Rainer, »wir können froh sein, wenn wir die Garage bis heute Abend leer kriegen. Das mit der Lärmdämmung können wir uns erst mal abschminken. Das machen wir morgen.«

Bulle und Konni gaben zu bedenken, dass sie arbeiten müssten. Rainer sah Thomas an, der sofort wusste, was dieser Blick zu bedeuten hatte. Thomas war nicht gerade ein Handwerker vor dem Herrn.

»Also, dann lasse ich morgen den Wałęsa kommen, der macht mir das mit seinem Kumpel bis abends fertig.«

Wałęsa war der Pole, den Rainer »an der Hand hatte«, und der für ihn alle möglichen Arbeiten erledigte. Dessen richtigen Nachnamen konnte man kaum aussprechen, aber sein Vorname war Lech, und so hatte er von Rainer diesen Spitznamen bekommen.

»Aber wir wollten das doch alles selbst machen!«, sagte Thomas. »Handarbeit und so. Damit man hinterher stolz drauf sein kann!«

»Hör dir unsern Benjamin an!«, sagte Rainer.

»Ich würde sagen, das war eine beschissene Idee«, sagte Bulle. »Ich habe meine Schwiegermutter im Nacken sitzen, der ich schon heute nur schwer begreiflich machen konnte, wieso ich meinen freien Tag mitten in der Woche dafür drangebe, eine Garage auszuräumen. Weißt du, was die gesagt hat? *In deinem Alter sollte man das Geld haben, so etwas machen zu lassen.* Ich sage es ungern, aber sie hat verdammt noch mal recht.«

»Also keine reine Lehre?«

»Das mit der reinen Lehre war doch schon Illusion, als wir in den Laden gingen und einfach die ganzen Instrumente gekauft haben«, sagte Konni.

In Thomas' Hose klingelte es erneut.

»Mann, die Kette ist aber wirklich sehr kurz!«, sagte Rainer.

Thomas nahm das Telefon hervor und sagte: »Das ist der Preis, den du zahlen musst, damit sich jeden Abend 21-jährige Lippen um deine Eichel schließen!«

Darauf wurde angestoßen.

»Ekelhaft!«

Brigitte hatte hinter ihnen gestanden und alles gehört.

Darauf wurde noch mal angestoßen.

Ein Blick auf das Display verriet Thomas, dass es nicht Corinna war, sondern Zielek, der sich kurz darauf beschwerte, dass Thomas seine E-Mails nicht beantworte. Thomas stand auf und ging vor die Tür, ließ mit einem freundlichen »Herr Zielek!« aber keinen Zweifel daran, dass es sich diesmal nicht um einen Überwachungsanruf seiner Freundin handelte.

»Hör mal, Thommy, der Text, den du mir da neulich geschickt hast, was soll ich denn damit anfangen, hä?«

»Wie meinen Sie das?«

»Hä? Ich meine, was ist los mit dir? Hast du gesehen, worum es auf den Fotos geht? Ich will mal sagen, da ist ein Mann, und da sind zwei Frauen. Und die haben nichts an. Ich will mal sagen, die wollen vögeln, oder? Die wollen sich nicht die verdammten Bäume ansehen und darüber nachdenken, was für Vögel in den Bäumen sitzen, oder, hä?«

»Ich dachte, ich werte das mal ein bisschen auf. Mache das mal ein bisschen weiblicher.«

»Da sind zwei Frauen auf den Bildern. Das ist weiblich genug.«

»Sie waren nicht ganz zufrieden?«

»Nein, Thommy, ich war nicht ganz zufrieden. In letzter Zeit hast du ein bisschen nachgelassen, hä? Was ist los mit dir? Bist du verliebt? Ich weiß, man kann das Zeug schlecht schreiben, wenn man verliebt ist. Vielleicht brauchst du eine Pause?«

»Nein, nein, ist schon gut. Ich setz mich gleich morgen früh hin und arbeite das um!«

»Thommy, du arbeitest das nicht um, du schreibst das ganz neu. Weniger Bäume, mehr Saft, ja, hä? Ist schon gut, kann mal passieren, kriegen wir wieder hin!«

Zielek tat gerade so, als hätte Thomas sich entschuldigt.

»Ich brauche das bis morgen Abend. Dürfte kein Problem sein, hä? Ich würde es selber machen, aber ich muss die Bilder aussuchen. Du kannst das, Thommy. Du bist mein Bester! Du bist mit Liebe bei der Sache! Warst du bis jetzt jedenfalls. Also, nur kleines Formtief. Keine Kunst, ja? Das ist Porno, mehr nicht. Muss man aber auch können, hä?«

»Klar, Herr Zielek. Ich mach das. Haben Sie morgen Nachmittag!«

»Gut so!«

Thomas ging wieder hinein. Konni und Rainer lachten gerade über etwas, das Bulle gesagt hatte, aber als Thomas fragte, ob er mitlachen dürfe, meinten sie, es sei zu kompliziert zu erklären, und Thomas kam sich vor, als hätten sie sein Gespräch mitgehört. Manchmal merkte man einfach, dass er erst später dazugekommen war. Vom Sehen hatte er sie auf der Schule zwar gekannt. Als Einzelkind hatte er manchmal auf dem Schulhof gestanden und sich vorgestellt, einer von den Jungs aus der Oberstufe wäre sein großer Bruder. An der Uni hatte er dann Konni getroffen, da die Historiker und die Theologen im gleichen Gebäude untergebracht waren, und so war er auch zu Rainer, Bulle und Ole gestoßen. Ole war nach dem Abitur noch ein paar Jahre in Bochum geblieben, hatte seinen Zivildienst runtergerissen, ab und zu mit ihnen Doppelkopf gespielt und war dann Hals über Kopf nach Berlin abgehauen. Zunächst war der Kontakt ziemlich eng gewesen. Sie hatten ihn immer wieder besucht, da er sich geweigert hatte, aus der eingemauerten Stadt herauszukommen. Thomas war ein paarmal allein bei Ole gewesen, nicht zuletzt, weil das eine preiswerte Übernachtungsmöglichkeit in Berlin war. Als dann Thomas' erstes Buch herausgekommen war, hatte er Ole bei der Berliner Lesung getroffen, aber danach war ihre Beziehung im Sande verlaufen. Ein paarmal hatten sie telefoniert, dann herrschte Sendepause.

Zuerst hatte Thomas sich ein wenig wie das Maskottchen der Doko-Runde gefühlt, aber als Ole nach Berlin gegangen war und sie ohne Thomas nicht vollzählig gewesen wären, hatte sich das Gefühl verflüchtigt. Nur manchmal, ganz selten, kam es wieder zurück.

»Ist nicht mehr viel«, sagte Rainer.

Sie tranken ihre Biere aus.

Es dauerte dann doch noch zwei Stunden, weil sie noch zweimal zur Müllkippe fahren mussten, aber dann standen sie in der riesigen Garage, die Platz für drei Autos bot, und stießen mit einem weiteren Bier an. Rainer klatschte ein paarmal in die Hände.

»Na ja, es hallt noch ein bisschen, aber das ändert sich, wenn Wałęsa hier erst mal fertig ist. Samstagmorgen!«

»Was ist da?«, wollte Thomas wissen.

»Die erste Probe«, sagte Bulle.

»So früh am Tag?«

»Wir müssen doch den ganzen Scheiß erst mal aufbauen.«

»Okay, also dann am Samstag.«

Thomas nickte, fuhr nach Hause und nahm sich vor, nicht ganz so weiblich zu schreiben.

12

Jetzt stehen sie da und denken nach, dachte Bulle. Das darf doch nicht wahr sein! Unsere erste Probe als Rockband fängt damit an, dass wir nachdenken! Was hatte das mit Rockmusik zu tun! Konni zupfte seine Bassläufe herunter, die er sich in erstaunlich kurzer Zeit beigebracht hatte, Thomas starrte auf die Gitarre vor seinem Bauch, und Rainer hatte hinter seinem Keyboard die Arme verschränkt.

Bulle machte eine 360-Grad-Drehung auf seinem Hocker, nahm die Sticks von der Snare und spielte ein wenig auf den Becken herum. Als er zum ersten Mal seit über zwanzig Jahren wieder an einem richtigen Schlagzeug gesessen hatte, war es ihm so vorgekommen, als seien seit dem letzten Mal nur ein paar Wochen vergangen. Alles war ihm mit einem Mal unglaublich vertraut vorgekommen. Das Einstellen der Fußmaschine und der Hi-Hat, das Spannen des Felles der Snare, der erste Tritt gegen eine der beiden Bassdrums – all das war wie eine Zeitreise. Es war wie Fahrradfahren: Man verlernte es nicht, jedenfalls nicht komplett.

Vor einer Woche hatten sie die ganze Ausrüstung gekauft, und seitdem hatte Bulle jede freie Minute geübt. Ja, er hatte sich sogar einen Tag freigenommen, um heute gut vorbereitet zu sein. Er war heiß darauf, es mit den anderen richtig krachen zu lassen. Und jetzt standen sie da und dachten nach!

»Einer muss es machen«, sagte Rainer, »da kommen wir nicht drum herum.«

Niemand meldete sich. Bulle wusste, dass er ungeeignet war. Außerdem war das kein Job für den Schlagzeuger, das sah einfach blöd aus. Es gab Ausnahmen, bei den Eagles etwa oder auch bei The Band, aber das wirkte immer irgendwie unsexy.

Konni kam nicht in Frage, weil der genug damit zu tun hatte, die Finger an die richtigen Stellen zu setzen. Und Rainer war der Keyboarder. Der konnte das in Ausnahmefällen auch machen, aber nicht etatmäßig. Blieb also nur Thomas, aber der zierte sich.

Konni unterbrach seine Übungen. »Du bist doch hier der Mädchentyp«, sagte er zu Thomas, »also musst du das machen!«

»Was meinst du denn damit?« Thomas war sauer. »Sollte das eine Anspielung sein?«

»Was denn für eine Anspielung?« Konni schien ehrlich nicht zu wissen, wieso Thomas sich aufregte, dachte kurz nach und nahm dann seine Übungen wieder auf.

»Eine Spitze gegen das Alter meiner Lebensgefährtin?«

»Lebensgefährtin?« Das hatte Bulle eigentlich nicht laut sagen wollen, schon gar nicht mit diesem gemeinen Unterton.

»Was passt dir denn daran jetzt wieder nicht, Schlagzeuger? Meinst du, nur weil sie so jung ist, kann das nichts Ernstes sein? Wofür hältst du mich eigentlich?«

Bulle wusste, dass es jetzt besser war, den Mund zu halten.

»Leute, wir müssen hier irgendwie weiterkommen«, sagte Rainer. »Einer muss singen«.

Eine Rockband, in der keiner singen will, dachte Bulle. Das fängt ja gut an. Neunzehnjährige würden sich um den Job reißen, egal, ob sie Stimme hatten oder nicht, denn der Sänger kriegte immer die meisten Mädchen ab und wurde am berühmtesten.

»Ich bin schon der Gitarrist«, sagte Thomas.

»Also stehst du ohnehin vorne«, entgegnete Rainer.

»Was hat das damit zu tun, wo ich stehe?«

»Du stehst in der Mitte, da, wo der Blick der Leute ganz natürlich hingeht.«

»Dann stellen wir doch Konni in die Mitte!«

»Der bricht sich doch schon am Bass die Finger«, warf Bulle ein, »da soll er sich nicht auch noch den Kiefer ausrenken. Außerdem, entschuldige Konni, ist er kein Frontmann.«

»Ihr wisst doch gar nicht, ob ich singen kann!«

Wieder brach Konni seine Übungen ab. »Jetzt stell dich nicht so an! Sing einfach und halt zwischendurch die Klappe.«

Oh, oh, dachte Bulle. Wenn der Lehrer die Geduld verliert, wird es ungemütlich. Erstaunlicherweise jedoch lenkte Thomas ein. Wahrscheinlich hatte er sich nur lange genug bitten lassen wollen.

»Okay, ich mache es. Oder besser: Ich versuche es. Aber vorher sollten wir die Nummer erst mal so auf die Reihe kriegen.«

Alle nickten. Das war eine vernünftige Idee.

»Hast du den Riff drauf?«, fragte Rainer.

»Ich habe die ganze Nummer drauf«, sagte Thomas. »Erstens habe ich die letzten Tage nichts anderes gemacht als üben und zweitens ist das auch nicht so schwer. Das ist Musik für Schimpansen.«

»Wir waren uns doch einig, dass wir nicht gleich mit ›Bohemian Rhapsody‹ anfangen wollen«, sagte Rainer.

»Ja, ja, schon gut! Fertig? Also ich spiele jetzt erst mal den Riff, dann kommt das Schlagzeug und dann der Bass.«

»Wir haben alle zu Hause geübt«, sagte Konni, »also leg los.«

Bulle spannte sich hinter dem Schlagzeug. Endlich ging es los. Thomas spielte drei Töne – und brach gleich wieder ab.

»Was ist los?«

»Das ist doch viel zu leise!«

Da hatte er recht. Thomas spielte erst am Verstärker herum, dann an seiner Stratocaster, sagte »Okay!« und fing noch mal an. Schon besser. Mann, das war so einfach, dass man sich immer fragte, wieso man selbst nicht draufkam. Ritchie Blackmore zum Beispiel. Der Riff von »Smoke on the water«. Das konnte ein Dreijähriger spielen. Aber einem Dreijährigen fiel das nicht ein. Und später, wenn man älter und so weit war, dass einem so etwas einfiel, dann hatte man nicht den Mut, es bei diesem einfachen Riff zu belassen. Das große Problem von Halbtalentierten: Zu viele Ideen, zu wenig Mut, es schlicht zu halten.

»Was ist los, Großer?« Rainer sah ihn lächelnd an. Bulle war verwirrt. Ole hatte ihn immer Großer genannt.

»Hä?«

»Du hast den Einsatz verpasst.«

»Oh, ich war in Gedanken, Entschuldigung.«

»Also, ich fang dann noch mal an«, sagte Thomas. »Zum dritten Mal.«

»Mach dir nicht ins Hemd«, sagte Bulle, »oder musst du noch irgendwohin?«

»Ich meine nur«, sagte Thomas, »dass Musikmachen etwas mit Konzentration zu tun hat.«

Alle nickten, Bulle schluckte eine Entgegnung herunter. Sie mussten weiterkommen.

Da-da-dat, da-da-dat, dadadat-dadadat-dat-da-da! Der macht das gar nicht schlecht, der Thomas. Oder der Riff macht es für ihn, wie man's nimmt.

Bulle brachte seinen Einsatz genau auf den Punkt. Endlich draufhauen! Jetzt müsste eigentlich der Gesang kommen. Die ganze erste Strophe ohne Bass, der erst am Ende des letzten Verses dazukommt. Chorus. Da muss der Bass hämmern. Konni zupft nur. Macht nichts, das kriegt der noch hin. Und schön auf die Becken, so geht es. Zweite Strophe. Konni war jetzt etwas aus dem Takt. Auch Thomas schien mitzuzählen. Das ist Hard Rock, da hast du verloren, wenn du mitzählst. Wie ein Fußballer, der vor dem Tor das Denken anfängt. Solo. Etwas zahm. Was ist jetzt, wieso hört er auf?

»Scheiße, ich bin raus!«, schrie Thomas über den abebbenden Lärm hinweg.

»Das war für den Anfang gar nicht schlecht«, sagte Rainer.

»Danke, Papa.«

»Aber es knallt noch nicht.«

»Ich finde, wir sollten es gleich mit Gesang versuchen«, schlug Bulle vor. »Dann weiß man, wo das hingeht.«

»Außerdem ist noch gar keine Orgel drin«, sagte Konni.

»Im Original ist keine Orgel«, gab Rainer zu bedenken.

»Wir sind auch nicht die Originalband!«

»Gott sei Dank«, sagte Thomas, »dann müssten wir ein total

beschissenes Englisch sprechen, und wenn wir mal John Cleese treffen, würde er uns alle Bruce nennen!«

Bulle musste lachen. Rainer grinste. Konni drehte sich um und runzelte die Stirn.

»Bulle hat recht«, sagte Rainer. »Machen wir es mal gleich mit Gesang. Und wenn das einigermaßen hinhaut, dann lass ich mir was zum Thema Orgel einfallen.«

Sie nahmen wieder Haltung an. Bulle zählte. Thomas spielte: *Da-da-dat, da-da-dat, dadadat-dadadat-dat-da-da*!

Schlagzeugeinsatz.

Text: *Livin' easy, lovin' free / Season ticket on a one-way-ride / Asking nothing, leave me / Taking everything in my stride / Don't need reason, don't need rhyme …*

»Was ist jetzt wieder los?« Thomas fuhr ärgerlich herum, nachdem Bulle einfach aufgehört hatte zu spielen.

»Wieso singst du das wie Lou Reed?«, wollte er wissen.

»Weil ich es nicht schreien kann wie Bon Scott! Ich komme einfach nicht so hoch rauf!«

»Du hast es ja nicht mal versucht!«, sagte Bulle. »Wir sind keine Kunststudenten-Combo!«

»Wir spielen es in einer anderen Tonart«, sagte Rainer, gab sie auf dem Keyboard vor und erklärte Konni, was er anders machen musste.

Beim nächsten Mal kamen sie bis zum Ende des Chorus, als Bulle wieder unterbrach. Thomas hatte es jetzt ein wenig mehr wie Bon Scott versucht. »Wenn ich es mir recht überlege«, sagte Bulle, »fand ich Lou Reed eigentlich immer ganz cool.«

»Soll das so etwas wie eine Kritik sein?«

»Eine Anregung.«

»Mann, ich habe mich um den Job hier nicht gerissen!«

»Ich würde sagen, Thomas singt es, wie er es für richtig

hält«, sagte Rainer, »und dann versuchen wir mal, die Nummer bis zum Ende durchzuspielen.«

Das hielten alle für eine gute Idee.

Diesmal landete Thomas irgendwo in der Mitte, was sich gar nicht mal so schlecht anhörte. Den Chorus kriegte er gut hin, aber der war auch denkbar einfach. »Highway to hell« stellte keine Schülerband vor unlösbare Aufgaben. Konni spielte erstaunlich präzise, wenn man bedachte, dass er das Instrument erst vor einer Woche zum ersten Mal in die Finger bekommen hatte. Die Übergänge knirschten ziemlich, aber alle waren sich einig, dass das noch werden würde.

Zwei Stunden später musste Bulle feststellen, dass er sich da nicht mehr so sicher war. Selbst, wenn sie einigermaßen fehlerfrei spielten, schien es nicht zusammenzupassen. Na gut, es war die erste Probe, was sollte man da erwarten, aber als sie mit je einem Bier auf dem Boden saßen, war die Enttäuschung spürbar. Rainer hatte sich ein paar Sachen an der Orgel einfallen lassen, was die Nummer älter machte. Sie klang jetzt mehr nach den späten Sechzigern anstatt nach 1979. Das hatte was, war ihr eigener Beitrag zu dem abgenudelten Stück, aber irgendetwas fehlte. Begeisterung? Die ewigen Diskussionen konnten einem schon auf die Nerven gehen. Thomas war sich seiner Sache nicht sicher, weder an der Gitarre noch am Mikrofon, das konnte man spüren. Und wenn er unsicher war, wurde er pampig.

»Ich finde, wir sind auf einem guten Weg«, sagte Rainer.

»Mit solchen Sprüchen kannst du in die SPD eintreten!«, sagte Thomas, und Bulle gab ihm recht.

»Beim nächsten Mal wird es schon viel besser gehen«, versuchte Rainer Zuversicht zu vermitteln.

»Gibt es dann wieder drei Stunden Schimpansen-Mucke?«, wollte Thomas wissen.

»Wir spielen die Nummer, bis wir sie draufhaben! Bis sie knallt!«, sagte Bulle und hob seine Flasche.

Wenig begeistert stießen sie miteinander an. Dann fragte Konni, was es mit John Cleese und Bruce auf sich hatte.

»Monty Python live at the Hollywood Bowl«, referierte Thomas. »Die Engländer nennen alle Australier Bruce. Ladies and Bruces statt Ladies and Gentlemen.«

»Wieso Australier?«

Alle außer Konni lachten.

»Weil AC/DC aus Australien kommen!«, sagte Thomas. »Sag bloß, das wusstest du nicht?«

»Nee.«

»Mann, wir haben echt noch einen weiten Weg vor uns. Da muss man ja erst mal Grundlagen pauken.«

Konni nahm einen Schluck Bier. Wahrscheinlich traute er sich schon nicht mehr zu fragen, was der Bandname bedeutete.

13

Rainer hatte gehofft, es würde vorbeigehen, aber es war immer noch da. Er dachte daran, mit Bulle darüber zu sprechen. Der würde ihm weiterhelfen können, ihm erklären, was da vor sich ging, aber dann wäre er auch ein Mitwisser, einer, der wusste, dass Rainer sich Sorgen machte, und das ging doch nur ihn selbst was an. Im *Großen Gesundheitsbuch* hatte gestanden, dass es alles Mögliche sein konnte. Es musste nicht gleich das K-Wort sein. Aber seine Großmutter hatte es gehabt und war damit erst zum Arzt gegangen, als es zu spät gewesen war.

Er wusch sich gründlich die Hände und betrachtete sich im Spiegel. Nichts zu sehen, was darauf hindeutete, dass etwas nicht stimmte. Er sah ganz normal aus. Viel zu normal. Nicht wie ein Bandleader. Nicht wie einer, der eine Haudrauf-Nummer wie »Highway to Hell« mit einem wirklich interessanten Orgelmotiv veredelte.

Er hängte die Handtücher ordentlich auf den Halter. Er sah sich um. Hier, im Badezimmer, verbrachte er viel Zeit, nachts, wenn er nicht schlafen konnte. Wenn er sich zum Pinkeln hinsetzte und keinen Grund fand, wieder aufzustehen. Dann wartete er, bis sein Hintern sich an der Brille festgesaugt hatte und nur noch mit einem Reißen, welches mit einem nicht unangenehmen kleinen Schmerz einherging, wieder zu lösen war. Man kam auf merkwürdige Gedanken, wenn man Stunde um Stunde in einem stillen, dunklen Haus totzuschlagen hatte.

Wieso war dieses Badezimmer, wieso waren fast alle Badezimmer eigentlich weiß? Wer was auf sich hielt, wer von sich behauptete, Geschmack zu haben, der flieste sein Badezimmer weiß. Na gut, da war der schwarze Streifen etwas über Kopfhöhe, aber das war nur ein Akzent, der mit den schwarzen Handtüchern korrespondieren sollte. Warum durfte man sein Bad nicht in Blau, Rot, Gelb oder Grün oder allem zusammen anmalen oder fliesen oder sprayen, nur weil man ein gewisses Jahresgehalt ebenso wie ein gewisses Alter überschritten hatte und nicht zu einer Berufsgruppe aus dem künstlerisch-kreativen Bereich gehörte?

In den Siebzigern waren Farben erlaubt gewesen. Wer es besonders schick haben wollte, entschied sich für Brauntöne. Dann vielleicht doch lieber weiß. Oder nackten Beton.

Rainer nahm sich noch einmal die Handtücher vor, drapierte das eine so unordentlich wie möglich und warf das andere auf den Boden. Wie im Hotel, damals, als er für die Firma so viel unterwegs gewesen war. *Wissen Sie eigentlich, wie viele Tonnen Wäsche jeden Tag gewaschen werden?* Wie oft hatte er sich in der Lektüre dieser dummen Aufkleber verloren? Wie oft hatte er die Tafel an der Innenseite der Zimmertür angestarrt: *Rettungswege und Alarmzeichen!* Und wie oft hatte er das Zimmermädchen gebeten, das Zimmer nicht aufzuräumen. Zu Hause wurde schließlich auch *nicht* jeden Tag saubergemacht. Er liebte es, am späten Nachmittag oder frühen Abend von den Besprechungen zu kommen und sein Bett benutzt vorzufinden. Aber nein, sie konnten es nicht lassen. Sie wollten sich den Job nicht leichter machen, indem sie sein Zimmer ausließen. Sie machten das Bett, saugten den Boden und ordneten sogar seine persönlichen Sachen, die er halb bewusst chaotisch am Morgen auf dem schmalen Schreibtisch neben dem Fernseher verstreut hatte. Da war zu viel Ordnung in der Welt.

Als er das Bad verließ, hörte er sie unten lachen. Natürlich nur Brigitte und Helena, Daniel war zum Lachen zu cool, ein spöttisches Grinsen war das höchste der Gefühle, ein Grinsen, dem etwas Wissendes innewohnte, dachte Rainer, aber vielleicht war der Junge auch nur besonders gut darin, den Eindruck zu erwecken, er durchschaue alles um sich herum. Rainer konnte nicht umhin, seinem Sohn in dieser Hinsicht

Respekt zu zollen. Als er selbst jung gewesen war, hatte er immer gedacht, alle könnten in seinem Gesicht lesen wie in einem offenen Buch: seine Eltern, sein Bruder, die Lehrer – und vor allem all die Mädchen. Sobald er damals auf die Straße getreten war, nein, sobald er auch nur sein Zimmer verlassen hatte, war ihm gewesen, als wüssten alle mehr über ihn als er selbst.

Er blieb am Treppenabsatz stehen und bekam mit, wie Helena Brigitte fragte, was Papa da oben so lange mache, und Brigitte meinte, vielleicht habe er Durchfall, was seine Tochter zu einem weiteren unerklärlichen Lachanfall reizte.

Er bemühte sich, auf der Treppe ein wenig Lärm zu machen, damit sie wussten, dass er kam, aber der dicke Velours schluckte seine Schritte wie frisch gefallener Schnee, und so zuckten Mutter und Tochter etwas theatralisch zusammen, als er hereinkam, und legten sich beide die rechte Hand auf die Brust.

Wieso lag auf dem großen runden Tisch immer eine blütenweiße Tischdecke?

Rainer fragte, was so komisch sei.

Die beiden sahen sich an und kicherten wie kleine Mädchen. Helena war ja auch eins, aber bei ihrer Mutter sah es lächerlich aus.

»Wir haben über dich geredet, Papa!«

»Schön, dass euch das zum Lachen bringt.«

Aus dem Wohnzimmer dröhnte der Fernseher herüber. Eine amerikanische Sitcom mit eingespielten Lachern.

»Wie läuft es mit deiner Band?«, fragte Helena. »Habt ihr schon einen Namen?«

Rainer sah aus dem Augenwinkel, wie Brigitte die Arme verschränkte und ganz allgemein eine angespannte Haltung einnahm.

»Nein, wir haben noch keinen Namen.«

Über einen Namen brauchten sie sich noch lange keine Gedanken zu machen. Bei den Proben lief es fürchterlich. Seit vier Wochen waren sie jetzt zugange, der Winter verlor gerade die letzten Rückzugsgefechte gegen den vordringenden Frühling, und die Band hatte »Highway to Hell« zwar einigermaßen in den Griff bekommen, aber selbst wenn sie so gut wie keine Fehler machten, hörte es sich grauenhaft an. Na gut, vielleicht nicht grauenhaft, aber es knallte nicht, poppte nicht, funkte nicht, Herrgott, wie sollte man es nennen? Was sie spielten, war uninspiriert, langweilig, zog nichts vom Teller, wie Bulle sagte. Es lag nicht am Gesang, es lag nicht an der Gitarre, nicht am Bass, nicht an der Orgel und nicht am Schlagzeug. Jedes Instrument für sich klang einigermaßen gut, aber alles zusammen war der Mühe nicht wert.

»Aber es macht Spaß, oder?«, hakte Helena nach.

Rainer warf einen Blick auf Brigitte, deren Miene etwas ausdrückte wie: Lass mal hören, großer Rockstar!

»Es ist nicht schlecht.«

Das war Brigittes Stichwort. »Nicht schlecht? Ist das nicht ein bisschen wenig?«

»Es braucht seine Zeit.«

»Natürlich.«

Helena blickte zwischen Vater und Mutter hin und her. »Wie viele Stücke habt ihr denn schon drauf?«, wollte sie wissen.

»Wir üben noch.«

»Ach, komm schon, Papa, erzähl doch mal ein bisschen!«

Die unerschütterliche, militant gute Laune seiner Tochter ging Rainer nicht zum ersten Mal auf die Nerven. Ihre zur Schau gestellte Fröhlichkeit drückte einen in die Ecke wie einen angeschlagenen Boxer.

»Ein Stück, okay? Wir haben bisher nur ein Stück auf die Reihe gekriegt.«

»Ach, und welches?«

Die ließ nicht locker, die Kleine. So war sie schon immer gewesen. Hey, ich bin das unschuldige, kleine Mädchen, dem man keinen Wunsch abschlagen kann, also sollte man ihn mir gleich von den Augen ablesen. So war sie an Süßigkeiten gekommen, an Spielsachen, an Klamotten, Stereoanlagen, Fernseher, Computer und Geld für Kino, McDonald's und weiß der Teufel was noch. In Rainer wuchs der Verdacht, dass seine Tochter eine Seite hatte, die er nicht kannte. Dieser Anfall von Alkoholismus auf der Party war vielleicht nur die Spitze eines dunklen Eisberges. Wusste Brigitte davon? Die war doch auch nicht schlecht im Zurückhalten von Informationen.

»Wir sind mit »Highway to Hell« auf einem guten Weg.«

In die Stille hinein erlaubte er sich die Frage an sich selbst, wieso er jetzt in Bürosprache verfiel.

»Na, da habt ihr euch aber was vorgenommen«, sagte Brigitte.

»Hört sich doch prima an, oder nicht?«, sagte Helena.

Rainer beschloss, den Spieß umzudrehen. »Was hältst du eigentlich davon, dass dein Vater jetzt in einer Rockband spielt? Bist du auch der Meinung, das sei nichts für ältere Herren? Gehört der Rock'n'Roll dir und deinen Freundinnen? Soll ich es sein lassen und mich lieber benehmen wie andere Männer in meinem Alter, wie richtige Väter? Soll ich Golf spielen oder mit einer Flasche Bier vor dem Fernseher sitzen oder deine Mutter durch das Haus prügeln?«

Darauf war sie nicht vorbereitet. Helenas Blick wanderte zu Brigitte und wieder zurück zu Rainer. Auf wessen Seite sollte sie sich stellen? So eine Frage beantwortete sie nicht gern, das war ihr anzusehen.

Kurz bevor die Pause peinlich lang zu werden drohte, stand Helena auf, küsste erst ihre Mutter, dann ihren Vater auf die Wange und sagte: »Ach komm, ich bin doch gar nicht in der Position, einem von euch Ratschläge zu geben!« Dann sagte sie etwas von einer Verabredung und ging nach draußen. Nein, sie sprang wie ein verdammtes junges Fohlen, wie die Hauptdarstellerin in einer Teenie-Soap.

Jetzt war Rainer mit Brigitte allein. Aus dem Wohnzimmer drang das Gemecker aus den Lachkonserven herüber. Brigitte nahm eine Schachtel Zigaretten und ein rotes Einwegfeuerzeug aus der Hosentasche und legte beides vor sich hin, ohne sich eine anzuzünden.

»Du rauchst wieder?«, fragte Rainer.

»Ich denke darüber nach.«

Ihre Finger trommelten auf die weiße Tischdecke, ihre langen, knöchernen Finger, die ihn von Anfang an irritiert hatten. Sie kam ihm vor wie eine Polizistin, die eine Aussage erwartete, ein Geständnis.

»Du willst das also wirklich durchziehen?«, sagte sie.

»Das hört sich an, als würde ich etwas Verbotenes tun.«

Brigitte spielte mit der Zigarettenpackung, stellte sie aufrecht, zog das Zellophan nach unten und schob es wieder hoch. Ob sie sich der sexuellen Konnotation bewusst war? Wollte sie ihn verführen und stellte sich nur ein wenig ungeschickt an? Wann hatten sie zum letzten Mal miteinander geschlafen? Wenn man sich das fragte, war es wahrscheinlich zu lange her. Er dachte ein wenig über die Doppelbedeutung von »zum letzten Mal« nach.

»Gegenfrage«, sagte Rainer. »Warum hast du mir das Keyboard geschenkt?«

Ihre Finger hörten kurz auf, mit dem Zellophan zu spielen,

und fingen dann gleich wieder damit an. »Jetzt soll ich also schuld sein?«

»Schuld? Woran denn?«

»Das frage ich *dich*, mein Lieber.«

Sie zögerte noch ein paar Sekunden, dann fingerte sie mit fahrigen Bewegungen eine Zigarette heraus und steckte sie sich an. Rainer war der Meinung, dass ihr das nicht stand. Es machte sie kleiner. Sie rauchte verbissen, saugte am Filter, als wollte sie ihn abbeißen.

»Dieses Keyboard«, sagte sie, »habe ich dir geschenkt, weil ich dachte, wir würden mehr Zeit miteinander verbringen, wenn du glücklich bist.«

»Ist es das, was du willst? Dass wir mehr Zeit miteinander verbringen?«

Sie sog zweimal hastig an der Zigarette. »Wieso fragst du nicht, ob ich will, dass du glücklich bist? Glaubst du nicht, dass ich dir das wünsche?«

Darauf wusste er nichts zu sagen.

»Das mit der Band, macht dich das glücklich? Du siehst nicht so aus.«

Es ging jetzt darum, die richtige Antwort zu geben. Wenn er die richtige Antwort gab, dann konnten sie alle glücklich und zufrieden leben bis an ihr seliges Ende. Und das stank ihm. Er wollte nicht die richtige Antwort geben. Er wollte nicht getestet und bewertet werden.

»Hör zu«, forderte Brigitte ihn auf, obwohl er das schon längst tat, »ich weiß ehrlich gesagt nicht, wie wir das alles in unseren Zeitplan integrieren sollen, wenn das mit der Band, nun ja, überhandnimmt. Die Kinder müssen hierhin und dorthin gefahren werden, wir haben Einladungen, müssen uns um meine Eltern kümmern und auch deine mal wieder besuchen. Wir reden kaum noch miteinander, stimmen uns nicht ab. Ich meine, wir haben ja noch nicht mal unseren Urlaub geplant. Ich habe da ein paar Ideen, aber wir kommen ja gar nicht mehr dazu, darüber zu reden.« Sie senkte ihre Stimme, die sich ein wenig in Richtung eines schrillen Keifens verschoben hatte, wieder ein wenig ab und versuchte, begütigend, fast zärtlich zu wirken, aber Rainer spürte das Bemühen. »Lass uns einfach sagen, morgen zwischen acht und neun, nach dem Abendessen, setzen wir uns in dein Arbeitszimmer, und dann sprechen wir mal alles sorgfältig durch. Ich bin sicher, dann fällt auch Zeit für deine Band ab.«

Rainer sah seine Frau an. Viel zu lange. Dann ging er einfach raus und ließ sie da sitzen, mit ihren knöchernen Fingern, ihren Zigaretten und ihrem weißen Tischtuch.

Im Hemd stellte er sich vor die Tür und schob die Hände in die Hosentaschen, die Schultern hochgezogen. Und plötzlich stand Daniel neben ihm. Sein Sohn trug einen Parka mit Fellrand an der Kapuze. Der Parka war so weit zurückgeschoben, dass er von den Schultern zu rutschen drohte. Sie wirkten alle so, als gäbe es nichts Tolleres, als immer kurz davor zu sein, seine Sachen zu verlieren. Na ja, die Schlaghosen hatte Rainer seinem Vater auch nicht erklären können.

»Dicke Luft, was?«

Dass sein Sohn ohne Aufforderung das Wort an ihn richtete, mochte noch länger her sein als der letzte Sex mit Brigitte. Eine außergewöhnliche Situation, die mehr erforderte als ein Schulterzucken.

»Ziemlich dicke Luft, ja«, sagte Rainer.

»Geht um die Band?«

»Geht um die Band.«

»Was spielt ihr so?«

»Wir können erst eine Nummer. »Highway to Hell«. Schlimm, was?«

»AC/DC ist cool.«

»Wirklich? Ist dir das nicht zu billig, zu … na ja, prollig?«

»Es knallt. Genau die richtige Musik, wenn man blau ist.«

Rainer überging diese Bemerkung, obwohl er gern mehr erfahren hätte über den Alkoholkonsum seines Sohnes – der offenbar spürte, dass dies genau der richtige Zeitpunkt war, um noch einen Schritt weiter zu gehen.

»Hast du mal 'ne Kippe?«

Rainer sah seinen Sohn von der Seite an, und sein Sohn starrte auf die andere Straßenseite, wo absolut nichts zu sehen war. Rainer holte eine zerknitterte Packung Prince Denmark hervor. Sekunden später sendeten Vater und Sohn gemeinsam Rauchzeichen.

»Und? Läuft es?«, fragte Daniel.

»Geht so. Nein, eigentlich nicht. Wir machen alles richtig, aber trotzdem hört es sich nicht gut an. Irgendwas fehlt.«

»Ihr seid zu viert, oder?«

»Die Doko-Runde, genau.«

»Und? Kommt ihr miteinander klar?«

»Ja sicher, bessere Freunde finde ich nicht mehr.«

»Wer singt?«

»Thomas. Obwohl er sich erst geziert hat. Sonst wollte keiner.«

»Vielleicht«, sagte Daniel und starrte den Aschekegel am Ende seiner Zigarette an, »fehlt euch nicht irgendwas, sondern irgendwer. Mal über eine Sängerin nachgedacht?«

»Oh Gott, nein! Bloß nicht!«

»Denk mal drüber nach.«

Sein Sohn forderte ihn auf, nachzudenken. Vielleicht war doch noch nicht alles verloren.

Daniel sog an der Zigarette. »Mach weiter«, sagte er. »Findest schon raus, was oder wen ihr noch braucht. Kannst nicht nach so kurzer Zeit wieder in den Sack hauen. Wärst kein gutes Vorbild. Man muss im Leben dicke Bretter bohren, oder?«

Rainer lachte und schnippte seine Zigarette auf die Straße, obwohl sie erst halb geraucht war. Ihm war einfach danach, das jetzt zu machen. Und es war einfacher, als seinem Sohn den Arm um die Schultern zu legen, was er viel lieber getan hätte. Aber das wäre wohl doch zu weit gegangen.

»Und? Was hast du heute noch vor?«, fragte Rainer.

Jetzt war es an Daniel, seinen Vater von der Seite anzusehen, während der auf die uninteressante andere Seite starrte. »Nichts«, sagte Daniel.

Dann machten sie, was echte Männer machen, wenn sie lächeln sollten: Sie grinsten.

Und Rainer hatte die Lösung.

14

So konnte es nicht weitergehen! Aber er durfte sich jetzt nicht aufregen!

Wieso eigentlich nicht?

Da waren so viele Dinge, die er gern getan hätte. Dem Kollegen Barnstedt einfach mal die Autoreifen aufschlitzen. Und das Verdeck von seinem bescheuerten Sportwagen gleich dazu. Und wenn man schon mal dabei war, konnte man ihm auch gleich in den Tank pinkeln.

Der Kollegin Fuchs sagen, sie soll sich nicht so anstellen. Den Schülern, die es nötig hatten, einfach mal sagen, wie dämlich sie sind und den entsprechenden Eltern vorhalten, dass sie sich niemals hätten fortpflanzen dürfen.

Die Kollegin Gregorius einfach mal von sich aus ansprechen.

Nein, so weit war er noch nicht. Barnstedt in den Tank pinkeln war da sehr viel einfacher. Aber auch da würde er wieder kneifen.

Wie ein Wahnsinniger hatte er sich beeilt, um alles rechtzeitig fertigzukriegen, hatte geschnitten, geschmiert und belegt, und wenn er etwas wirklich hasste, dann waren es fettige Finger. Er hatte die Küche aufgeräumt, sich die Hände geschrubbt und das Bier rechtzeitig kalt gestellt. Jetzt war es halb sieben, und er starrte auf die Brötchenberge, die vier Frikadellen, die zwei Tuben Senf (extrascharf für Bulle und Rainer, mittelscharf für Thomas und ihn selbst), und wurde langsam sauer. Viertel vor sieben und keiner da.

Es klingelte.

Na gut, wenn sie das waren, dann ging es ja noch. Ein bisschen Geplänkel vorneweg, Bier austeilen, Stühle zurechtrücken, ein wenig über die Sitzordnung streiten (Ich will nicht am Fenster sitzen, ich habe es im Rücken!), und mit etwas Glück würden sie um sieben anfangen zu spielen, was wiederum die Chance erhöhte, kurz vor Mitternacht durch zu sein.

Noch auf dem Weg zur Tür gähnte Konni. Wie in letzter

Zeit üblich, war er fast eine halbe Stunde vor seinem Wecker aufgewacht, ziemlich genau um fünf Uhr, und hatte, den Blick aufs Zifferblatt geheftet, versucht, noch einmal einzuschlafen oder wenigstens zu dösen, doch das hatte nicht funktioniert. Er war so müde, dass es fast weh tat. Morgen war Samstag. Er würde das Telefon ausstöpseln und die Klingel abstellen und so lange schlafen, wie es ging. Oder es wenigstens versuchen. Er schien an einer Art Midlife-Bettflucht zu leiden.

Vor der Tür standen Thomas und Bulle, die sich überrascht zeigten, dass Rainer noch nicht da war, hatte er ihnen doch am Nachmittag noch telefonisch eingeschärft, auf jeden Fall pünktlich zu sein. Sie warfen ihre Jacken auf die Treppe, Bulle diese riesige, schwere, gefütterte Lederjacke mit dem hochgestellten Kragen, Thomas den Parka mit dem Fellrand an der Kapuze, wie ihn einige aus der Oberstufe auch trugen.

Bulle und Thomas nahmen sich Bier aus dem Kühlschrank und ließen es klingeln. Bulle betonte, er habe einen »Scheißkohldampf«, da er aus dem Krankenhaus mal wieder nicht rechtzeitig losgekommen sei und deshalb zu Hause nichts mehr habe essen können. Die Blicke seiner Schwiegermutter hätten ihm einstweilen ohnehin den Appetit verdorben, doch der sei bei einem Blick in Konnis Küche gleich wieder zurückgekommen.

»Nicht schlecht, Kleiner! Sieht gut aus!«

Es war selten, dass einer darauf hinwies, dass Konni in der Gruppe der Kleinste war. Er überhörte die Bemerkung und mahnte, es werde erst nach der zweiten Runde gegessen, wie sonst auch.

»Bis dahin habe ich Skorbut!«, dröhnte Bulle und fischte sich einen Zwiebelring aus der mit Alufolie nur unzureichend abgedeckten Schale.

Sie setzten sich an den Tisch, und aus lauter Langeweile fing Konni schon mal an zu mischen.

»Neue Karten!«, sagte er. »Die pappen nicht!«

Thomas und Bulle nickten anerkennend.

»Wie geht es Corinna?«, fragte Konni, während er nach den beiden Kreuz-Damen suchte, die er heute wahrscheinlich nicht mehr auf die Hand kriegen würde.

»Wieso fragst du das?«, wollte Thomas wissen.

»Nur so. Man kann doch mal fragen, oder?«

»Geht so«, sagte Thomas und schien das Thema nicht vertiefen zu wollen.

»Wie läuft es mit dem Anbau?«, fragte Bulle, und Konni vermutete, dass die Frage nach Corinna auf Thomas die gleiche Wirkung gehabt hatte wie Bulles nach dem Stand der Bauarbeiten auf ihn, Konni.

»Langsam ist es mir egal«, sagte er. »Weißt du, deutschen Handwerkern geht es einfach noch viel zu gut. Ich habe den Eindruck, ich kriege von denen keine Termine, sondern Audienzen.« Er brach ab, um sich nicht wieder dem Vorwurf auszusetzen, er suhle sich in Selbstmitleid.

Bevor sie ein anderes Thema anschneiden konnten, klingelte es erneut. Ein halblautes »Wird aber auch Zeit!« konnte Konni sich nicht verkneifen.

Rainer stürmte herein, ohne einen von ihnen zu begrüßen. Er nahm einen Schluck von Thomas' Bier und setzte sich an den Tisch, noch immer im Mantel. Auf seiner Stirn stand ein wenig Schweiß, und Konni fragte sich, ob Rainer krank war.

»Okay, Leute«, sagte Rainer, »ist es euch noch immer ernst mit der Band?«

»Auch dir einen schönen guten Abend!«, sagte Thomas.

»Wieso fragst du das?«, wollte Bulle wissen. »Warum sollte uns das nicht ernst sein?«

Das fragte Konni sich auch. Er hatte sich in den letzten zwei Wochen die Fingerkuppen blutig gespielt und bildete sich ein, erstaunlich schnell Fortschritte am Bass gemacht zu haben. Die Sache fing an, ihm Spaß zu machen, und jetzt kam Rainer daher und fragte, ob ihnen das noch ernst sei.

»Ich weiß nicht, wie es euch geht«, begann Rainer, »aber ich war bisher nicht sonderlich begeistert von dem, was wir da auf die Beine gestellt haben.«

Vier Wochen!, dachte Konni. Es waren erst vier Wochen! »Highway to Hell« klappte doch schon ganz gut. Was wollte er denn!

»Irgendwas fehlt, dachte ich die ganze Zeit. Selbst wenn wir es Ton für Ton richtig spielen. Findet ihr das nicht auch?«

Ja, was denn? Konni hatte sich den Kram Ton für Ton angeeignet, bis er es im Schlaf spielen konnte, und das sollte jetzt falsch gewesen sein?

»Ich weiß, was du meinst«, sagte Bulle, und auch Thomas nickte.

Na prima, es wussten mal wieder alle Bescheid. Alle außer dem beschränkten Lehrer.

»Die Beherrschung der Instrumente ist nicht das Entscheidende. Warum ist Ritchie Blackmore ein guter Gitarrist? Weil er sehr viele Töne in sehr kurzer Zeit spielen kann?«

Thomas und Bulle schüttelten die Köpfe, als hätte Rainer ihnen eine tiefe, schlagartig einleuchtende Weisheit offenbart.

»Das, was Ritchie Blackmore hat oder hatte, das fehlt uns. Wir vier hier, wir haben es nicht und wir kriegen es nicht mehr. Der Zug ist abgefahren, machen wir uns nichts vor, wir sind vier alte Säcke Mitte vierzig, die sich mehr Sorgen um ihre Prostata machen als darum, wo sie den nächsten One-Night-Stand herkriegen.«

»Och …«, machte Thomas und grinste.

»Ihr macht euch Sorgen um eure Prostata?«, fragte Konni.

»Ab vierzig solltest du regelmäßig zur Untersuchung gehen«, sagte Bulle im Hausarztton.

»Ich dachte ab fünfzig. Ich kann mich nicht an den Gedanken gewöhnen, dass …« Konni sprach den Satz nicht zu Ende.

»Ich finde, es ist gar nicht so schlimm«, sagte Rainer.

»Ich habe es noch nicht gemacht, ich bin drei Jahre jünger als ihr«, meinte Thomas.

Und Bulle: »Näher bin ich in den letzten vier Jahren nicht an Sex herangekommen, das kann ich euch sagen!«

»Ist ja auch egal«, lenkte Rainer das Gespräch wieder in weniger urologische Bahnen. »Ich möchte euch eine Frage stellen: Wem war die Musik, die wir machen wollen, wirklich wichtig? Ich meine, wirklich wichtig? Wer kannte sich am besten aus, wer war in seinem Urteil am unerbittlichsten, wer hat sich praktisch jede freie Sekunde mit nichts anderem beschäftigt? Wer hatte den Wahnsinn, den wir nie hatten? Für wen war das alles mehr als Freizeit?«

Konni sah Bulle an und erkannte aus den Augenwinkeln, dass Thomas' Blick zwischen ihnen hin und her ging.

»Du redest von Ole?«, sagte Konni.

»Das kann nicht dein Ernst sein«, schob Bulle nach.

Rainer lehnte sich zurück. Ein paar Minuten lang sagten sie nichts. Konni sah, dass Thomas auf seinem Stuhl hin und her rückte, bis er es nicht mehr aushielt: »Willst du damit sagen, wir sollen Ole in die Band nehmen?«

Rainer schüttelte den Kopf. »Wir sollen ihn nicht in die Band nehmen. Er soll uns zu einer Band *machen*! So wie ich das sehe, kriegen wir das nicht hin ohne jemanden wie ihn. Und da es jemanden wie Ole nicht gibt, jedenfalls nicht für uns, kommt nur das Original in Frage.«

Wieder meldete sich Konnis schlechtes Gewissen, weil er sich so lange bei Ole nicht gemeldet hatte. Na gut, Ole hatte auch nichts von sich hören lassen, aber so war er nun mal. Sie kannten sich seit der fünften Klasse. Ole war nicht der Typ für Weihnachtskarten. Aber wenn man ihn brauchte, stand er zur Not nachts um vier auf der Matte. Wie damals, bei der Sache mit Sandra. Als Stefan Görtz Konni auf einer Party vor Dutzenden von Zeugen klargemacht hatte, er solle die Finger von seiner Freundin lassen, und dieser Forderung handgreiflich Nachdruck verliehen hatte. Alle hatten gelacht, und Konni hatte sich gefragt, woher Stefan Görtz gewusst hatte, dass Konni ständig an Sandra denken musste. (Was noch vor der Zeit gewesen war, als er ständig an Gisela hatte denken müssen.) Nie wäre er auf die Idee gekommen, sich Sandra zu nähern, wusste er doch, dass sie nicht zu haben war. Und selbst wenn sie keinen Freund gehabt hätte, hätte er stillgehalten. Am lautesten hatte Sandra selbst gelacht. Die totale Demütigung. Konni war nach Hause gefahren und hatte sich betrunken, mit Mariacron aus der Hausbar seines Vaters. Dann hatte er früh um halb vier Ole angerufen, und der war sofort gekommen. Gemeinsam waren sie durch die Gegend gelaufen, Ole hatte sich angehört, was Konni zu sagen hatte, und als Konni sich in die Hecke des Kleingartenvereins übergeben hatte, hatte Ole dafür gesorgt, dass er nicht umfiel. Und den Mund hatte er ihm auch noch abgeputzt. Nach drei Jahrzehnten war das banal, aber damals war es ernst gewesen. Konni kam mit solchen Dingen nicht allein zurecht. Aber wer konnte das schon von sich behaupten.

»Ich habe versucht, Ole anzurufen. Unter der Nummer hat sich eine Frau gemeldet, mit der Ole offenbar bis vor kurzem zusammengewohnt hat. Sie sagt, er ist ausgezogen. Dann hat sie aufgelegt. Wollte mir seine Adresse nicht sagen. Aber ich denke, im persönlichen Gespräch wird sie sie rausrücken.«

»Du willst nach Berlin fahren?«, entfuhr es Konni.

»Nicht ich. *Wir.* Wir wollen nach Berlin fahren. Und zwar heute Abend noch.«

»Wie stellst du dir das vor? Ich kann nicht einfach alles stehen und liegen lassen und wegfahren!«

»Was hast du denn vor, Herr Lehrer?«, fragte Bulle.

»Ich muss Stunden vorbereiten, Arbeiten korrigieren, und im Haus gibt es auch einen Haufen zu tun!«

Noch während Konni redete, ging ihm auf, wie dämlich sich das anhörte. Seit fast anderthalb Jahrzehnten war er jetzt Lehrer. Es kam doch eh immer dasselbe dran. Die 9 b würde es am Montag nicht mal merken, wenn er statt über Fruchtfliegen über Fernmeldesatelliten redete. Und das Haus ging ihm ohnehin nur auf den Wecker. Sollten doch die Bauarbeiter morgen früh vor der Tür stehen und sich zur Abwechslung mal über ihn ärgern!

»Du brauchst nichts zu sagen!«, meinte Rainer grinsend. »Ich sehe deinem Gesicht an, was du denkst. Was ist mit dir Bulle? Bei dir dürfte es am schwierigsten sein, wegen der Mädchen.«

»Wenn wir vorher kurz bei mir zu Hause vorbeifahren könnten, erkläre ich es ihnen. Gerda ist das größere Problem. Aber diese Aktion hat zwei entscheidende Vorteile für sie: Zum einen kann sie mehr Zeit mit den Mädchen verbringen, und auch wenn sie es nicht zugibt: Dafür würde sie ihren rechten Arm hergeben. Zum anderen hat sie wieder einen Grund mehr, sauer auf mich zu sein. Unterm Strich ist das für sie äußerst verführerisch.«

»Und was sagt der Dichter?«

Thomas starrte auf die Tischplatte, als müsse er die Folgen dieses Plans gründlich erwägen. »Corinna übernachtet bei einer Freundin. Jedenfalls gehe ich davon aus.«

»Oho!«, machte Bulle.

»Nix oho! Sie übernachtet bei einer Freundin. Die wollen heute um die Häuser ziehen, weil die Freundin nächste Woche heiratet.«

»Oho!«, machte jetzt Konni.

»Denkt doch, was ihr wollt, ich bin jedenfalls dabei.«

»Ich habe das mit Brigitte schon geklärt«, sagte Rainer. »Sie war nicht begeistert, aber Daniel hat mich unterstützt, und da fiel ihr nicht mehr viel ein.«

»Vater und Sohn, ein unschlagbares Team, was?« Bulle musste lachen.

»Er hat mich überhaupt erst auf die Idee gebracht!«, sagte Rainer.

»Es ist fast halb acht«, sagte Thomas. »Was labern wir noch!«

Konni ging nach oben, um seine Jacke zu holen. Als er aus dem Schlafzimmerfenster nach draußen blickte, sah er Bulle, Thomas und Rainer im Lichtkegel der Straßenlaterne stehen und lachen. Dann betrachtete er sein Spiegelbild in der Fensterscheibe.

Er riss sich von sich selbst los, packte in der Küche die Brötchen ein, ging noch in den Anbau und knipste den Mond an.

15

Bei Bielefeld fühlte Thomas die warmen Lippen von Petra Knüwer um sein Geschlecht. Er hatte sie nie angerufen. Warum auch? Sie hatte ihn engagiert, er war aufgetreten und wieder nach Hause gefahren, hatte kaum ein Wort allein mit ihr gewechselt, da stets entweder die Buchhändlerin oder Corinna dabei gewesen waren. Nur die Abrechnung war in Thomas' Augen zu einem kurzen Moment der Intimität geworden. Nur einen halben Meter voneinander entfernt hatten sie unter den grellen Leuchtstoffröhren in Petra Knüwers Büro gesessen, sie hatte ihm das Geld auf den Tisch gezählt und dann den Stift hingehalten, mit dem er den Auszahlungsbeleg zu unterschreiben hatte. Sie hatte sich entschuldigt, dass nur so wenig Leute gekommen waren, aber dafür konnte sie doch nichts. Thomas hatte verstohlene Blicke auf ihre Figur geworfen und sich danach gesehnt, sie zu umarmen und zu entkleiden, während ein Stockwerk tiefer seine jugendliche Freundin auf ihn wartete.

Es war nicht in Bielefeld gewesen, aber ganz in der Nähe. Ostwestfalen war jetzt für ihn erotisch aufgeladen. Wälder und Hügel voller Möglichkeiten.

Dabei wusste er gar nichts über Petra Knüwer. Nur, dass sie jemand anderes war als Corinna. Älter. Reifer. Aber auch faltiger, schlaffer. Oder?

Rainer hatte angeboten zu fahren. Bulle und Konni saßen hinten und wirkten nach knapp anderthalb Stunden Autofahrt müde, sahen aber nicht so aus, als könnten sie schlafen. Schon eine ganze Weile hatte niemand was gesagt, und das gleichmäßige Geräusch des E-Klasse-Kombis, in dem sie saßen, war alles, was sie hörten.

»Ich komme mir vor wie auf Klassenfahrt«, sagte Bulle plötzlich.

Wie aufs Stichwort zog Rainer plötzlich von der linken Spur über die rechte direkt in eine Ausfahrt hinein, verließ die Autobahn und hielt vor einer Tankstelle.

»Für eine Klassenfahrt sitzen wir verdammt auf dem Trockenen«, sagte er.

Bulle schlug ihm auf die Schulter und stieg aus. Thomas, Rainer und Konni taten es ihm nach, blieben aber neben dem Wagen stehen, während Bulle den zur Tanke gehörigen Shop betrat. Auf dem Parkplatz weiter hinten standen Lastwagen in Reih und Glied. Konni ließ die Tüte mit den Brötchen rumgehen. Kauend standen sie da und versicherten sich gegenseitig, dass nichts über ein frisches Mettbrötchen gehe. Manche Dinge müssten einfach bleiben, wie sie sind.

»Bei Kinderschokolade«, sagte Rainer, »haben sie jetzt einen neuen Jungen vorne drauf, aber Wrigley's Spearmint sehen immer noch genauso aus wie früher.«

»Wieso muss so etwas eigentlich ständig geändert werden?«, fragte Konni. »Da blickt doch irgendwann niemand mehr durch. Guck dir Nivea an! Der gleiche Schriftzug seit ... Was weiß ich. Seit hundert Jahren! Da sieht man schon von weitem: Das ist Nivea. Da muss man nicht erst lange drüber nachdenken. Das ist doch gut. Wieso heißt Raider jetzt Twix, das ist doch Blödsinn!«

»In anderen Ländern hat Raider immer Twix geheißen«, sagte Thomas.

»Beides sind auf jeden Fall absolut bescheuerte Namen für Schokoriegel«, sagte Rainer.

»Es gibt jetzt Bücher über Retro-Backen!«, sagte Thomas.

»Retro-was?«, fragte Konni.

Thomas sah ihn an. Manchmal kriegte Konni so einen Gesichtsausdruck, in dem aller Ärger der Welt zusammengefasst war.

»Retro-Backen«, wiederholte Thomas etwas lauter wie für einen älteren Herrn, »Bücher mit Rezepten wie von früher. Kellerkuchen zum Beispiel.«

»Hieß bei uns Kalte Schnauze«, sagte Konni.

»Manche sagen auch Kalter Hund«, meinte Rainer.

»Wenn man das Ding anguckte, hatte man ein Pfund zugenommen«, sagte Konni. »Ich sehe dann immer meine Mutter, wie sie mit der Schokolade hantiert, so dickes, cremiges Zeug. Sonntags. Kellerkuchen gab es nur sonntags. Und das auch nur alle paar Monate. Bei uns war doch schon Nutella verboten. Und Kellerkuchen war noch mal eine Spur härter, was die Kalorien anging. Meine Schwester sagt, es gibt ein Café an der Wittener Straße, die verkaufen Kellerkuchen.«

»Ernsthaft?« Thomas konnte es nicht fassen. Mit einem Mal hatte er den Geschmack wieder an den Zungenrändern und eine schmerzhafte Gier nach Kellerkuchen kam über ihn. Etwas haben wollen und es nicht kriegen können war für ihn schon immer das Schlimmste gewesen. »Meine Mutter hat nicht so viel gebacken«, sagte er. »Aber meine Oma. Meine Mutter hat lieber gekocht, wenn auch immer das Gleiche. Samstagabends, wenn wir vor dem Fernseher saßen, wurde in der Küche Fleisch angebraten, damit es am Sonntag schneller ging.«

Sie schwiegen eine Zeitlang, dann kam Bulle aus dem Shop zurück, in der Hand eine weiße Plastiktüte voller Dosenbier.

»Lass uns verschwinden«, sagte er ernst.

»Was ist los?«

»Ich hatte da drin ein bisschen Ärger.«

Wie um das zu unterstreichen, standen plötzlich drei Typen vor ihnen. Junge Männer in Jeans- und Lederjacken, zwei von ihnen mit Schnauzbärten. Der ohne Bart hatte einen kleinen Brillanten im linken Ohrläppchen. Sein linkes Augenlid hing schlapp über dem Augapfel wie bei Karl Dall, so dass der Typ praktisch einäugig wirkte. Die drei schienen nicht gerade gut gelaunt.

»Ey, was glaubst du, wer du bist, du Preisboxer!«, schrie der mit dem Brilli Bulle an.

»Ich bin niemand«, sagte Bulle.

»Hört euch das an! Er ist niemand, hat er gesagt! Niemand hat mich beleidigt, so sieht's aus!«

»Okay, Polyphem, jetzt ist gut«, meinte Bulle und hielt dem anderen ein Bier hin.

»Sauf deine Pisse alleine!«

»Noch besser.« Bulle stieg in den Wagen.

»Jetzt klemmt er den Schwanz ein, die feige Sau!«

»Okay, meine Herren«, sagte Rainer. »Vielen Dank für diese zauberhafte Unterhaltung, aber wir müssen uns jetzt leider wieder auf den Weg machen.«

Thomas hatte den Eindruck, als sei das nicht der Ton, in dem man mit diesen Figuren reden sollte. Allerdings fiel ihm auch kein anderer ein. Die drei Musketiere schienen noch unschlüssig zu sein, ob sie richtig Streit anfangen oder einfach nur ein bisschen stänkern sollten. Der mit dem Brilli und dem Hängelid hatte offenbar das Sagen, und sein Entscheidungsfindungsprozess war noch nicht abgeschlossen. Thomas, Konni und Rainer nutzten diesen Umstand und stiegen ebenfalls ins Auto. Rainer setzte zurück und wollte schon wieder

Richtung Autobahn fahren, da ließ Bulle hinten das Fenster runter und schrie: »Scheiße, wenn man kein Abitur hat, was?«

Polyphem und seine Satelliten dachten kurz über das Gehörte nach, kamen zu dem Schluss, dass Bulles Äußerung wohl eine Beleidigung darstellte und fingen an herumzuschreien. Der eine Schnauzbart trat gegen die Beifahrertür, und Rainer gab Gas. Die drei Figuren machten kehrt und rannten auf einen tiefergelegten schwarzen Golf GTI zu.

»Bist du bescheuert?«, rief Rainer.

»Landeier«, sagte Bulle.

»Was war denn los da drin?«, wollte Konni wissen.

»Der Penner hat sich vorgedrängelt«, sagte Bulle. »Da habe ich mich verneigt und so einen altmodischen Kratzfuß gemacht, und da hat es ihm ein paar Synapsen durcheinandergebracht. Ach ja, ›Herr Graf‹, habe ich auch noch zu ihm gesagt, und irgendwie hat ihm das nicht gepasst. Egal, was ich gesagt hätte, der Typ hätte Stress gemacht. Wahrscheinlich hat er einen sehr kleinen Penis.«

Bulle reichte Konni und Thomas je eine Dose. Rainer verzichtete. Sie öffneten die Dosen, ohne dass allzu viel Bier verloren ging.

»So«, sagte Bulle, »jetzt ist es Klassenfahrt.« Und zu Konni: »Weißt du noch, die Fahrt nach Frankfurt? In dieses Museum?«

»Sicher«, sagte Konni. »April 1978.«

»Da habe ich zum ersten Mal Dope geraucht.«

»Und diese deprimierende Peepshow!«, erinnerte sich Rainer.

»Die Olle auf der Scheibe hatte so viel Spaß an ihrem Job wie Sabrina Tenthoff beim Sex«, sagte Bulle und rülpste.

»Du hattest Sex mit Sabrina Tenthoff?«, entfuhr es Rainer.

»Na ja, ich war mit dem Finger drin, und dann bin ich eingeschlafen.«

»Ich will das nicht hören!«, sagte Konni.

Rainer ließ nicht locker. »Du bist mit dem Finger in ihr drin eingeschlafen?«

»Jepp! Ihr Vater hatte mich vorher abgefüllt.«

»Ihr Vater?«

»Da war so eine Party in der Schrebergartenanlage, und da habe ich mit ihrem Vater gesoffen. Dann bin ich mit Sabrina in diese völlig überhitzte Laube, wir haben gefummelt …«

»Ich will das nicht hören!«, sagte Konni noch einmal.

»Jedenfalls habe ich ihr den Finger reingeschoben, das weiß ich noch, und dann bin ich eingeschlafen.«

»Wer weiß, was dir erspart geblieben ist«, sagte Rainer.

Bulle trank von seinem Bier. »Jedenfalls hat die danach kein Wort mehr mit mir geredet.«

Das waren diese Geschichten, zu denen Thomas nichts sagen konnte. Diese Gemeinsamkeiten, zu denen er keinen Zugang hatte. Um Interesse zu heucheln, fragte er nach der Sache mit dem Dope.

»In Frankfurt? Na, da stand an der Ecke dieser Typ mit Gitarre«, sagte Bulle. »Und die hat ihn vertrauenswürdig gemacht.« Er wandte sich jetzt an Thomas. »Also sind wir mit ihm mitgegangen, in irgendeine Kneipe. Er hat sich von uns aushalten lassen und irgendeinen Scheiß erzählt von einer Frau, mit der er was hatte. Ich weiß gar nicht, wieso wir uns mit dem abgegeben haben.«

»Nun ja«, sagte Konni, »einige von uns hatten ganz schön getankt.«

»Wer war noch dabei?«, fragte Thomas.

»Wir drei und Ole«, sagte Rainer. »Und es war Oles Idee, mit dem Typen mitzugehen.«

»Wieso habt ihr den angesprochen?«

»Er hat uns angesprochen«, sagte Bulle. »Diese Hassemanemark-Nummer. Und Ole sagte, klar Mann, komm doch mit uns einen trinken, und ein paar Minuten später bestellen wir ihm ein Bier nach dem anderen, und als es Zeit war, wieder zum Bus zurückzugehen, nahm er uns mit auf den Hinterhof und ließ uns bei ihm mitrauchen. Konni hat sich zurückgehalten, aber wir anderen waren dabei.«

»Das Zeug hatte keine Wirkung bei mir«, sagte Rainer.

»Bei mir schon«, sagte Bulle. »Aber Ole hat es aus den Latschen gekippt, so viel ist sicher. Die ganze Busfahrt nach Hause hat der nur blöde vor sich hin gestarrt!«

»Übertreib mal nicht«, sagte Konni. »Ich habe mich noch ganz normal mit ihm unterhalten.«

»Auf jeden Fall«, beharrte Bulle, »hat es ihm ziemlich gut gefallen. Und ich fand es ja auch nicht schlecht.«

Ein paar Sekunden wurde nichts gesagt, wahrscheinlich dachten die anderen über Ole nach.

»Was ich immer schon mal fragen wollte …«, sagte Thomas, »wieso ist Ole eigentlich damals abgehauen? Ich meine, mir hat er nie was Genaues gesagt, nur irgendwas von neuen Möglichkeiten, und dass er sich verändern wolle und nicht zu Hause versauern, aber das war alles ziemlich allgemein. Wisst ihr da mehr?«

Wenn überhaupt möglich, war es zwischen ihnen noch stiller geworden.

»Das ist eine schwierige Geschichte«, sagte Rainer nach einer Weile.

»Ist eine lange Autofahrt, oder?«

»Ich würde mal sagen, wenn er es dir nicht erzählt hat, sollten wir es auch nicht tun«, sagte Bulle.

Okay, dachte Thomas, tut euch halt zusammen. Immerhin, ihr schafft es, dass ich mich jünger fühle, als ich bin. Jung und dumm wie ein Welpe.

Rainer schaltete das Radio ein und suchte eine Zeitlang einen Sender. Dann nahm er aus dem Fach in der Mittelkonsole eine CD und schob sie in das Gerät.

»Santana!«, sagte Bulle, und es war nicht ganz klar, ob ihn das begeisterte oder entsetzte.

»Wir sind alle Licht«, meinte Konni.

Über allen Köpfen ein Fragezeichen.

»Dass hat Santana mal in einem Interview gesagt.«

Rainer lachte. »Der hat halt eine Menge Zeug weggeraucht, der Mann.«

Bulle schlug sich auf den Bauch. »Noch immer Hunger!«, sagte er, und damit hatten sie das Thema endgültig gewechselt.

Konni drehte sich um und griff nach der Tüte mit den Brötchen, die auf der Ladefläche lag.

»Machen wir es uns gemütlich«, sagte Rainer und setzte den Blinker. Sie hatten die nächste Raststätte erreicht. Er parkte den Wagen direkt vor dem Restaurant, wo sie genug Licht hatten. Sie stellten sich neben das Auto und griffen in die Tüte, die Konni ihnen hinhielt.

»Erinnert mich an Urlaub mit meinen Eltern«, sagte Rainer. »Dieses Herumstehen auf Rastplätzen. Nur eben bei sommerlicher Hitze. Meine Eltern mit ihrem Kaffee aus der Thermoskanne und den gebratenen Schnitzeln. Für mich und meine Brüder gab es *Dreh & Trink* oder *Capri-Sonne.*«

»Und nie war man angeschnallt«, sagte Bulle mit vollem Mund. »Was haben wir uns geprügelt auf der Rückbank!«

Auch Thomas dachte daran, wie er mit seinem Bruder auf der Rückbank gerauft hatte. Dann aber hatten sie auch wieder zusammen irgendwas gespielt. Meistens war es ziemlich langweilig gewesen. Auf der Höhe von Frankfurt, während der langen Fahrt nach Österreich, hatte seine Mutter für Thomas und seinen Bruder die Kennzeichen der amerikanischen Autos notiert, die da in Massen herumgefahren waren. Abends hatten sie sich vor dem Einschlafen den ganzen Zettel angesehen und sich vorgestellt, was da für Leute in den Autos gesessen haben mochten. Echte Amerikaner, die die ganze Zeit Cola tranken.

Konni wischte sich die Hände an einer Serviette ab und sagte, er müsse mal aufs Klo. Thomas, Rainer und Bulle waren mit dem Essen noch nicht fertig, also ging Konni allein.

Thomas dachte daran, dass er nicht vergessen durfte, sich bei Andreas zu melden, wenn sie in Berlin waren. So viel Zeit musste sein. Es war zwar etwas bedenklich, dass er sich eigens ermahnen musste, an seinen Bruder zu denken, aber so war das nun mal zwischen ihnen.

»Guck dir die Penner an! Stehen da und fressen und saufen wie die Idioten!«

Sie fuhren herum. Vor ihnen standen Polyphem und seine Freunde.

16

Was für ein Abstieg! Die Treppe hinunter zu den Toiletten war bedenklich steil. Konni dachte daran, den Fahrstuhl für Behinderte zu nehmen, aber das war ihm dann doch zu blöd.

Unten saß eine gelangweilt dreinschauende farbige Frau an einem Tisch und starrte auf einen weißen Teller, auf dem ein paar Münzen herumlagen. Schlagartig brach Konni der Schweiß aus. Er hatte sein Geld im Wagen gelassen! Vielleicht fand er in der Hosentasche noch ein paar Cent. Er nickte der Frau zu, die kaum aufschaute. Sie hatte starkes Übergewicht und war in einen Kittel gezwängt, der ihr viel zu klein war. An den Füßen hatte sie grüne Plastikschlappen und grobe graue Socken.

Die Toilette war geradezu peinlich sauber. Während Konni am Urinal stand, las er die Werbung eines örtlichen Kfz-Meisterbetriebs. Wie hatte er nur vergessen können, Geld mitzunehmen! Man musste in Raststätten immer bezahlen! Schlimmer noch, hier war es keine Vorschrift, sondern eine moralische Verpflichtung. Der Lohn der Frau, die da draußen saß, war garantiert mies und ihre Arbeitsbedingungen noch mieser, immerhin saß sie an einem Freitagabend unter den kalten Neonröhren eines Raststätten-Toilettentraktes, anstatt bei ihrer Familie zu sein oder sich irgendwo mit Freunden zu amüsieren. Und Konni würde an ihr vorbeigehen müssen, sich auf die Taschen klopfen und beteuern, dass er kein Geld dabeihabe. Das war so peinlich! Noch peinlicher wäre es aber, Geld aus dem Auto zu holen und wieder zurückzugehen, das hatte so etwas Herablassendes.

Ein Mann kam herein und stellte sich direkt neben Konni. Wieso tat er das? Hier hingen schätzungsweise zehn Becken, da konnte er doch auch ein anderes nehmen! Da Konni bisher über die Frau und das Geld nachgedacht hatte, hatte er noch nicht mit dem begonnen, weswegen er hierhergekommen war. Und jetzt konnte er nicht, weil dieser Mann sich neben ihn gestellt hatte. Er war größer als Konni, aber das waren ja die meisten. Dieser Mann hier war auch noch sehr breit, was Konni zusätzlich einschüchterte. Der Mann bewegte sich, wippte auf den Zehenspitzen, als er an seiner Hose nestelte, und grunzte zufrieden, als es ihm gelang, einen erstaunlich harten Strahl in die Keramik zu schießen.

Der Mann schaute zu Konni herüber, der wiederum blicklos auf die vor ihm angebrachte Werbung starrte. Wo sieht der hin? Senkt er den Blick? Oder will er das *Gesicht* des Typen sehen, der neben ihm steht und nicht kann? So hatte sich Konni seit dem Duschen nach dem Sportunterricht nicht mehr gefühlt.

Der Mann war jetzt fertig, wippte wieder auf und ab, während Konni sich vorkam wie in Stein gemeißelt. Der Mann ging zum Waschbecken und wusch sich die Hände, wofür er verdächtig lange brauchte. Dann, als Konni dachte, er wäre schon weg, kam er noch mal zurück und sagte: »Kannst nicht, wenn einer danebensteht, was?«

Konni sagte nichts und rührte keinen Muskel. Der Mann lachte und ging nach draußen, von wo Konni, als Abrundung seiner Demütigung, kurz darauf eine Münze auf einen Teller klirren hörte. Es dauerte noch ein paar Sekunden, bis ihm gelang, worum er sich bisher vergeblich bemüht hatte, und dann verbrachte er viel Zeit am Waschbecken, um die Begegnung mit der Frau dort draußen noch ein wenig aufzuschieben. Er atmete tief durch, trat heraus und musste feststellen, dass die Frau ihn erwartet hatte. Ihr Blick musste schon die ganze Zeit an der Tür zur Herrentoilette geklebt haben, in Erwartung dieses merkwürdigen Mannes, der dort drin so lange brauchte. Konni vollführte tatsächlich das entwürdigende Schauspiel des Abtastens und Durchsuchens sämtlicher Taschen seiner Hose und murmelte dann, er habe sein Geld im Auto liegen lassen, werde aber gleich zurücksein, um … Er vollendete den Satz nicht, ging nach oben und spürte auf jeder Stufe den Blick der Frau in seinem Rücken brennen.

Oben angekommen, wischte er sich den Schweiß von der Stirn. Dann ging er auf die automatisch auseinandergleitenden Glastüren zu und blieb wie angewurzelt stehen. Da unten war etwas im Gange! Bulle hatte einen Typen im Schwitzkasten, Thomas rang mit einem anderen und Rainer steckte gerade einen Schlag von einem Dritten ein. Das waren die von der letzten Raststätte! Konni ging zwei Schritte zurück und fand sich plötzlich hinter einem dieser Automaten wieder, in denen ein silberner Greifarm über einem Haufen Stofftiere schwebte. Er hatte das ein paarmal ausprobiert, aber nie eins erwischen können.

Ich bin feige, schoss ihm als Nächstes durch den Kopf. Aber nach dem, was gerade da unten vorgefallen war, war sein Selbstvertrauen derartig im Keller, dass er sich außerstande sah, in einen Faustkampf einzugreifen, der im Übrigen doch zahlenmäßig ausgeglichen war.

Konni drehte sich um. Im Restaurant stand der breite Mann von vorhin und studierte die Tafeln mit den Schnellgerichten. Wenn der ihn jetzt auch noch hier hocken sah, war alles zu Ende.

Wann war er das letzte Mal in eine Schlägerei verwickelt gewesen? Das musste im fünften oder sechsten Schuljahr gewesen sein. Michael Buschmann, ein verhaltensgestörter Junge aus einer höheren Klasse, hatte ihm auf dem Gang zum Musikraum den Weg versperrt und ihn angepöbelt. Konni wusste nicht mehr, worum es gegangen war, nur dass er plötzlich auf dem Boden gelegen und seine Nase geschmerzt hatte. Die Umstehenden, von denen sich keiner genötigt gesehen hatte, einzugreifen, hatten ihm später erzählt, Michael Buschmann habe ihm einen Kopfstoß verpasst und ihn umgestoßen. Jedenfalls war Buschmann dann über ihm gewesen, hatte Konni die Arme mit den Knien nach unten gedrückt und ihm mit der flachen Hand immer wieder ins Gesicht geschlagen. Konni hatte getrampelt und geschrien, schließlich geweint und sich gewunden und verzweifelt versucht, irgendwie freizukommen, doch die Sache war erst zu Ende gewesen, als ein Lehrer Michael Buschmann von ihm heruntergezerrt hatte. Später hatte sich Konni gewünscht, er wäre wenigstens mit Fäusten geschlagen und nicht geohrfeigt worden wie ein unartiger Junge. Abends, vor dem Einschlafen, hatte er die ganze Sache wie von außen, als einer der Umstehenden, gesehen. Und wie der Junge, der unten lag, mit den Beinen gestrampelt hatte wie ein Baby, das hatte ihm Tränen der Peinlichkeit in die Augen getrieben.

Und jetzt hockte er hinter einem Plüschtierautomaten und verweigerte seinen Freunden die notwendige Hilfe, nachdem er sich schon auf einer Toilette unsterblich blamiert hatte. So einer wollte Bassmann in einer Rockband sein?

Konni atmete ein paarmal tief durch, verschaffte sich so einige zusätzliche Sekunden, dann schoss er hinter dem Automaten hervor, prallte fast gegen die automatische Tür, die sich nicht schnell genug öffnete, und stürmte laut schreiend die

Treppenstufen zu dem Benz hinunter. Das Kampfgeschehen erstarb, alle sechs gefroren zu einer Eisskulptur totaler Überraschung, dann tauten drei Figuren wieder auf und machten sich aus dem Staub. Konni sah, dass zwei sich die Nasen hielten und der Dritte ein wenig hinkte.

»Weg hier!«, schrie Rainer, der Blut auf dem Hemd hatte und seine schmerzende Hand ausschüttelte. Sie sprangen in den Wagen. Thomas und Bulle schienen unverletzt zu sein.

»Toll, dass du auch noch auftauchst!«, rief Thomas Konni zu.

»Manchmal dauert es eben etwas länger!«

Rainer gab Gas, aber Bulle schrie: »Da ist der Wagen von denen!« und zeigte auf einen tiefergelegten schwarzen Golf mit einem breiten, gut lesbaren Aufkleber auf der Heckscheibe: *Golf-Freunde Bückeburg.*

»Bist du sicher?«, fragte Rainer. »Die sind doch ganz woanders hingelaufen!«

»Hundert Pro! Die haben in der Tanke auch über ihr beschissenes Bückeburg gesprochen! Halt mal drauf zu!«

Rainer blieb neben dem Golf stehen, Bulle sprang aus dem Wagen, holte etwas aus der Tasche und ging neben dem Wagen in die Knie. Konni konnte nicht genau sehen, was er machte, aber er konnte es sich denken und fragte sich, ob das klug war.

»Hast du denen die Reifen aufgeschlitzt?«, fragte er, als Bulle wieder neben ihm saß und Rainer anfuhr, obwohl die Tür noch nicht zu war.

Bulle hielt einen Leatherman in die Höhe. »Glaubst du, ich will die bis Berlin an der Stoßstange haben?«

Rainer trat das Gaspedal durch, fuhr auf die Autobahn auf und wechselte gleich in die linke Spur, um an allen, die langsamer als 170 fuhren, vorbeizukommen. Ein paar Minuten lang hörte man außer dem Motor nur das Keuchen der erschöpften Kämpfer.

»Verdammte Scheiße«, sagte Rainer, »ich weiß gar nicht, wann ich mich das letzte Mal geprügelt habe!«

Plötzlich mussten Thomas, Rainer und Bulle lachen.

»Wenn es aus dir rausbricht, bist du einfach eine brutale Sau!«, sagte Thomas.

Rainer schlug lachend auf das Lenkrad ein. »Ich brauch 'ne Kippe!«, sagte er, und Bulle reichte ihm eine.

»Und wie dann die Kavallerie mit Gebrüll den Hügel runtergeritten kam!«, rief Thomas, worauf alle außer Konni wieder lachen mussten.

»Was war los?«, fragte Bulle. »Hattest du dich an der Brille festgesaugt?«

»Passiert schneller, als man denkt«, sagte Rainer.

»Wie ich schon sagte«, meinte Konni so ruhig wie möglich, »manchmal dauert es eben ein wenig länger.«

»Klar, schon gut.«

»Aber euch scheint es ja Spaß gemacht zu haben.«

Rainer stieß Rauch aus, der sich an der Windschutzscheibe erst sammelte und dann seitlich verwehte. »Also, ich brauche das nicht jeden Tag«, sagte er, »aber so einmal im Jahr einem was aufs Maul geben, der es wirklich verdient hat ...«

Es wurde wieder gelacht, und Konni dachte daran, dass die drei jetzt eine Erinnerung teilten, in der er nicht oder nur am Rande und noch dazu lächerlich brüllend vorkam. Und er musste daran denken, dass er dieser Frau doch kein Geld mehr gebracht hatte.

17

»Sie haben Ihren Bestimmungsort erreicht!«

Wenn es mal so einfach wäre, dachte Bulle. Er versuchte, den Rücken durchzudrücken, aber auch wenn der Benz durchaus geräumig war, war dafür einfach nicht genug Platz. Rainer war die ganze Strecke gefahren, ohne sich ablösen zu lassen. Dem Blutfleck auf Rainers Hemd nach zu urteilen, waren sie auf der Flucht.

Kurz nach der Schlägerei an der Raststätte waren sie in einen Stau geraten, der sie anderthalb Stunden aufgehalten hatte, weil weiter vorne ein schwerer Unfall passiert war, wie sie dem Verkehrsfunk entnahmen, und die Autobahn in beiden Richtungen hatte gesperrt werden müssen. Sie hatten schon befürchtet, Polyphem und seine Freunde könnten das nutzen, um sie einzuholen, aber die hatten wohl genug damit zu tun, ihren Wagen wieder flott zu kriegen. Thomas hatte gescherzt, die hätten außerdem Schiss vor diesem durchgeknallten Pauker, der sich mit Gebrüll auf sie hatte stürzen wollen und ziemlich glaubhaft den Eindruck erweckt hatte, er sei schwer unzurechnungsfähig.

Kurz vor Berlin hatten sie noch einmal an einer Raststätte gehalten und die restlichen Brötchen vertilgt. Bulle hatte zum wiederholten Male angeboten, den Rest der Strecke zu fahren, aber Rainer hatte gesagt, es mache ihm nichts aus, er könne ohnehin nicht schlafen. Thomas und Konni waren immer wieder eingenickt, Konni mit dem Kopf an der Scheibe, einen Speichelfaden vom Munde abseilend.

In Berlin angekommen, hatten sie noch etwas Zeit totgeschlagen, weil sie nicht mitten in der Nacht bei dieser Frau auflaufen wollten. Jetzt war es sieben Uhr und noch dunkel. Das Navigationssystem hatte sie zu der letzten bekannten Adresse von Ole geleitet, einem Altbau in Kreuzberg. Hier sah alles noch so aus, wie Bulle das von früher in Erinnerung hatte, das gewollt Abgerockte, dieser ostentative Abbruchstil, durchsetzt mit Inseln geschmackvoll-liberaler Wohnlichkeit, alles so altmodisch unkonventionell, dass es schon wieder selbst zu einer Konvention geworden war. Langeweile umwehte ihn mehr als Vertrautheit.

»Mann, hier ist aber die Zeit stehen geblieben!«, sagte Thomas und blickte an der Fassade des heruntergekommenen Jugendstilhauses empor. »Man merkt schon, dass die Berliner Luft jetzt woanders weht.«

Sie reckten sich und gähnten und rieben sich den Schlaf aus den Augen wie Kinder, nur Rainer wirkte nicht übernächtigt. Dann standen sie herum, als wüssten sie nicht mehr, weswegen sie hergekommen waren. Schließlich ging Bulle zu dem erstaunlich glattpolierten Klingelpaneel aus Messing und drückte auf die vierte Klingel von unten, Hinterhaus. Er war schon mal hier gewesen, hatte sich den Namen der Frau, mit der Ole zusammenlebte, zwar nicht gemerkt, wohl aber die Position des Klingelknopfes. Was ist los mit deinem Leben, ging ihm durch den Kopf, wenn du dir den Namen der Freundin deines besten Freundes nicht merken kannst? Freundin? Waren sie nicht langsam in einem Alter, wo es »Lebensgefährtin« heißen musste? Wollte man sich jünger machen, als man war, wenn man »Freundin« sagte? War es nicht peinlich, sein Alter zu verleugnen, mit siebzig noch Jeans zu tragen, die Glatze mit einem Haarteil zu kaschieren, sich die Lippen aufspritzen und die Brüste straffen zu lassen, und wieso musste er überhaupt daran denken, vielleicht würde er sich in zehn Jahren auch was absaugen oder aufpumpen lassen, und wieso machte da niemand auf?

»Keiner da«, sagte Konni. »Was machen wir jetzt?«

»Wir sind sechshundert Kilometer gefahren, haben uns geprügelt und fühlen uns wie gerädert«, sagte Bulle, »also würde ich sagen, wir klingeln so lange, bis jemand aufmacht.« Er hieb seinen Daumen auf die Klingel und ließ ihn dort für etwa zehn Sekunden. Dann wartete er einen Moment und wiederholte das Ganze noch zweimal. Endlich ertönte der Summer.

Bulle drückte die Tür auf, die über den Boden schleifte, und sie gingen durch die muffig riechende Toreinfahrt, vorbei an alten Briefkästen aus Blech und an einem halben Dutzend Fahrrädern, die jeweils mit mindestens zwei Ketten gesichert waren. Die Tür zum Hof stand offen, die zum Hinterhaus war nur angelehnt. Sie stiegen hoch in den vierten Stock, wo sie noch zweimal klingeln mussten, bis eine Frau mit geschlossenen Augen die Tür öffnete und äußerst ungehalten fragte, was der Scheiß solle. Sie war vielleicht Mitte zwanzig und trug Boxershorts und ein knappes T-Shirt, durch das ihre Brustwarzen zu entkommen versuchten.

»Guck nicht hin!«, sagte Konni zu Thomas.

Die Frau öffnete die Augen und war schlagartig wach, als sie vier Typen vor sich stehen sah, die nach einer Nacht im Auto sicher keinen sehr vertrauenswürdigen Eindruck machten. Sie blickte kurz über die Schulter, schob die Tür wieder ein wenig zu und fragte, ob sie von der Polizei seien.

»Nein, nein«, sagte Bulle mit der Stimme, die er ansonsten für Angehörige reserviert hatte, denen er klarmachen musste, dass es mit ihrem Vater, ihrer Mutter nichts mehr werden würde. Er sagte, sie seien auf der Suche nach einem alten Freund, der hier bis vor kurzem gewohnt habe. Die Frau stellte einen Fuß auf den anderen und versteckte sich halb hinter dem Türblatt, blickte immer wieder über ihre Schulter in die Wohnung. Leise sagte sie, sie wisse nicht, was Bulle von ihr wolle.

Bulle sah die anderen an. Sie traten ein Stück näher. Die Frau kriegte Angst. Sie schob sich durch die Tür und zog sie so weit es ging hinter sich zu, ohne sie ins Schloss fallen zu lassen.

»Was wollt ihr von dära Wichser?«

Wir stellen hier die Fragen, hätte Bulle beinahe gesagt. »Unsere Angelegenheit«, meinte er stattdessen. »Wir bleiben so lange hier stehen, bis wir wissen, wo Ole ist.«

In diesem Moment fing ein Kind in der Wohnung an zu schreien. Kurz darauf eine Männerstimme: »Wat isn schon wieder mit dit Gör!« und: »Wer issn da?«

»Ordnungsamt«, rief die Frau in die Wohnung hinein, »wäge dera Bekloppten von unten!«

»Um diese Zeit?«, kam es aus der Wohnung zurück. »Was sinn denn dit für Wichser?«

Hektisch nannte die Frau eine Adresse und sagte, sie wolle nie wieder von Ole hören, er solle sie gefälligst in Ruhe lassen. Sie schlüpfte wieder in die Wohnung und schloss die Tür. Das Kind schrie weiter.

Wieder im Auto sagte Thomas: »Ich brauche einen Kaffee!«

»Zuerst zu Ole«, sagte Bulle.

Rainer gab die Adresse ins Navigationssystem ein und sagte, das sei in Prenzlauer Berg, und alle nickten, weil das zu Ole passte. Fast ein bisschen zu gut, dachte Bulle.

Die Straßen waren frei, sie kamen gut voran, und bald darauf fuhren sie am Kollwitzplatz vorbei, wo schon die Marktstände aufgebaut waren. Bei der angegebenen Adresse war kein Parkplatz frei, also kurvten sie eine Viertelstunde durch die Gegend, bis Rainer den Wagen einfach im Halteverbot abstellte. Früher wäre ein Benz neuester Baureihe hier ein Exotikum gewesen, heute fiel er nicht mehr groß auf.

An der Klingel stand Oles Name, kaum leserlich, mit Kugelschreiber auf ein Stück Kreppklebeband gekritzelt. Die Haustür schloss nicht mehr richtig, sie gingen hinein und machten sich an den Aufstieg.

»Wieso zum Teufel«, sagte Thomas, »kenne ich in Berlin niemanden im Erdgeschoss oder im ersten Stock? Ich glaube, die Wohnungen hier unten sind gar nicht bewohnt.«

Diesmal ging Rainer voran, und Bulle folgte ihm, dahinter Konni und dann Thomas, der etwas theatralisch keuchte. Das Haus war in recht gutem Zustand. Der Hausflur war vor einigen Jahren renoviert worden, an den Türen waren ordentliche Namensschilder und neben den Fußmatten zeugten aufgestellte Schuhe vom Ordnungssinn der Bewohner. Das änderte sich schlagartig, als sie in den fünften Stock kamen. Es war, als hätten die Maler plötzlich keine Lust mehr gehabt. Die Farbe blätterte von den Wänden, der Putz war rissig, die Treppenstufen ausgetreten und blankgescheuert.

»Wieso überrascht mich das nicht?«, murmelte Rainer, knibbelte etwas Farbe von der Wand und verrieb sie zwischen Daumen und Zeigefinger.

Oben waren drei Türen. Zwei standen offen. Die dahinter liegenden Räume waren leer. Es hingen Spinnweben herum, der Boden war staubig und sah aus, als würde er bei der geringsten Belastung durchkrachen.

Rainer drückte auf den Klingelknopf neben der geschlossenen Tür. Das Geräusch, das aus dem Inneren der Wohnung drang, passte sich der Umgebung an: schnarrend und krank hörte sich das an.

Nichts geschah.

Rainer klingelte noch mal. Gleiches Ergebnis. Er klopfte, dann fing er an, gegen die Tür zu schlagen. Sie lauschten. Nichts zu hören. Trotzdem ging plötzlich die Tür auf.

Bulle erkannte ihn an seinen Beinen, diesen dünnen Stängeln. Ole trug einen roten Slip, unter dem ein paar Sackhaare herausschauten, obenrum ein uraltes T-Shirt, eines, das Konni, Bulle und Rainer vor Jahren hier in Berlin in einer Biker-Kneipe gekauft und Ole zum Geburtstag geschenkt hatten: auf schwarzem Grund ein Totenschädel mit einem Asterix-Helm, die Federn im Fahrtwind. Darunter der Schriftzug: *Ride with the wind*! Ole trug das Haupthaar millimeterkurz, doch auf seinen Wangen war es noch immer 1973: Fast bis zum Kieferbogen wuchsen zwei sauber gestutzte Koteletten. Ole war schon immer eher der blasse Typ gewesen, aber was sein Gesicht jetzt zeigte, war ein astreines Weiß. Jedenfalls wenn man von den tiefen, dunklen Ringen unter den Augen absah.

»Was ist denn hier los?«, fragte Ole mit kaputter Stimme und kratzte sich am Hintern.

»Sie wollten geweckt werden!«, sagte Rainer.

»Ihr seid doch bescheuert«, murmelte der Geweckte und verschwand in der Wohnung, ließ aber die Tür offen stehen.

Was für ein Wiedersehen! Bulle und die anderen tauschten Blicke. Dann rückten sie in die Wohnung vor. Die Diele war ein enger Schlauch, an den Wänden schmutzige Raufaser. Zwei Türen. Die eine stand offen und führte ins Schlafzimmer, wo Ole sich wieder auf sein Bett geworfen hatte. »Bett« war jedoch ein viel zu großes Wort. Auf zwei Euro-Paletten lag eine

Matratze mit schwarzem Spannbetttuch. Das Muster auf der grünen Bettwäsche sah aus wie Batik. Auf dem Boden daneben eine kleine Schreibtischlampe, ein offenes Päckchen Drum nebst Blättchen und Feuerzeug. Am anderen Ende des Zimmers ein Kleidergestell mit Rollen, wie man es aus Kaufhäusern kennt. Neben allen möglichen Hosen, Hemden und Pullovern sah Bulle die olivgrüne Nato-Kampfjacke, die Ole schon in den Siebzigern getragen hatte. Bei jedem anderen hätte er vermutet, dass die Jacke neu wäre, in einem Army-Shop gekauft in Erinnerung an alte Zeiten, doch bei Ole konnte man sicher sein: Das Ding war ein Original.

Bulle baute sich neben Oles Lager auf. »Hör mal«, sagte er, »wir sind nicht quer durch Deutschland gegurkt, um uns hier deinen mageren, haarigen Arsch im Bett anzusehen. Steh auf und geh mit uns frühstücken!«

Ole grunzte.

»Was hat er gesagt?«, wollte Thomas wissen.

»Niemand sagt ›Deutschland‹ in dieser Wohnung!«, brummte Ole etwas deutlicher. »Deutschlandfreie Zone hier!«

»Au Mann«, sagte Bulle, »die alte Hausbesetzernummer, was?«

»Was wollt ihr?«

»Wir haben uns Sorgen um dich gemacht!«, sagte Thomas.

Alle drehten sich zu ihm um. Bulle schüttelte den Kopf.

Ole griff nach dem Tabak und setzte sich auf. In aller Ruhe und sehr konzentriert drehte er sich eine Zigarette.

»Du hast bei mir angerufen«, sagte Rainer.

»Kann sein.«

Das Schnappen von Oles Zippo war das Signal für Bulle, Rainer und Konni, sich ebenfalls eine anzustecken. Eine Packung Luckys machte die Runde.

»Jetzt geht die Qualmerei wieder los!«, seufzte Thomas und drängelte sich an den anderen vorbei zum Fenster, öffnete es aber nicht.

»Was wollt ihr?«, fragte Ole.

»Na ja«, meinte Bulle, »man könnte sagen, wir sind im Auftrag des Herrn unterwegs.«

Ole starrte auf den Boden zwischen seinen Füßen. Bulle fand, Ole könnte sich mal wieder die Fußnägel schneiden. Rainer erzählte kurz, worum es ging. Ole nahm die Zigarette aus dem Mund und betrachtete skeptisch die Glut. Dann steckte er sich die Zigarette wieder zwischen die Lippen und verschwand im Flur.

»Ihr seid bescheuert!«, hörten sie noch, bevor eine Tür zuschlug. Vermutlich die zum Bad. Tatsächlich hörten sie kurz darauf die Klospülung und dann die Dusche.

Da niemand etwas sagte, holte Bulle sein Mobiltelefon hervor und rief zu Hause an. Um seine Ruhe zu haben, ging er die Diele hinunter, die an einer verschlossenen Tür endete. Er drückte die Klinke herunter und trat in einen Raum mit einem dunklen Teppich und schwarzen Bücherregalen. Aha, irgendwo musste das alles ja hingekommen sein.

Als Gerda sich meldete, tat sie, als habe Bulle sie geweckt, aber er wusste, dass sie schon längst auf den Beinen war. Während er mit ihr redete, ging er an Oles Bücherregal entlang. Die meisten Bücher kannte er von früher. Die blau-weiße Marx-Engels-Gesamtausgabe, die Ole in diesem kleinen, vollgestopften Laden im Mensafoyer antiquarisch gekauft hatte. Der Baader-Meinhof-Komplex in der Erstausgabe. Die Hitler-Biographie von Joachim C. Fest. Irgendwas über Wagners Musikdramen, ein paar Romane, alle älteren Datums, zerfledderte Taschenbuchausgaben der Sjöwall-Wahlöö-Romane. Er hörte Gerda zu, wie sie ihm haarklein den gestrigen Abend beschrieb, obwohl nichts passiert war. Die Mädchen schliefen noch. Zu ihrem Entsetzen habe Gerda dieses riesige Glas Nutella gesehen. Er sei viel zu nachgiebig zu seinen Töchtern. Nutella jedenfalls komme heute Morgen ganz bestimmt nicht auf den Tisch. Bulle war sicher, dass die Mädchen ihre Methoden hatten, ihre Großmutter um den Finger zu wickeln, aber ihm gegenüber konnte Gerda natürlich nicht zugeben, dass auch sie den Zwillingen nichts abschlagen konnte.

Er ließ sich auf ein altes braunes Cordsofa fallen und blickte zu dem Rollladenschreibtisch mit der dunkelroten IBM-Kugelkopf-Schreibmaschine hinüber. Auf dem Boden unterm Fenster sah er auch einen Laptop. Und gleich neben dem Sofa, einfach an die Wand gelehnt, Oles Gitarre, eine alte Stratocaster, die keinen Rory-Gallagher-Vintage-Look brauchte, weil sie wirklich alt war, der Lack wirklich abblätterte und Ole nie auf die Idee käme, sie nachzulackieren oder eine neue zu kaufen.

Gerda versuchte noch ein wenig, ihm Schuldgefühle einzureden, aber das hatte schon etwas Mechanisches. Sie spulte ein Programm ab, was ihre Art war, mit dem Tod ihrer Tochter zurechtzukommen. Wenn es ihr half, Bulle ein bisschen Schuld zu geben, weil er ein Krebsarzt war, der gegen den Krebs der eigenen Frau nichts hatte ausrichten können, dann sollte man sie reden lassen, dachte er. Es war schlimm genug, seine Frau so früh zu verlieren, aber was es bedeuten musste, das eigene Kind sterben zu sehen, das wollte Bulle gar nicht wissen.

Als Gerda gerade mal Luft holte, sagte er, er sei ihr sehr dankbar, dass sie ihm helfe, wo sie könne, und dass er gar nicht wisse, wie er ohne sie zurechtkommen sollte, und als Antwort erntete er Stille und dann ein Schlucken. Er wusste, sie bemühte sich, nicht zu weinen.

18

Da war sie! Halbnackt! Schöne Beine. Und natürlich ihr Haar. Aber wie war sie so schnell nach Berlin gekommen?

Konni schüttelte den Kopf. Jetzt starrte er schon bei anderen Leuten in die Fenster! Und sah überall nur noch die Kollegin Gregorius. Das war doch krank. Vorhin hatte er im Augenwinkel etwas Rotes gesehen und gleich an sie gedacht, dabei war das nur eine Ampel gewesen. Er drückte die Zigarette an der Sohle seines Schuhs aus und warf die Kippe durch das geöffnete Fenster in den Hof hinunter. Einen Aschenbecher hatte er hier im Schlafzimmer nicht finden können. Und wahrscheinlich machte man das in Berlin so: Man warf die Dinge einfach aus dem Fenster. Das eigene Leben zum Beispiel. Wie konnte man so wohnen! Mit vierundvierzig!

Auf der anderen Seite des Hofes stand ein Mann im Unterhemd am offenen Fenster, mit einer Dose Bier in der Hand. Ihre Blicke begegneten sich, und der Mann prostete Konni zu, der sich sofort wieder umdrehte, sich an die Fensterbank lehnte und die Arme vor der Brust verschränkte. Thomas stand in der Tür, Bulle saß auf dem Rand der Matratze. Im Bad nebenan rauschte die Dusche, und ein Zimmer weiter hörten sie Rainer gedämpft telefonieren.

Konni rieb sich die Augen und fragte sich, ob es nicht einfach ein Schwachsinn war, was sie hier machten. Diese ganze Fahrt, die Sache an der Raststätte und die Idee mit der Band. Es war nicht mehr 1975, und seitdem war mehr als nur Zeit vergangen.

»Ich hab Kohldampf«, sagte Bulle.

»Ich will Kaffee«, fügte Thomas hinzu.

»Ole duscht«, sagte Konni, als erkläre das alles. Im gleichen Moment brach das Rauschen des Wassers ab, und Rainer kam herein und meinte, am besten gingen sie erst mal frühstücken.

Ein paar Minuten später tauchte Ole auf, nackt und zitternd. Aus einer Kommode neben dem Kleidergestell nahm er eine orangefarbene Unterhose und zog sie an. Konni konnte es nicht fassen. Er kannte diese Unterhose. Alle außer Thomas kannten diese Unterhose. Schon im Sportunterricht hatten sie sich darüber lustig gemacht. Konni, Rainer und Bulle tauschten einen Blick. Das konnte doch nicht im Ernst dasselbe Exemplar sein, dachte Konni, aber dann ließ er noch einmal seinen Blick schweifen und wusste, dass es nicht nur sein konnte, sondern sogar sehr wahrscheinlich war.

»Also, wo gehen wir hin zum Frühstücken?«, fragte Rainer.

»Café Puschkin«, gab Ole zurück. »Ist das einzige, das schon auf hat. Ist durchgehend geöffnet.« Er kletterte in eine Jeans, die unten so eng war, dass er sie kaum über Spann und Ferse bekam. Konni war beruhigt, dass er wenigstens die blauen Socken, die Ole anzog, nicht kannte oder sich wenigstens nicht daran erinnern konnte. Auch das weiße T-Shirt war nicht spezifisch genug, um irgendetwas wachzurufen, wohl aber das karierte Hemd und das ausgeleierte schwarze Sweatshirt, das Ole sich dann über den Kopf zog. Mindestens einmal hatte Ole das Ding vollgekotzt, auf der Party bei Kirsten Dreher nämlich, und das war im September 1977 gewesen. Schon damals hatte Konni sich gewundert, dass Ole das Sweatshirt nicht einfach weggeworfen hatte. Nur eine Woche später hatte er das Ding wieder getragen, verziert mit deutlich sichtbaren Rändern.

Er konnte es sich nicht verkneifen, zu sagen: »Den Pullover kenne ich!«

»Nachgefärbt«, sagte Ole, der offenbar sofort wusste, worauf Konni anspielte.

Ole verschwand in seiner viel zu weiten Nato-Kampfjacke und ging zur Tür.

Konni verließ die Wohnung als Letzter, zog die Tür zu und fragte sich, wieso Ole nicht abschloss. Wahrscheinlich weil er nichts besaß, das sich zu stehlen lohnte.

Vor dem Haus hatte Ole bald schon ein paar Schritte Vorsprung, als wolle er mit den anderen nichts zu tun haben, aber Konni schloss zu ihm auf, ging ein paar Sekunden stumm neben ihm her und fragte dann, wie es Ole gehe.

»Müde.«

»Wir sind ziemlich früh dran, ich weiß.«

»Und selbst?«

»Gut, danke.«

»Was macht das Eigenheim?«

»Wächst.«

»Kein gutes Thema, was?«

»Nee.«

»Du hast doch noch nie ein Instrument in der Hand gehabt!«, wechselte Ole das Thema.

»Aber ich kann mich daran erinnern, wie du mir zum ersten Mal Deep Purple vorgespielt hast.«

»Es war dir zu laut.«

»Anfangs ja.«

»Du bist der Einzige, der sich Hard Rock anhört, als wäre es Jazz. Und jetzt willst du in einer Rockband spielen!«

»Bass. Ich übe jeden Tag.«

»Bass. Soso.«

»Wieso hast du bei Rainer angerufen?«

»Wieso nicht?«

»Ist ungewöhnlich.«

»Eifersüchtig?«

»Bei mir hast du nicht angerufen.«

»Du hast keinen Anrufbeantworter.«

»Also hast du angerufen, aber mich nicht erreicht?«

»Ist doch egal.«

»Worum ging es?«

»Vielleicht wollte ich das nur Rainer sagen.«

»Glaube ich nicht.«

Ole schwieg und widmete den Gehsteigplatten besondere Aufmerksamkeit.

»Du hast mich zum Rauchen verführt«, sagte Konni und dachte an jenen Nachmittag im Jahre 1975, als Ole hinter der Turnhalle zwei Marlboro angezündet und eine davon an Konni weitergegeben hatte. Zwölf Jahre alt waren sie gewesen.

»Zum Rauchen verführt!« Ole lachte kurz. »Angebettelt hast du mich, dass ich es dir beibringe, damit die anderen dich nicht mehr hänseln, weil du der Einzige warst, der es noch nicht versucht hatte.«

»Habe ich anders in Erinnerung.«

»Kann ich mir vorstellen. Übrigens hast du ziemliches Talent bewiesen. Nicht ein einziges Mal hast du gehustet. Das habe nicht mal ich hingekriegt bei der ersten Zigarette. In dir steckte von klein auf ein Raucher, der rauswollte. Womöglich habe ich dich auch zum Saufen verführt, wo ich dich doch schon mit Teufelsmusik infiziert habe.«

»Du weißt, ich habe nie viel getrunken auf den Partys damals.«

»Aber wenn, dann hast du es krachen lassen. Du verfügst

doch über so präzise Erinnerungen. Dann hast du sicher noch die Klassenfahrt nach Würzburg vor deinem inneren Auge.«

»Da ist im Nachhinein viel aufgebauscht worden!«, sagte Konni und legte keinen Wert darauf, dieses Thema zu vertiefen, wusste aber, dass Ole sich diese Gelegenheit nicht würde entgehen lassen.

»Mit offener Hose bist du in die Brennnesseln gekippt. Und noch zwei Tage später hast du dir Erde aus der Nase geholt. Du hast dir den Sack blutig gekratzt.«

»Unsinn!«

»Oder die Sache mit dem Wodka während der Rocknacht mit The Blues Band.«

»Da muss mir jemand was reingemischt haben.«

»Oder als ihr mich das erste Mal in Berlin besucht habt! Du warst so besoffen, dass du am Tisch eingeschlafen bist. Dann bist du zum Klo gegangen und erst wieder aufgewacht, als du dir auf die Hand gepinkelt hast.«

Konni musste lachen. Na ja, zumindest grinsen.

Sie bogen in eine Straße ein, in der sich Kneipen und Trödelläden abwechselten. Manchmal war im Souterrain ein Trödelladen und im Hochparterre eine Kneipe. Die Kneipen waren geschlossen. Ein Trödelladen hatte geöffnet. Konni konnte sich nicht vorstellen, wer auf die Idee kam, in so einem versifften Loch Möbel zu kaufen.

»Was ist das, diese Sache mit der Band?«, wollte Ole wissen.

»Na ja, Thomas hat immer wieder solche Bemerkungen gemacht, und kürzlich kam irgendwer auf die Idee, das mal ernst zu nehmen. Plötzlich standen wir in einem Laden, und als wir wieder rausgingen, hatten wir einen Haufen Instrumente und einen Tontechniker.«

»Ihr seid einfach in einen Laden gegangen und habt euch

mit Instrumenten eingedeckt?« Ole schüttelte den Kopf. »Das ist echter Rock'n'Roll.«

»Bei der ersten Probe haben wir uns in die Wolle gekriegt, weil keiner singen wollte.«

»Das wird ja immer besser. Und wen hat es getroffen?«

»Thomas.«

»Und?«

»Geht so. Er singt AC/DC wie Lou Reed, meint Bulle.«

»AC/DC? Ihr steigt musikalisch gleich ganz oben ein, was?«

»Wir tasten uns ran.«

Sie waren am Café Puschkin angekommen. Konni hatte den Eindruck, Bulle, Rainer und Thomas hätten Ole und ihn die ganze Zeit aufmerksam beobachtet und hätten einiges dafür gegeben, zu erfahren, worüber sie geredet hatten.

Es war Konni rätselhaft, woher das Café Puschkin seinen Namen hatte. Nichts an dem Laden war russisch. In die Holztische waren Glasplatten eingelassen, unter denen Kaffeebohnen zu sehen waren. An den Wänden Email-Schilder mit Werbemotiven aus den zwanziger Jahren. Auf der Karte keine russischen Speisen, dafür englisches, norwegisches, französisches und deutsches Frühstück. Die Kellnerin war klein, müde, dunkelhaarig und sprach mit spanischem Akzent.

Das Café war schon einigermaßen gefüllt. Es war Samstag, und ein paar Meter weiter war Markt. Sie setzten sich an den größten Tisch, den sie kriegen konnten, und bestellten.

Sie hatten fünf große Tassen Kaffee vor sich stehen, als Ole sagte: »Konni hat mir noch ein bisschen mehr über die Sache mit der Band erzählt. Was ich nicht verstehe, ist: Wieso seid ihr hier?« Und mit einem Blick auf Thomas: »Mal abgesehen davon, dass ihr euch Sorgen um mich macht.«

»Wir haben ein paarmal geprobt«, sagte Bulle.

»Aber wir kriegen es allein nicht hin«, fügte Rainer hinzu.

»Wir sind gekommen, um dich mitzunehmen«, sagte Thomas, der heute offenbar für die unpassenden Bemerkungen zuständig war.

Ole sah sie der Reihe nach an. »Ihr seid nicht ganz dicht. Euch springt der Schwachsinn aus den Gesichtern.«

»Wir brauchen dich!«, sagte Rainer.

»Du bist schon viel zu lange weg«, meinte Konni.

»Wollt ihr mich anbaggern oder was?«

»Mal ehrlich«, sagte Thomas, »was hält dich hier?«

Schweigen. Konni schüttelte den Kopf.

Ole betrachtete die Kaffeebohnen unter Glas. »Ich habe hier Familie«, sagte er irgendwann.

»Soooo, zweimal deutsch und einmal norwegisch, die englischen kommen noch«, sagte die Kellnerin, die praktisch aus dem Nichts aufgetaucht war. Sie reichte deutsch an Rainer und Thomas weiter und norwegisch an Bulle. Bis zwei englische für Konni und Ole kamen, sagte keiner ein Wort.

»Wir haben heute Morgen zuerst bei deiner alten Adresse geklingelt«, sagte Bulle. »Da war eine Frau. Und die hatte ein Kind.«

»Meins«, sagte Ole. »Meine Tochter. Ich sehe sie nicht oft.« Mit gesenktem Kopf machte er sich über sein Frühstück her.

Hätte die Kellnerin rote Haare, dachte Konni, ginge sie glatt als die Kollegin Gregorius durch.

Nicht schon wieder!

Er stand auf und ging zur Toilette, betrachtete sich im Spiegel. Er sah aus wie jemand, der irgendetwas falsch machte.

Als er zu den anderen zurückkam, waren die schon einen Schritt weiter.

19

»Am Montag geht es nicht. Um neun bin ich beim Friseur, um elf muss ich den Wagen in die Inspektion bringen, ab zwölf koche ich für die Kinder, um zwei kommt der Mann für die Heizung, das heißt, *wenn* er kommt, um drei bringe ich Helena zum Ballett, um vier treffe ich mich mit meiner Mutter und um sechs hole ich Daniel vom Fußball ab. Am Dienstag ist es auch ganz schlecht. Ehrlich, also am liebsten wäre mir, ich könnte dich nächsten Monat irgendwo dazwischenschieben. Oder im Herbst. Am Freitag? Ja, ich denke, am Freitag könnte es klappen. Sagen wir um drei? Aber sei bitte pünktlich. Ich möchte mich darauf verlassen können. Ja? Also um drei. Nicht um Viertel vor oder Viertel nach, sondern um Punkt drei. Alles klar? Bis dann!«

Rainer wartete auf der Treppe, bis er sicher war, dass Brigitte das Gespräch beendet hatte. Als er in die Küche kam, saß sie am Tisch und rauchte. Sie trug einen hellblauen Jogginganzug, den Rainer sonst nur an ihr sah, wenn sie krank war. Rainer musste sich korrigieren: Ob Brigitte wirklich rauchte, war nicht klar auszumachen. Es war nur sicher, dass sie eine brennende Zigarette, deren Aschekegel stetig wuchs, zwischen den Fingern hielt und ansonsten bewegungslos blieb wie eine Skulptur. »Die Raucherin«. Im Museum vielleicht neben Rodins Denker zu platzieren.

Daniel war über den Sportteil der Tageszeitung gebeugt, die Haare umgaben seinen Kopf wie ein Vorhang. Helena legte offenbar noch letzte Hand an ein paar Matheaufgaben, wobei sie die Mine des Parker-Kugelschreibers, den Brigitte ihr zu Weihnachten geschenkt hatte, immer wieder vor- und zurückschnellen ließ.

Normalerweise wurde am Frühstückstisch nicht geraucht. Das hatte sich so eingebürgert, als die Kinder klein gewesen waren, und bisher hatten weder Brigitte noch Rainer das Bedürfnis verspürt, daran etwas zu ändern. Brigitte starrte ins Leere. Rainers »Guten Morgen« blieb unbeantwortet, wenn man davon absah, dass Daniel kurz nickte und Helena sogar den Kopf hob, um ihm das Lächeln einer Empfangschefin in einem teuren Hotel zu schenken.

Rainer hörte zu, wie der Kaffeevollautomat die Bohnen des teuren, aus Italien importierten Kaffees mahlte und das Pulver mit drei Schlägen festklopfte. Das Gerät saugte Wasser an. Kurz darauf lief der Kaffee in die Tasse. Vom Tisch kein Ton. Er setzte sich, griff nach dem Hauptteil der Zeitung und überflog die Titelseite, während er sich ein Marmeladenbrot machte. Er hätte mit allem gerechnet, aber nicht damit, dass sein Sohn das Wort an ihn richtete.

»Kannst du mich heute mitnehmen?«

»Klar«, antwortete Rainer und hoffte, dass man ihm seine Verblüffung nicht anmerkte.

»Ups!«, machte Helena mit einem Blick auf die Uhr. »Mein Bus!« Sie raffte ihre Sachen zusammen, stopfte sie in ihre Tasche, die die ganze Zeit auf dem Boden gelegen hatte, hauchte Vater und Mutter je einen Kuss auf die Stirn – wobei Rainer auffiel, wie gut sie roch –, tat, als sei ihr Bruder gar nicht da und sprang förmlich aus dem Raum. Sekunden später fiel die Haustür ins Schloss, dass die Scheiben zitterten. Rainer hatte darüber nachgedacht, auch ihr anzubieten, sie im Auto mitzunehmen, ging aber davon aus, dass sie sich zu Wort gemeldet hätte, wenn sie hätte mitfahren wollen.

Daniel ging in sein Zimmer, um sich fertig zu machen, und endlich erwachte die Skulptur, mit der Rainer verheiratet war, zum Leben.

»Ist es schön gewesen?«, fragte sie. »Viel erlebt? Richtig einen draufgemacht?«

Ihrer Stimme war anzuhören, dass sie nachts zu viel durch den Mund atmete, was ihre Schleimhäute austrocknete und ihr dieses kaputte Timbre verlieh. Rainer fragte sich, ob sie es darauf angelegt hatte, so zu klingen.

»Du meinst Berlin?«

»Keine Ahnung, wo du gewesen bist.«

»Ich habe es dir erzählt.«

»Was weiß ich!« Gerade noch rechtzeitig bemerkte Brigitte, dass die Asche ihrer Zigarette gleich herunterfallen würde, und bugsierte sie in den Aschenbecher auf dem Tisch.

»Vier erwachsene Männer, die mitten in der Nacht einfach nach Berlin fahren, als wären sie noch zwanzig. Da darf man sich doch mal fragen, was dahintersteckt.«

Rainer hätte ihr jetzt lang und breit erklären können, dass sie Ole für die Band brauchten, es Ole auch nicht gut ging und sie genau im richtigen Moment an ihn gedacht hatten, bevor es ihm noch schlechter ging, aber das war natürlich alles egal. Was er sagen konnte, war nicht das, was sie hören wollte, weil sie nicht wusste, was sie hören wollte. Wahrscheinlich wollte sie gar nichts hören, sondern einfach nur … Ja, was? Die Luft bewegen. Bevor er länger darüber nachdenken konnte, kam Daniel herein und blieb in der Tür stehen, um klarzumachen, dass er jetzt fertig war. Rainer hatte ganz vergessen, sich ein zweites Brot zu machen, obwohl er noch Hunger hatte.

Im Auto spürte er, dass sein Sohn ihn von der Seite ansah. Und er hatte heute schon mit ihm gesprochen! Irgendwas lag in der Luft.

»Was ist mit Mama los?«

Der Junge kam schnell auf den Punkt, das musste man ihm lassen. Und er nahm tatsächlich noch wahr, was um ihn herum passierte. Rainer konnte ihn nicht mit einer beschwichtigenden Phrase abspeisen, das war klar.

»Ich dachte, du bist zu cool, um so etwas mitzukriegen.«

Daniel lachte kurz auf und sah nach vorn. »Ich bin cool, aber nicht blöd. Sie raucht schon vor dem Frühstück. Sie ist gereizt. Und sie zieht sich manchmal den ganzen Tag nicht an.«

»Das kann ich nicht bestätigen«, sagte Rainer und umklammerte das Lenkrad etwas fester.

»Letzte Woche hat sie sich erst angezogen, kurz bevor du nach Hause kamst. Und als du in Berlin warst, hat sie die meiste Zeit im Bett verbracht.«

»Hat sie irgendwas über Berlin gesagt?«

»Was soll sie gesagt haben?«

»Keine Ahnung. Vielleicht glaubt sie nicht, dass ich da war.«

»Warst du?«

»Natürlich. Wieso sollte ich lügen?«

»Keine Ahnung.«

»Deine Mutter redet sich da manchmal was ein.«

»Dass du fremdgehst?«

Jetzt war es an Rainer, seinen Sohn von der Seite anzusehen. Und der schien für die Vorstellung, sein Vater betrüge seine Mutter, nur ein Grinsen übrigzuhaben.

»Wie gesagt, sie redet sich was ein. Ich habe deine Mutter noch nie betrogen.«

Redete er gerade wirklich mit seinem halbwüchsigen Sohn

über sein Eheleben? Sollte es nicht umgekehrt sein? Sollte nicht der Vater helfen, den Sohn über die kleinen Schlampen hinwegzutrösten, die nichts weiter im Sinn hatten, als sein zartes, verwundbares Herz zu brechen? Im Alter soll sich das ja umkehren: Kinder haften für ihre Eltern. Gehen mit ihnen zum Arzt, reden ihnen ins Gewissen und wechseln ihnen, wenn nötig, die Windeln.

»Meint ihr, ihr kriegt das in den Griff?«

»Ich muss nichts in den Griff kriegen«, sagte Rainer viel zu schnell und bereute es sofort. In diesen Angelegenheiten war es besser, zu beteuern, dass stets zwei beteiligt waren, wenn es Probleme gab. Ob man selbst daran glaubte, war unerheblich.

»Verstehe«, sagte Daniel und sah aus, als verstehe er wirklich, was Rainer gar nicht so recht war.

Nachdem er seinen Sohn vor der Schule abgesetzt hatte, schob er *Deep Purple in Rock* in den CD-Player und drehte die Lautstärke hoch.

Im Büro konnte er sich nicht auf seine Arbeit konzentrieren. Um sich ein wenig abzureagieren, rief er Böck an und stauchte ihn wegen irgendeiner Kleinigkeit zusammen. Der Typ war ein Idiot, der hatte es immer verdient, selbst wenn er es gerade nicht verdient hatte.

Als er um die Mittagszeit zur Toilette ging, machte er den Fehler, hinterher in die Schüssel zu schauen. Das hatte er sich in den letzten Wochen eigentlich abgewöhnt. Jetzt hatte er noch etwas, das ihn von der Arbeit abhalten konnte. Zurück am Schreibtisch beschloss er, seine bisherige Schüchternheit aufzugeben und sich mal richtig farbenfroh auszumalen, was ihn erwartete, wenn er ernsthaft krank wäre. Krebs. Sagen wir doch das Wort, dachte er. Denken wir es wenigstens. Nein, sprechen wir es laut aus: »Krebs«, sagte er. Nicht das Tier, nicht das Sternzeichen. Darmkrebs. Künstlicher Darmausgang. Chemotherapie. Kotzen. Glatze.

Welcher Rockstar war an Darmkrebs gestorben?

Sollte man abtreten, ohne jemals Ehebruch begangen zu haben? Gehörte das nicht zu den männlichen Urerfahrungen, die man einfach gemacht haben musste? Wie Gewalt, Ejakulation, Vaterschaft, beruflicher Erfolg? Und hatte er jetzt nicht eine tolle Ausrede, wenigstens vor sich selbst? Ich musste es tun, Frau Richterin, ich sah dem Tod ins Auge!

Irgendwas drängte ihn, genau jetzt die »Teeküche« aufzusuchen, und als er dort ankam, wusste er auch was: Er hatte gehofft, »Steffie, die Azubine« hier anzutreffen, deren Name ihm vorhin erst wieder eingefallen war, musste aber feststellen, dass der Raum leer war. Damit er nicht umsonst gekommen war, machte er sich einen Cappuccino, und als er die Teeküche verließ, stieß er fast mit der Gesuchten zusammen. Sie hatte es eilig, als sei sie auf der Flucht.

Sie entschuldigte sich, weil sie ihn angestoßen hatte, so dass etwas Milchschaum auf die Auslegeware getropft war. Sie sagte, sie habe sich beeilt, weil sie Hunger habe und schon zehn Minuten ihrer Mittagspause im Gespräch mit Herrn Böck vertrödelt habe, was Rainer aufhorchen ließ. Was hatte Böck, der Idiot, mit ihr zu schaffen? Ein Wort ergab das andere, und plötzlich gingen sie zusammen Mittagessen.

So einfach war das.

Es gab ein kleines Lokal, nur ein paar Häuser weiter, aber Rainer meinte, da gehe er fast jeden Tag hin, und Steffie sekundierte, das sei ihr ohnehin zu teuer.

Sie gingen in ein Café, das preisgünstiger war, dafür aber nur wenige kleine Speisen im Angebot hatte. Wenigstens war hier die Gefahr, jemandem aus dem Büro über den Weg zu laufen, geringer. Mein Gott, dachte Rainer, ich tue so, als wäre ich schon mit ihr im Bett gewesen. *Dabei kommt das erst noch*, kam ihm wie die logische Fortsetzung dieses Gedankens vor. Was für ein Quatsch! Es war doch ganz klar, was hier ablief: Er war sauer auf seine Frau und spielte ein bisschen mit dem Feuer. Und Steffie, der Azubine, gefiel es, mit einem der Chefs zu Mittag zu essen. Wer weiß, vielleicht versprach sie sich berufliche Vorteile davon, wenn sie sich bei ihm einschleimte, mehr aber sicher nicht.

Steffie suchte einen Tisch im hinteren Teil des Cafés aus, obwohl vorn, am Fenster, noch Plätze frei gewesen wären. Sie bestellte einen Salat mit Hähnchenbrust, und in Ermangelung echter Alternativen nahm Rainer das Gleiche, kam sich aber nur Sekunden später etwas albern vor.

Zehn Minuten danach hatte Rainer festgestellt, dass die Auszubildende Stefanie Krohn sehr von sich überzeugt war, ihre Wirkung einschätzen konnte und sich gern reden hörte. Etwas penetrant nahm sie alle Fragen vorweg, die Rainer in einer zwanglosen Konversation hätte stellen können, als wundere sie sich, dass er sich noch nicht danach erkundigt habe, wieso sie ausgerechnet diesen Beruf ergreifen wolle, ob ihr die Arbeit Spaß mache und wo sie herkomme. (Sie hatte einen Akzent, in dem etwas Norddeutsches mitschwang.) Die Antworten auf diese selbstgestellten Fragen lauteten: Sie habe schon in der Schule gut mit Zahlen gekonnt, die Zusammenarbeit mit Frau Hollenbeck sei hervorragend, und sicher lerne sie bei ihr eine ganze Menge, sie stamme aus einem Dorf in der Nähe von Bremen und sei der Liebe wegen hierhergekommen, aber das habe sich mittlerweile zerschlagen. Vor allem die letzte Bemerkung war etwas zu eilfertig gewesen, fand Rainer, aber vielleicht täuschte er sich da auch.

Während sie auf das Essen warteten und Steffie unentwegt redete, hatte Rainer Gelegenheit, sie sich näher anzusehen. Ihr Gesicht, das war ihm schon früh aufgefallen, war etwas mager, aber ihre Augen waren groß und blau.

Ihr Haar irgendwie modern, asymmetrisch, auf sorgfältige Weise chaotisch frisiert. Sie hatte lange Finger und schmale Handgelenke. Ihr Hintern, das hatte Rainer schon auf dem Gang im Büro wahrgenommen, ohne sich darum zu bemühen, war klein und fest, aber wie es obenrum bei ihr aussah, konnte man nicht sagen, weil ihre Oberteile stets eine Nummer größer ausfielen als notwendig. Das war Absicht. Nur: Wollte sie etwas verbergen oder nur so tun, als gäbe es etwas, das zu verbergen sich lohnte?

Ich bin ein geiler alter Mann, dachte Rainer, als endlich der Salat kam. Ein geiler alter Mann mit Eheproblemen und Blut im Stuhl.

20

»Energie!«

Was? Wieso redete der so leise? Erst sagt er eine Ewigkeit lang gar nichts, dreht sich eine Zigarette, als wäre es die letzte seines Lebens, dann lässt er uns beim Rauchen zusehen, und plötzlich sagt er: »Energie«, und wir alle sollen gleich wissen, was das bedeuten soll?

Bulle drehte sich auf seinem Hocker hin und her. Das Quietschen zerriss die angespannte Stille zwischen ihnen, und er ließ es wieder sein. Alle blickten Ole an, der auf seine Zigarette starrte, als erwarte er, dass sie gleich sprechen würde. Davor hatte er ihnen eine halbe Stunde zugehört, wie sie durch eine ganz und gar nicht rockige, sondern verstümmelte und verschleppte Version von »Highway to Hell« getaumelt waren. Danach das große Schweigen, in dem der letzte Riff, der letzte Basslauf, der letzte Schlag auf das Becken noch nachdröhnten.

Konni blickte zu Boden, als hätte er etwas falsch gemacht, dabei waren sie alle erstaunt, welche Fortschritte er in der kurzen Zeit gemacht hatte. Niemand würde vermuten, dass er vor ein paar Wochen erstmals einen Bass in der Hand gehabt hatte.

Rainer hatte die Arme vor der Brust verschränkt und starrte auf die Tasten seines Keyboards, aber er hatte schon den ganzen Tag merkwürdig entrückt und abwesend gewirkt, als brüte er irgendwas aus. Der Frühling kam nur langsam in Schwung, vielleicht hatte sich Rainer noch eine späte Grippe eingefangen.

Und Thomas hatte sich mit einem Ausdruck völliger Leere im Gesicht halb von Ole weggedreht, als ertrage er es nicht, ihm ins Gesicht zu sehen. Vielleicht war ihm klar, dass er, wenn Ole hier einstieg, nicht nur nicht mehr singen musste (worauf er ohnehin nicht so scharf gewesen war), sondern auch nur noch die zweite Gitarre spielen würde.

Ole rauchte die Zigarette zu Ende und drehte sich eine neue, mindestens genauso sorgfältig wie die erste.

»Das Stichwort ist Energie«, sagte er schließlich. »Es geht nur in zweiter Linie darum, wie gut ihr eure Instrumente beherrscht.« Seine Kiefermuskeln bewegten sich, in den hohlen Wangen arbeitete es, die Koteletten zuckten auf und ab. »Wenn es hilft, dann denkt an Sex beim Spielen oder an eine Blumenwiese, ein Aquarium voller Fische, Tabellen voller Zahlen, eine besonders gelungene Operation oder Fußball, irgendwas, das euch berührt, aber denkt nicht daran, wohin ihr die Finger setzen müsst. Wenn ihr darüber nachdenkt, habt ihr schon verloren. Energie, wie gesagt.«

»Möge die Macht mit uns sein«, entfuhr es Bulle, worauf er böse Blicke aller Anwesenden außer Ole erntete.

»Kein schlechter Vergleich«, sagte dieser.

Ole selbst hatte noch keinen einzigen Ton gespielt, seine Gitarre noch nicht einmal ausgepackt. Jetzt ging er, die Zigarette, von der bläulicher Rauch aufstieg und ihn blinzeln ließ, im Mundwinkel, zu seinem abgenutzten Case, nahm das Instrument heraus, verkabelte es mit einem Verstärker und begann mit dem Stimmen. Bulle erinnerte sich an den Auftritt von Grateful Dead im Rockpalast. Vier Stunden Konzert, und die Hälfte der Zeit hatte Jerry Garcia seine Gitarre gestimmt. Für Kiffer verging die Zeit langsamer. Und dann dachte er an diese Episode aus einem Buch des ehemaligen Tourmanagers der Dead, der die Band in München zwischen Soundcheck und Auftritt ins Deutsche Museum geschleppt hatte, um ihnen die Zeit zu vertreiben und sie unter Kontrolle zu haben, damit sie sich bis zum Konzert nicht komplett zudröhnten. Als das Museum schloss, war Garcia verschwunden und erst nach langem Suchen fanden sie ihn in der Mineralienabteilung, wie er mit gläsernen Augen vor einem riesigen Kristall stand. Auf die Frage, was ihn so fasziniere, antwortete er lächelnd: »Das da ist der größte Kokskristall der Welt!«

Bulle hatte genügend Zeit, sich diese Anekdote in den buntesten Farben auszumalen, denn Ole stimmte seine Gitarre mit einer Gelassenheit und Gründlichkeit, die Jerry Garcia begeistert hätte.

Fast unmerklich jedoch war Ole vom Stimmen in einen Rhythmus übergegangen, hatte sich ruhig abgeseilt in ein langsames, zwölftaktiges Blues-Schema. Konni war der Erste, der einfiel. Bulle zog nach, zunächst nur mit ein paar Beckenschlägen, dann mit der Bassdrum und schließlich mit der Snare. Rainers Keyboard fügte einen altmodisch anmutenden Hammond-Sound hinzu, und schließlich übernahm Thomas den Part der Rhythmusgitarre und überließ Ole den Solopart.

Das ging einige Minuten so. Es war, als warteten sie auf etwas, als tasteten sie sich gegenseitig ab wie Gegner beim Boxen. Sie warfen sich Blicke zu. Nur Ole beachtete niemanden, stand in der Mitte, den anderen zugewandt und doch weit entfernt, ließ seine Finger über das Griffbrett fliegen, zog die Schultern hoch, ließ sie wieder fallen, ging in die Knie, streckte sich und schien mit seinen zuckenden Mundwinkeln den Tönen zu folgen. Er nickte. Unaufhörlich nickte er. Er trug noch immer seine Kampfjacke, die alte Jeans und die Turnschuhe. Wenn man sich sein Gesicht wegdachte, sah er aus wie zu der Zeit, als Elvis noch lebte, Bon Scott noch nicht an seiner eigenen Kotze erstickt war und Mobiltelefone nur in Science-Fiction-Filmen vorkamen.

Es schien ewig zu dauern, und doch konnte sich keiner vorstellen, aufzuhören. Mindestens Konni musste es doch langweilig werden, der immer wieder nur die gleichen Läufe spielte.

Plötzlich aber riss Rainer alles an sich, hämmerte ein Solo in die Tasten, das Oles Gitarre zurückdrängte. Drei, vier, fünf Minuten. Dann nahm Thomas die Idee auf, wieder steckte Ole bereitwillig zurück. Thomas war nicht so schnell, nicht so exakt wie Ole, es schlichen sich mehr als ein paar falsche Töne ein, also fing er plötzlich an, Rückkopplungen einzubauen, die sich schmerzhaft in die Ohren bohrten. Wie auf Befehl stemmten sie plötzlich ein Break in den Raum, ein schwarzes Loch, das nur durch eines gefüllt werden konnte: das erste Basssolo im Leben des 44-jährigen Oberstudienrates für Biologie und katholische Religion, Konrad Beckmann, ledig, verbeamtet, Mitglied im Haus- und Grundeigentümerverein. Schweiß tropfte Konni mittlerweile von der Stirn, und sein rotes Hemd war nicht nur unter den Armen dunkel eingefärbt. Als Konni den Kopf hob, spielten sie noch einmal diese simplen zwölf Takte durch und hackten wieder so ein ungeheures Break in die Nummer, und das war das Zeichen, auf das Bulle gewartet hatte. Die Sticks rasten über die Toms wie von allein, wie ferngesteuert, die Fußmaschine wetteiferte mit der Bassdrum, wer als Erste den Geist aufgeben würde, und der Ständer mit dem großen Paiste-Becken fiel um, weil Bulle mit aller Macht dagegen getreten hatte, als hätte es ihn angreifen wollen.

Und plötzlich, als sie alle wieder in das Thema einfielen, das Ole vorgab, war sie da, stand die Mauer im Raum, an der sie sich anlehnen konnten, die Mauer, die sie stützen würde, egal, was sie taten. Sie spielten jetzt laut, unüberhörbar. Was sie hervorbrachten, erfüllte alles um sie herum, jedes Molekül in der Luft und in ihren Körpern, drang in die Wände und den Boden ein.

Hinterher konnte Bulle nicht sagen, wie lange sie das durchgehalten hatten, aber zwanzig schweißtreibende Minuten waren es bestimmt gewesen. Irgendwann hob Ole die Hand, damit sie zum Schluss kamen. Sie konnten sich auf kein Ende einigen, weil jeder von ihnen nur widerwillig losließ, also faserte das Stück aus, starb zuckend und sich windend einen langsamen, quälend lustvollen Tod, der die Hinterbliebenen zutiefst beglückt zurückließ. Ihre geröteten Gesichter glänzten, ihre Schultern sackten herab, alles an ihnen wurde plötzlich schlaff. Wer kommt als Erster mit einer sexuellen Analogie, dachte Bulle, aber sie alle hielten sich an die Regel, nach wirklich gutem Sex gar nichts zu sagen. Hätte man ihn gefragt, was für eine Art von Verkehr hier gerade stattgefunden hatte, hätte er geantwortet, man müsse nur die Nase in den Raum halten, um zu wissen, dass es kein Blümchensex mit Kuscheln, Küssen und Kosen gewesen war, sondern ein schweres, schmutziges, schwitzendes Ficken. So gut, dass man sich fragt, wie man das jemals wieder auf die Reihe kriegen soll.

Rainer ging herum und drückte jedem ein Bier in die Hand. Sie stießen an und lächelten verlegen, als hätten sie sich gegenseitig bei etwas Unanständigem erwischt; und so ist es ja auch, dachte Bulle.

In Ermangelung von Sitzgelegenheiten hockten sie sich auf den Boden. Die allgemeine Freude paarte sich mit Erschöpfung. Ole hatte wieder eine Zigarette in Arbeit, noch immer auf der Suche nach gedrehter Perfektion ohne Filter.

Thomas sagte: »War schon ziemlich gut, was?«

Bulle registrierte, wie Rainer, Konni, Thomas genauso wie er selbst zu Ole blickten, um sein Urteil zu erfahren. Sie wollten gelobt werden wie kleine Kinder.

»Es war ein Anfang«, sagte Ole.

»Ein verdammt guter Anfang«, beharrte Thomas.

»Ein Anfang.«

»Ist ja gut.«

»Was wir da gerade hinbekommen haben, war schon nicht schlecht, aber musikalisch nicht gerade anspruchsvoll«, sagte Ole, leckte das Blättchen an und vollendete die Zigarette. »Im Auto habt ihr gesagt, ihr wollt was Richtung Deep Purple und Konsorten machen. Das ist schon eine Hausnummer, Freunde.«

»Bisher haben wir nicht mal »Highway to Hell« hingekriegt«, warf Rainer ein.

»Nun redet doch nicht gleich wieder alles klein!«, entgegnete Thomas. »Ole hat gesagt, Energie ist das Entscheidende. Und verdammt noch mal, das hatte eine Menge Energie, was wir da gerade hervorgebracht haben.«

»Aber halte das mal durch, wenn es über das Blues-Schema hinausgeht und du es auf den Konzerten immer wieder spielen musst!«, sagte Konni.

»Hör ihn dir an!«, rief Thomas. »Spielt seit ein paar Wochen und ist im Kopf schon auf Welttournee!«

»Aber es stimmt«, sagte Ole und starrte auf seine brennende Zigarette.

»Natürlich stimmt es«, gab Thomas zu, »ich meine ja auch nur, dass wir uns die Euphorie von vorhin erst mal erhalten sollten, anstatt sofort auf die nächsten Probleme zu starren. Die werden kommen, das weiß ich, aber wie wir da rangehen, werden wir wissen, wenn es so weit ist!«

»Da hat er auch wieder recht«, sagte Ole.

Bulle stand auf.

»Was ist los? Willst du weg?«, fragte Rainer.

»Nee, aber der Boden ist kalt und ich hol mir gleich 'ne Blasenentzündung. Außerdem: Was labern wir die ganze Zeit darüber, was sein wird! Wieso machen wir es nicht einfach? Jetzt! Sofort!«

»Wollt ihr wirklich Konzerte geben?«, fragte Ole.

»Das ist doch der Sinn der Sache, oder?«, sagte Thomas. »Sonst wär das doch wie Tagebuchschreiben.«

»Sehe ich genauso«, sagte Bulle. »Einfach nur hier in der Garage vor uns hinzuschrömmeln wäre wie Wichsen ohne Spritzen.«

»Das ist doch ekelhaft!«, rief Konni.

»Ich finde die Vorstellung auch ekelhaft«, sagte Thomas. »Die ganze Zeit wichsen für nichts und wieder nichts.«

»Meine Güte, wie alt seid ihr eigentlich?«, fragte Konni. »Ich komme mir ja vor wie in der 9b!«

»Rock'n'Roll ist Sex«, meinte Bulle.

»Für dich ist Selbstbefriedigung also Sex?«, hakte Konni nach.

»Ach ...«, machte Bulle und verdrehte die Augen träumerisch in Richtung der niedrigen Decke.

Thomas nahm einen Schluck von seinem Bier und rülpste. »Mick Jagger ist jedenfalls nicht berühmt dafür, ständig nur an sich selbst herumgespielt zu haben.«

»Ich bin schon gespannt auf die Orgien nach dem Auftritt im Pfarrheim von Konnis Gemeinde«, sagte Bulle.

Konni vergrub sein Gesicht in den Händen. »Ihr seid unmöglich!«

»Also Sex ist geklärt«, sagte Thomas. »Was ist mit den Drugs?«

»Ich würde sagen, Rauchen und Saufen reicht«, meinte Rainer.

»Ich könnte ein paar ganz interessante Sachen aus dem Krankenhaus mitbringen«, schlug Bulle, nur halb im Spaß, vor. »Gerade zusammen mit Alkohol ist da einiges möglich. Allerdings sollten wir das nicht alle zusammen einwerfen. Einer sollte immer klar bleiben, um den Notarzt rufen zu können.«

Konni legte die Hände jetzt auf die Ohren. »Ich will das alles nicht hören!«

Rainer stand auf. »Bulle hat recht. Mein Hintern friert gleich ein.«

»Ich kürze das jetzt mal ab«, riss Ole das Gespräch wieder an sich. »Ihr wollt Konzerte geben. Dann braucht ihr einen Namen. Irgendwas muss ja auf den Plakaten stehen.«

»Irgendwas muss auf den Plattenhüllen stehen!«, rief Thomas.

Stille legte sich über die Garage. Konni stand auf und ging hin und her, weil seine Beine eingeschlafen waren.

Thomas sah Bulle an. »Wie hieß noch die Band, in der du mal gespielt hast?«

»Black Pearl.«

»Ist doch ein super Name!«

»Nee. Ich habe keine Lust, dass Hotte Vorholz oder Schraube Scheffler deswegen ein Fass aufmachen.«

»Meinst du, die verklagen dich, um an die Millionen zu kommen, die du mit uns einfahren wirst?«

»Ist mir unangenehm.«

Ole nickte. »Bulle hat recht. Da muss was Neues her.« Und drehte sich eine neue Zigarette.

»Okay«, sagte Thomas, »wie wäre es mit … The … the … Mensch gerade hatte ich noch was auf der Zunge.«

»Egal«, sagte Ole. »Jedenfalls nichts mit The.«

»Wieso?«

»Deep Purple, Rainbow, Led Zeppelin, Black Sabbath, Thin Lizzy. Hörst du da irgendwo ein The?«

»THE Beatles, THE Rolling Stones, THE Who, THE Kinks, THE Monkees!«, sagte Rainer. »THE ist einfach total Sixties!«

»THE ist wieder schwer im Kommen«, entgegnete Thomas. »THE Libertines, THE Strokes … Na gut, das ist auch schon wieder ein paar Jahre her.«

Ole stand auf. »The ist draußen. Und jetzt gebe ich euch eine Hausaufgabe mit auf den Weg.«

Er hängte sich seine Gitarre um, stimmte sie kurz, schaltete mit dem Fußschalter den Verzerrer ein und fing an zu spielen. Ein Riff hallte von den Wänden wider, das Bulle gleich erkannte. Er wartete, bis Ole fertig war und in die Runde blickte.

»›Man on the Silver Mountain‹«, sagte Bulle. »LP *Ritchie Blackmore's Rainbow*, erste Seite, erstes Lied, geschrieben von Blackmore und Ronnie James Dio, der natürlich auch singt.«

Zum ersten Mal seit sie bei Ole vor der Tür gestanden hatten, erlaubte sich dieser ein Grinsen. »Dem Herrn Geiger will ich mal eine Eins aufschreiben. Auch dafür, dass er uns daran erinnert hat, dass echte Tonträger groß und schwarz sind und zwei Seiten haben. Genau diese Nummer bereiten wir mal fürs nächste Mal vor.«

»Moment mal!«, sagte Konni. »Das ist doch ein schöner Titel. Ich meine, ein schöner Name: Silver Mountain. Und wir hätten auch gleich so eine Art Erkennungslied.«

»Bitte sag nicht Lied!«, entgegnete Bulle mit schmerzverzerrtem Gesicht. »Lieder sind was für Pfadfinder. Das hier sind Nummern. Meinetwegen noch Songs, aber keine Lieder!«

»Silver Mountain hört sich tatsächlich gut an«, sagte Thomas.

»Geht aber nicht«, meinte Ole. »Hat es schon gegeben. Schwedische Heavy-Rock-Combo, die in den Achtzigern drei Alben gemacht hat. 2002 haben sie sich noch mal zusammengetan. Der Name ist also verbrannt.«

»Ich will jetzt aber einen Namen haben«, sagte Bulle. »Wo wir gerade dabei sind.«

»Lass uns nach Hause gehen und nachdenken!«, schlug Konni vor.

Klar, dachte Bulle. Der Lehrer geht nach Hause und denkt

sich einen Namen für seine Hard-Rock-Band aus. *Harte Lieder* vielleicht. Nein, die Sache musste jetzt unter Dach und Fach gebracht werden, solange sie noch so gut drauf waren. Im Afterglow ihrer ersten guten Probe. Moment mal – wäre das nicht ein guter Name? »Afterglow«, sagte Bulle einfach vor sich hin.

Sie dachten nach. »Kann man nicht machen«, meinte Rainer. »Das lädt nur zu dummen Bemerkungen unser Alter betreffend ein. Das späte Nachglühen kurz vor dem Umkippen in die Senilität.«

»Gucken wir uns doch mal an, worum es in diesen ganzen Titeln so geht«, schlug Thomas vor. »Es gibt doch von Deep Purple diese Nummer ›Stormbringer‹. Auch nicht schlecht!«

»Stormbringer – das wäre eine Band für Deutschlehrer.«

Alle sahen Konni verständnislos an.

»Na ja, Storm halt. *Der Schimmelreiter* und so.«

»Oh Mann, der Scherz macht müde«, sagte Bulle.

»Aber Thomas hat in die richtige Richtung gedacht. Es geht ziemlich viel um schlechtes Wetter in den Nummern. Stürme und Donner und Ähnliches. Außerdem kommen Berge vor, weil Berge etwas Starkes und Mächtiges haben, zugleich etwas Mystisches, Geheimnisvolles. Schlechtes Wetter, Kraft und Mystik – zusammengenommen ergibt das *Mountain of Thunder.*«

Wahrscheinlich hatte Ole diesen Namen schon lange in der Hinterhand gehabt, aber das war egal. Bulle Geiger, der Exschlagzeuger von Black Pearl, trommelte jetzt für Mountain of Thunder.

21

Konni fuhr aus dem Schlaf hoch, nassgeschwitzt. Da war jemand im Haus! Nicht im Anbau, sondern im Haus! In der Küche!

Er ließ sich in die Kissen zurückfallen und atmete durch. Natürlich war jemand im Haus. Er war nur nicht mehr daran gewöhnt, andere als seine eigenen Geräusche zu hören. Er starrte an die Decke und versuchte, diesen verwirrenden, beunruhigenden Traum wieder zusammenzukriegen. Er erinnerte sich an einzelne Elemente, einzelne Personen, die merkwürdige Rollen gespielt hatten, aber er konnte sich nicht vorstellen, dass das, woran er sich da erinnerte, wirklich das war, was er geträumt hatte. Es hatte ihm Angst gemacht. Andererseits: War das nicht eine Erektion, die da langsam abklang?

Er schaltete den Wecker aus, der zehn Minuten später ohnehin geklingelt hätte – was er allerdings schon lange nicht mehr getan hatte, denn Konnis innerer Wecker war schon seit Jahren zuverlässig früher dran.

Er ging zur Toilette, wusch sich danach das Gesicht und zog seinen Bademantel an. Er war nicht in der Lage, angezogen zu frühstücken. Zum Kaffee brauchte er seinen eigenen Nachtgeruch und die Illusion, einfach sitzen bleiben zu können, sich nicht waschen und nicht anziehen zu müssen, nicht rauszumüssen, nicht auf die Autobahn, nicht auf den Lehrerparkplatz, nicht in die Schule. Er ging nach unten und wusste, in einer Viertelstunde musste er wieder oben sein.

Ole saß in der Küche. Seine spindeldürren, nackten, fein behaarten Beine endeten in ausgelatschten, spitzen Wildlederstiefeln von unbestimmbarer Farbe. Er trug seine olivgrüne Kampfjacke, hatte die Ellenbogen auf die Knie gestützt und pustete in den Kaffee, der auf dem Küchentisch vor ihm stand.

»Morgen!«, sagte Konni.

»Morgen!«, sagte Ole, ohne aufzuschauen.

Konni goss sich Kaffee ein, doch schon an der Art und Weise, wie die schwarze Brühe in die Tasse floss, merkte er, dass ihm das Zeug zu stark war. Er nippte und fand seinen Verdacht bestätigt. Er kippte die Tasse aus, füllte den Ole-Kaffee in eine Thermoskanne und setzte frischen auf. Die Wasserlinie der Kaffeemaschine musste beim Einfüllen einige Millimeter über der Markierung für vier Tassen zur Ruhe kommen, dann war genug zum Verdunsten da, und man kriegte wirklich die Menge Kaffee, für welche die vier genau abgemessenen Löffel, die Konni jetzt in den Filter schaufelte, vorgesehen waren.

»Da bist du eigen, was?«, fragte Ole.

Ole trug eine seiner farbigen Unterhosen. Sein Kinn war unrasiert, Stoppeln wuchsen zu den Koteletten hoch, und Ringe umgaben seine Augen.

»Schlecht geschlafen?«, fragte Konni.

»Gar nicht geschlafen.«

»War das Sofa zu unbequem?«

»Eher zu bequem. Zu Hause ist meine Matratze so durchgelegen, dass ich mich genauso gut direkt auf die Euro-Paletten legen könnte.«

Sie schwiegen einen Moment und hörten der Kaffeemaschine zu.

»Hast du das öfter?«, fragte Konni.

»Dass ich nicht schlafen kann? Nein. Weiß nicht. Vielleicht zu viele Erinnerungen.«

»An dieses Haus?«

»Wohl kaum. Eher an die Stadt. Die ganze Gegend. Ist doch nur ein paar Minuten von hier bis zum alten Bootshaus, oder?«

Konni nickte und dachte an die vielen Sommerabende, die sie dort verbracht hatten, den Kassettenrecorder im Gras, Bierdosen in der Hand, was jedoch niemanden davon abhielt, zu »Freebird« von Lynyrd Skynyrd Luftgitarre zu spielen. Konni erinnerte sich auch an Ole und Sabine hinter dem Bootshaus, und wie er selbst sich dabei gefühlt hatte, auch wenn er in diesem Fall auf die Zuverlässigkeit und Präzision seines Gedächtnisses gern verzichtet hätte. Er hatte nichts von Sabine gewollt, so einfach war die Geschichte nicht. Was Ole da mit Sabine machte, hätte Konni gern mit Gisela getan, die aber Rainer vorzog, und so ziemlich jeden anderen Jungen der Schule. Rainer und Ole konnten sie haben, und Konni wusste nicht wieso. Rainer sah gut aus, war ein Ass in der Schule und konnte einigermaßen geistreich mit seinen Opfern plaudern. Ole hingegen gab sich still und zurückhaltend, fast abweisend, er rasierte sich nur selten und roch nach Nikotin und Schweiß. Und trotzdem hatte er keine Probleme bei Mädchen. Man munkelte damals schon, dass da was mit Dora im Busch war. Dora Anklamm war das, was man »das schönste Mädchen der Schule« nannte. So blond, wie man es nur aus Zeitungen oder Filmen kannte. Und beim Film, da waren sich alle sicher gewesen, würde sie irgendwann landen. Sie war der Star der Theatergruppe und leuchtendes Zentrum jeder Party. Konni fragte sich, wieso Ole mit Sabine herummachte, wenn er, nach allem, was man hörte, Dora haben konnte und sich Gisela garantiert nicht hatte entgehen lassen. Konni hatte bemerkt, dass Susanne Hofmeister sich für ihn interessierte, was dummerweise nicht auf Gegenseitigkeit beruhte. Zwar hatte er darüber nachgedacht, das auszunutzen, war sich dann aber mies vorgekommen und hatte das Vorhaben aufgegeben. Es war alles so kompliziert damals, als doch alles so leicht sein sollte, und danach war es auch nicht einfacher geworden.

Danach? Nach was? Wann hatte dieses Danach angefangen? Wann hatte das Davor aufgehört? Am Tage der Abiturfeier, als die Sache mit Ole und Dora passierte? Für Ole hatte da sicher was aufgehört. Für Dora noch viel mehr. Ole hatte es letztlich aus der Stadt vertrieben, hinein in ein Leben, das keines war. Jetzt lebte er mit Konni zusammen unter einem Dach: ein früh vergreister Studienrat und ein Siebzehnjähriger Mitte vierzig.

»Dein Kinderkaffee ist fertig«, riss Ole ihn aus seinen Gedanken.

»Irgendwas Bestimmtes vor heute?«

»Spazieren gehen.«

»Noch mehr Erinnerungen?«

»Kann man eh nix gegen machen.«

»Toast?«

»Nicht für mich.«

Konni schob zwei Toastbrotscheiben in den Toaster, nahm Butter, Marmelade und Wurst aus dem Kühlschrank und fragte sich, ob Ole sich vielleicht nicht mehr an alles erinnerte. Anders gefragt: Wie konnte man sich erinnern und dann dennoch zurückkommen? Um so zu tun, als sei man darüber hinweg? Um Buße zu tun? Fühlte Ole sich schuldig? War er es? Niemand wusste so genau, was damals passiert war. Nur die zwei, die dabei gewesen waren.

Konni machte sich eine Scheibe Mehrkornbrot mit Salami,

für die erste große Pause, und als er damit fertig war, sprangen die Toastbrotscheiben ihm praktisch entgegen. Er liebte es, wenn sein Timing funktionierte.

Eine halbe Stunde später saß er im Auto und hörte »Man on the Silver Mountain«, die »Hausaufgabe«, die Ole ihnen aufgegeben hatte. Er fragte sich, wie er diesen fetten, rollenden Bass hinkriegen sollte. Aber vor ein paar Wochen hatte er nicht mal gewusst, wie er einen Bass *halten* sollte. Mit ein bisschen Übung hatte es dann besser geklappt als gedacht. Wieso habe ich nicht früher damit angefangen!, hatte er gedacht. Warum nicht damals, als es logisch gewesen wäre! Und dann gestern Abend diese Probe, bei der alles zusammengepasst hatte, auch wenn es nur ein anspruchsloser Blues gewesen war. Wann hatte er sich das letzte Mal so gefühlt? So angefüllt, dass er meinte, platzen zu müssen?

Als er Michaela kennen gelernt hatte.

Er hatte ihr nie gesagt, dass sie die Erste gewesen war. Bis heute hatte er das niemandem gesagt. Er konnte nur hoffen, dass sie es nicht gemerkt hatte. Die Vorstellung, dass sie mit dem Orthopäden im Bett lag und sich darüber amüsierte, wie sie den kleinen Konrad, der schon mehr als zwanzig Jahre zählte, entjungfert hatte, war unerträglich. Schlimm nur, dass er sich genau ihren Tonfall vorstellen konnte, ebenso ihr Gesicht und ihr Lachen, selbst das zustimmende Grunzen des Knochendoktors. Fantasie konnte ein Fluch sein.

Er ließ den CD-Player an den Anfang zurückspringen und hörte »Man on the Silver Mountain« noch mal. Und dann noch mal. So oft, bis er die Basslinie mitsummen konnte.

Auf der Autobahn kam er gut voran. Heute ging es wenigstens »zähflüssig« und nur manchmal »stockend«, minutenlanger Komplett-Stillstand blieb ihm heute erspart. Er hätte einiges drum gegeben, dem Mann wieder zu begegnen, der ihm damals den Finger gezeigt hatte, obwohl Konni ihn vor einem ärgerlichen Auffahrunfall bewahrt hatte. Heute würde er ihn auf das andere Auto knallen lassen und sich kaputtlachen.

Nein, so durfte man nicht denken. Das war rücksichtslos und unchristlich.

Doch sind wir nicht alle fehlbar?

Der Gedanke amüsierte ihn. Zusätzlich zum Basslauf versuchte er, das Schlagzeugmotiv auf dem Lenkrad zu trommeln. Ein paar Sekunden lang dachte er, dass er alles können konnte. Warum nicht auch Gitarre und Keyboard! Wieso nicht singen!

Laute Musik machte offenbar übermütig bis zum Größenwahn.

Aber warum sollte Konrad Beckmann nicht auch mal ein bisschen wahnsinnig sein? Um ihn herum waren sie alle wahnsinnig. Wahnsinnig stark, wahnsinnig gut drauf, wahnsinnig schön, wahnsinnig selbstbewusst. Den größten Idioten ging es wahnsinnig gut mit ihrem Wahnsinn, das musste man als Studierter doch allemal hinbekommen!

Als er in die Straße zur Schule einbog, sah er den Alfa des Kollegen Barnstedt gerade den Blinker setzen, um auf den Lehrerparkplatz einzubiegen. Konni musste grinsen. Einmal mehr sprang er zurück an den Anfang des Stückes, schaltete einen Gang herunter und gab Gas. *I'm a wheel, I'm a wheel, I can roll, I can feel, you can't stop me turnin'!* Die Bremslichter des Alfa schienen ihm entgegenzueilen. Fast hätte seine Stoßstange das Heck des Kollegen Barnstedt touchiert, doch im letzten Moment riss Konni das Steuer herum. *Cos I'm the sun, I'm the sun, I can move, I can run, but you never stop me burnin'!*

Hätte man gestern Mittag noch gefragt, ob zwei Wagen nebeneinander die schmale, von Maschendraht gesäumte Einfahrt passieren können, hätte Konni das rundweg ausgeschlossen. Heute lieferte er den Beweis, dass es doch ging. Zwei Zentimeter rechts zum Draht und zwei links zum Außenspiegel des Kollegen Barnstedt – das war je ein Zentimeter mehr, als er brauchte. *Come down with fire, lift my spirit higher!* Da war sein Parkplatz! Someone's screaming my name! Und da hinten, das mussten die roten Haare von Ursula Gregorius sein! *Come and make me holy again!*

Die Basslinie war überhaupt kein Problem. Auf die Saiten würde er draufhauen, anstatt sie zu zupfen.

Fast meinte er, ein Quietschen der Reifen zu vernehmen, als er schwungvoll in seine angestammte Parkbox einbog. Als er ausstieg, stellte er fest, dass der Alfa des Kollegen Barnstedt noch immer in der Einfahrt stand. Offenbar hatte der Studienrat für Deutsch und Geschichte den Motor abgewürgt.

»Was war DAS denn?«, fragte die Kollegin Gregorius, konnte aber ein Grinsen nicht unterdrücken, das sich zu einem Lächeln wandelte, als sie Konni einen guten Morgen wünschte.

»Nun, der Kollege Barnstedt hegt gewisse Begehrlichkeiten, einen bestimmten Stellplatz betreffend. Dieses Ansinnen ist jedoch ganz und gar inakzeptabel. Das musste mal klargestellt werden!«

»So kenne ich dich gar nicht.«

»Zum Glück wird man nur selten zu so drastischem Verhalten gezwungen. Also wollen wir jetzt dem Herrn wieder wohlgefällig sein!«

»Was ist los? Hast du gestern beim Doppelkopf gewonnen?«

»Viel besser, liebe Ulla!«

»He, du hast mich zum ersten Mal Ulla genannt!«

»Bedank dich bei Ritchie Blackmore! Übrigens: Hast du heute Abend schon was vor?«

22

Er schob seine Hände unter ihre Backen, hob ihren Hintern an und vergrub sein Gesicht in ihrem Schoß. Sie zuckte zusammen, stieß mit dem Kopf an die Wand hinter dem Bett, stöhnte auf und packte seine Haare mit allen zehn Fingern. Er leckte sie, bis sie beinahe so weit war, dann küsste er sich über ihre knochigen Hüften und den flachen Bauch nach oben und biss sanft in ihre Brustwarzen, was ihr ein weiteres Stöhnen entlockte. Und dann das Beste: ihr Mund. Wie sie küsste! Das war fast besser, als in sie einzudringen, was er jetzt natürlich trotzdem tat.

Sie sagte, sie fühle sein Herz schlagen, an ihrem Rücken, und er legte eine Hand auf ihre Brust, die sich hob und senkte. Vielleicht eine Viertelstunde lagen sie so da, dann stand sie auf und verschwand im Badezimmer.

Was für ein Glück, dachte Rainer, dass ihre Wohnung in der Nähe des Büros lag, mitten in der Stadt, mit Blick auf die Fußgängerzone. Es war kein Problem, hier die Mittagspause zu verbringen, was sie nicht jeden Tag taten, und nicht jedes Mal schliefen sie miteinander, aber es war möglich, und es war wie Urlaub.

Im Büro war es Steffie, die die nötige Distanz hielt, die ihn konsequent siezte und ihn kaum ansah. Sie gingen sich nicht aus dem Weg, hatten aber ohnehin in ihrer Arbeit nur wenige Berührungspunkte. Sie verließen das Büro zu unterschiedlichen Zeiten und gelangten auf unterschiedlichen Wegen zur Wohnung. Steffie war immer zuerst da, weil sie den Schlüssel hatte und offenbar nicht plante, ihm einen zweiten zu geben. Das störte Rainer nicht, er dachte nicht darüber nach.

Ebenso häufig wie früher aß er im Büro, bestellte mit anderen zusammen was vom Pizzaservice oder vom China-Imbiss, ging dann und wann mit den anderen essen.

Ihre Wohnung gefiel ihm. Sie hatte keine albernen Bilder an der Wand, die Möbel waren nicht bonbonfarben, und alles war überzogen mit ein wenig Chaos. Da lagen schon mal Zeitschriften oder Bücher auf dem Boden verstreut, und in der Küche stand das Geschirr vom Frühstück.

Er hörte das Wasser der Dusche rauschen, stand auf und ging ins Bad. Am Boden lagen ihre Sachen. Ihr Rock, ihre Strumpfhose, ihre Unterwäsche. Sie hatte schöne Wäsche. Nicht zu aufreizend, nicht zu langweilig. Schwer zu beschreiben. Dunkel, mit hellen Applikationen, aber nicht darauf ausgelegt, ihn scharf zu machen. Die Unterwäsche einer Frau, die es mochte, sich gut anzuziehen. Die nicht auf peinliche Albernheiten kam, wie im Büro ohne Höschen unter dem Rock herumzulaufen. Bevor sie das erste Mal hierhergekommen waren, um miteinander zu schlafen, hatte das zu Rainers Fantasien gehört, aber im Nachglühen nach ihrem ersten Sex hatte er gewusst, dass sie niemals auf so eine schwachsinnige Idee kommen würde.

Er öffnete die Tür und sah sie in der Dusche stehen, ihre Silhouette verfremdet durch den durchsichtigen, nicht bedruckten Plastikvorhang. Er schob ihn beiseite, sie lächelte ihn an. Er trat hinter sie, sie schmiegte sich an ihn, er schob sanft seine Hand zwischen ihre Beine, und sie bog den Kopf nach hinten, damit er sie küssen konnte, und es war das Küssen, das ihn wieder hart machte. Mein Gott, konnte sie küssen!

Etwas später hatte es angefangen zu regnen. Rainer stellte den Motor ab und atmete aus. Durch die langsam beschlagende Scheibe blickte er auf das kleine graue Haus am Ende der Straße. Er kam viel zu selten hierher. Das sagte er sich immer, wenn er sich mal wieder überwunden hatte. Und jedes Mal saß er erst noch ein paar Minuten im Auto, bevor er ausstieg und durch das halbhohe, grün lackierte Tor in der sauber gestutzten Hecke auf das Haus zuging. Auf der Zunge den Geschmack der Frau, mit der er Ehebruch beging, würde er gleich im Wohnzimmer seiner Eltern sitzen und Kaffee aus einer geblümten Tasse trinken.

Er stieg aus, zog den Kopf tiefer zwischen die Schultern und schlug den Kragen hoch, auch wenn es nur ein paar Meter waren. Leicht und ohne ein Geräusch ließ sich das Gartentor öffnen. Darauf legte sein Vater ebenso großen Wert wie auf den perfekten Zustand von Hecke und Rasen im Vorgarten, auch wenn er diese Perfektion nicht mehr selbst herstellen konnte.

Wie üblich hatte seine Mutter am Fenster gestanden und ihn erwartet. Sobald sie ihn am Tor sah, eilte sie zur Tür und strich sich noch das Kleid glatt und ordnete sich die Haare, als erwarte sie nicht ihren Sohn, sondern ihren Liebhaber. Es war noch dasselbe Kleid, an dem er sich als Kind festgeklammert hatte, die gleiche Frisur, die er seit mindestens zwanzig Jahren kannte. Davor hatte sie, wie man auf alten Fotos sehen konnte, durchaus mit ihrem Haar experimentiert, es mal länger, mal kürzer getragen, glatt, gewellt, toupiert, auch getönt. Dann hatte sie die Frisur gefunden, von der sie sicher war, sie für den Rest ihres Lebens tragen zu wollen, eine kompakte, helmartige Alte-Damen-Frisur, die wöchentlich nachgearbeitet wurde.

»Hallo, mein Junge!«

Sie stellte sich auf die Zehenspitzen, um ihn auf die Wange zu küssen, obwohl er sich zu ihr hinunterbeugte, deshalb erwischte sie mit ihrem Mund seinen Scheitel. Wann immer er hierherkam, schien sie Tränen in den Augen zu haben, was Rainer gleichzeitig rührte, deprimierte und nervte.

Im Haus roch es nach Essen, aber in diesem Haus hatte es immer nach Essen gerochen. Das Essen der letzten fünfundvierzig Jahre steckte in den Mauern, selbst regelmäßige Renovierungen hatten die Gerüche nicht beseitigen können. Und renoviert hatte sein Vater konsequent alle fünf Jahre, als sei er per Mietvertrag dazu verpflichtet. Als Maler und Lackierer waren ihm vergilbende Tapeten und ausbleichende Farben ein Gräuel gewesen, außerdem hatte er über die Firma immer genug Leute an der Hand, das ganze Haus mit seinen 90 Quadratmetern Grundfläche innerhalb von zwei Tagen zu streichen, wenn die Mutter alles ordentlich vorbereitet hatte, also die Schränke ausgeräumt, damit sie nur noch von der Wand zu rücken waren, die Läufer eingerollt und weggeschafft sowie Frikadellen und Kartoffelsalat für alle hergestellt.

Im Wohnzimmer tickte die Uhr mit den schweren messingfarbenen Gewichten in der Ecke neben dem braunen Eichenschrank mit der ausklappbaren Hausbar. Die graue Auslegeware und die persischen Läufer dämpften jedes Geräusch auf Zimmerlautstärke. Auf dem Couchtisch mit Chromfüßen und Marmorplatte lagen die Fernsehbeilage der Tageszeitung, daneben ein Rätselheft mit einem Kugelschreiber sowie eine

Fernbedienung. In der Ecke neben der Terrassentür ein großer Philips-Fernseher auf einer eichenen Kommode. An den Fenstern geraffte Gardinen. Auf der Terrasse aus Waschbetonplatten trotzten ein weißer Plastiktisch und vier passende Stühle mit hoher Lehne dem Wetter, um im Sommer wieder einsatzbereit zu sein. Rainer war zu Hause.

Sein Vater saß im Rollstuhl am Tisch, nickte seinem Sohn zu und grinste, die Hände auf den Oberschenkeln. Dieses Grinsen war sein Vater, die letzte Verbindung zu dem jungen Mann auf den Schwarz-Weiß-Fotos mit gezackten Rändern in abgegriffenen Alben, jenem Rock'n' Roll tanzenden Anstreicherlehrling mit dunkler, schmalziger Tolle und filterloser Zigarette im Mundwinkel, wo heute nur noch weißliche Speichelbläschen platzten.

»Hallo Papa!«

Rainer küsste seinen Vater auf die Schläfe. Das passte dem nicht, aber das musste er aushalten.

Seine Mutter sagte, wie schön es sei, dass er mal wieder vorbeischaue, und dann ging sie in die Küche, um den Marmorkuchen zu holen, den sie gebacken hatte, und um die Kaffeemaschine einzuschalten, was sie bisher noch nicht gemacht hatte, damit der Kaffee ganz frisch war, weil ihr Sohn zu Hause doch ganz anderes gewöhnt war, womit sie natürlich nicht mithalten konnte, aber ganz frisch zubereiten, das ging.

Sein Vater fragte ihn nach Brigitte. Damit hatte Rainer gerechnet, sein Vater fragte immer nach Brigitte, hatte sie immer gemocht. Nachdem Rainer ihm versichert hatte, seiner Frau gehe es gut, erkundigte sich der Vater nach den Kindern.

»Das Übliche«, sagte Rainer. »Sie haben ihren eigenen Kopf.«

»Was ist mit Daniel?«, wollte der Vater wissen. »Den sehen wir noch seltener als dich. Hat er schon eine Freundin?«

»Ehrlich gesagt, ich weiß es nicht. Er erzählt kaum etwas.« Warum fragst du mich nicht, ob ich eine Freundin habe? Das hat dich früher auch immer interessiert.

»Ich weiß noch, wie es bei dir war«, sagte der Vater und zeigte wieder sein 50er-Jahre-Grinsen. »Jede Woche eine andere.«

»Du übertreibst.«

»Und immer sahen sie gut aus. Du konntest sie dir aussuchen, was?«

»Sie haben mich fast alle sitzen lassen.«

»Weil du immer schon eine neue hattest!«

Rainer fragte sich, ob er seinen Eltern früher mehr erzählt hatte oder ob sie aufmerksamer gewesen waren. Was würde er selbst erzählen können, wenn er in zwanzig Jahren ein solches Gespräch mit Daniel führte?

»Und Helena?«

»Hat immer was zu lachen.«

»Ein fröhliches Mädchen.«

Mehr fiel ihnen beiden zu dem Thema nicht ein.

Die Mutter kam mit Kaffee und Kuchen. Rainer, der bisher gestanden hatte, setzte sich in einen der beiden Sessel, die Mutter auf das Sofa, wobei sie nur die vorderste Kante besetzte, die Beine in Diagonalstellung zusammengepresst, aber allzeit bereit, aufzuspringen und zu besorgen, was immer Ehemann oder Sohn wünschten.

»Schmeckt dir der Kaffee?«

»Ausgezeichnet Mama! Auch der Kuchen! Wunderbar!«

»Und im Betrieb? Alles klar?«

Großartig, vor allem seitdem ich die Azubine bumse. »Es läuft sehr gut.«

Der Vater lachte. »Die Leute brauchen immer jemanden, der ihnen beim Steuerhinterziehen hilft, was?«

»Allerdings.«

»Und wie geht es dir sonst so?«, fragte die Mutter und hielt ihren Kuchenteller direkt unters Kinn, damit die Krümel nicht aufs Sofa oder den Teppich fielen. »Spielt ihr immer noch Karten? Du und die anderen?«

Rainer musste grinsen und hoffte, dass er dabei so aussah wie sein Vater früher. Niemand außer ihm kannte Bulle, Konni und Ole so gut wie seine Eltern. Früher waren sie hier ein und aus gegangen. Im Keller hatten sie Partys gefeiert, bei denen der Vater vorbeigeschaut hatte, um zu sehen, »ob sich auch alle benehmen«. Einmal war seine Mutter mitten in der Nacht dazugekommen, als sich Bulle in der Gästetoilette die Seele aus dem Leib gekotzt hatte, und sie hatte wirklich den Klassiker gebracht: *Kinder, man kann doch auch ohne Alkohol fröhlich sein!* Sein Vater hatte sich kaputtgelacht: *Alkohol und Nikotin sind eben nix für Zwerge!*

Rainer hatte tun und lassen können, was er wollte, solange er selbst dafür sorgte, dass hinterher alles wieder in den Originalzustand versetzt wurde. Nur über die Musik hatten sie sich bisweilen gestritten. Vater Grigoleit war ein Jünger des Lastwagenfahrers aus Tupelo gewesen, ein Elvis-Fan reinsten Wassers, aber die aggressiven Riffs der verzerrten Gitarren von Ritchie Blackmore, der pumpende Bass von Phil Lynott und das knallende Schlagzeug von John Bonham lehnte er rundweg ab. *Wenn ich das höre, habe ich das Gefühl, ich muss irgendwas kaputthauen!* Was exakt das gleiche Gefühl war, das Rainer bei dieser Musik hatte, nur machte ihm das keine Angst, sondern versicherte ihm immer wieder aufs Neue, dass er am Leben war.

»Ja, wir spielen immer noch einmal im Monat. Aber mittlerweile spielen wir nicht nur Karten.«

»Ach ja? Erzähl doch mal! Das hört sich interessant an!«

Bisher hatte er zwar noch nichts gesagt, was sich interessant hätte anhören können, aber er tat seiner Mutter den Gefallen und erzählte von der Band und der Musik, die sie spielten.

Danach kehrte für ein paar Sekunden eine ratlose Stille ein.

»Mensch Junge«, sagte der Vater, »ich dachte, das hättest du hinter dir.«

Die Mutter hatte aufgehört, Kuchen zu essen. »Du willst dir doch nicht wieder die Haare wachsen lassen, oder? Das sah so ungepflegt aus, damals! Und es stand dir auch gar nicht!«

»Nein, Mama, ich lasse mir die Haare nicht wachsen.«

»Du hast so ein schönes Gesicht, und davon hat man damals manchmal gar nichts gesehen, weil du den Kopf immer so hast hängen lassen, dass dir die Haare so runterhingen.«

»Nein, nein, das mache ich nicht mehr. Heute trage ich den Kopf hoch!«

»Und dann hast du sie auch nicht immer gewaschen! Wenn man schon lange Haare hat, dann muss man sie auch regelmäßig waschen, habe ich dir damals immer wieder gesagt, aber du wolltest einfach nicht hören.«

»Heute dusche ich jeden Morgen!«

»Du hast dann die Haare einfach hinter die Ohren gestrichen. Oder du hast dir so ein Tuch umgebunden. Wie ein Mädchen!«

»Ein einziges Mal, Mama!«

»Also, das sah wirklich nicht aus! Mach das nur nie wieder!«

»Ich verspreche dir hoch und heilig, dass ich regelmäßig die Haare wasche, sie nicht wachsen lasse und mir auch kein Tuch umbinde!«

»Die Frau Kurth hat damals gesagt, wie läuft denn Ihr Sohn

rum, der sieht ja aus wie ein Terrorist! Ich wusste gar nicht, was ich sagen sollte!«

»Die Kurth war eine verdammte Giftspritze!«

»Knochenkrebs«, warf der Vater ein.

»Ist nicht schade drum«, antwortete Rainer.

»Stimmt«, bestätigte wiederum der Vater.

»Also, wie kann man denn so über die Frau reden!« Die Mutter war ganz empört. »Dreißig Jahre lang hat die nebenan gewohnt!«

»Dreißig Jahre zu lange«, brummte der Vater.

»Und als du dir auch noch den Bart hast stehenlassen, hast du wirklich ausgesehen wie ein Terrorist. Also ein Bart! Das passte doch gar nicht zu dir.«

»Nee, der Bart war nix!«, sagte der Vater und schob die Unterlippe nach vorn.

»Den Bart hatte ich mit achtzehn. Da war das mit den Terroristen schon vorbei«, sagte Rainer.

»Das war doch kein Grund, wie einer rumzulaufen!«, sagte die Mutter.

»Das Wichtigste ist doch, dass ich heute nicht mehr so rumlaufe, oder?«

»Aber jetzt willst du diese Musik machen!«

»Ich will nicht nur. Ich tue es bereits.«

»Ach Junge, das ist doch nur was für junge Leute!«

Darauf wusste erst mal niemand etwas zu sagen.

»Sogar Ole ist dabei!«, sagte Rainer dann.

Die Mutter stellte ihren Teller ab. »Ole?«, sagte sie. »Wie geht es ihm?«

»Er ist quasi unser musikalischer Chef.«

»Nein, ich meine …« Seine Mutter verschluckte sich an einem Kuchenkrümel, hustete und legte eine Hand aufs

Brustbein. »Ich meine, wie geht es ihm? Seit der Sache damals …«

»Er ist älter geworden. Wie wir alle.«

»Hat er geheiratet? Hat er Kinder? Was macht er beruflich?«

Was sollte Rainer ihnen erzählen. Dass Ole von »Stütze«, wie es früher geheißen hatte, lebte, in einem miesen Berliner Loch hauste und ein Kind mit einer Frau hatte, mit der er kaum zwei Worte reden konnte, ohne dass sie sich stritten? »Es geht ihm gut«, sagte er schließlich, ohne selbst daran zu glauben, und machte weiter mit: »Stellt euch vor, im Sommer haben wir Stufentreffen! Fünfundzwanzig Jahre Abitur! Da werden wir mit der Band auftreten.«

Die Idee war vor etwa zwei Wochen über sie gekommen. Vielleicht hatte sie dem einen oder anderen schon im Kopf herumgespukt, aber ausgesprochen hatte sie Konni. Rainer hatte gleich zugestimmt und Bulle Ole angesehen. Der hatte nichts Gegenteiliges gesagt. Vielleicht war es ihm sogar lieber, sich auf einer Bühne hinter einer Wand aus Lärm zu verstecken, anstatt herumzustehen und sich Fragen stellen zu lassen.

Der Vater lachte. »Du willst doch auf deine alten Tage kein Rockstar mehr werden, oder?«

Er blieb noch etwa eine Stunde, ließ sich erklären, was seine Eltern in diesem Frühling mit dem Garten vorhatten (ziemlich genau das Gleiche wie im letzten Jahr und den vierzig Jahren davor), erlaubte seiner Mutter, ihm den restlichen Marmorkuchen einzupacken und versprach, demnächst mal wieder mit Brigitte, Daniel und Helena zu Besuch zu kommen. Er versuchte, sich daran zu erinnern, wann sie das letzte Mal alle zusammen hier gewesen waren.

In der Tür hielt seine Mutter ihn am Arm fest und flüsterte: »Denk daran: Lange Haare stehen dir wirklich nicht!«

Als er wieder im Auto saß und noch einen letzten Blick auf das Haus warf, in dem er aufgewachsen war, gab er sich kurz seinem schlechten Gewissen hin. Er hatte seine Eltern als Alibi missbraucht, um ein Mädchen zu ficken, das seine Tochter hätte sein können.

Und er würde es sofort wieder tun.

23

Ein anderes Wort für Klitoris. Aber nicht Kitzler! Der Mann hatte Nerven! Klitoris klinge nach Biologiebuch, Kitzler nach einem 70er-Jahre-Schulmädchenporno. Herrgott, er sei Schriftsteller, hatte Zielek gesagt, ihm werde doch etwas einfallen! In letzter Zeit hatten Zieleks Publikationen sich stärker dem Fetischbereich geöffnet, so dass Thomas immer wieder Fotostrecken betexten musste, in denen absurd gekleidete Frauen maskierte Männer fesselten und verprügelten oder dralle Krankenschwestern in kurzen Kitteln ihren Patienten die Rektaltemperatur maßen und ihnen Einläufe verpassten. Verkehr mit reifen Frauen (wobei »reif« älter als dreißig meinte, aber durchaus bis ins Rentenalter reichen konnte) war ebenso eine eigene Abteilung wie Fußfetischismus oder die Einteilung nach ethnischer Zugehörigkeit. Nur die Beteiligung von Tieren und der Einsatz von Fäkalien kamen für Zielek nicht in Frage.

Die neueste Attraktion waren *Latex Oil Fights*: Gutgebaute

Männer und Frauen in Gummiklamotten umkreisten und beschimpften einander auf einer großen Gymnastikmatte und bespritzten sich gegenseitig mit Massageöl aus kleinen bunten Plastikflaschen. Waren sie genug eingeölt, gingen sie aufeinander los, brachten sich zu Fall, würgten den jeweils anderen und taten alles, um den Eindruck zu erwecken, sie seien in einen echten Kampf verwickelt, in dessen Verlauf sie sich die Kunststoffleibchen vom Körper rissen, um langsam, aber zielstrebig zu sexuellen Handlungen vorzudringen. Alle Darsteller waren gut durchtrainiert, schienen durchaus Spaß an dem kindlichen Gerangel zu haben und gaben sich am Ende die Hand wie Ringer, die sich von einem würdigen Gegner verabschiedeten.

Was den Grad an Perversion anging, waren die *Latex Oil Fights* völlig harmlos, und dennoch fragte sich Thomas, was für Typen vor dem Computer hockten, um sich diese Bilder anzusehen. Was an Geschlechtsteilen in Großaufnahme interessant war, konnte er sich ja noch vorstellen, aber wenn er diese glänzenden, muskulösen Körper sah, musste er erst mal daran denken, dass er viel zu wenig Sport trieb. Die Bi-, Tri- und sonstige Zepse traten durch das Öl besonders eindrucksvoll hervor, das musste doch jedem Normalsterblichen Minderwertigkeitskomplexe machen.

Jetzt hatte Thomas ein Bild vor sich, auf dem eine kurzhaarige Blondine auf dem Gesicht eines muskulösen Mittdreißigers mit langen Haaren saß, dessen Kopf sie mit ihren glänzenden Schenkeln eingeklemmt hatte, so dass er gar keine andere Wahl hatte, als sich mit dem zu beschäftigen, für das Thomas jetzt gerade kein neues Wort einfiel. Nicht zum ersten Mal kam ihm der Gedanke, dass dies eine groteske Tätigkeit für einen Mann Anfang vierzig war, zumal für einen, der sich einige Jahre zuvor berechtigte Hoffnungen gemacht hatte, seinen Lebensunterhalt mit dem Schreiben von Romanen bestreiten zu können. Er hatte sich nie für einen großen Künstler gehalten, aber eben auch nicht für einen literarischen Müllmann.

Na gut, das Thema war abgehakt, es ging jetzt nur noch darum, die zwanzig, dreißig Jahre, die ihm noch blieben, irgendwie rumzukriegen, irgendwie ein bisschen Geld zu verdienen, und immer, wenn er das dachte, fiel ihm auf, dass er wahrscheinlich schon mehr Jahre gelebt hatte, als noch vor ihm lagen. Und es ging alles immer schneller. Wegen welcher Verdienste würde er in Erinnerung bleiben? Was würde auf seinem Grabstein stehen? *Fand ein neues Wort für Klitoris?*

Er sah auf die Uhr. Kurz vor eins. Corinna war in der Uni. Um halb zwei traf Thomas sich mit Wollner, seinem Lektor, auch wenn der schon lange nichts mehr von Thomas zum Lektorieren bekommen hatte und auch nicht in die Stadt gekommen war, um seinen ehemals hoffnungsvollsten Autor zu treffen, sondern wegen eines Jungspundes von Mitte zwanzig, der einen dicken psychologischen Familienroman geschrieben hatte und jetzt zur Großen Weißen Hoffnung jenseits von Pop, Nabelschau und Betroffenheit hochgejazzt werden sollte: Rückkehr zu irgendwas, das es nicht mehr gab in der jüngeren deutschen Literatur, neunzehntes Jahrhundert oder Biedermeier, aber mit mehr Sex, keine Ahnung, war auch egal. Thomas wollte Wollner noch einmal einen Vorschuss aus der Tasche leiern und hatte sich einen Plot zurechtgelegt, von dem er vermutete, dass er ihn nie schreiben, der aber bei Wollner gut ankommen würde. Was zu tun war, wenn der Verlag das Buch wirklich einforderte, würde man dann sehen.

Eine plötzliche Welle der Zuversicht ergriff Thomas. Es brauchte gar nicht viel, um wieder auf die Beine zu kommen. Ein paar Euro, die ihm einige Monate konzentrierten Arbeitens ermöglichten. Er hatte es noch in sich, da war er sicher, er musste es nur hervorholen. So etwas ließ sich nicht für immer beerdigen.

Er schaltete den Computer aus und nahm sich vor, sich heute nicht mehr mit primären weiblichen Geschlechtsmerkmalen zu beschäftigen. Außer natürlich, wenn Corinna heute Nachmittag darauf bestand. Es war sicher keine schlechte Idee, einen geschäftlichen Abschluss mit einer kleinen, improvisierten Party zu feiern, das heißt, wenn es ihm gelang, damit fertig zu werden, bevor er um halb sieben bei Bulle zum Doppelkopf antreten musste. Corinna musste gegen vier, halb fünf da sein. Wenn er sich ins Zeug legte, war das zu schaffen. Sex bei Tageslicht – das Vorrecht kinderloser Paare.

»Wunderbar!«, sagte Wollner und hielt das Glas ins Licht. »Ein sehr guter Tropfen. Vermutet man hier gar nicht.«

»Glaubst du, wir im Ruhrgebiet saufen nur Bier und flüssige Kohle?«

Wollner reizte mit einem weiteren Schluck Geschmacksknospen an seinen Zungenrändern, die Thomas in seinem eigenen Mundraum vergeblich suchen würde, und sagte: »Ich halte dir mal zugute, dass du keine Ahnung von Wein hast.«

Thomas war nicht ganz klar, was der Lektor damit sagen wollte, doch das interessierte ihn auch wieder nicht so sehr, dass er insistiert hätte. Wollner spießte das letzte Stück des Filets vom irischen Weideochsen auf, verarbeitete danach den Rest des grünen, südamerikanischen Spargels und spülte beides mit einem tiefen Schluck dieses Zauberweins hinunter. Thomas nippte von seinem Mineralwasser. Für seine gemischten Blattsalate hatte er nicht halb so lange gebraucht wie sein Lektor für diesen Haute-Cuisine-Quatsch.

»Du, ich wollte mit dir mal über etwas reden …«, begann Thomas und erzählte vom dem Buch, mit dem er schwanger gehe, doch während er redete, stellte er fest, dass er den Inhalt kaum zu fassen bekam. Die Geschichte wurde nicht mal ihm selbst klar, wie sollte er da seinen Lektor überzeugen? Nun ja, es sei ein Thriller, aber mit literarischem Anspruch, er, Thomas, habe diesen Stoff schon seit Jahren im Kopf, stecke mitten in der Arbeit, und wenn Wollner darauf bestehe, könne er ihm gleich morgen ein Exposé mailen. Ganz sicher biete dieser Stoff ausgezeichnete Chancen zur Zweitverwertung im Kino oder im Fernsehen, mal ganz abgesehen von den Taschenbuchrechten. Solche Geschichten seien doch ganz klar Strandlektüre, also Paperback-Ware, und jetzt frage er, Thomas, sich, ob Wollner und der Verlag Interesse an dem Buch hätten. Er habe schon Anfragen aus anderen Häusern, aber natürlich genieße sein bisheriger Hausverlag eine Art Vorkaufsrecht – das wahrzunehmen man sich allerdings nicht allzu viel Zeit lassen sollte, die Konkurrenz schlafe nicht, und auch wenn der letzte Halbsatz etwas ins Phrasenhafte abgerutscht war, fand Thomas, er habe sein Anliegen letztlich doch noch ordentlich vorgetragen. Fünfzigtausend, dachte er, sollte dem Verlag dieses Ding mindestens wert sein.

Bevor Wollner antwortete, fuhr er sich mit der Hand durch sein wallendes, früh weiß gewordenes Haar, das einen immer denken ließ, man habe es mit einem Cellisten oder Dirigenten zu tun. Dann faltete er die Hände auf der Tischplatte und lächelte Thomas an.

Corinna stand in der Küche und schnitt eine Tomate, als er sie etwas härter als geplant von hinten packte und anfing, an ihrem Ohrläppchen zu knabbern.

»Bist du bescheuert? Ich hätte mir beinahe den Finger abgehackt!«

Thomas fuhr mit den Händen über ihren Oberkörper, griff mit Daumen und Zeigefingern nach ihren Brustwarzen, aber sie entwand sich ihm und fragte noch einmal, ob er noch ganz dicht sei.

»Was ist denn los?«

»Das frage ich DICH!«, sagte Corinna, streute Salz und Pfeffer auf die Tomatenschiffchen, trug den Teller zum Tisch und setzte sich.

Thomas spürte, wie er abkühlte, also nahm er sich ein Bier aus dem Kühlschrank und setzte sich ihr gegenüber.

»Gehst du nicht gleich noch Karten spielen?«

»Allerdings. Wieso?«

»Musst du da jetzt schon mit dem Saufen anfangen?«

»Ich saufe nicht, ich trinke ein Bier!«

»Wenn du nach Hause kommst, wirst du wieder stinken wie eine ganze Kneipe!«

»Ich kann nicht glauben, dass ich dieses Gespräch wirklich führe.«

Darauf schwiegen beide für ein paar Minuten.

»Wie war dein Tag?«, fragte Thomas dann, bemüht, die Wogen zu glätten.

»Ich habe Brigitte getroffen.«

»Ach wirklich?«

»Wir sind zusammen essen gegangen.«

»Tatsächlich?« Thomas war ehrlich überrascht.

»Ich habe den Eindruck, dass es zwischen ihr und Rainer nicht mehr so gut läuft. Hat er mal was gesagt?« Sie schob sich das letzte Tomatenschiffchen in den Mund und leckte sich die Finger ab.

»Nicht zu mir«, sagte Thomas.

»Und du?«, sagte Corinna und nahm sich ebenfalls ein Bier aus dem Kühlschrank.

»Ich habe mich mit Wollner getroffen. Meinem Lektor.«

»Und? Wie war's?«

»Ich habe ihm von meinem neuen Projekt erzählt.«

»Ist er drauf angesprungen?«

»Oh ja, und wie!«

Thomas fragte sich, ob er Corinna den genauen Wortlaut von Wollners Entgegnung mitteilen sollte: *Thomas, das ist die dämlichste Buchidee, die ich mir seit langem anhören musste! Kein Verlag wird auch nur einen Cent Vorschuss dafür bezahlen!* Wollner war dann etwas früher zum Bahnhof gegangen als geplant. Immerhin hatte er das Essen bezahlt.

»Was hat er gesagt? Mach es nicht so spannend!«

»Sagen wir mal so: Er meint, ich solle mich wieder auf meine Stärken besinnen und meine Kraft nicht an Dinge verschwenden, die mir nicht lägen.«

Thomas spürte, dass Corinna das kommentieren wollte.

»Findest du, er hat unrecht?«

»Der Mann ist Lektor. Wenn er wüsste, was es heißt zu schreiben, würde er das tun, anstatt in den fertigen Geschichten anderer Leute herumzuschmieren.«

Das Gefühl, Corinna wolle sich in eine bestimmte Richtung äußern, wurde immer stärker.

»Bei deinen letzten beiden Büchern war nicht nur dein Lektor der Ansicht, du solltest dich besser auf deine Stärken besinnen.«

Thomas atmete tief durch. »In Deutschland gibt es doch sofort eins auf die Nase, wenn mal einer versucht, ausgetretene

Pfade zu verlassen. Wenn einer den Mut hat, sein Publikum zu überraschen.«

»Überraschen ist was anderes als vor den Kopf stoßen.«

»Was weißt du denn schon! Wieso gehst du mir damit auf die Nerven?«

»Ich mache mir Sorgen um dich!«

»Sorgen? So weit sind wir schon? Das alles geht dich eigentlich gar nichts an!«

»Wir leben zusammen, ich muss deine Launen ertragen, also geht es mich sehr wohl etwas an, was du mit deinem Leben anstellst.«

Thomas wurde lauter. »Ach ja? Was stelle ich denn mit meinem Leben an? Ich versuche, etwas hinzukriegen, das Bestand hat! Das noch da ist, wenn ich weg bin! Das kostet Kraft, da geht man durch Täler, das zahlt sich nicht gleich eins zu eins aus!«

»Etwas, das Bestand hat? Nackte Weiber mit dicken Titten, die stöhnen: *Oh bitte, gib mir deinen Saft!?*«

Ganz kurz blieb ihm die Luft weg. »Schnüffelst du hinter mir her?«

»Ich *wohne* hier! Und ich kann nichts dafür, wenn du den Laptop aufgeklappt herumstehen lässt!«

»Ich muss mit irgendwas Geld verdienen, verdammt noch mal! Jedenfalls, solange du mir auf der Tasche liegst!«

Die folgende Stille hatte etwas zutiefst Ungutes, und Thomas wusste, dass dieses Gespräch nun eine Wendung ins Hässliche nehmen würde. Nur war er davon überzeugt, im Recht zu sein. Dies hier war seine Wohnung, und die Miete wurde von *seinem* Konto abgebucht. Und war es nicht Corinnas Art, sich ständig von ihm Geld zu leihen? Und es nicht zurückzugeben?

Als er sie ansah, hatte sie Tränen in den Augen. Das hatte er nun auch nicht gewollt.

»Okay«, sagte sie leise. »Ich hätte nie gedacht, dass wir auf diesem Niveau miteinander reden würden, aber wenn du es so willst … Du beziehst dich sicher auf die Summen, die du mir in letzter Zeit geliehen hast, mal fünfzig hier, mal zwanzig da. Nun, ich bin davon ausgegangen, dass sich das ausgleicht. Mit all den Malen, als ich hier den Kühlschrank gefüllt habe, als ich Getränke für deine Doppelkopfrunde besorgt oder Sachen für den Haushalt angeschafft habe. Mein Gott, das ist so peinlich! Mir war nicht klar, dass wir ein Haushaltsbuch würden führen müssen, um sicherzugehen, dass der eine nicht mehr ausgegeben hat als der andere. Ich hätte nie gedacht, dass du so kleinkariert bist.«

»Na ja«, sagte Thomas, dem es nicht gefiel, plötzlich in der Defensive zu sein, »immerhin bezahle ich hier die Miete.«

Das Gesicht, das sie ihm jetzt zuwandte, sah verändert aus, älter, weiter weg von ihm. »Es ist zum Kotzen, dass du mich zwingst, ein solches Gespräch zu führen, in dem ich dich daran erinnern muss, dass ich dir jeden Monat die Hälfte überweise. Das kann doch nicht sein, Thomas! Was ist los mit dir?« Sie sagte das ganz leise und sehr ernst.

»Du überweist … Das kann nicht sein!« Sollte er so blöd gewesen sein?

»Sag nicht, das hast du vergessen?«

»Ich sehe mir meine Kontoauszüge nicht so genau an.«

»Tja, warum auch!«

Corinna stand auf und stellte den Teller in die Spüle. »Ich glaube, ich gehe noch mal weg. Vielleicht übernachte ich bei Gila.«

Das erinnerte Thomas an noch etwas anderes. Er wusste, es wäre besser, die Klappe zu halten, aber er sagte trotzdem: »Mit der du angeblich so gern in den Aqua-Zoo nach Düsseldorf fährst. Halt mich doch nicht für blöd!«

Mit dem Rücken zu ihm stützte sie sich auf die Spüle und schüttelte den Kopf. »Nicht nur mit Gila. Auch mit Hannah, ihrer Tochter. Die übrigens ganz zufällig mein Patenkind ist. Das du schon kennen gelernt hast.«

Hatte er das? Konnte er das alles vergessen haben? Er dachte nach. In seinem Kopf war nichts, das ihn daran erinnerte.

»Wenn du dich für jemand anderen interessieren würdest als für dich selbst, wüsstest du so etwas.«

Was ihn wahnsinnig machte, war die Tatsache, dass sie so ruhig blieb und sich nicht aufregte, ihn nicht anschrie. Das bestärkte ihn in dem bohrenden Verdacht, sie könnte recht haben. Was bedeutete, dass er sich gerade zum Affen machte.

»Wenn hier einer weggeht, dann ich. Ich gehe zum Kartenspielen und dann mal sehen. Vielleicht gehe ich mit zu Konni. Der hat ja genug Platz.«

Thomas ging ins Schlafzimmer und packte ein paar Sachen.

24

Vergessen. Er hatte es noch nie vergessen. Wie hatte das nur passieren können?

Bulle drehte sich auf dem durchgesessenen Bürostuhl einmal um die eigene Achse. Dann noch mal. Der Stuhl quietschte und ächzte. Bulle stand auf und ging zum Fenster. Unten fuhr gerade ein Notarztwagen die Auffahrt der Notaufnahme hinunter. Der Sani auf dem Beifahrersitz hatte seinen Fuß, der in einem weißen Nike-Laufschuh steckte, angewinkelt und stützte sich damit auf dem Armaturenbrett ab. Bulle ging in Gedanken die Verletzungen durch, die der Mann bei einem Aufprall mit ca. 50 Stundenkilometern davontragen würde.

Seit fünf Jahren war er an jedem seiner freien Tage bei Marianne am Grab gewesen, nur gestern hatte er es vergessen. Nach dem Frühstück war er in den Keller gegangen und hatte geübt. Er kam immer besser rein. Der schlichte Beat von »Man on the Silver Mountain« war zum Aufwärmen nicht schlecht, das hatte was Klassisches, dann aber hatte er Lust, ein bisschen vertrackter über die Toms zu fahren, gegen Ende hatte es fast etwas von Free Jazz gehabt, und da hatte er Angst vor sich selbst bekommen.

Als er endlich auf die Uhr gesehen hatte, war es zu spät gewesen, noch etwas zu kochen, also hatte er die Mädchen von der Schule abgeholt und war mit ihnen in eine Pizzeria gegangen, obwohl er Lust gehabt hätte, sich mit triefenden Burgern und salzigen Fritten vollzustopfen, aber seine Töchter hielten nichts von Junkfood und achteten sehr auf ihre Ernährung, wenn man mal von ihrer Vorliebe für Nuss-Nougat-Creme absah.

Nach dem Essen waren sie in den Zoo nach Gelsenkirchen gefahren, der sich in den letzten Jahren von einem deprimierenden Tierknast zu einer Kombination von »Erlebniswelten« gemausert hatte, in dem die Viecher so viel Auslauf hatten, dass man manchmal gar keins zu Gesicht bekam.

So hatten sie die Zeit vertrödelt, eine Menge gelacht und sich Eis gegönnt, und plötzlich war es Zeit fürs Abendessen gewesen, und dann war Bulle vor dem Fernseher eingeschlafen.

Mitten in der Nacht war er aus dem Schlaf hochgeschreckt, weil er von Marianne geträumt hatte, und da war ihm eingefallen, dass er sie nicht besucht hatte. Er hatte heulen müssen und nicht mehr einschlafen können.

Ein kurzes Klopfen an der Tür. Schwester Birgit steckte ihren Kopf herein und sagte, das Lungenkarzinom von Zimmer 23 wolle ihn sehen.

»Das glaube ich nicht«, sagte Bulle.

»Wie bitte?« Schwester Birgit hatte die Tür schon wieder schließen wollen.

»Ich glaube nicht, dass das Lungenkarzinom von Zimmer 23 mich sehen will. Ich könnte mir aber gut vorstellen, dass Herr Ronnefeld von Zimmer 23 nach mir verlangt hat.«

»Was ist denn mit dir los?«

»Die Leute haben Namen, Birgit.«

»Jedenfalls hat er nach dir gefragt.«

»Ich komme.«

»Ach, Udo?«

»Ja?«

»Guck doch mal in deinen Schrank, vielleicht ist da deine gute Laune drin.«

Sie schloss die Tür etwas härter als notwendig.

Bulle machte einen Umweg über die Toilette und wusch sich das Gesicht mit kaltem Wasser.

Horst Ronnefeld war ein Kfz-Meister Anfang fünfzig, mit eigener Werkstatt und nikotingelben Fingerspitzen, der gleich beim ersten Gespräch Bulle das Zugeständnis hatte abpressen wollen, sein Krebs müsse nicht zwingend vom Rauchen kommen.

»Wovon denn sonst?«, hatte Bulle zurückgefragt.

»Sie sind der Arzt!«

»Zwei Schachteln am Tag vermindern das Risiko nicht gerade.«

»Risiko ist etwas anderes als Gewissheit, oder? Es kann

daher kommen, aber es ist *nicht zu hundert Prozent sicher*, oder?«

Mittlerweile war Ronnefeld kleinlaut geworden, da ihm langsam dämmerte, dass es ihm wirklich schlecht ging. Er lag im Bett, erschöpft vom Husten, fahl im Gesicht, und fragte: »Herr Doktor, jetzt mal ehrlich, wann kann ich wieder arbeiten?«

Das war das Einzige, was sie wissen wollten. Nicht, wie viel Zeit ihnen noch mit den Kindern bleibt, mit ihrer Frau, ob sie noch einmal das Meer sehen können oder das Dorf, in dem sie geboren wurden, nein, die einzige Frage war nur, wann sie damit weitermachen konnten, sich den Arsch aufzureißen.

Bulle sah Ronnefeld an und sagte nichts.

»Ach, leck mich doch am Arsch, Herr Doktor!«

»Ist das gut, wenn man zwei Kreuz-Damen hat?«, fragte Julia mit einem bezaubernden Augenaufschlag.

Bulle schob die Karten zusammen und sah seine Tochter an. »Jetzt nicht mehr.«

»Er spielt 'ne Stille!«, bemerkte Rainer.

»Jetzt nicht mehr«, sagte Konni.

Julia ging zu ihrer Schwester, die schon auf der Treppe nach oben stand. Sie klatschten sich ab, lachten und rannten nach oben.

»Das ist ja Psychoterror!«, meinte Thomas. »Ich lass mich sterilisieren!«

Ganz so lustig fand Bulle das tatsächlich nicht. Der Abend lief nicht gut für ihn, und er hatte gehofft, sich mit einer stillen Hochzeit etwas nach vorn zu schieben. Das konnte er jetzt vergessen, da nach Julias Einlassung alle Bescheid wussten und gegen ihn spielen konnten. Er verlor das Spiel haushoch.

»So was nennt man wohl abgeschlagen«, sagte Rainer, als er die Punkte in die Tabelle eintrug.

Bulle mischte und teilte die Karten aus. Durch die geöffnete Tür sah er Ole im Wohnzimmer vor dem Plattenregal stehen. Es war merkwürdig, Ole dabeizuhaben, ohne dass er mitspielte. In seinem alten Parka stand er da wie das Denkmal des Unbekannten Autonomen. Er zog Platten aus dem Regal hervor, die Bulle und Ole schon vor fast dreißig Jahren studiert hatten. *Strangers in the night* von UFO, *Made in Japan* von Deep Purple, *Live in the Heart of the City* von Whitesnake. Es waren immer die Live-Alben gewesen, die sie umgehauen hatten.

»Du hast DOCH noch Kreuz?« Rainer war konsterniert.

»Dann hast du vorhin falsch bedient!«, sagte Thomas.

»Gar nicht bedient! Mitgenommen«, fügte Konni hinzu.

»Das Spiel können wir vergessen. Das wäre doch ganz anders gelaufen, wenn er richtig gespielt hätte.«

»Tut mir leid«, murmelte Bulle, »ich bin nicht ganz bei mir.«

»Statt *eines* Straf-Euros schreibe ich dir mal zwei auf!«, sagte Rainer und nahm die Liste zur Hand.

Nach der zweiten Runde wurde gegessen. Bulle forderte die anderen auf, sich zu bedienen. »Ich sehe mal eben nach den Mädchen.«

Er ging nach oben. Julia und Nathalie kamen gerade aus dem Bad.

»Du hast noch Zahnpasta am Mund!«, sagte Bulle.

Nathalie griff nach der Hand ihres Vaters und wischte sich den Mund mit seinem Hemdsärmel ab.

»Lass doch die Sauerei!«

»Das Hemd muss sowieso in die Wäsche!«, sagte Julia.

Als hätten sie ihr Soll an Terror heute erfüllt, verzichteten sie darauf, das Zubettgehen noch weiter hinauszuzögern.

»Du Papa?«, fragte Julia, als er schon das Licht ausgemacht hatte und gerade die Tür schließen wollte.

»Ja?«

»Wann fahren wir mal wieder nach Duisburg ins Delfinarium?«

»Ihr geht wohl gern in den Zoo, was?«

»Na ja, wenn du uns kein Tier kaufst!«

»Nächsten Dienstag habe ich wieder frei, dann machen wir das.«

»Ein Tier kaufen?«

»Nein, wir gehen ins Delfinarium.«

»Man muss nehmen, was man kriegen kann.«

»Gute Nacht. Schlaft schön.«

Als er wieder unten ankam, drückte ihm Rainer eine frische Flasche Bier in die Hand. »Thomas hat uns was zu sagen.«

»Tja«, fing Thomas an. »Ich weiß nicht, wie ihr das seht, aber ich finde, Mountain of Thunder wären reif für ihren ersten Auftritt.«

Konni hob die Augenbrauen. »Jetzt schon?«

»Ihr wollt doch auf eurem Stufentreffen auftreten. Da sollten wir vorher ein paar Erfahrungen sammeln, oder nicht?«

»Bis zum Abitreffen ist noch lange hin«, sagte Konni.

»Ich spreche nicht über eine Welttournee.«

»Wo sollen wir denn einen Auftritt herkriegen?«, fragte Rainer.

»Ich hätte da was.« Thomas sah jeden Einzelnen an.

Bulle warf Ole einen Blick zu, aber der widmete sich mit großer Ernsthaftigkeit einer Frikadelle.

»Ich kenne da einen Typen, der hat früher mal ein paar Lesungen für mich organisiert, und der hat da was an der Hand. Da suchen welche eine Rockband. Also eine, die ein paar Klassiker draufhat.«

»Für was für eine Gelegenheit?«, wollte Rainer wissen.

»Eine Party.«

»Und wo?«

»In Düsseldorf.«

»Ich kenne niemanden in Düsseldorf«, sagte Konni.

»Dann kannst du dich da auch nicht blamieren«, meinte Thomas.

»Wo genau in Düsseldorf?«, fragte Bulle.

»In einem Tennisclub.«

»In einem Tennisclub?« Konni verzog das Gesicht.

»Die zahlen fünftausend.«

»Fünftausend? Peseten?«

»Nein, Bulle, Euros. Das hässliche Zeug, das seit ein paar Jahren statt des echten Geldes bei uns im Umlauf ist.«

»Die zahlen fünftausend Euro für eine völlig unbekannte Band, die noch keinen einzigen Auftritt gemacht hat?« Konni konnte es nicht fassen.

»Sagen wir es mal so«, sagte Thomas, »ich glaube nicht, dass die wissen, dass wir noch nicht ganz so viel Erfahrung haben. Und was das Geld angeht: Das ist ein Tennisclub, da spielen sicher nicht viele Hartz-IV-Empfänger. Nichts für ungut, Ole!«

»Und wieso suchen die ausgerechnet eine Hard-Rock-Band?«, fragte Rainer.

»Die machen da so eine Motto-Party. Siebzigerjahre, lange Haare, tobende Rockmusik.«

»Hört sich scheiße an«, sagte Bulle. »Was meinst du, Ole?«

Mit dem letzten Stück seiner Frikadelle nahm Ole den restlichen Senf vom Teller auf, der jetzt wieder vollkommen sauber aussah. Er nahm noch einen Schluck Bier und bearbeitete seine Zahnzwischenräume mit der Zungenspitze. »Es stimmt schon«, sagte er dann langsam. »Wir brauchen Erfahrung.

Auftritt ist Auftritt. Wir können es uns nicht aussuchen. Außerdem … Ich weiß, bei euch sieht das anders aus, aber ich könnte das Geld ganz gut gebrauchen.«

»Okay«, sagte Bulle dann. »Fahren wir nach Düsseldorf und reißen ihnen den Arsch auf!«

Später konnte er nicht einschlafen. Das passierte ihm sonst nie. Einschlafen hatte er immer können. In der Klinik auf Kommando, und auch wenn noch drei andere Leute im Raum waren und sich unterhielten. Jetzt lag er im Dunkeln und fühlte sich von den Gegenständen im Zimmer eingekreist, bedrängt.

Es hatte keinen Sinn. Er stand auf und ging leise nach unten. Er machte sich Milch warm, was er seit Jahren nicht mehr getan hatte, nachts schon mal gar nicht. Er umklammerte die Tasse mit beiden Fingern, obwohl ihm die Hände gar nicht kalt waren. Nach ein paar Minuten holte er sich das Nutella-Glas, steckte den Finger hinein und leckte ihn ab.

Eine halbe Stunde schlug er so tot, dann sah er auf die Uhr, horchte ins Haus hinein und zog sich schließlich an. Die Mädchen schliefen tief und fest, die wachten nie auf, bevor es schon fast zu spät war.

Draußen war es eiskalt. Was ihn an der Zeit Ende Februar, Anfang März so irritierte, war, dass es zwar schon etwas länger hell blieb, aber immer noch Winter war. Als er den Motor anließ, dachte Bulle, dass man das in der ganzen Straße hören musste, aber nichts rührte sich.

Den Haupteingang des Friedhofs fand er verschlossen vor, aber in einer Seitenstraße war die Mauer so niedrig, dass er drüberklettern konnte. Weit weg hörte er die Autobahn. Der Himmel war bedeckt, die Orientierung fiel Bulle schwer, weil er kaum etwas erkennen konnte. Schließlich jedoch stand er vor ihrem Grab, ging in die Hocke und strich mit der Hand über den Grabstein, über ihren Namen, jeden einzelnen Buchstaben.

»Es tut mir leid!«, sagte er und wischte sich die Tränen ab. »Es tut mir so leid!«

25

Die Nacht ist nicht allein zum Schlafen da, dachte er, während er das Schloss von dem alten Kleiderschrank, der hier im Keller vor sich hin moderte, mit dem Schraubenzieher bearbeitete. Der Schlüssel war vor langer Zeit verloren gegangen, aber jetzt musste er ganz dringend hier dran, und es war ihm egal, ob er das Ding aufbrechen oder komplett zu Kleinholz verarbeiten musste. Warum ihm dieser alte Schlager in den Kopf gekommen war, konnte Rainer sich nicht erklären. *Die Nacht ist dazu da, dass was gescheh!* Daran mangelte es in seinen Nächten eindeutig. Es geschah nichts. Er saß herum, las etwas, löste Kreuzworträtsel oder lieferte sich dem nervtötenden Nachtprogramm im Fernsehen aus. Fernsehen hatte sich verändert. Man musste jetzt mitmachen, man musste anrufen. Vorhin hatte er eine schmale Rothaarige mit viel zu großen Brüsten gesehen, die den Zuschauer angebrüllt hatte, gefälligst anzurufen, um ein Anagramm aufzulösen, hinter dem sich eine deutsche Großstadt verberge. MENCHÜN hatte da gestanden, und angeblich rief niemand an. Später hatte die Frau angedroht, sich mit Hautlotion einzucremen, und, wahrscheinlich weil immer noch niemand durchgestellt wurde, diese Androhung kurz darauf wahr gemacht. Sie hatte ihre Brüste aus dem Gefängnis eines viel zu kleinen Bikinis befreit und angefangen, sich langsam und mit kreisenden Bewegungen den gesamten Oberkörper einzucremen. Das war der Punkt gewesen, an dem Rainer gedacht hatte, er könne nicht weiterleben, wenn er jetzt nicht diesen Schrank im Keller öffne.

Nach einer halben Stunde war ihm alles egal, und er schob den Schraubenschlüssel hinter das Türblatt und brach den Schrank einfach auf. Der muffige Geruch von staubigen Kleidern und Mottenkugeln schlug ihm entgegen. Warum er seinen Konfirmationsanzug nie weggeworfen hatte, würde auf ewig ein Geheimnis bleiben. Seiner Mutter hätte er so viel Sentimentalität zugetraut, sich selbst nicht.

Unten drin stand eine Kiste, und auf die hatte er es abgesehen, an die hatte er denken müssen, als die Frau sich die Brüste eincremte und seine Gedanken auf Wanderschaft gegangen waren. Er hatte an den bevorstehenden ersten Auftritt von Mountain of Thunder denken müssen und sich gefragt, was er da wohl anziehen solle. Jetzt hielt er es in der Hand: ein violettes T-Shirt mit Kordelleiste. Er zog sein weißes Bürohemd aus und streifte sich diese Reliquie über den Kopf. Saß etwas knapp, roch etwas streng. Letzteres würde sich rauswaschen. Doch irgendetwas war passiert, seit er dieses T-Shirt zum letzten Mal getragen hatte. Er hatte kaum zugenommen, war aber ein anderer geworden.

Er hatte nicht ernsthaft damit gerechnet, dass sie auftreten würden. In den letzten Wochen hatten sie geprobt wie die Wahnsinnigen. Immer wieder hatten sie alles hinwerfen und den Auftritt absagen wollen, aber das hatte Ole nicht erlaubt. Es war sehr ehrgeizig, in diesen wenigen Wochen ein komplettes Programm auf die Beine zu stellen, aber Ole hatte gemeint, manchmal müsse man sich eben nach der Decke strecken – ein etwas großväterlicher Spruch, wie Rainer fand, tatsächlich aber bekamen sie das Material, das sie sich ausgesucht hatten, immer besser in den Griff. Und überhaupt sei Begeisterung wichtiger als technische Perfektion, hatte Ole einen weiteren seiner Sprüche losgelassen.

Ein Geräusch ließ ihn herumfahren. Zuerst dachte er, Brigitte habe ihn erwischt, stehe blinzelnd in der Tür und werde ihn gleich mit Vorwürfen überhäufen, dass er mitten in der Nacht den Keller auf den Kopf stelle. Doch es war Daniel, in Boxershorts und einem grauen T-Shirt, auf das der Name seiner Schule gedruckt war.

»Hab was gehört«, sagte er.

»Ich habe nur was gesucht«, antwortete Rainer.

»Schickes Teil!«

»Findest du?«

»Trashig. Willst du das im Büro anziehen?«

»Wir haben unseren ersten Auftritt.«

Daniel lachte. Wann hatte Rainer seinen Sohn zum letzten Mal derartig lachen sehen?

»Aber du willst«, sagte Daniel und musste kurz unterbrechen, um ein weiteres Lachen herunterzuschlucken, »doch nicht im Ernst dieses Teil auf der Bühne anziehen? Es werden Leute da sein, die das sehen.«

»Ich dachte, es ist trashig!«

»Wenn man es ansieht, ist es cool. Wenn ICH es tragen würde, wäre es cool. Aber du … Entschuldige, aber das geht echt nicht.«

Jetzt war es aber genug mit dem Lachen. Langsam wurde der Bengel frech.

»Tut mir leid, Papa«, sagte Daniel und packte das Lachen weg, »es ist nur so, dass du verkleidet aussiehst. Das bist nicht du. Nicht mehr, glaub mir. Du wirst dir noch oft genug anhören müssen, wie lächerlich es ist, in deinem Alter eine Rockband zu gründen, und mit diesem T-Shirt hält man dich dann endgültig für krank. Was glaubst du denn, was Oma und Opa dazu sagen werden!«

Meiner Mutter ist nur wichtig, dass ich mir die Haare nicht wachsen lasse, dachte Rainer. Das T-Shirt findet sie wahrscheinlich lustig, weil es so eine schöne Farbe hat und weil sie es von früher kennt, und was man von früher kennt, das ist schön, weil früher alles besser war.

»Versteh mich nicht falsch«, machte Daniel weiter, »das mit der Band finde ich super, aber du musst als du selbst spielen, und du selbst bist nun mal keine siebzehn mehr.«

Woher nehmen die jungen Leute das heutzutage, fragte sich Rainer, spürte aber auch, dass sein Sohn recht hatte. Und der Ärger, der gerade erst in ihm hochgekocht war, wurde abgekühlt durch eine Woge des Stolzes auf seinen angeblich so schwierigen, tatsächlich aber unglaublich intelligenten Sohn. Rainer zog das T-Shirt aus und warf es Daniel zu.

»Zieh es an, geh da raus und sei cool!«, sagte er.

Konni hielt kurz inne. Der Duft von frischem Kaffee zog durch das Haus, aber dafür hatte er gerade keine Nase. Der Frühling war nun unwiderruflich da. Es versprach ein schöner Tag zu werden, mit viel Sonnenschein, und dann wäre es am Nachmittag hier oben wieder kaum auszuhalten, also musste er jetzt danach suchen. Kisten über Kisten. Er hatte hier oben immer ausbauen wollen, aber das war ja nun komplett gestrichen, denn wenn der Anbau fertig war, hatte er genug Platz.

Plötzlich schoss ihm durch den Kopf, dass da irgendwo noch ein faltbarer Kleiderschrank sein musste, und tatsächlich, da war er: Aus Kunststoff mit Karomuster beherbergte er alte Mäntel und Jacken, von denen man nicht wusste, warum man sie aufbewahrte. Und hier fand er auch, was er gesucht hatte: die alte ausgewaschene Levi's-Jeans-Jacke, original mit den zahllosen Buttons, welche die Brust schmückten, als wäre er ein russischer General. Gerade hatte Konni sie vom Bügel genommen, da hörte er unten die Klingel. Mit der Jacke in der Hand stürzte er die Treppe hinunter und fand an der Tür Ole in hellblauer Unterhose und Westernstiefeln sowie Martina, seine, Konnis, Schwester.

»Was willst DU denn hier?«, entfuhr es ihm.

»Sehen, ob du noch lebst«, entgegnete die energische Blondine mit den kurzen Haaren, die ihn als Kind ständig verprügelt hatte.

»Komm doch rein!«

»Das ist aber freundlich!«

Martina schien ungehalten zu sein. Sie gingen in die Küche, Ole verschwand irgendwohin und würde hoffentlich so schnell nicht wieder auftauchen, und wenn, dann wenigstens nicht halbnackt. Konni goss seiner Schwester eine Tasse Kaffee ein und hörte sich an, was sie zu sagen hatte, und das lief hauptsächlich darauf hinaus, dass er sich bei den Eltern und, in aller Bescheidenheit, bei ihr selbst schon seit Wochen nicht hatte blicken lassen, nicht mal angerufen habe er, und das sei doch wohl nicht zu viel verlangt. Und da sie gerade hier vorbeigekommen sei und er um diese Zeit ja wohl kaum schon weg sein konnte, habe sie einfach geklingelt, um ihm mal gründlich ins Gewissen zu reden.

»Aber sag mal, was macht denn Ole hier?«

»Er wohnt eine Zeitlang bei mir.«

»Wieso das denn?«

»Hat sich so ergeben.«

»Ich dachte, der wäre nach Berlin gegangen. Säuft der immer noch so viel? Hat er endlich einen Job? Ich wette, aus dem ist nichts geworden. Hat *er* euch auf diese Schwachsinnsidee gebracht?«

»Welche?«

»Mama hat vor einiger Zeit Frau Grigoleit getroffen, und die hat erzählt, ihr hättet eine Band gegründet und wolltet Hottentottenmusik machen. Nein, hat Mama gesagt, mein Junge macht so was nicht, der konnte doch als Kind nicht mal auf dem Kamm blasen. Doch, doch, meinte Frau Grigoleit, die lassen sich die Haare wachsen und machen laute Musik.« Kurze Pause. »Und ziehen sich offenbar alberne Klamotten von früher an!«

Konni hatte die Jeansjacke auf die Lehne seines Stuhls gehängt.

»Also wirklich«, sagte Martina, »diese ganzen alten Plaketten: Friedenstaube, Smiley, Judas Priest – und das als Katholik! Antiatomkraft, Stoppt Strauß und Willy wählen! Mein Gott, das war 1972, da warst du neun! Und dieser hier! Ich kann mich nicht daran erinnern, dass du jemals für die Freigabe von Haschisch gewesen wärest! Stimmt das mit der Band?«

Seine Schwester war den Weg gegangen, vor dem er zurückgeschreckt war. Hatte nach ihrem Studium bei den Historikern promoviert und sich bis zur Habil durchgebissen, hing jetzt im akademischen Mittelbau fest, war sich aber jederzeit zu hundert Prozent sicher, das Richtige zu tun. Und sie wusste auch, wann andere, vor allem ihr kleiner Bruder, etwas falsch machten. Der Ärger darüber, dass nur die wenigsten ihren Handlungsempfehlungen folgten, hatte ihre Gesichtszüge hart werden lassen.

»Es stimmt«, sagte er nur. Weitere Ausführungen hatten keinen Sinn.

»Du bist vierundvierzig Jahre alt und Beamter! Da springt man nicht auf der Bühne herum und macht Faxen. Hast du von den Rolling Stones gelesen? Die haben jetzt einen Geriater mit auf Tour! Einer, der ihnen hilft, ihre morschen Knochen über den Tag zu retten. Das ist doch lächerlich! Wieso macht ihr das? Wieso machst DU das?«

Ja, wieso? Das war Martinas erste gute Frage seit Jahren. Weil es Spaß machte? Das wäre ihr nicht genug, so weit kannte er sie. Er hatte in wenigen Wochen ein Instrument gelernt. Er hätte nie gedacht, dass er das hinkriegen könnte. Er hatte ein Talent bewiesen, das ihm niemand zugetraut hatte. Früher konnte er nicht mal auf dem Kamm blasen – so etwas hatte er sich immer wieder anhören müssen. Ein Instrument lernen? Das war für seine Eltern nicht in Frage gekommen. Angeblich hatte er keine Geduld, und nach ein paar Wochen würde die Gitarre, die Trompete, die Geige oder was auch immer unbenutzt im Keller Staub ansetzen. Aber das war alles Unsinn! Er war das rhythmische Rückgrat einer Rockband. Und er machte das verdammt gut!

Gerade als er ansetzen wollte, seiner Schwester all das an den Kopf zu werfen, stand plötzlich Ursula Gregorius in der Küche, mit nackten Schultern, um den Oberkörper ein weißes Handtuch.

Und da steht noch ein Grund, dachte Konni. Ohne Ritchie Blackmore und die Band hätte ich die Kollegin Gregorius vielleicht nie um eine Verabredung gebeten.

Die letzten paar Wochen hatten ihn mehr verändert als die

fünf Jahre zuvor. Er war jetzt davon überzeugt, dass Katastrophen, wie die Trennung von Michaela eine gewesen war, einen Menschen nicht wirklich veränderten. Die warfen einen nur auf sich selbst zurück. Positives veränderte. Schönheit machte einen zu einem anderen Menschen. Wie sich das mit Ulla entwickelt hatte, war kaum zu beschreiben. Alles war so leicht und so logisch. Plötzlich traf er immer den richtigen Ton. Er hatte nicht mehr das Gefühl, wie ein Idiot durch die Gegend zu laufen. Er war nicht mehr so weit weg von der Welt.

Manches hatte fast weh getan. Wie sie ihn verführt hatte, zum Beispiel – kaum auszuhalten. Dann aber doch. Und immer wieder.

Anderes war kindisch gewesen: Zu Ostern hatten sie tatsächlich Eier im Garten versteckt und den anderen suchen lassen.

Außerdem hatte Ulla nicht erlaubt, dass er ihr zuliebe seine Übungen am Bass vernachlässigte. Sie spornte ihn an, hörte zu, wenn er übte, kritisierte ihn und machte Verbesserungsvorschläge. Sie spielte nicht schlecht Klavier, hatte also von Musik definitiv mehr Ahnung als er. Er spielte sich die Finger blutig, aber wenn er mit den anderen in Rainers Garage stand und sie die Nummern immer besser in den Griff bekamen, dann wusste er, dass es sich lohnte.

Martina ging auf Ulla zu und gab ihr die Hand. Fünf Minuten später saßen sie am Küchentisch und tranken miteinander Kaffee. Als Martina sich eine halbe Stunde später wieder auf den Weg machte, zog sie Konni nach draußen vor die Tür, gab ihm eine sanfte Ohrfeige und sagte: »Ich nehme alles zurück! Wenn die Musik dich mit dieser Frau zusammengebracht hat, dann geh da raus und werde ein Rockstar!«

Thomas war erleichtert. Zum Glück hatte sie das Schloss nicht auswechseln lassen. Jetzt konnte er nur noch hoffen, dass sie nicht da war. Und wenn sie schon zu Hause war, war sie hoffentlich allein. Oder hatte sie sich schon wieder einen an Land gezogen?

Als er zu Konni gezogen war, hätte er nicht gedacht, dass er sich ein paar Wochen später wie ein Dieb in seine eigene Wohnung schleichen würde, um frische Sachen zu holen. Er hatte nur das Nötigste mitgenommen, da er davon ausgegangen war, dass diese Trennung nicht von Dauer sein würde. Er legte keinen gesteigerten Wert darauf, bei Corinna zu Kreuze zu kriechen oder sonst irgendwelche Schritte in Richtung auf eine Versöhnung zu machen. War das nicht alles sowieso eine Schnapsidee? Mit dem Altersunterschied konnte das doch nie hinhauen. Mal abgesehen davon, dass er die Bemerkungen der anderen leid war und die Fragen von Fremden, die sie für seine Tochter hielten. Der Sex würde ihm fehlen, fehlte ihm schon jetzt, aber er hatte schon längere Durststrecken als diese überwunden.

Er brauchte etwas zum Anziehen. Er konnte die drei oder vier Hemden, die er mitgenommen hatte, nicht mehr sehen. Außerdem fragte er sich, was er beim ersten Auftritt von Mountain of Thunder auf der Bühne anziehen sollte. Er hatte an dieses Hawaii-Hemd gedacht, das er vor Jahren mal von entfernten Bekannten, die das witzig fanden, geschenkt bekommen hatte, vermutete aber, dass seine Bandkollegen das nicht billigen würden. Aber andererseits – egal. Außerdem hatte er da dieses enganliegende, dunkelrote Retro-Shirt mit den gelben Kontrastleisten am Rundhalsausschnitt, auf den Schlüsselbeinen und am Ärmel. Das würde sich unter dem hauptsächlich in Gelb gehaltenen Tom-Selleck-Gedächtnishemd gut machen. Er würde sich von den anderen nicht vorschreiben lassen, was er tragen sollte, sie waren nicht seine Eltern. Nicht mal seine großen Brüder.

Er fand die Wohnung verlassen vor und stellte fest, dass ihn das enttäuschte. Wenn er ehrlich war, köchelte in seinem Inneren etwas vor sich hin, das echter Sehnsucht nicht ganz unähnlich war. Konnte es romantische Liebe zwischen den Generationen wirklich geben? Nein, wahrscheinlich nicht. Thomas sah sich schon, wie er Kisten aus der Wohnung schleppte. Aber wohin? Und wieso ging er ganz selbstverständlich davon aus, dass er ausziehen würde?

Die Wohnung sah gut aus, besser als in der Zeit, als er hier gelebt hatte. Alles war sauber, in der Küche stand kein schmutziges Geschirr in der Spüle, es lag keine Unterwäsche herum, und die Fenster waren offenbar zum ersten Mal seit Jahren wieder geputzt worden. Der Wohnung und ihrer Bewohnerin schien es ohne ihn besser zu gehen. Immerhin, da war nur eine Garnitur Bettwäsche auf dem breiten Holzbett mit Unterbau-Schubladen, das Thomas sich zugelegt hatte, als er allein wohnte und sich selbst ein gutes Omen beschaffen wollte. Die Holzbohlen der Diele mussten mal wieder gestrichen werden, das Weiß blätterte ab, doch das würde vielleicht sein Nachfolger übernehmen.

Er hatte zwei große Taschen mitgebracht, die Konni ihm geliehen hatte, und die packte er jetzt voll. Unterwäsche, T Shirts, Hemden, Hosen. Er zog sich das dunkelrote Retro-Shirt und das Hawaii-Hemd an, war sich darüber im Klaren, dass er Zeit schinden wollte, um ihr vielleicht doch noch zu begegnen, wenn sie nach Hause kam, betrachtete sich in dem hohen, golden umrahmten Ikea-Spiegel auf der Diele und kam sich lächerlich vor. Dieses Hemd sah absolut bescheuert aus. In einem Hemd mit Palmen drauf konnte man unmöglich »Paranoid« spielen. Er würde Schwarz tragen. Metallica-Schwarz. Schwarze Jeans, schwarzes T-Shirt, fertig. Da konnte ihm keiner was. Wenn man schon in diesem vorgerückten Alter noch in einer Band spielte und nicht gerade Alt-Männer-Dixie mit Banjo und Klarinette machte oder geschmäcklerisch abgewichsten Impro-Jazz oder prollig-konservativen Blues, dann musste man alles tun, um seine Würde zu bewahren.

Warum aber begab man sich überhaupt in eine Situation, in der man riskierte, seiner Würde verlustig zu gehen? Und wieso war das überhaupt so, dass man etwas riskierte, nur weil man ein wenig Musik machte? Und warum fragte er sich das alles? Es war ein unbeschreibliches Gefühl, wenn sich aus einer Kakophonie von Tönen und gegenläufigen Rhythmen endlich etwas schälte, das Struktur hatte, eine Ordnung, vor allem aber Kraft und, verdammt, ja: Leidenschaft. Warum musste man das noch hinterfragen? War Rockmusik nicht immer etwas gewesen, das man nicht diskutierte, sondern einfach machte? Egal, was es bedeutete. Wenn es überhaupt etwas bedeutete. Die eine große Sache im Leben, die man nicht erklären, sondern einfach nur lieben konnte.

Darüber hätte er gern mit Corinna gesprochen, so wie sie es oft getan hatten, wenn sie nachts nicht schlafen konnten, aber obwohl er sich mehr als eine Stunde in seiner alten Wohnung aufhielt, tauchte sie nicht auf, also schnappte er sich die Taschen und machte sich aus dem Staub.

Bulle faltete die Hände. Gerda redete jetzt seit fast zehn Minuten auf ihn ein, und als sie ihren schon lange verstorbenen Mann ins Spiel brachte, wurde es ihm zu viel. Er hatte Mariannes Vater schon nicht mehr kennen gelernt, aber den Erzählungen seiner Frau nach war er ein Heiliger gewesen, ein einfacher, stets zuverlässiger, enorm fleißiger Arbeiter im Weinberg des Herrn, kirchengläubig und ein guter Geschäftsmann, aber gesundheitlich anfällig. Nur seinem guten Ruf als Fliesenleger war es zu verdanken gewesen, dass er trotz aller gesundheitlichen Rückschläge die Firma und damit auch die Familie immer wieder über die Runden gekriegt hatte, und das war ihm gelungen, weil man sich auf ihn hatte verlassen können. Die Kunden hatten gewusst: Wenn Heinz Thoben sagte, das Bad ist am Freitag fertig, dann war das Bad am Freitag fertig, ob sein Magengeschwür ihn vor Schmerz an die Decke gehen ließ oder nicht.

Das war Gerdas Sicht der Dinge. Bulle wusste, dass Mariannes Vater die Familie durch Schwarzarbeit am Leben erhalten hatte, durch ruinöse Niedrigpreise, geklautes Material und buchstäblich den Einsatz des eigenen Lebens. Man konnte sicher nicht von Gerda verlangen, dass sie sich das eingestand, dafür war es nach dem Tode ihres Mannes zu schwer gewesen, aber musste sie jetzt über ihn, Bulle, herfallen, als sei er persönlich an allem schuld?

»Er hat sich gekümmert«, sagte Gerda. »Er ist nicht mit seinen Freunden um die Häuser gezogen und hat Musik gemacht!«

Natürlich nicht, dachte Bulle, er hatte überhaupt keine Freunde, weil er von morgens bis in die Nacht geschuftet hat. So ein brillanter Geschäftsmann konnte er nicht gewesen sein, wenn all die Schufterei nicht hatte verhindern können, dass seine Witwe hinterher auf einem Berg Schulden sitzen blieb.

»Und SO willst du doch nicht wirklich herumlaufen, oder?«

Er trug das Led-Zeppelin-T-Shirt, das er auf dem Konzert 1980 in Köln getragen hatte. Das Konzert hatte er unter erschwerten Bedingungen mitgemacht: Auf dem Weg zur Schule war er auf der Kreuzung am Hauptbahnhof von einem Wagen angefahren worden und hatte sich beim Sturz das rechte Bein gebrochen. Aber die Karte war schon längst gekauft, und so etwas ließ man sich nicht entgehen! Ein paar Monate später war John Bonham an seinem Erbrochenen erstickt und die Band am Ende.

»Du hast zugenommen!«, sagte Gerda. »Du kannst dieses Hemd nicht anziehen!«

Das war keine Überraschung. Leptosom war er nie gewesen, sein Spitzname kam nicht von ungefähr, und tatsächlich spannte das Shirt über dem Bauch bedenklich, jedoch nicht so sehr, dass er es nicht mehr würde tragen können. Gut, die Lederhose ging nun wirklich nicht mehr. Die würde ihm die Blutzufuhr zum Unterleib abschneiden, wenn er hinter dem Schlagzeug saß.

»Udo«, fragte Gerda, »wieso machst du das? Wieso bist du nicht bei deinen Töchtern? Wieso kümmerst du dich nicht um sie?«

Unfair war nicht das Wort, das es traf. Bulle fiel aber auch kein anderes ein. Er musste sich immer wieder klarmachen, dass es Gerda nicht darum ging, ihm etwas zu sagen. Sie arbeitete sich an ihm ab. Sie hatte ihre Tochter überlebt. Wenn er sich vorstellte, ihm würde das passieren, wollte er alles um sich herum kurz und klein schlagen. Wenn es ihr half, sollte sie weiter auf ihm herumhacken, er würde das aushalten.

»Bist du denn aus dem Alter nicht heraus?«

Natürlich war er das. Sie alle fünf waren das. Er fühlte sich nicht jünger, wenn er auf die Felle eindrosch. Mit siebzehn wäre er vermutlich viel zu betrunken gewesen, um es genießen zu können, hätte er sich in klareren Momenten gefragt, wo das alles hinführen könnte, hätte er vielleicht davon geträumt, groß rauszukommen – eine Hoffnung, die nur hätte enttäuscht werden können. Wenn er heute inmitten des Lärms saß und Rainer so lässig und routiniert an den Tasten sah, Konni so konzentriert am Bass, Thomas lächelnd an der Gitarre und mittendrin Ole, der alles zusammenhielt und für sie ganz tief in die Katakomben dieser Musik hinabstieg, um verschwitzt und verwundet wieder aufzutauchen, dann wusste Bulle, dass Gestern und Morgen scheißegal waren und endlich nur der Moment zählte: sie alle zusammen. Nicht gegen den Rest der Welt, sondern für sich selbst.

Er würde gut sein, morgen. Und er würde scharf aussehen.

26

Die Koteletten waren angeklebt, die langen Haare falsch, und die Schlaghose sowie das geblümte Hemd mit dem extragroßen Kragen stammten aus einem Retro-Laden für junge Leute. War der Mann sich a) darüber im Klaren, dass er absolut lächerlich aussah und würde er b) endlich damit aufhören, in Sachen reinzuquatschen, von denen er keine Ahnung hatte? Stoney verklebte die Mikrofonkabel auf der Bühne, während der Mann, der sich als »Dr. Berger« vorgestellt hatte, ihn fragte, wie denn der Sänger das Mikro kreisen lassen wollte wie Roger Daltrey, wenn die Kabel festgeklebt waren.

Berger war Zahnarzt und Präsident des Tennisclubs und wusste alles. Hatte auch mal in einer Band gespielt. Aber nicht so professionell. Roadie hatten sie keinen gehabt. Außerdem mehr so Unterhaltungsmusik gemacht. Zum Tanzen und so. Stoney versuchte, nicht hinzuhören, aber das war schwer. Warum denn der Bassmann immer links stehe, wollte Berger wissen. Ihm sei aufgefallen, dass der Bassmann vom Publikum aus gesehen immer links stehe. Und ob es denn wirklich so viele Boxen sein müssten? Die Gruppe »Tanz-Inferno« sei mit viel weniger Zeug ausgekommen, und es sei trotzdem laut genug gewesen. Und drei Keyboards, das sei doch wohl übertrieben! Da reiche doch eins, das man dann unterschiedlich programmieren könne. Und die Effektgeräte für die Gitarren! Also, er sei immer skeptisch, wenn Musiker so viel Wert auf Spielereien legten.

Stoney verklebte die letzten Zentimeter Gaffer-Tape und ließ Berger stehen.

Die Jungs saßen in einer Pizzeria hundert Meter die Straße rauf. Sie machten keinen guten Eindruck, als er hereinkam. Thomas trommelte mit den Fingern auf die Tischplatte, Konni hatte seinen Bass auf dem Schoß und übte seine Läufe, unter Rainers Augen waren tiefe Ringe, und Bulle hatte den Kopf in die Hände gestützt. Nur Ole wirkte wie immer. Unrasiert saß er da in seiner Kampfjacke und drehte sich übertrieben sorgfältig (nach Ole-Manier) ein paar Zigaretten und legte sie zum Tabak in das Päckchen.

»Ich kann mich nicht entscheiden, ob ihr a) verzweifelt ausseht oder b) gelangweilt«, sagte Stoney.

»Versuch es mal mit c)«, gab Bulle zurück. »Kurz vorm Kotzen. Herrgott, wieso tun wir uns das an!«

»Ich geh noch mal aufs Klo«, sagte Konni.

»Klar, du warst ja auch erst viermal in den letzten zehn Minuten«, sagte Thomas.

Konni blieb sitzen, da in diesem Moment die Rothaarige

zurückkam, mit der Konni jetzt zusammen war. Sie küsste Konni auf die Stirn. Er sah sie an und lächelte. Wenn man nicht wüsste, dachte Stoney, dass er vierundvierzig war und sie nur drei Jahre jünger und geschieden, hätte man sie für neunzehn und frisch entjungfert halten können. Ständig fummelten sie aneinander herum, als würde es morgen verboten. Und Konni trug tatsächlich diese unglaubliche Jeansjacke mit den antiken Buttons! Bei jedem anderen hätte es lächerlich ausgesehen, aber Konnis offensichtliche Begeisterung nahm jeder möglichen Kritik den Wind aus den Segeln.

»Alles klar mit der Anlage?«, fragte Rainer.

»A) steht alles, b) sollten wir gleich mal zum Soundcheck rübergehen und c) geht einem dieser Zahnarzt unglaublich auf die Nerven.«

»Das haben Zahnärzte so an sich«, sagte Rainer.

»Bei denen hat es für ein richtiges Medizinstudium nicht gereicht«, meinte Bulle. »Die paar Knochen im Kiefer und die zweiunddreißig Zähne, das kann man sich leicht merken.«

Sie zahlten und gingen die Straße hinunter. Vor dem Tennisclub kamen die ersten BMW, Mercedes, Golf Cabrio und New Beetle an. Männer mit Perücken und Batik-T-Shirts stiegen aus, Frauen in wallenden Kleidern und Clogs. Sie gingen in die Kneipe des Vereinsheims, wo man ihnen schon mal Getränke servieren würde, bevor es losging. Später dann die große Party in einem Festzelt auf dem Platz hinter dem Gebäude.

Berger trieb sich auf der Bühne herum und begutachtete die Instrumente und die Verstärker.

»Was macht der Penner da?«, raunte Bulle.

»Tolles Equipment!«, schrie Berger ihnen entgegen, wobei sein falscher Afro wippte. »Nicht billig. Aber so ist das bei Profis, was?«

Eine Frau kam herein, altersmäßig voll im Bandschnitt, und reichlich attraktiv. Sie trug eine enganliegende Lederhose, und, verdammt noch mal, sie konnte sich das leisten! Obenrum eine weiße Rüschenbluse, darüber ein paar bunte Ketten aus Glas. Ihr Haar war toupiert, und auf der Nase hatte sie eine große getönte Brille, deren Bügel unten am Rahmen angebracht waren statt oben.

»Hallo, Angelika«, sagte Berger und schien nicht sehr davon angetan, sie zu sehen.

Angelika nickte ihm zu und schob sich die Brille ins Haar. Sie gab allen die Hand, auch ihm, Stoney, und sagte, wie sehr sie sich freue, dass sie heute Abend hier seien. Sie hatte eine angenehme dunkle Stimme. Alle sahen sie an, und zwar von oben bis unten. Sie merkte das und hatte nichts dagegen.

»Sie haben ja sogar eigenes Licht mitgebracht«, sagte sie.

Rainer hatte sich nicht lumpen lassen. War eines Nachmittags in »Werners Musicstore« aufgetaucht und hatte Stoney gefragt, was man brauchte, um eine Bühne nicht nur hell zu machen, sondern auch ein bisschen Lightshow fahren zu können.

»1980 war ich bei Led Zeppelin in Köln«, sagte sie.

Bulle hob die Brauen. »Da war ich auch!«

Angelika wandte sich ihm zu, offensichtlich begeistert: »Ach ja?«

»Mit Gipsbein«, sagte Rainer. »Der Kollege hatte sich kurz vorher das Bein gebrochen.«

»Aber wegen so was bleibt man nicht zu Hause, wenn man sich ein halbes Jahr drauf gefreut hat«, sagte Bulle.

Angelika war direkt vor der Bühne gewesen. Als temporär Behinderter hatte Bulle das Konzert vom Rang aus verfolgen müssen.

»Ich habe sogar noch das T-Shirt von damals. Das … das ziehe ich gleich noch an!«

»Na, dann habe ich ja was zum Schauen«, sagte Angelika.

Stoney sah auf die Uhr. »Ich will ja nicht drängeln …«

»Soundcheck«, sagte Konni, als wäre dies das vierzigste Konzert einer ausgedehnten Tournee.

Der Typ sah fast aus wie Berger, war wahrscheinlich auch Zahnarzt oder Steuerberater oder Architekt oder so was, jedenfalls hatte er eine weinrote Samthose an, in die er sich vorn wohl was reingesteckt hatte. Der Ledergürtel hatte eine riesige Schnalle. Darüber wölbte sich ein kompakter Bauch unter einem hellblauen Polohemd, das gar nicht zum restlichen Outfit passte. Seit ein paar Minuten stand der Mann leicht schwankend neben Stoneys Pult, mit einem dieser gedrungenen Altbiergläser in der Hand. Stoney behielt ihn im Auge, damit er nicht an den Knöpfen spielte oder ihm Bier auf die Anlage tropfte.

»Was kostet denn so was?«, fragte der Typ jetzt.

»Geld«, sagte Stoney.

Der Mann schob die Unterlippe vor, als habe er mit der Antwort nicht gerechnet.

»Die spielen doch »Smoke on the Water«, oder?«, sagte der Typ.

»Kann sein.«

»Wenn sie nicht »Smoke on the Water« spielen, sind sie scheiße.«

Es war schon nach zehn. Vor der Bühne drängelten sich lauter Leute ab fünfunddreißig aufwärts, in himmelschreienden Kostümen. Sie hatten die Säcke mit den alten Klamotten aus den Kellern geholt und sich hineingezwängt. Die meisten in die Klamotten, einige aber offenbar auch in die Säcke. Da war eine Frau in einem silbernen Lurexanzug, der den Abend sicher nicht überstehen würde, so massiv, wie ihre diversen Polster dagegen ankämpften. Ein paar Plateausohlen waren zu sehen. Ein Mann hatte das Motto der Party nicht verstanden und sich seine Haare zur Karikatur eines knallgrünen Irokesenschnittes frisiert.

Stoneys Handy klingelte einmal. Das war das Zeichen. Er fuhr das Saallicht hinunter, bis der Raum komplett finster war. In der Dunkelheit stahl sich Rainer hinter seine Keyboards, Stoney zog das blaue Licht rein und ließ den Trockeneisnebel wabern. Rainer improvisierte auf der Orgel, während die anderen langsam im Nebel zu erkennen waren. Aus der Improvisation glitt Rainer langsam in das Anfangsmotiv von »Child in Time«. Bulle streichelte die Becken. Bass und Gitarre kamen dazu. Aber auf den Gesang warteten alle vergeblich. Das hatten sie sich so überlegt. »Child in Time« war natürlich viel zu spektakulär, um es gleich am Anfang zu verpulvern. Nach ein paar Minuten hielten die anderen inne, und Rainer spielte einen langen, anhaltenden Ton, in den Ole plötzlich laut und druckvoll den Riff von »Man on the Silver Mountain« hineinhaute. Er durfte ein bisschen auf der Gitarre rummachen, bis Bulle begann, auf das Pearl einzudreschen. Dann die anderen. Dann Ole am Mikro. *I'm a wheel, I'm a wheel, I can roll, I can feel.* Schon bei den letzten Proben war Stoney beeindruckt gewesen. An der Gitarre war Ole schon der Hammer, aber was für eine Stimme aus diesem schmalen Hemd herauskam, war kaum zu glauben. Die schnitt durch alles durch, die Musik, die dicke Luft, die Trommelfelle aller Anwesenden. Ole trug noch immer seine Kampfjacke.

Sie endeten in einem Gitarren- und Beckenfeuerwerk, hielten es bestimmt eine Minute, bis Ole ihnen den Anfang von Uriah Heeps »Gypsy« um die Ohren schlug, bei dem sie sich das Orgelmassaker am Ende sparten, um die Nummer nach etwa fünf Minuten wie abgeschnitten zu beenden. Doch bevor sich eine Hand zum Applaus regen konnte, knallten sie ihnen gleich noch »Highway to Hell« vor den Latz. Was für ein Anfang!

Zeit, einen Gang zurückzuschalten. Oder es wenigstens vorzutäuschen. Rainer spielte wieder das Motiv von »Child in Time«, die anderen fielen ein, Ole improvisierte ein wenig, die Leute wiegten sich in Sicherheit, so dass sie geschockt zusammenzuckten, als übergangslos »Paranoid« von Black Sabbath kam, an das sich nahtlos »Living after Midnight« von Judas Priest anschloss. Jetzt waren sie fertig, die Anwälte und Ärzte und Steuerberater und Banker und Studienräte, jung geschossen, zurückgestürzt in die Pubertät, abgepackt und versandfertig gemacht. Sie hatten sich eine Verschnaufpause verdient.

Jetzt, da der Nebel vom Anfang sich verzogen hatte, war deutlich zu erkennen, dass Bulle tatsächlich das Led-Zeppelin-Shirt trug. Stoney suchte nach Angelika, meinte auch, ihren schwarzen Lockenkopf in der Menge zu erkennen.

Der Typ, der noch immer neben Stoneys Pult stand, hatte Schweißperlen auf den Jochbeinen, obwohl er sich die ganze Zeit nicht bewegt hatte. Er presste seine Lippen zusammen und drohte zu platzen. In die kurze Pause hinein, in der Ole seine Gitarre nachstimmte, beugte er sich herüber und sagte: »Wenn sie nicht Smoke on the Water spielen, sind sie scheiße!«

Stoney hätte ihm gern eines der SM 58, das er noch übrig hatte, in den Arsch geschoben, aber er musste sich auf die Lichtstimmung für die nächste Nummer konzentrieren. Nachtblau: »Since I've been loving you«. Sie dehnten es auf knapp zehn Minuten. Auch Thomas durfte ein Solo einstreuen.

Sie hatten die Leute so weit, dass sie die Feuerzeuge auspackten und schunkelten.

Bei »Walking in the Shadow of the Blues« hatte Konni seinen großen Auftritt. Die Nummer war reiner Bass. Und was der Pauker da mit seinem Schädel veranstaltete, sah schwer gesundheitsgefährdend aus.

Dann zog Ole seine Kampfjacke aus. Darunter trug er ein schwarzes Unterhemd, das seine dünnen Arme noch weißer erscheinen ließ, als sie ohnehin schon waren. Das Publikum war überrascht, dass es keine Einstichstellen zu sehen bekam.

Noch mal angetäuscht: »Child in Time«. Tatsächlich geliefert: ein drohendes, schleppendes Coast to Coast, das Instrumental von den Scorpions, als sie noch nicht pfiffen und noch nicht die Hausband des Kanzleramtes waren. Hier konnte Thomas noch mal eingreifen, bevor Ole bei »Enter Sandman« von Metallica, Mountain of Thunders Ausflug in die Moderne, wieder die Regie übernahm. Und dann kriegten sie den Gnadenschuss: »Child in Time«, endlich komplett, zwölf Minuten lang, ausufernd, gewaltig.

Hätten hier im Zelt Stühle gestanden, wäre es spätestens jetzt an der Zeit gewesen, sie zu zertrümmern. Es waren schon Perücken durch die Luft geflogen, T-Shirts zerrissen, Koteletten abgeknibbelt, als wären sie sich plötzlich klar geworden, wie lächerlich diese Maskerade war.

Die Jungs, schweißüberströmt, glänzend, keuchend, stellten ihre Instrumente in die Ständer beziehungsweise kamen hinter ihnen hervor, bildeten Arm in Arm eine Kette, verbeugten sich gleichzeitig, tief und lange und winkten in die Menge kreischender Teenager, von denen keiner unter dreißig, die meisten über vierzig waren. Dann Abgang, Gejohle, Pfiffe, rhythmisches Klatschen: »ZU-GA-BE! ZU-GA-BE!«

Sie ließen sie warten, bis die Horde die Bühne zu stürmen drohte. Dann kam zuerst Rainer zurück, setzte sich an die Keyboards und spielte in das Gejohle hinein einen langen Orgelton, bis die Menge sich einigermaßen beruhigt hatte. Bulle hockte sich hinters Schlagzeug und strich die nassen Haare zurück. Konni hängte sich den Bass um und nahm einen Schluck aus der Wasserflasche auf dem Schlagzeugpodium. Thomas hängte sich die Gitarre um, legte einen Unterarm auf ihren Hals und grinste ins Publikum. Zum Schluss kam Ole, nahm ebenfalls seine Gitarre, trat ans Mikro, begrüßt von einem durchdringenden Schrei aus vor allem weiblichen Kehlen. Mein Gott, sie wollen ihn adoptieren, dachte Stoney. Er fuhr das Licht herunter. Rainer improvisierte nicht mehr. Die ersten wussten, was jetzt kam. Ole fing an zu singen: *I don't know where I'm going / But I sure know where I've been / Hanging on to promises in the songs of yesterday / And I've made up my mind / I ain't wasting no more time / But here I go again!*

Dazu hatten sie sich etwas Besonderes einfallen lassen: Nach der ersten Strophe hämmerten sie nicht los nach Whitesnake-Art, sondern spielten das ganze Ding als Ballade. Für das Publikum war es wie Sex, ohne zum Höhepunkt zu kommen. Klar, dass sie die Jungs danach nicht von der Bühne ließen. Wie es schon in den Siebzigern guter Brauch war, kriegten sie noch ein metallisch aufgeladenes Medley alter Rock'n'Roll-Nummern, in diesem Fall »Jailhouse Rock«, »Summertime Blues« und »Johnny B. Goode«. Dann machten sie Schluss, bevor man die Ersten raustragen musste. Weiterzuspielen hätte an freundliche Körperverletzung gegrenzt.

Die Luft im Raum war beinahe fest geworden, eine Masse aus Hitze und Schweiß. Der Typ neben dem Pult war durchgeschwitzt wie ein Bauarbeiter. Wieder beugte er sich zu Stoney und sagte: »›Smoke on the Water‹ kriegen sie nicht hin, was? Scheißband!«

Als Stoney in den winzigen Backstagebereich kam, hingen sie herum wie Leichen. Sie waren blass und hatten Ringe unter den Augen, nur Bulle wirkte fit und rosig. Als Konni sich nach einer Bierflasche bückte, die vor ihm auf dem Boden stand, tat er das in Zeitlupe. Thomas starrte vor sich hin, als wäre er blind geworden. Rainer saß auf der Kiste für das Mischpult, die Ellenbogen auf die Knie gestützt. Ole drehte sich eine Zigarette, noch langsamer, noch konzentrierter als sonst. Stoney wusste nicht, was er sagen sollte. Er hatte nicht gedacht, dass es so gut laufen würde. Er hatte gehofft, dass sie es einigermaßen hinter sich brächten und sich nicht blamierten. Es hatte ein paar falsche Töne gegeben, Konni war ein paarmal nicht im Takt gewesen, Thomas hatte Einsätze verpasst und Bulle mal zu langsam gespielt, aber a) war das hier ihr erster Auftritt gewesen und b) war eine Energie von ihnen ausgegangen, die jeden Fehler bedeutungslos gemacht hatte.

»Das war leicht oberhalb des Durchschnitts«, sagte Stoney und grinste.

Als Antwort erntete er nur schweres Atmen. Er hatte das schon bei Bands gesehen, die sehr viel mehr Auftritte gemacht hatten: Nach einem Gig, der ihnen alles abverlangt hatte, fielen sie in ein tiefes Loch.

Plötzlich stand Berger da und kriegte sich gar nicht mehr ein. Sein Afro hing ihm in die Augen, seine Koteletten waren verrutscht. Er war klatschnass geschwitzt. Seine Praxis scheint nicht gut zu laufen, dachte Stoney, er hat ja nicht mal Geld für ein ordentliches Deo. Der Mann stank wie eine ganze Umkleidekabine. Wie eine ganze Rockband nach einem Auftritt.

»Mann!«, schrie er. »Ich hab immer noch ein Klingeln im Ohr!«

Wollte er sich jetzt beschweren, weil die Jungs zu laut gewesen waren?

»Ich kann kaum noch was hören! Das ist total geil! Ich will das immer haben, damit ich das Gelaber meiner Patienten nicht mehr hören muss.«

Er lachte sich halbtot über seinen eigenen Witz.

»Aus euch mach ich was ganz Großes! Euch bring ich richtig raus! Ich wollte schon immer was in der Richtung machen! Ich habe nur auf den richtigen Moment gewartet! Und das hier ist er! Wir machen eine Platte! Ich streck das vor, kein Thema. Ich habe da jemanden an der Hand mit einem Studio. Wenn ich dem Bescheid sage, kann das nächste Woche losgehen. Kommt her, Vertrag per Handschlag!«

»Stoney«, sagte Ole in aller Ruhe, »hast du nicht irgendwas, was du dem Typen ins Maul stopfen kannst?«

»Was?«, schrie Berger. »Du musst lauter reden! Ich kann dich nicht verstehen! Ich hab noch so ein Klingeln im Ohr!«

Rainer stand auf und legte Berger einen Arm um die Schultern. »Ich denke, wir regeln jetzt erst mal das Geschäftliche. Was den heutigen Abend angeht, meine ich!«, schrie er Berger ins Ohr.

»Kein Problem!«, schrie Berger zurück. »Machen wir! Ihr seid viel zu billig, wisst ihr das? Zehn Prozent für mich, und ich mache euch reich!«

»Danke!«, schrie Rainer, während er Berger rausführte, »ich bin schon reich! Aber vielen Dank für das Angebot!«

Das Letzte, was sie von Berger hörten, war, dass er ein sehr geiles Klingeln im Ohr habe und ob er das schon erwähnt habe. Dann trat Angelika durch den Vorhang. Das Haar klebte ihr an der Stirn. Es war jetzt deutlich zu sehen, dass sie unter der weißen Bluse keinen BH trug.

Bulle blickte auf.

27

Nichts. Alles leer. Vorstadtstille. Hier fuhren keine Autos. Weit weg summte die Stadt, und in seinen Ohren rauschte das Blut. Gitarre, Bass, Schlagzeug und Orgel dröhnten noch immer durch ihn hindurch. Sein Körper war stumpf und taub, aber es fühlte sich gut an. Er blickte starr geradeaus, doch er wusste, sie stand noch neben ihm. Selten nur war er sich der Gegenwart eines anderen Menschen derart bewusst gewesen.

»Mein Gott, wie das aussieht!« Sie zupfte sich die Bluse vom Körper, fächelte sich Luft zu.

In Bulle war einiges los. Da waren mindestens drei Stimmen. Die erste sagte: Lass doch das Zupfen, lass den Stoff doch weiter an deinen unglaublichen Brüsten kleben! Die zweite sagte: Guck da nicht hin, du bist ein verheirateter Mann! Und die dritte spielte die gesundheitlichen Risiken durch: verschwitzte Frau, kühle Nacht. Dann aber meldete sich gleich wieder die erste: Ist doch Frühling und gar nicht mehr kühl!

Sie standen am Straßenrand, als warteten sie auf etwas. Bulles Zehen krümmten sich in den Schuhen, als wollten sie sich an der Bordsteinkante festkrallen. Nicht umfallen und nicht wegfliegen, dachte er. Mit dem Geplauder waren sie durch. Was jetzt? Das war die Eine-Million-Euro-Frage.

Er hatte sie kaum ansehen können, als sie miteinander geredet hatten, doch gleichzeitig nicht den Blick von ihr wenden wollen. Lange Zeit (so kam es ihm jedenfalls vor) hatte sie sich nicht die Mühe gemacht, irgendetwas an ihrer äußeren Erscheinung zu ändern. Die durchsichtig gewordene Bluse. Ihre Brüste darunter. Sie hatte tiefdunkle Augen, eine Stimme, die sie irgendwo gebraucht gekauft hatte, mit einem Haufen Kilometern auf dem Tacho. Die Stimme kam aus einem breiten Mund mit vollen Lippen.

Was mache ich hier?, hatte er sich immer wieder gefragt. Ich bin ein verheirateter Mann!

Angelika war geschieden. Von Berger, was eine merkwürdige Sache war. Nicht, dass sie von ihm geschieden war, sondern dass sie ihn je geheiratet hatte. Auch kluge Menschen machten Fehler, und dass sie klug war, meinte Bulle schon jetzt beurteilen zu können. Andererseits – war es ein Zeichen von Klugheit, dass sie hier standen, anstatt jeder für sich nach Hause zu gehen? Bulle hätte mithelfen müssen, die Anlage abzubauen und in den Wagen zu tragen.

Sie war Ärztin. Was für ein Zufall! Auch wenn es nicht schwer war, in einem Tennisclub einer Ärztin über den Weg zu laufen. Sie hatte das Wochenende frei, setzte sie sich doch nicht der Schinderei des Schichtdienstes in einer Klinik aus. Vor Jahren schon hatte sie sich in eine allgemeinmedizinische Praxis eingekauft und arbeitete nur rationiert. Sie trank lieber Tee als Kaffee, und Bulle dachte, dass zwei Kannen auf dem Tisch stehen würden, wenn sie zusammen frühstückten. Was ein dummer, kindischer, gefährlicher Gedanke war, denn das Frühstück danach erinnerte nur an die Nacht davor, und, wie gesagt, er war ein verheirateter Mann, der seiner Frau nie untreu geworden war. Da nicht religiös, akzeptierte Bulle auch nicht den Tod als großen Scheidungsrichter. Er war ein Ehebrecher, wenn er dem nachging, was hier zweifelsfrei in der Düsseldorfer Nachtluft lag.

Als Angelika zu Protokoll gab, sie spiele ganz gut Tennis, müsse aber noch an ihrer Rückhand arbeiten, hatte er zum ersten Mal den Eindruck, sie verliere sich in Nebensächlichkeiten, weil er kaum etwas zum Gespräch beitrug. Zwar hatte er alle ihre Fragen wahrheitsgemäß beantwortet, war sich dabei aber wie der Verdächtige in einem Verhör vorgekommen, ein schuldiger Verdächtiger, einer, der etwas zu verbergen hatte und den sein schlechtes Gewissen schweigsam machte.

Warum ließ sie ihn nicht in Ruhe, diesen schweigsamen, schuldigen verheirateten Mann? Warum ging er selbst nicht einfach hinein? Da drin waren seine Freunde und Bandkollegen, die nach ihrem ersten Auftritt jede helfende Hand gebrauchen konnten, so müde, wie sie vorhin noch ausgesehen hatten.

Als sie ihre Hand in seine schob, überraschte ihn das schon nicht mehr. Sie hatte Geduld, wunderte sich nicht, dass er nicht darauf reagierte, dass er nur weiter auf die andere Straßenseite starrte. Von seinen Zehen kriegte sie nichts mit.

Sie zog ihn von der Bordsteinkante weg, so dass er nichts mehr hatte, wo er sich festkrallen konnte. Der Bürgersteig kam ihm vor wie frisch gegossener Teer, weich, nachgiebig, unsicher.

Sie gingen spazieren, Hand in Hand. Ein verheirateter Mann und eine geschiedene Frau. Sie fragte ihn nach seinen Töchtern. Das war ein gutes Thema, und es war ein schlechtes Thema. Er war ein stolzer Vater, redete gern über die Mädchen, aber jetzt erinnerten sie ihn daran, dass er in Sünde spazieren ging, an der Hand einer verschwitzten, nur drei Tage in der Woche praktizierenden Allgemeinmedizinerin, die sich nicht wundern durfte, wenn sie sich in dieser kühlen Aprilnacht eine Erkältung einhandelte.

Er erzählte ihr, wie frech die Mädchen sein konnten. Wie klug sie waren. Er erzählte von dem Running Gag mit dem Nutella. Das Thema lag ihm. Angelikas Hand schloss sich fester um seine. Angelika hatte keine Kinder, und der Gedanke, dass es keine Heranwachsenden gab, die Berger, den Idioten, Papa nennen mussten, beruhigte Bulle.

Sie drehten nicht einfach nur eine Runde um den Block. Bulle hatte nicht den Eindruck, dass sie bald wieder da ankommen würden, wo sie aufgebrochen waren. Angelikas Gang hatte etwas Zielstrebiges. Bulles Verdacht erhärtete sich, als sie vor einem modernen Appartementhaus stehen blieben. Angelika sagte nichts. Nach einiger Zeit schob sie ihre freie Hand in die Tasche ihrer wie aufgemalt sitzenden Lederhose und holte einen einzelnen Schlüssel hervor. Sanft und langsam zog sie Bulle zu der Eingangstür. Darüber brannte eine Lampe, an der ein paar tote Fliegen klebten, vielleicht noch aus dem letzten Sommer. Sie musste sich auf die Zehenspitzen stellen, um ihn zu küssen. Bulle schloss die Augen. Es war so lange her, dass er eine Frau auf die Art geküsst hatte. Er kriegte keine Luft. Wie ging das noch? Durch die Nase atmen? Er versuchte es. Es hörte sich an wie das Schnaufen eines sterbenden Ebers. Also wieder Luft anhalten. Angelika machte keine Anstalten aufzuhören. Er würde also irgendwann ohnmächtig werden. Früher war das alles so einfach gewesen. Man lag auf einer Matratze in irgendeinem Partykeller, einander zugewandt, die Zungen verschlungen, eine Hand auf der Hüfte des anderen, bereit loszuziehen und Unsinn zu machen.

Kurz bevor es Bulle schwarz vor Augen wurde, gab Angelika ihn frei und schnappte nach Luft. Immerhin, sie hatte auch Probleme gehabt. Man freut sich ja schon über Kleinigkeiten. Trotzdem kam er sich vor wie ein Idiot. Wo sollte das noch hinführen! Sie waren beide über vierzig, da musste man nicht mehr so tun, als habe man eigentlich gar kein Interesse, da ließ man den anderen nicht erst mal am langen Arm hungrig werden, all diese bescheuerten, pubertären Rituale hatte man längst hinter sich gelassen. Entweder ging er jetzt zurück zu den anderen und sah diese Frau in der perfekt sitzenden Lederhose nie wieder, oder er ging mit ihr nach oben. Die erste Stimme sagte: Leg deine Hand auf ihren Hintern! Auf diesen göttlichen, festen, ledernen Hintern! Dann hörst du auch keine Stimmen mehr! Die zweite Stimme leierte weiter ihr schmerzendes Mantra: Du bist ein verheirateter Mann! Du bist ein verheirateter Mann! Du bist ein verheirateter Mann mit zwei Kindern! Die dritte Stimme spielte die medizinischen Implikationen einer unterdrückten Sexualität durch und setzte sie in Bezug zu den zu erwartenden depressiven Schüben, auf die man gefasst sein musste, wenn man seine Frau betrog. Was hieß das alles für die Körperchemie?

Angelika legte eine Hand an seine Wange. Seine eigenen hingen an seinen Armen neben dem Körper nutzlos herunter.

Es gab einen Fahrstuhl, aber sie nahmen die Treppe. Angelika hielt seine Hand und ging rückwärts die Stufen hoch, damit er ihr nicht auf den Hintern schauen musste.

Im ersten Stock bogen sie nach rechts in einen langen Gang mit bräunlichen Holztüren. Es war die zweite. Angelika machte kein Licht. Eine Straßenlaterne leuchtete durch Wohnzimmer und Glasbausteine hindurch. Die Tür fiel ins Schloss, und Angelika stellte sich wieder auf die Zehenspitzen. Sie nahm seine Arme und legte sie um sich. Jetzt traute er sich. Streichelte sie. Bis dorthin, wo das Leder begann. Und dann weiter. Es war jetzt nicht mehr das erste Mal, ihm fiel wieder ein, wie man durch die Nase atmete. Na also!, sagte die erste Stimme. Ist wie Fahrradfahren, das verlernt man nicht! Die zweite Stimme hatte ihren Text nicht geändert, wohl aber ihre Lautstärke. Sie war leiser geworden. Die dritte wagte die These, dass die depressiven Schübe nach einer gewissen Zeit abklingen würden.

Angelika trippelte rückwärts, ohne ihre Lippen von seinen zu nehmen. Bulle beugte sich herunter, damit es für sie bequemer war. Sie ließ sich gegen die Wand aus Glasbausteinen fallen, schloss die Augen und leckte sich die Lippen. Sie atmete. Sie wartete. Bulle kam näher. Die Glasbausteine hätten ihn beinahe aus dem Konzept gebracht. Im Haus der Eltern von Schraube Scheffler hatte es eine Wand aus Glasbausteinen gegeben. Im dahinter liegenden Wohnzimmer hatte Bulle seinen ersten Porno gesehen. »Dänische Ware«, hatte Scheffler den Fachmann rausgekehrt.

Bulle fing an, ihre Bluse aufzuknöpfen. Langsam. Ihre Schultern hoben und senkten sich. Die Bluse fiel zu Boden. Schön, dachte Bulle. Die letzten Brüste, die er in Fleisch und Blut gesehen hatte, hatten einer jungen Schwester gehört, die sich im unverschlossenen Schwesternzimmer umgezogen hatte, nachdem ein Patient sich auf ihren Kittel übergeben hatte. Diese weder in Größe noch Form weiter erwähnenswerten sekundären Geschlechtsmerkmale hatten ihn ein paar Tage verfolgt, obwohl er keinerlei Absichten in Richtung des Mädchens gehegt hatte. Die, die er gerade eben zu sehen bekam, würden ihn viel länger verfolgen.

Über den Saum ihrer Hose quoll ein winziges Röllchen. Angelika öffnete ihre Augen wieder und befreite Bulle von dem uralten, schweißdurchtränkten Led-Zeppelin-T-Shirt. Ihm wurde klar, dass über seinen Hosensaum mehr als nur ein winziges Röllchen quoll. Angelika aber zog ihn an sich. So lange her, dachte er. Er roch sie. Jetzt war er es, der sie küsste. Das weiße Licht der Straßenlaterne, gebrochen durch die Glasbausteine, umgab sie.

Angelika setzte sich wieder in Bewegung, lotste ihn in die Wohnung hinein. Aus dem Augenwinkel erkannte Bulle im Wohnzimmer eine große Bogenlampe und darunter einen modernen Sessel mit Leder und Chrom. Einige Dinge lagen auf dem Boden verstreut herum. Die erste Stimme schrie nun: Vorwärts immer, rückwärts nimmer! Was die zweite murmelte, war kaum noch zu verstehen. Und die dritte meinte, Bewegung sei immer eine gute Sache.

Die Tür, durch die sie ihn führte, stand offen. Sie fielen zusammen aufs Bett. Der Holzrahmen ächzte. Bulle küsste sich ihren Bauch hinunter und knöpfte ihre Hose auf, Knopf für Knopf. Ein knapper, durchsichtiger, geblümter Slip kam zum Vorschein.

Langsam, dachte er. So viel weiß ich noch.

Es war nicht leicht, die Hose von ihr herunterzukriegen. Angelika lachte, hob den Hintern, drückte die Schultern in die Kissen und schob. Ihre Haut war feucht vom Schweiß, das machte es zusätzlich schwer. Bulle half, so gut er konnte. Es dauerte. Wie war sie nur in das Ding hineingekommen? Und wie kriegte er sie da jetzt wieder heraus? Mit einer Heckenschere?

Beide lachten. Auf den Oberschenkeln mussten sie das Leder Zentimeter für Zentimeter ablösen. Erst als sie unterhalb der Knie waren, ging es leichter. Bulle stellte sich hin und zog ihr die Hose über die Fersen. Angelika rutschte vor zur Bettkante. Sie öffnete Bulles Gürtel und den Reißverschluss seiner Jeans und schob sie ihm hinunter bis zu den Knöcheln, so dass er nur noch raussteigen musste.

In den Filmen überspringen sie das immer, dachte Bulle. Das Ausziehen und das Weglegen, das Klettern und das Hinlegen. Da riss man sich die Textilien von den muskulösen Torsi und ließ sich einfach fallen, schließlich konnte man die Szene wiederholen, wenn das Bett zusammenbrach. Dies hier, das wusste er, würde er beim ersten Take hinkriegen müssen oder gar nicht.

Bulle kniete sich hin und küsste sie. Sie ließ sich nach hinten fallen, schob sich in Richtung Kopfende. Er kroch ihr nach, schmiegte sich an sie, streichelte sie. Angelika rollte ihn zur Seite und setzte sich auf ihn. Er spürte sie durch seine Unterhose, auf der nicht »Calvin Klein« stand oder »Bruno Banani«, sondern »le Jogger« – ein Sonderangebot aus einem Katalog. Doch die gnädige Dunkelheit vertuschte seine modische Entgleisung.

Angelika bewegte sich vor und zurück. Dann ließ sie sich nach vorn fallen, so dass ihr Haar sein Gesicht umgab. Sie lächelte ihn an und küsste ihn auf den Mund. Er legte seine Hände auf ihren Hintern und streifte ihren Slip herunter, so weit das in dieser Position ging. Angelika ließ sich wieder zur Seite fallen, und er zog ihr den Slip ganz aus.

Sie befreite ihn von »le Jogger« und griff nach ihm. Langsam, dachte er wieder, sonst ist das hier ganz schnell vorbei.

»Kondome«, flüsterte er.

»Brauchen wir nicht«, flüsterte sie zurück.

Die möglichen Implikationen dieser Antwort hätten ihn fast aus dem Konzept gebracht. Die dritte Stimme hatte eine Liste von Krankheiten parat, mal abgesehen von einer Schwangerschaft, die eigentlich nicht als Krankheit bezeichnet werden sollte, in dieser Situation aber analog zu werten wäre. Doch die erste Stimme brüllte dazwischen, dass Frau Doktor schon wisse, was sie da tue.

Langsam, dachte Bulle, langsam. Aber Angelika verschärfte plötzlich das Tempo – was durchaus logisch war, schließlich waren hier keine schüchternen Sechzehnjährigen am Werk, sondern aufgeklärte Erwachsene, die schon einiges hinter sich hatten und für die Zeit nichts mehr war, das man in einer großen Schatzkiste im Keller hortete, sondern etwas, das man in einem kleinen Täschchen immer bei sich führte. Bulle wollte Angelikas Aufforderung zu einer Tempoverschärfung gern nachkommen, fürchtete aber, diese könnte direkt in einen unangenehmen Zeitsprung übergehen, genauer gesagt sich in einer peinlichen Ejaculatio Praecox auflösen. Gleichzeitig wusste er, dass man bei dem, was er gerade tat, nicht so viel nachdenken, sondern es einfach tun sollte, aber das sagte sich so leicht!

Angelika legte ihre Hände in die Kniekehlen, um sich noch weiter für ihn zu öffnen. Er nahm die Hand zu Hilfe und tastete sich ganz langsam vor und hinein. Angelika legte erst das eine, dann das andere Bein auf seine Schultern.

Als sie laut aufstöhnte, dachte er zuerst, das sei ein Ausdruck tief empfundener Lust. Als sie »Au!« rief und »Moment! Stopp! Aua!«, war er sich nicht mehr so sicher. Er zog sich zurück, sie nahm die Beine herunter und streckte gleich darauf das rechte weit aus.

»Ein Krampf!«, stöhnte sie.

Bulle war Arzt genug, um gleich reagieren zu können. Er stellte sich im Bett hin, legte eine Hand an ihren Fuß, die andere unter ihre Wade und drückte das ganze Bein Richtung

Körper. Angelika stöhnte auf. Nach ein paar Sekunden war es besser. Bulle ließ ab von ihr und legte sich neben sie. Sie sahen sich an und dann lachten sie.

»Magnesiummangel«, sagte Angelika. »Ich habe meine Tabletten heute Morgen nicht genommen. Mein Gott, wie peinlich.«

»Das muss dir nicht peinlich sein«, sagte Bulle und küsste sie. Wahrscheinlich war es ganz gut, dass es so gekommen war. Immerhin war er ein ... Ja, was denn?

Er lag auf dem Rücken. Angelika wandte sich ihm zu, legte ihm ihr Knie auf den Oberschenkel und eine Hand auf die Brust. Lange Zeit lagen sie einfach nur da und spürten, dass der andere grinste oder lächelte.

»Du fragst dich vielleicht, wieso ich gesagt habe, wir brauchen keine Kondome.«

»Ich habe nicht mehr drüber nachgedacht.«

»Ich bin davon ausgegangen, dass du keine ansteckenden Krankheiten hast. Dafür siehst du, na ja, zu gesund aus.«

»Danke für die Blumen.«

»Ärztliches Fachwissen.« Sie grinste. »Antlitzdiagnose.«

»Heilpraktiker-Hokuspokus? Mein Kinn ist zu weit von meiner Nase entfernt und meine Ohren zu weit von den Augen, dafür ist der Haaransatz näher am Kehlkopf?«

Angelika musste lachen. »Schulmediziner durch und durch, was? Nein, im Ernst. Kinder kann ich keine kriegen. Deshalb hat mich dieser Idiot verlassen. Was unterm Strich ohnehin das Beste war, was mir passieren konnte. Manchmal dreht man sich um und denkt: So viel Zeit verschwendet für nichts.«

Bulle küsste ihr Haar.

Gemeinsam warteten sie darauf, dass es hell wurde. Als die Sonne aufging, standen sie gemeinsam am Fenster.

Sex, Drugs und Rock'n'Roll, dachte Bulle. Der Sex war auf halber Strecke dem Magnesiummangel zum Opfer gefallen. Die Drugs bestanden in ein paar Bieren, die er längst ausgeschwitzt hatte. Nur der Rock'n'Roll hatte hingehauen.

Die drei Stimmen waren nicht verstummt. Die erste brüllte: Frag sie, wo sie ihre Magnesiumtabletten aufbewahrt! Die zweite sagte: Da hast du noch mal Glück gehabt, verheirateter Mann! Und die dritte wollte wissen, auf welche Präparate sie zurückgriff, um dieses Magnesiumproblem in den Griff zu kriegen.

Sie lagen noch ein wenig da und rauchten. Und als Bulle dachte, du darfst jetzt nur nicht einschlafen, fielen ihm die Augen zu.

28

Er küsste sie auf die Wade, sie lächelte ihn an und war kurz darauf eingeschlafen. Mit dem rechten Bein umklammerte sie die Bettdecke, eine Hand lag unter ihrer Schläfe, die andere in Kopfhöhe neben dem Kissen. Rainer hätte gern gesagt, dass er sie stundenlang so hätte ansehen können, aber das stimmte nicht. Es fiel ihm nicht schwer, zu gehen. Sie war noch wach gewesen, als er bei ihr geklingelt hatte. Am liebsten wäre sie bei dem Konzert dabei gewesen, aber da niemand etwas von ihr wusste und auch niemand von ihr wissen sollte, wäre das keine gute Idee gewesen. Er hatte ihr in allen Details erzählen müssen, wie es gelaufen war, auch wenn Rainer sich nicht vorstellen konnte, dass sie sich wirklich für die genaue Reihenfolge der Songs, die Reaktionen der Leute, die Klamotten, die Koteletten, die grünen Hosen und die lilafarbenen Oberteile interessierte. Das war nicht ihre Welt, nicht ihre Zeit. Für sie musste das alles ein skurriles, modisches Zitat sein, etwas, über das man »Ultimative 70er-Jahre«-Fernsehsendungen machte.

Der Höhepunkt des Abends war für Rainer gewesen, dass Bulle mit dieser Frau in Lederhosen abgezogen und nicht wieder aufgetaucht war. Hoffentlich hatte Bulle das nicht vermasselt, hoffentlich war ihm nicht zu früh einer abgegangen, hoffentlich hatte er keinen Krampf gekriegt, so untrainiert, wie er in dieser Übung mittlerweile sein musste.

Rainer schloss leise die Tür und machte im Hausflur kein Licht, ging im Dunkeln nach unten. Sein Wagen stand ein paar Meter die Straße runter. In einigen Fenstern war schon Licht, ganz leicht war am Himmel der Morgen zu ahnen.

Als die erste Euphorie nach dem gelungenen Auftritt verflogen war, war Rainer in ein tiefes Loch gefallen. Es war zu einfach gewesen. Egal, was sie gespielt hatten, diese lächerlichen Figuren vor der Bühne waren zu allem unterschiedslos ausgerastet. Konni war zufrieden gewesen, ganz aufgedreht, Thomas hatte sich unter die Menge gemischt und versucht, Kontakt zu den wenigen jüngeren Frauen zu bekommen, Ole aber hatte es so gesehen wie Rainer: »Wir hätten denen jeden Scheiß vorsetzen können!«

Ole war es auch gewesen, der sich dafür ausgesprochen hatte, möglichst schnell aufzubrechen, auch oder gerade weil Berger sie mehrmals aufgefordert hatte, noch zu bleiben, schließlich könne man in diesem inoffiziellen Rahmen sehr gut über Geschäftliches sprechen. Sie hatten ihn einfach stehenlassen, zumal Rainer den Scheck mit der Gage schon in der Tasche hatte.

Stoney hatte bereits damit begonnen, die Anlage abzubauen, und als sie alles im Wagen verstaut hatten und Bulle noch immer nicht aufgetaucht war, hatten sie beschlossen, ihn seinem Schicksal zu überlassen.

Die Straßen waren leer. Nach dem Lärm der Musik hatten sie alle die plötzliche Stille als beinahe schmerzhaft empfunden, aber eben nur beinahe, und dieses Gefühl hatte Rainer auch nicht verlassen, als er mit Steffie zusammen gewesen war. Und es war immer noch da. Fühlte sich gut an. Erinnerte an früher. An diese süße Erschöpfung nach erfüllenden Partys, gerade so betrunken, dass man es noch genießen konnte und jeden Blick und jede Berührung ganz genau mitbekam.

Das Haus war dunkel wie immer. Er stand noch ein wenig draußen und rauchte. Er würde duschen und sich dann neben Brigitte legen und warten, bis sie aufwachte. Den Tag mit ihr und den Kindern beginnen, auf der Zunge noch den Geschmack von Steffie.

Ich bin vierundvierzig und kenne eine *Steffie.* In meinem Alter kennt man allenfalls *Stefanies.* Oder *Gnädige Frauen.*

Es war ein großes, sauberes, elegantes Haus. Und drumherum standen andere große, saubere, elegante Häuser. Alle unterschiedlich und doch alle ähnlich. Individualität in Serienfertigung. Die freien Räume, die funktionale Aufteilung, die kinderfreundlichen Grundstücke. Die Männer, die in Anzügen zur Arbeit gingen, am Wochenende aber Jeans trugen, die schon von weitem schrien: *Am Wochenende bin ich richtig locker! Da mache ich mal was im Garten!*

Einige der Frauen arbeiteten ebenfalls, manche sogar Vollzeit. Die, die nicht arbeiteten, kannten sich untereinander gut, konnten aber den arbeitenden Frauen nicht viel abgewinnen. Fünf der Nichtarbeitenden hatten sich zusammengetan und einen Lesezirkel gegründet. Einmal im Monat trafen sie sich und redeten über Bücher. Wahrscheinlich war das eine fürchterliche Veranstaltung, aber dennoch (oder gerade deswegen?) hatte Rainer Brigitte gefragt, ob sie da nicht mal teilnehmen wolle, aber Brigitte hatte ihn nur verständnislos angesehen und verkündet, das passe nicht in ihren Zeitplan.

Zwei Häuser weiter lebten die Bannemanns. Günther war Filialleiter bei der Sparkasse, ein grobschlächtiger Kerl von eins neunzig, der ständig versuchte, Rainer in Gespräche über Geld zu verwickeln. Seit Jahren redete Brigitte sich ein, Rainer habe eine Affäre mit Eva, Günthers Frau, einer auffälligen Erscheinung mit langen, blonden Haaren, blauen Augen und einem großen Busen, den sie gern spazieren trug, im Sommer in tief dekolletierten, geblümten Sommerkleidern, durch die die Sonne hindurchschien. Mit ihren Armreifen, ihren Ringen, ihrer lauten Aussprache und aufdringlichen Lache hatte sie etwas Ordinäres, und Rainer hatte erst über Brigittes Eifersucht gelacht, dann war er enttäuscht gewesen, dass sie ihm zutraute, ausgerechnet mit Eva Bannemann etwas anzufangen. Außerdem wusste er, dass ihm da schon einige zuvorgekommen waren.

Wieder kletterte er, die Zigarette zwischen den Zähnen, über den Zaun in den Garten. Der Rasen war feucht. Von hier aus wirkte das Haus, als gehöre es jemand anderem. Er ging herum, entdeckte aber nichts Neues.

Er hatte das Auto nicht ausgeräumt. Das Keyboard und Teile der Anlage waren noch drin. Eigentlich müsste er das in die Garage bringen, doch er hatte keine Lust.

Er ging ins Haus, mied aber die Zimmer der Kinder. Er hatte den Fuß schon auf der untersten Stufe der Treppe, da sah er, dass in der Küche noch Licht brannte. Das musste Brigitte vergessen haben. Als er in die Küche kam, sah er Brigitte am Tisch sitzen und rauchen. Vor ihr standen ein voller Aschenbecher und eine halb leere Flasche Cognac.

»Guten Morgen«, sagte er, weil er nicht wusste, was er sonst sagen sollte. Das hier würde nicht angenehm werden.

Brigitte setzte ein derart künstliches, in die Breite gezogenes Lächeln auf, dass es körperlich weh tat, sie so zu sehen.

»Der Herr des Hauses!«

»Du konntest nicht schlafen?«

Sie lachte kurz auf und drückte die Zigarette aus, die höchstens zur Hälfte geraucht war. »Ich hätte dir dieses Ding da nie schenken dürfen, nicht wahr?« Sie machte eine Kopfbewegung in Richtung Keller, wo normalerweise das Keyboard stand.

»Ich weiß nicht, was du meinst.«

Brigitte steckte sich eine neue Zigarette an und goss sich noch etwas Cognac ein. Sie wirkte nicht sonderlich betrunken, nur müde und ein wenig aufgeregt, ihre Hand zitterte beim Einschenken. »Manchmal«, sagte sie, »sitze ich da und stelle es mir vor. Oder ich liege da, in unserem Bett, unserem Ehebett. Ich stelle mir vor, wie du sie von hinten nimmst. Das machst du doch so gerne, oder? Damit du das Gesicht nicht sehen musst. Am Anfang war das noch anders. Aber nach ein paar Jahren wolltest du es am liebsten von hinten, damit du mein Gesicht nicht sehen musstest.«

»Brigitte …«

»Erzähl mir doch nichts. Was willst du mir sagen? *Es ist nicht, wie du denkst, Brigitte.* Ich habe bei Konni angerufen, und der war schon vor drei Stunden zu Hause. Und er wusste nicht, wo du bist! Mein Gott, war mir das peinlich!«

»Du hast bei Konni angerufen? Mitten in der Nacht?«

»Jetzt müsste ich natürlich irgendeine dumme Frage aus einem dummen Film stellen, wie zum Beispiel: Wie heißt sie? Ist es was Ernstes? Aber ich habe keine Lust, mich noch mehr zum Affen zu machen.«

Sie rauchte und trank.

»Außerdem habe ich Angst, du könntest plötzlich ehrlich werden, und mir nicht nur einen Namen nennen, sondern alle. All die Frauen, mit denen du in den letzten Jahren zusammen warst. Soll ich fragen, ob sie etwas haben, was ich nicht habe? Das ist doch völlig egal! Ich wollte dir nur mal sagen, dass ich Bescheid weiß. Das ist alles.«

Rainer, der bisher in der Tür gestanden hatte, ging jetzt zum Kühlschrank und nahm sich eine Flasche Mineralwasser heraus, holte aus dem Schrank ein Glas, goss sich ein und setzte sich an den Tisch.

»Du willst einen Namen?«

Er sah ihr an, dass sie auf die Antwort gar nicht mehr so scharf war.

»Stefanie. Vielleicht heißt sie Stefanie. Vielleicht auch Carola oder Susanne oder Christiane oder Amanda oder Clara oder Heidi oder Rumpelstilzchen. Was ich mit ihr mache, willst du nicht wissen. Vielleicht willst du wissen, warum ich es mache, vielleicht aber machst du einfach nur Lippengymnastik, ich weiß es nicht. Was spielt das noch für eine Rolle?«

Sie sah ihn an, konnte seinem Blick aber nicht standhalten. Es dauerte lange, bis sie wieder etwas sagen konnte. Ihre Stimme hatte gelitten unter dem, was sie gehört hatte.

»Ich könnte jetzt sagen, ich hätte auch meine Möglichkeiten

gehabt, aber das stimmt nicht. Ich bin neununddreißig, und seitdem ich Mutter bin, habe ich keine ernsthaften Angebote mehr bekommen. Muttersein macht einsam. Macht alt. Macht blöd.«

»Sag das doch mal den Kindern!«

Sie trank ihr Glas aus. »Wann bist du so geworden?«

»In der ganzen Zeit, in der du mich verdächtigt hast.«

»Rede dich doch raus! Erkläre mir doch, dass ich Unsinn erzähle. Sag mir, dass ich mich irre, dass ich mich in irgendetwas verrenne. Sag irgendwas!«

Rainer seufzte. »Nicht jetzt. Nicht so.«

Brigitte schüttelte den Kopf. »Immer eine Ausrede.«

Rainer stand auf und trat ans Fenster. Es wurde hell. Sah nach einem schönen Tag aus. Auf den Grashalmen Tautropfen.

»Manchmal habe ich mir gesagt: Lass mal, Brigitte, du redest dir das alles nur ein. Dein Mann, das ist nicht so einer! Der macht so etwas nicht. Mit wem denn auch? Traust du ihm wirklich zu, dass er was mit der Bannemann hat? Aber du hast so gar nichts getan, das mich davon überzeugt hätte, dass ich im Unrecht war.«

Wie denn auch, dachte er. Aber noch war alles ganz leicht aufzuklären.

»Weißt du«, sagte Brigitte, leiser jetzt und gefasster, beinahe ruhig, »weißt du, was mich am meisten fertigmacht? Es ist noch so früh. Ich bin noch keine vierzig und habe schon fast alles hinter mir. Wenn ich zurückschaue, sehe ich so viel. Die Hochzeit, die Kinder und alles, was wir mit ihnen mitgemacht haben. Ein bisschen das Haus und die Angst, ob wir uns das leisten können. Es hat alles funktioniert. Und jetzt? Die Kinder sind bald weg. Du sowieso, egal wie. Und wenn ich nach vorn schaue, sehe ich nur noch Zeit. So viel Zeit, die gefüllt werden will, und ich weiß nicht, womit. Dreißig, vielleicht vierzig Jahre leere Tage. Ich könnte wieder arbeiten. Aber was wäre ich dann? Eine gelangweilte Mutter, die zu Hause nicht versauern will. Dann komme ich nach Hause, und die Zeit sitzt wieder mit am Tisch, liegt wieder mit im Bett, hockt draußen auf dem Rasen und streckt mir die Zunge raus. So viel Zeit, Rainer, so viel Zeit!«

Er musste nicht hinsehen, um zu wissen, dass sie weinte.

Es war sehr lange her, dass er sie so gesehen hatte. In einer bestimmten Phase ihrer Beziehung, die dann zur Ehe wurde, einer Phase, die man, von heute aus betrachtet, als noch zum Anfang gehörig bezeichnen konnte, hatte sie öfter geweint, wenn sie sich stritten. Das hatte ihm das Herz zusammengedrückt, und er war sofort bereit gewesen, sich für alles zu entschuldigen, für alles, was er, ja sogar für alles, was sie gesagt hatte, nur damit sie aufhörte zu weinen. Meistens hatte er sie dann in den Arm genommen, sie hatten einander versichert, unendlich dumm zu sein und alles zu bedauern. Dann hatten sie miteinander geschlafen, und natürlich war es überirdisch gewesen. Mit dem Sex waren ihnen auch die Tränen abhanden gekommen – was nicht bedeutete, dass er jetzt das Bedürfnis gehabt hätte, mit ihr zu schlafen, nur weil die Tränen zurückgekommen waren.

Brigitte wischte sich die Tränen mit der Hand ab, nahm ein Papiertaschentuch aus dem Ärmel ihres Sweatshirts und putzte sich die Nase. »Mein Gott«, sagte sie, »ich habe kein Auge zugetan, und gleich wird es hell. Ich weiß gar nicht, wie ich in diesem Zustand meinen Zeitplan schaffen soll.«

Das mit dem Zeitplan war zu viel. Er wollte das nicht mehr hören. Er wollte auch nichts mehr sagen.

Rainer ging ins Schlafzimmer und packte ein paar Sachen.

29

Wo war die globale Erwärmung, wenn man sie brauchte?

Konni wischte sich den Rotz am Ärmel ab wie ein Zwölfjähriger. Es war verdammt kalt in dieser sogenannten »Künstlergarderobe«, die nicht mehr war als das versiffte Hinterzimmer einer drittklassigen Disco: nackte, vor Jahren weiß gestrichene, dann langsam verdreckte Ziegelwände mit Spinnweben in den Ecken. Zwei alte Sofas erzeugten das Gegenteil von Gemütlichkeit. Vier der fünf Mitglieder von Mountain of Thunder trauten sich nicht, Platz zu nehmen. Nur Ole machte das nichts aus. Er fläzte sich in die durchgesessenen Polster und legte den Kopf an die Wand, um sich zu entspannen.

»Ich weiß nicht«, sagte Bulle, »aber ich würde mich nicht wundern, wenn die Sofas gleich anfingen zu sprechen. Herrgott, da drin ist mehr Leben als in den meisten Patienten, die ich heute hatte.«

Mitte Mai war es geworden, aber der Frühling machte schlapp. Im strömenden Regen hatten sie ihre Instrumente und die Anlage vom Lieferwagen in die Disco geschleppt. Nachdem der Auftritt im Tennisclub so großartig hingehauen hatte, waren alle auf weitere Auftritte erpicht gewesen. Thomas hatte bei ein paar Leuten angerufen, mit denen er zusammengearbeitet hatte, als er noch ein gefragter Autor gewesen war, und deshalb standen sie jetzt in einer Disco in Iserlohn und fühlten sich alt. Ja, dachte Konni, ich fühle mich zu alt für dreckige Kellerlöcher und 25-jährige Jungspunde, die Discotheken betreiben und einen begrüßen mit: »Ihr seid bestimmt die Oldie-Band!«

»Wir müssen mal über die Vertragsgestaltung reden«, sagte Rainer und sah Thomas an.

»Vertragsgestaltung?«, antwortete der. »Bist du wahnsinnig? Wir können froh sein, dass wir hier überhaupt auftreten können. So kurzfristig kriegt man doch sonst nichts. Es tut mir leid, dir das sagen zu müssen, aber die Welt hat nicht gerade auf Mountain of Thunder gewartet. Und die Bühne ist doch ganz okay.«

»Wenigstens stehen da keine Sofas«, sagte Bulle.

Toby, der Jungspund-Discothekenbesitzer kam noch mal um die Ecke.

»Okay, Jungs, also … Moment mal, darf ich Jungs sagen? Oder lieber meine Herren? Ist auch egal, jedenfalls machen wir um sieben Einlass, bis dahin müsst ihr mit dem Soundcheck durch sein!«

»Bist du irre?«, entfuhr es Bulle. »Es ist jetzt halb sieben. Was ist das hier? Der Seniorentanztee?«

Toby schob seine Hände in die ausgebeulte Cargo-Hose. »Das hast du jetzt gesagt. Mir wäre sicher noch was anderes eingefallen.«

»Ach ja, was denn?«, wollte Rainer wissen.

»Nee, komm, wir wollen uns doch nicht in die Wolle kriegen. Ich bin ja froh, dass ihr eingesprungen seid!«

Alle sahen Thomas an. »Ja, okay«, sagte der, »da war 'ne andere Band vorgesehen, aber die haben abgesagt, da habe ich zugegriffen. Hauptsache, wir können das Haus rocken!«

»Guck mal«, sagte Toby, »euer Manager kann richtig modern reden. Nee, mal im Ernst, ihr nehmt das doch mit Humor, Leute, oder?«

»Klar«, sagte Rainer und grinste. »Aber jetzt sag mir doch mal, was dir noch eingefallen wäre statt Seniorentanztee.«

Toby blickte in die Runde, als wollte er abschätzen, wie ehrlich er sein konnte, ohne aus dem Raum geprügelt zu werden, dann setzte er ein sehr breites Grinsen auf. »Na ja, einmal im Monat machen wir ja auch diese Ü30-Partys, weil die richtig Kohle in die Kasse bringen, und die heißen unter Veranstaltern …«

»Mumienschieben«, sagte Konni.

Jetzt sahen alle *ihn* an.

»Hat mir ein Schüler erzählt.«

»Ja, nee«, machte Toby weiter, »Mumienschieben geht auch, aber eigentlich heißt das bei uns Resteficken.«

Der Witz kam bei Mountain of Thunder nicht besonders an, stellte Konni mit einem Blick in die Runde fest.

»Nichts für ungut, Männer«, sagte Toby, »mein Vater hat ein paar Deep Purple im Plattenschrank. Coole Frisuren, geile Hosen. Und ihr seid ja praktisch die Originale minus Haare. Wird bestimmt ein großer Abend. Die Hütte wird jedenfalls voll sein. Eine Frage noch: Ihr spielt doch sicher auch ›Born to be wild‹, oder?«

»Hatten wir eigentlich nicht vor«, meinte Rainer.

»Oh, also, das könnte ein Problem werden. Die andere Band hatte gesagt, sie spielt das immer, und wir haben hier vor Ort doch diesen Biker-Club, die rücken heute komplett an. Und wenn die ihr ›Born to be wild‹ nicht kriegen, können die ziemlich ungut werden. Zieht euch das doch noch schnell drauf, ja? Ist ja nicht Beethovens Neunte oder so. Alles klar, wir sehen uns dann gleich!«

Für den Soundcheck hatten sie gerade mal zehn Minuten. Stoney drehte an den Knöpfen wie ein Geisteskranker, dann spielten sie ein halbes »Man on the Silver Mountain«, bis Toby vor der Bühne klatschte und sagte, man werde jetzt Einlass machen, und es sei doch absolut uncool, wenn die Band dann noch auf der Bühne sei.

Drei Stunden später standen sie wieder in der Garderobe und schrien sich an. Besser gesagt, Thomas, Rainer und Bulle schrien sich an, Ole hockte auf dem Sofa, den Kopf wieder an die Wand gelegt, und Konni lehnte im Türrahmen und sah sich das alles an. Bei keiner Nummer hatten sie es hundertprozentig hinbekommen. Thomas hatte sicher ein halbes Dutzend Mal seinen Einsatz verpasst, Bulle hatte ständig viel zu schnell gespielt und Rainers Hände waren plötzlich zu klein gewesen für das, was er spielen wollte. Der Höhe- respektive Tiefpunkt war sicher gewesen, als gegen Ende dieser fette Präsi des Provinz-Motorradclubs auf die Bühne gesprungen war. Nur eine mit unzähligen Stickern benähte Jeansweste über dem monströsen, behaarten Bauch, hatte er sich ein Mikro geschnappt und unter dem Gejohle seiner Untergebenen gebrüllt: »Ey, spielt ihr Arschlöcher kein ›Born to be wild‹?« Um die Scharte auszuwetzen, hatte er die Nummer gleich selber angestimmt, sich von mangelnder Textkenntnis, dafür überreich vorhandener melodischer Unfähigkeit nicht kirre machen lassen und entstehende Lücken durch wildes Geschrei gefüllt. Die Menge war begeistert gewesen, und Mountain of Thunder hatte gute Miene zum bösen Spiel gemacht und brav applaudiert, bis der Aushilfs-Meat-Loaf die Bühne wieder verlassen hatte. Das nachfolgende »Highway to Hell« hatte die Menge wieder versöhnt.

Die Qualität der Banddarbietung hatte das nicht verbessert. Nur Ole hatte wie immer keine Fehler gemacht. Er hatte nicht mal auf die der anderen reagiert.

Schon auf der Bühne hatte sich eine miese Stimmung ausgebreitet, jetzt flogen Beleidigungen durch den Raum.

»Du hast dir einen Scheiß zusammengehackt, so etwas habe ich noch nicht gehört!«

»Und du hast mit dem Presslufthammer gespielt!«

»Das ist der gleiche Dreck wie der, den du beim Doko fabrizierst!«

Durch das Oberlicht über dem Sofa zog es wie Hechtsuppe. Konni hielt sich einen Zeigefinger unter die Nase und tastete in seiner Hosentasche nach dem gebrauchten Tempo.

»Und einen Rockbassisten mit Triefnase hat ja wohl auch noch keiner gesehen!«, schrie Bulle ihn an.

»Könnte auch vom Koks kommen«, ließ Ole sich endlich vernehmen, und alle verstummten. Die Vorstellung, ausgerechnet er, Konni, könnte Kokain konsumieren, machte offenbar alle sprachlos.

»Ich würde sagen«, sagte Ole, und Konni fragte sich, warum er »Ich würde sagen« sagte, obwohl er doch schon längst dabei war, etwas zu sagen, der Konjunktiv also nicht nur überflüssig, sondern geradezu falsch war, »ich würde sagen, wir beruhigen uns jetzt alle mal. Habt ihr wirklich geglaubt, das läuft jedes Mal so wie im Tennisclub? Ich hoffe, ihr habt gemerkt, was dabei rauskommt, wenn man glaubt, man habe alles schon vor dem Auftritt im Sack. Demut, Leute! Habt ein bisschen Demut! Man muss immer dankbar sein, wenn es hinhaut, man darf nie nachlassen.«

An Ole war offenbar ein Priester verlorengegangen, dachte Konni. Aber wahrscheinlich hatte er recht.

»Okay, und jetzt gebt euch die Hand!«, sagte Ole wie ein Vater, der seine streitenden Kinder auseinanderbrachte.

Das war der Moment, als Toby um die Ecke kam. »Hallo Männer, ich habe gehört, der Auftritt war okay?«

»Du hast ihn dir nicht angesehen?«, fragte Bulle entgeistert.

»Hatte zu tun. Aber ist doch super gelaufen. Also das mit der Kohle läuft dann per Überweisung. Wär prima, wenn ihr euer Zeug schnell einpacken könntet.«

Zwei Stunden später stand Konni unter dem erleuchteten Wohnzimmerfenster von Ullas Wohnung in Dorsten und betrachtete den Schlüssel in seiner Hand. Ging das nicht alles ein bisschen schnell? Gleich ein Schlüssel für ihre Wohnung! Er hatte ihr noch keinen fürs Haus gegeben, aber sie wusste, wo der Ersatzschlüssel versteckt war, das kam ja fast aufs Gleiche heraus.

Vielleicht fühlte er sich nur ein wenig beklommen, weil der Auftritt nicht so gut gelaufen war. Er hatte gedacht, das würde jetzt immer so sein wie nach der Sache in Düsseldorf. Müde, aber doch zum Platzen voller Energie, unbesiegbar, ein paar Stunden unsterblich.

Er öffnete die Haustür und stieg nach oben in den ersten Stock. Müde war er diesmal auch, fühlte sich aber sehr besiegbar und sehr sterblich.

Deshalb war er auch völlig überfordert, als er ins Wohnzimmer kam und ein Mann auf dem Sofa saß. Ulla saß im Sessel und sah Konni an, offenbar dankbar, dass er endlich gekommen war. Ulla stellte den Mann als Jürgen vor.

Ihr Ex-Mann.

Sie hatte von ihm erzählt. Hatte angedeutet, dass die Trennung für ihn sehr schwer gewesen sei. So schwer, dass er sie bisweilen mitten in der Nacht anrief, um sie zu beleidigen oder ihr was vorzuheulen. Konni hatte darauf immer sehr verhalten reagiert. Zu gut war ihm noch im Gedächtnis, wie er selbst bei Michaela angerufen hatte.

Jürgen blieb sitzen und ergriff auch nicht Konnis ausgestreckte Hand, sondern drehte seinen Kopf in Ullas Richtung und sagte: »Wo hast du denn *den* Furzknoten her?«

»Jürgen, bitte …«

»Ulla, der geht mir doch kaum bis zu den Schultern!«

»Jürgen, ich finde, du solltest jetzt gehen.«

»Du wirfst mich nicht aus meiner Wohnung!«

»Das ist nicht mehr deine Wohnung!«

»Ich habe sie zur Hälfte bezahlt, und du stotterst jetzt bei mir ab, damit du hier wohnen bleiben kannst.«

»Ich werde die Wohnung verkaufen.«

»Da habe ich ja wohl auch noch ein Wörtchen mitzureden.«

Konni wusste nicht, wohin mit sich. Schon im Sitzen wirkte Jürgen durchtrainiert und aggressiv. Konni kannte sich mit solchen Situationen nicht aus. Wahrscheinlich musste man etwas sagen, die Frau verteidigen, irgendso ein Männerding machen. Aber er war jemand, der sich hinter einem Automaten mit Plüschtieren versteckte, wenn seine Freunde in eine Schlägerei gerieten. Und jetzt ging er in die Küche, um sich ein Bier zu holen.

»Der kennt sich ja schon prima aus.«

Konni starrte so lange in den Kühlschrank, bis Ullas Hand an ihm vorbeigriff und eine Flasche Bier herausnahm.

»Es tut mir leid«, sagte sie. »Er stand plötzlich vor der Tür. Ich dachte, ich rede nur kurz mit ihm und schicke ihn wieder weg. Aber er hat von dir gehört. Er hat gesagt, er bleibt, bis du kommst.«

»Woher weiß er überhaupt von mir?«

»Ich nehme an, Barnstedt hat es ihm gesteckt. Die kennen sich noch von der Uni.«

Der Kollege Barnstedt also. Das passte ja großartig.

»Ich denke, er wird gleich gehen«, sagte Ulla. »Er weiß doch eigentlich gar nicht, was er hier soll. Er ist total verunsichert.«

»Das kann er aber prima verbergen«, sagte Konni.

»Er wollte dich sehen, das ist alles. Jetzt hat er dich gesehen. In ein paar Minuten ist er weg.«

»Redet ihr über mich?«

Konni fuhr herum und stieß dabei gegen Ulla. Im Stehen sah Jürgen noch ein bisschen imposanter aus.

»Natürlich redet ihr über mich. Würde ich an eurer Stelle auch machen.«

»Jürgen«, sagte Ulla, »lass es mal gut sein. Du hast Konni kennen gelernt. Jetzt geh bitte.«

»Konni? So heißt doch eins von den Mainzelmännchen! Selten war ein Vorname so passend!«

Konni warf die Kühlschranktür zu. Er musste weg hier. Ulla hielt ihn fest.

»Ich weiß gar nicht, wieso ihr so nervös seid!«, rief Jürgen.

»Niemand ist hier nervös«, antwortete Ulla.

»Na hör mal, das Mainzelmännchen da kriegt doch keinen Ton heraus! Ist mehr so ein Schweigsamer, was? Na, da hast du ja dann endlich einen gefunden, der dir nicht widerspricht. Sie kann es nämlich nicht leiden, wenn man ihr widerspricht, Konni. Weißt du das schon? Hast du das schon herausbekommen? Oder seid ihr noch in der Phase, wo ihr einfach nur übereinander herfallt wie zwei Teenager? Damit kriegt sie einen, Konni, ich weiß das. Sie ist verdammt gut im Bett. Genauer gesagt nicht nur im Bett. Auch auf dem Sofa und auf dem Küchentisch, unter der Dusche und, verdammt noch mal, sogar im Keller ist sie gut.«

»Jetzt gehst du zu weit!«

»Konni, kannst du dir vorstellen, dass es in dieser Wohnung wahrscheinlich keinen verdammten Quadratzentimeter gibt, auf dem wir nicht gevögelt haben? Ich wette, ab jetzt kriegst du hier keinen mehr hoch!«

Konni wusste, dass ein echter Kerl jetzt zugeschlagen hätte. Bulle hätte nicht lange gefackelt. Auch Rainer wäre dem nicht aus dem Weg gegangen. Wahrscheinlich nicht mal Thomas. Ich könnte mich vor mir selbst darauf herausreden, dass eine Prügelei unter meinem Niveau wäre, tatsächlich aber bin ich nur zu feige. Dieser durchtrainierte Typ im Türrahmen prügelt mich windelweich, wenn ich ihm die Gelegenheit dazu gebe.

Er steht im Türrahmen, ging es Konni noch mal durch den Kopf. Das heißt, ich komme nicht mal aus der Küche raus.

»Jürgen, entweder du verschwindest auf der Stelle, oder ich rufe die Polizei!«

Jürgen blickte über seine Schulter zurück in die Diele. »Da drüben steht das Telefon, Schätzchen. Um zu telefonieren, müsstest du an mir vorbei. Oder willst du das Fenster aufreißen und um Hilfe rufen? Das macht kein gutes Image bei den Nachbarn. Die wollen keinen Ärger. Ich kenne die Brut!«

Konni brach der Schweiß aus. Die Wände schienen näher zu kommen. Die Küche wurde unerträglich klein. Er musste raus hier. Er wusste nicht, was er genau tun würde, aber er ging jetzt auf Jürgen zu, bis er ganz dicht vor ihm stand.

»Sie lassen mich jetzt durch«, sagte Konni.

»Oh!«, machte Jürgen. »Das Mainzelmännchen wird mutig.«

»Sie lassen mich jetzt durch!«, wiederholte Konni und erschrak, wie fremd seine Stimme sich anhörte. Weich, schwach, zitternd. Außerdem lief ihm auch wieder die Nase, wie einem ungezogenen kleinen Jungen.

»Sonst passiert *was*?«

»Sie lassen mich jetzt durch!«, sagte Konni zum dritten Mal und konnte kaum glauben, dass Jürgen nach ein paar Sekunden tatsächlich Platz machte. Sturzbäche von Schweiß liefen Konnis Rücken hinunter.

In der Diele drehte er sich um und sah zu Ulla. »Komm mit!«, sagte er.

Ulla blickte von Konni zu Jürgen und wieder zurück zu Konni. Dann kam sie in die Diele, nahm ihre Jacke vom Haken neben der Tür, und sie verließen zusammen die Wohnung.

30

Wieso ruft sie nicht an?

Wieso spielt Rainer das Solo heute zwei Takte kürzer?

Und wieso kotzt der Bengel da auf die Bühne?

Wahrscheinlich, weil wir heute einen so unglaublichen Scheiß zusammenspielen, dachte Thomas. War das die große Rock'n'Roll-Karriere? Mit Mitte vierzig in einem Jugendheim vor lauter Halbwüchsigen auftreten? Würde man hier ein Groupie abschleppen, hätte man sofort die Polizei am Hals. Konni hatte ihnen diesen Auftritt verschafft. Eine ältere Dame, die er noch als Sekretärin an der Uni kennen gelernt hatte, war hier irgendwas in der Gemeinde. Die hatte den Pfarrer angesprochen und der dann wieder irgendwen, und plötzlich hatten sie ihre Instrumente und die Boxen an Gruppenräumen mit Tischfußballtischen vorbei in den engen, niedrigen Keller geschleppt, um für Teenager zu spielen, die ihre Söhne und Töchter hätten sein können. Na gut, ein paar Ältere waren auch gekommen, Bekannte von Konni, Bulle und Rainer, und bei der Gelegenheit war Thomas wieder aufgefallen, dass er keine gleichaltrigen Freunde außer seinen Bandkollegen hatte. Allenfalls waren da die Freunde von Corinna, deren Gespräche, ging man mit ihnen essen oder ins Kino, ständig um Abgabetermine für Seminararbeiten kreisten, um Rückmeldefristen oder welchen Ärger man in einer Ausbildung zur Erzieherin haben konnte. Corinna kannte ausschließlich Menschen, die noch nie eine Steuererklärung gemacht hatten.

Und trotzdem – oder gerade deswegen – musste er heute unentwegt an sie denken. Das gefiel ihm nicht.

Immerhin an die hundert Jungen und Mädchen waren gekommen, guckten jetzt aber einigermaßen gelangweilt aus der Wäsche. Das Sexuelle, Energiegeladene der Musik, das Ole immer wieder betonte, wollte sich hier nicht einstellen. Da mochten die Kids noch so retro sein, mit den faltigen Originalen jener Generation waren sie nicht zu begeistern, höchstens mit den jungen, virilen Abbildern auf den ungewohnt großformatigen Plattencovern.

Sie entschieden sich dafür, »Child in Time« wegzulassen. Sie konnten hier nicht richtig aus sich herausgehen. Ole musste schon jetzt aufpassen, dass er in der Kotze dieses Jünglings, der mittlerweile der Einzige war, der sich zu amüsieren schien, nicht ausrutschte. Völlig apathisch bewegte er sich zu der Musik, immer den Oberkörper vor und zurück, die Arme wild durch die Luft wedelnd. Sah authentisch aus. So hat man damals dazu getanzt. Entweder hatte der Junge alte Super-8-Aufnahmen seiner Eltern studiert, oder das hier waren einfach die natürlichen Bewegungen zu dieser Musik.

Bei »Enter Sandman« sah es so aus, als würden sie sie doch noch kriegen, vielleicht weil es etwas näher an heute war. Sie beendeten das Ganze mit dem Fiftys-Medley und ernteten höflichen Applaus. Eine Zugabe wurde nicht als zwingend notwenig erachtet. Die Kids wirkten abgeklärt und erwachsen, gossen keine Kübel voll Spott über die alten Herren aus, sondern wirkten wie Väter, die wohlwollend das Treiben ihrer Söhne beobachteten.

Die Band nahm den Auftritt, soweit Thomas das bisher beurteilen konnte, achselzuckend hin. Er selbst war mit den Gedanken ohnehin die meiste Zeit bei Corinna gewesen. Wieso sie nicht anrief. Ob er stattdessen anrufen sollte. Warum er das dachte. Und ob es nicht besser war, gar nicht mehr an sie zu denken.

Aber dafür fehlte sie ihm zu sehr.

Mann, er kam sich vor wie ein verliebter Teenager, dabei war er einfach nur ein mittelalter Sack, der seit seinem sechzehnten Lebensjahr nichts dazugelernt hatte.

Nur Konni war sichtlich schlechter Stimmung. Schon auf der Bühne hatte Thomas den Eindruck gehabt, dass mit dem Lehrer irgendwas los war. Bei »Paranoid« oder »Walking in the Shadow of the Blues« hatte er auf seinen Bass eingedroschen, als wolle er ihn zerkleinern. Als der Bengel auf die Bühne gereihert hatte, war Konni nach vorn gegangen, und es hatte so ausgesehen, als trete er nach dem armen Jungen. Vielleicht war da nur der schlecht zu unterdrückende Frust des Lehrers über renitente Halbwüchsige durchgebrochen. Aber die Miene, mit der Konni jetzt Kabel zusammenlegte, verhieß nichts Gutes.

Thomas ging zu ihm und fragte, ob alles in Ordnung sei.

»Schlepp doch einfach deine Gitarre nach draußen, okay?«

Das war auch eine Antwort. Nichts war in Ordnung mit Konni. Das Naheliegende war Ärger mit der neuen Freundin. Tatsächlich hatte Thomas Ulla heute nicht gesehen. Na gut, sie musste nicht zu jedem Konzert kommen, wie sah das denn aus, da hielt man vielleicht doch lieber etwas Distanz. Jahrzehntelang hatte man doch erlebt, was »Klammern« bedeutete, aktiv wie passiv.

Der besoffene Junge, der vorhin seinen Mageninhalt auf die Bühne entleert hatte, kam zu Thomas und sah ihn an. Thomas blickte zurück. Ob da noch was kam. Der Junge schloss kurz die Augen, als müsse er scharf nachdenken, wobei er plötzlich zu schwanken begann, so dass Thomas ihn stützen musste. Hoffentlich war sein Magen auch wirklich komplett leer.

»Ey, gar nicht schlecht!«, brachte er schließlich hervor.

»Schön, dass es dir gefallen hat«, murmelte Thomas und schüttelte die Hand des Jungen ab, der daraufhin zu Konni ging und ihm das Gleiche sagte.

»Aber eine Frage hätte ich da mal«, lallte der Junge.

Konni machte nicht den Eindruck, als wäre er an der Frage interessiert.

»Also erst mal der Bandname: Mountain of Thunder, richtig? Also *Mountain* verstehe ich ja noch, vor allem wegen dem Dicken hinterm Schlagzeug. Aber *Thunder*? Mann, Jungs, ihr wart viel zu leise. Das soll doch Rockmusik sein, oder? Und in eurem Alter müsste man doch eigentlich ein bisschen lauter spielen, da hört man doch kaum noch was, oder? Und das bringt mich zu meiner zweiten Frage.«

Wenn Thomas nicht felsenfest davon überzeugt gewesen wäre, dass Konni ein zutiefst friedliebender, vielleicht sogar etwas feiger Charakter war, hätte er geschworen, sein Gesichtsausdruck zeuge von den inneren Vorbereitungen zu extremer Gewaltanwendung.

»Wie«, fragte der Junge und machte eine Pause, »wie kann man eigentlich so alt werden? Ich meine, du könntest mein Vater sein! Sag mal, wie wird man so alt?«

Konni ließ das Kabel fallen. Konni packte das Kinn des Jungen. Konni öffnete den Mund, als wolle er ihn verschlingen. Stattdessen fing er nur an zu reden.

»Indem man nicht stirbt, du kleiner Wichser«, sagte er ganz ruhig. »Indem man einfach immer weitermacht, egal, was passiert. Egal, ob einem Leute wegsterben, die man geliebt hat, egal, ob einen Menschen verlassen, egal, ob einen die Bauarbeiter hängen lassen, egal, ob der Ladenschluss schon wieder geändert wird.« Jetzt hob er doch die Stimme. »Das ist nämlich eine der Sachen, die man nur ganz schwer ertragen kann, wenn man so verdammt alt ist. Das sich ständig alles ändert und einen niemals jemand fragt, ob man damit einverstanden ist, weil all die jungen Hirnis wie du einfach behaupten, dass es nicht anders geht. Okay, bis halb sieben war vielleicht ein bisschen kurz, aber verdammt noch mal, bis acht Uhr muss doch reichen! Denk doch mal an die Verkäuferinnen, die sich da die Beine in den Bauch stehen und deren Familienleben den Bach runtergeht! Und wieso kann ich die Abituraufgaben nur noch übers Internet verschicken? Was ist falsch an Papier? Verdammt, ich schicke auch E-Mails, ich gehe auch zum Geldautomaten, aber muss man gleich alles übertreiben? Kannst du überhaupt schon im Stehen pinkeln? Was glaubst du eigentlich, wer du bist? Du bist niemand, du bist nur jung, du hast noch kein Kinderzimmer gebaut, das jetzt leer steht, du hast dich noch nicht gefragt: Ist es schon die Prostata oder habe ich vor dem Schlafengehen nur zu viel Wasser getrunken? Du hast keine Sorgen, nur das, was du dafür hältst, also geh mir aus der Sonne, du Milchzahn!«

Und Konni drehte sich einfach um und ging. Starker Abgang, das musste Thomas zugeben.

Und auch der Bengel. »Der ist ja noch richtig geil drauf, der Mann!«, sagte er und rieb sich das Kinn, auf dem sich Konnis Finger abzeichneten.

Als sie ihre Brocken zusammenpackten, kam die Dame, der sie diesen Auftritt verdankten, und schüttelte jedem von ihnen die Hand. »Hört mal Jungs, das war ja richtig klasse!«

»Sie haben sich das angesehen?«, fragte Konni.

»Ich habe oben im Büro gesessen. Da hat man jeden Ton gehört! Also die Stimmung war doch echt prima!«

Jedenfalls wenn man das Konzert durch zwei Stockwerke hindurch verfolgt hatte, dachte Thomas.

Sie luden gerade die letzte Box in den Transporter, da sagte Bulle, sie müssten ihn nicht nach Hause fahren, er habe eine andere Mitfahrgelegenheit. Und tatsächlich: An der Ecke stand ein rotes Beetle-Cabrio, und daran lehnte eine überdurchschnittlich gutaussehende Frau mit langen schwarzen Haaren.

»Na, der ist versorgt«, murmelte Rainer, als Bulle mit einem Kuss auf den Mund begrüßt wurde, worauf er sich offenbar verlegen zu ihnen umdrehte und etwas hektisch winkte. Thomas konnte nicht anders, er musste sich einfach vorstellen, wie Bulles große Hände Angelikas Oberkörper aus der Bluse schälten, wie sie ihr den Rock hinunterschoben und sich auf ihre verlängerte Rückseite legten. Seit seinem vierzehnten Lebensjahr hatte sich Thomas jede auch nur halbwegs gutaussehende

Frau gleich als Geschlechtspartnerin vorgestellt. Vielleicht musste er doch über seinen Schatten springen und Corinna von sich aus anrufen, statt ewig abzuwarten.

»Nimmst du bitte mal deine Augen aus der Frau?«, sagte Rainer.

»Ich habe doch gar nichts gemacht!«

»Du bist der einzige Mann, den ich kenne, der eine Frau auf dreißig Meter Entfernung nonverbal sexuell belästigen kann!«

»Du warst doch derjenige, der die sexuelle Note hier ins Spiel gebracht hat.«

»Er ist emotional versorgt, habe ich gemeint.«

»Ja, sicher. Das ist eine Superfrau, weil man mit ihr so toll reden kann. Was ist eigentlich los mit dir? Schon auf der Bühne warst du total unkonzentriert. Bist du unterfickt oder was?«

»Nun werde mal nicht frech, ja? Was du da geboten hast, hat den Begriff Rhythmusgitarre nicht verdient.«

»Wenn man euch so hört«, meinte Ole, »könnte man meinen, ihr seid beide auf die Frau scharf. Lasst den Quatsch und steigt ein.«

Rainer sah Thomas an. »Du hast gehört, was der Reiseleiter gesagt hat.«

Da jetzt außer Bulle und Stoney alle bei Konni wohnten, gestaltete sich die Rückfahrt ganz einfach. Sie luden die Instrumente und die Anlage im Anbau ab, und Stoney fuhr nach Hause. Thomas und die anderen hockten sich noch auf ein Bier zusammen, und Ole erklärte ihnen, dass sie sich nicht verrückt machen sollten, weil die beiden letzten Auftritte nicht so hingehauen hätten. Das sei eine gute Übung. Mit zu viel Euphorie an die Sache heranzugehen, sei nicht gut. Wenn man sich für unbesiegbar halte und denke, man stecke das Publikum auf jeden Fall in die Tasche, könne es nur schiefgehen.

Thomas fragte sich, ob Ole nicht seine eigene Kirche aufmachen sollte. Dieser sämige Predigerton ging ihm langsam auf die Nerven. Er klinkte sich innerlich aus und überlegte, ob es aussah wie ein Schuldeingeständnis, wenn er Corinna anriefe. Die Sache mit dem Geld war ihm peinlich. Konnte man nicht so tun, als habe er das nie gesagt? Es war doch schön gewesen mit ihr. Jedenfalls über eine ziemlich lange Zeit. Sie konnte so witzig sein. Und so entschlossen. Er selbst war manchmal so träge. Deshalb bekam er seit Jahren nichts Ordentliches mehr geschrieben. Aber auch da hatte Corinna gewusst, woran es lag: Er müsse mal wieder über etwas schreiben, das ihm wichtig war. Doch was war ihm in den letzten Jahren wichtig gewesen? Die Zeit war einfach vergangen. So viel Zeit, die er nicht als solche wahrgenommen hatte.

Wo war eigentlich Ulla? Normalerweise war sie hier nicht mehr wegzudenken. Sie hatte nicht Corinnas feine Gesichtszüge und nicht Angelikas prallen Sex, aber ihre roten Haare machten einiges wett. Zwei Rothaarige hatte Thomas in den letzten zwanzig Jahren gekannt. Die Klischees über die erotischen Qualitäten dieser Frauen waren übertrieben. Simone, die ihm an der Uni über den Weg gelaufen war, hatte sich als ein wenig gehemmt herausgestellt. Außerdem hatte sie sich das Haar abgeschnitten und schwarz gefärbt, weil sie es satt hatte, dass sich alle nach ihr umdrehten. Thomas hatte versucht, ihr klarzumachen, dass sich die Männer vor allem wegen ihres enormen Busens, dessen Wirkung sie durch knappe T-Shirts noch unterstützte, nach ihr umdrehten, worauf Simone geantwortet hatte, es sei ihr wurscht, auf welches sexuelle Stereotyp sie reduziert werde, und sie sehe nicht ein, dass sie ihre Garderobe danach ausrichten solle, ob ihre Umgebung sich bei ihrem Anblick benehmen könne oder nicht.

Holly war eine amerikanische Austauschstudentin gewesen, die nichts gegen die Wirkung ihrer roten Haare einzuwenden gehabt hatte, zumal sie ihrem selbstverordneten Programm, innerhalb eines Semesters so viele deutsche Studenten wie möglich flachzulegen, durchaus förderlich gewesen waren. Während seiner zwanzig Holly-Days hatte Thomas festgestellt, dass kleine verbale Sauereien ihn doppelt scharf machten, wenn sie in amerikanischem Englisch mit breitem Südstaatenakzent daherkamen. Sie musste ihm nur so etwas ins Ohr flüstern wie: *I'm gonna suck you dry, German boy!*, und er hatte eine Erektion, mit der man Raviolidosen hätte öffnen können.

Verdammt, ich kann mich gar nicht daran erinnern, wann ich zum letzten Mal eine Erektion hatte! Du weißt, dass du älter wirst, wenn das Einzige, das noch hochkommt, Erinnerungen sind.

Plötzlich fiel ihm auf, dass auch alle anderen in stummes Brüten verfallen waren. Ole drehte in der manischen Weltabgewandtheit, die ihm eigen war, wieder mal eine seiner perfekten Zigaretten, Konni spielte mit seinen Fingern, und Rainer starrte komatös vor sich hin.

In dem Moment, in dem Thomas klar wurde, dass es draußen offenbar schon seit längerer Zeit regnete, klingelte es an der Tür. Glücklich, überhaupt irgendetwas tun zu können, sprangen alle außer Ole auf. Konni ging zur Tür, Thomas und Rainer folgten ihm. Es war kurz nach Mitternacht.

Draußen stand eine klatschnasse Ursula Gregorius, die noch dazu geweint hatte.

»Schnell, lass mich rein!«, sagte sie und schob sich an Konni vorbei. Im selben Moment näherte sich ein Auto mit hoher Geschwindigkeit und bremste scharf vor dem Haus.

»Er ist hinter mir her!«, sagte Ursula, und Konni warf die Tür zu.

Während Konni ein Handtuch für Ulla holte, hämmerte auch schon jemand an die Tür. Er schien extrem sauer zu sein und brüllte lauter Zeug wie aus einem schlechten Film: *Ich weiß, dass du da drin bist … Ich gehe hier nicht weg, bis du mit mir redest … Lass es uns noch mal versuchen … Ich schlage den Typen zu Brei …* all so was.

Als es immer wahrscheinlicher wurde, dass Jürgen (so laut Ulla sein Name) die Tür eintreten würde, ging Rainer hinten raus und einmal um das Haus herum. Ole folgte ihm. Thomas ging ihnen nach, weil alles andere peinlich gewesen wäre.

Rainer redete bereits auf Jürgen ein, der auch gleich schrie, ob Ulla denn jetzt mit ihnen allen ficken würde, aber da war auch schon Ole in Kampfjacke und Cowboystiefeln zur Stelle und verpasste Jürgen einen herzhaften Kopfstoß gegen den Nasenrücken. Jürgen brach zusammen, versuchte, den Blutstrom aus seiner Nase mit bloßen Händen zu stoppen, ließ sich von Rainer ein Papiertaschentuch geben und fing dann an zu heulen. Keine gute Art, die Exfrau zu überzeugen, es noch einmal zu versuchen.

Es dauerte noch mal zehn Minuten, bis Jürgen sich aufrappelte, sich in seinen Wagen setzte und davonfuhr.

Eins war Thomas plötzlich klar: Wenn er selbst nicht auch so enden wollte, musste er etwas unternehmen.

31

Er konnte das nicht tun. Keine Chance.

Er wünschte, er wäre jetzt weit weg von hier. Er wünschte, er könnte hinter dem Schlagzeug sitzen und es zertrümmern. Oder an einer Bushaltestelle in der griechischen Einöde tagelang auf die nächste Mitfahrgelegenheit nach Athen warten, ohne Wasser, ohne Essen, ganz allein.

Er fragte sich, wie lange Angelika sich das noch würde gefallen lassen. In den letzten Wochen hatten sie das Thema Sex absichtlich nicht auf der Agenda gehabt, hatten einen Bogen darum gemacht wie um einen umgestürzten Baum, der die Straße versperrt. Sie hatten herumgeknutscht, und Bulle hatte seine Hände unter ihrer Bluse gehabt. Herrgott noch mal, sie hatten Petting gemacht wie zwei Fünfzehnjährige, nur für den finalen Rettungsschuss hatte ihm die Traute gefehlt. Und heute hatte er gedacht, stelle er sich die ganz große Aufgabe, dann platzte der Knoten ein für alle Mal.

Aber es war keine gute Idee gewesen, Angelika in das Schlafzimmer zu bitten, in dem er mit Marianne glücklich gewesen war.

Draußen regnete es. Ihm stand der Schweiß auf der Stirn. Angelika hatte die Hand in seiner Hose, aber da spielte sich nichts ab. Schließlich setzte er sich auf den Bettrand und vergrub das Gesicht in den Händen. Angelika umarmte ihn von hinten und flüsterte ihm ins Ohr, er solle sich keine Sorgen machen. Er wusste, es gab genug Möglichkeiten, trotzdem miteinander Spaß zu haben, und verdammt noch mal, sie hatten eine Menge Spaß gehabt in den letzten Wochen, und es war natürlich eine bescheuerte männliche Dummheit, eine Beziehung erst dann als vollzogen anzusehen, wenn die gute, alte Penetration hingehauen hatte, das war ja geradezu katholisch, aber Bulle kam davon einfach nicht los. Er wollte es richtig machen, er wollte das mit Angelika nicht versauen, doch es war eine alte Bauernweisheit, dass man sein Ziel nicht erreicht, wenn man es zu sehr versucht.

Er wandte sich ihr wieder zu, war über ihr und versuchte zu ignorieren, dass sie auf Mariannes Seite des Bettes lag, versuchte die Bilder, die vor seinem inneren Auge erschienen, auszulöschen: wie sie beide im Dunkeln lagen und vor dem Einschlafen noch miteinander über die Zwillinge redeten; wie sie erwachte, sonntagmorgens, die Sonne fällt durchs Fenster; wie er mit Marianne schlief. Er hasste sich dafür, dass er diese Bilder nicht aus dem Kopf bekam, und noch mehr hasste er sich dafür, dass er es immer weiter versuchte.

»Möchtest du darüber reden?«

Oh nein, nicht *diesen* Scheiß! Er hatte ihr gesagt, dass er eine Frau gehabt hatte und dass sie gestorben war, das musste reichen.

»Jetzt bin ich raus!«, sagte er und rollte zur Seite.

Angelika stützte sich auf ihren Ellenbogen und sah ihn an. Ihre Bluse war offen, ihr BH lag auf dem Boden. Um sie nicht zu wollen, musste man schwul oder blind sein. Oder Witwer.

Er wollte sie ja, und eigentlich konnte er auch, aber nicht hier und nicht heute.

Sie streichelte ihm über den Rücken und küsste ihn in den Nacken.

»Ich habe mich sowieso gefragt«, sagte sie, »warum du hier heraufwolltest. Das hier ist euer gemeinsames Schlafzimmer, und du bist noch nicht so weit. Das ist völlig in Ordnung.«

Bulle wusste nichts zu sagen, wusste nicht, ob er ihrem Verständnis vertrauen konnte. Vielleicht sagte sie das nur, damit sie beide einigermaßen unbeschadet aus der Nummer herauskamen. Wäre dies ein Film, wäre es wahrscheinlich irgendwann auf den Satz hinausgelaufen: *Mit einer Toten kann ich nicht konkurrieren.*

Marianne hätte nichts dagegengehabt. Marianne hatte zu ihm gesagt, er solle nicht zu lange warten, um sich neu zu verlieben. Bulle war aus dem Zimmer gelaufen und hätte fast gekotzt vor Tränen.

Okay, also entspann dich. Mach einen Vorschlag, irgendwas Konstruktives. Runtergehen, ein Bier trinken. Zusammen duschen. Etwas essen gehen. Er legte sich auf den Rücken und ließ sich von ihr küssen.

Doch er fühlte sich beobachtet. Wie wurde er das Gefühl los? Es war, als hätten nicht nur die Wände Augen, sondern auch die Möbel, der Kleiderschrank, die Kommode, die Tür, vor allem die Tür.

Und die Tür hatte tatsächlich Augen. Alte graue Augen, umrahmt von 67-jährigen Falten.

Gerda.

Gerda stand in der Tür wie die fleischgewordene Verdammnis.

Hätte eine psychologische Fachzeitschrift ein Bild zur Illustration eines Artikel über passive Aggressivität gebraucht, hätte man nur seine Schwiegermutter fotografieren müssen, wie sie im Wohnzimmer auf der vordersten Kante des alten Lesesessels saß, ein rotzschweres Papiertaschentuch in beiden Händen, und Bulle anstarrte.

Angelika war noch eine Weile oben liegen geblieben, jetzt kam sie die Treppe herunter, ordentlich gekleidet, und stellte sich Gerda vor, die aber nur weiter in Bulles Richtung starrte. Angelika blickte zu Bulle, aber der hatte etwas auf dem Couchtisch gesehen, das seine ganze Aufmerksamkeit erforderte.

»Ich sollte wohl besser gehen«, sagte Angelika einen weiteren Filmsatz, und erst als sie schon die Klinke der Haustür in der Hand hatte, sprang Bulle auf und folgte ihr.

»Das tut mir alles so leid«, sagte er, als sie vor dem Haus standen.

»Es ist sicher nicht leicht«, antwortete Angelika, doch ihre Stimme hörte sich merkwürdig an.

Bulle hatte alles falsch gemacht. Er spürte, wie sie ihm entglitt. Sie hatten eigentlich am heutigen Abend gemeinsam zu dem Auftritt von Mountain of Thunder fahren wollen, aber daraus würde wohl nichts. Herrgott, wie sollte er jetzt noch Schlagzeug spielen?

Sie küsste ihn auf die Wange, stieg in ihr Auto und fuhr davon. Als er sie um die Ecke biegen sah, wandelte sich alles, was in ihm rumorte, langsam, aber sicher in Wut. Er stürmte ins Haus zurück, baute sich vor Gerda auf und schrie: »Was willst du von mir? Was erwartest du von mir? Sag es mir! Wieso redest du nicht mit mir? Das ist nicht deine Stärke, das mit dem Reden, nicht wahr? Das hat Marianne auch immer gesagt, mit dir kann man nicht reden, du sitzt einfach nur stumm da und machst auf Vorwurf.«

Beim Namen ihrer Tochter war Gerda zusammengezuckt. Bulle bekam sofort ein schlechtes Gewissen. Doch er konnte jetzt nicht mehr zurück.

»Vier Jahre ist es her. Und ich denke noch immer jede einzelne Sekunde an sie. Wenn ich mich mit einer anderen Frau treffe, heißt das nicht, dass Marianne nicht bei mir ist. Herrgott, was soll ich tun? Sag mir nur ein einziges Mal, was du von mir erwartest?«

Gerda hob den Kopf und sah ihn an, Tränen in den Augen.

Und dann sagte sie: »Was erwartest du von dir?«

Bulle rannte nach oben und duschte, obwohl er das heute Morgen schon getan hatte. Er zog sich für den Auftritt um, saß ein paar Sekunden auf der Bettkante, ohne etwas zu denken, und warf noch einen Blick in das Zimmer der Mädchen, die heute bei einer Freundin übernachteten. Es hätte alles so gut gepasst. Was wollte Gerda hier? Wieso war sie ausgerechnet heute unangemeldet aufgetaucht?

Als er wieder nach unten kam, war sie im Keller und hantierte mit der Wäsche. Durch die offene Kellertür hörte Bulle, wie sie die Waschmaschine einschaltete, die kurz darauf Wasser ansaugte. Er zog seine Jacke an und wartete noch ein oder zwei Minuten, aber Gerda blieb unten. Draußen wütete der Mai, die Luft war lau. Sein Wagen stand in der Parallelstraße.

Er fuhr zu Konni, wo Stoney und die anderen schon die Anlage in den Transporter luden.

»Tschuldigung, bin spät dran!«

»Laber nicht, hau rein!«

Die Stimmung war gut, sogar Ole lächelte. Es lag am Wetter, an diesem leichten Maiwetter. Endlich Sonne bis in den Abend, aber noch nicht so heiß, dass man darüber stöhnen müsste. Alles wirkte frisch und neu, unendlich, unsterblich.

Sie fuhren auf die A 43 und wechselten am Bochumer Kreuz auf die 40. In Mülheim nahmen sie die Ausfahrt mit dem schönen Namen »Heimaterde«.

Der Auftritt war in einem Programmkino, als Auftakt zu einer langen Nacht mit Musikfilmen: *Almost famous, Blues*

Brothers und *This is Spinal Tap.* Zum Glück war niemand auf die Idee gekommen, sie mittendrin zu platzieren. Als Herren mittleren Alters mussten sie zusehen, dass sie zeitig ins Bett kamen.

Der Geschäftsführer war ein 52-jähriger, enthusiastischer Filmliebhaber, der dieses alte Kino vor ein paar Jahren übernommen und eine Menge privates Geld hineingesteckt hatte. Aber mittlerweile schien der Laden gut zu laufen. Der Eingangsbereich war im 50er-Jahre-Stil restauriert, und an der Wand hingen Auszeichnungen des Landesinnenministeriums für das anspruchsvolle Programm.

»Bode«, stellte der Mann sich vor und gab jedem die Hand. Endlich mal einer, der sich benehmen kann, dachte Bulle. So was wird einem mit der Zeit ja auch immer wichtiger.

Bode hatte langes graues Haar, trug ein schwarzes T-Shirt mit Rundhalsausschnitt unter einem ebenfalls schwarzen Jackett. Nur seine Jeans waren blau, wenn auch verwaschen. Er führte die Band in den Saal, der so gar nichts von Hard Rock hatte. Die Wände waren mit rotem Kunstleder gepolstert, die Leinwand noch von einem schweren roten Vorhang verborgen.

Bode sagte, es wäre am besten, sie würden vor dem Vorhang spielen und nach dem Auftritt gleich wieder abbauen. Eine halbe Stunde Pause sei da vorgesehen, bis der erste Film beginne, aber das könne man auch noch etwas ausdehnen.

Alle nickten und fingen an, die Ausrüstung hereinzutragen. Bulle blieb still und einsilbig. Bis zuletzt hatte er gehofft, Angelika würde vielleicht draußen auf ihn warten oder vielleicht hier noch irgendwann auftauchen. Dann wieder hoffte er, dass er sie endgültig vergrault habe und die Geschichte damit zu Ende sei und er wieder freudlos, aber ohne Schuldgefühle unter der Dusche onanieren könnte, in Gedanken bei seiner Frau, von der nicht einmal der Tod ihn geschieden hatte.

Die anderen waren so locker wie lange nicht. Nach dem Aufbau bekamen sie ein geräumiges Büro als Garderobe zugewiesen, und dort warteten belegte Brötchen, Bier und Softdrinks auf sie, aber auch Nudeln und Hackfleischsauce in großen silbernen Schüsseln über kleinen Gasflammen. Die Band griff zu und hockte sich dann zu ein paar Partien Doppelkopf zusammen, bei denen Thomas vor lauter Kartenglück kaum aus den Augen gucken konnte. Bulle spielte unkonzentriert und fahrig.

Pünktlich um acht legten sie los. Es war ungewohnt, das Publikum sitzen zu sehen. Aber das blieb nicht lange so. Beim dritten Stück, »Highway to Hell«, war mehr als die Hälfte aufgestanden, tanzte in den Seitengängen oder zwischen den Sitzen. Und das waren fast alles erwachsene Leute, Männer und Frauen, die ihre Heads schon gebängt hatten, als sie jünger waren als ihre Kinder jetzt. Fäuste wurden in die Luft gestochen, Luftgitarren vor den Knien gespielt, imaginäre Schlagzeuge mit unsichtbaren Sticks bearbeitet.

Die vielen Proben in letzter Zeit zahlten sich aus. Mountain of Thunder klang insgesamt sicherer. Ole wirkte wie einer, der schon vor zwanzig Jahren einen Haufen Hits gehabt hatte und sich nur noch aus schierer Gnade vom Rockhimmel auf die Erde begab, um Audienzen zu geben. Er spielte wie ein Wahnsinniger, zuckte wie unter Strom, und das Ablegen seiner Kampfjacke wurde zum umjubelten Programmhöhepunkt.

Außerdem hatten sie zwei neue Nummern eingeübt: »Theme for an Imaginary Western« von Mountain (fast ihre Namensvettern) und »Gimme back my Bullets« von Lynyrd Skynyrd erweiterten ihr musikalisches Spektrum Richtung Southern Rock: Musik, zu der man Bierdosen in der Hand halten und Pickup-Trucks fahren wollte.

Bulle kriegte richtig gute Laune, wenn er in die Menge guckte, auch wenn es ein wenig absurd war, diese gesetzten Herren und Damen im gepflegten Ambiente dieses Lichtspielhauses ausrasten zu sehen. Da war ein inniges Verständnis zwischen Publikum und Künstlern. In jedem Riff und jedem Beckenschlag schwang nicht nur Erinnerung an die energiegeladenen Tage und Nächte des eigenen Teenagerdaseins mit, sondern auch alles, was seitdem geschehen war, Heirat, Krankheit, Vater- und Mutterschaft, Tod und Scheidung und die Gewissheit, dass man noch immer Kontakt aufnehmen konnte zu seinem früheren Ich. Es war noch da, und wenn man jemals daran gezweifelt haben mochte, wurde einem an solchen Abenden klar, dass es nie weg sein würde, nur die anderen würden es immer weniger erkennen können, weshalb sie einem dann damit auf die Nerven gingen, man sei eigentlich zu alt für den ganzen Zauber und solle sich nicht lächerlich machen. Heute Abend riefen sie diesen anderen ein großes *Scheiß drauf!* zu. Und Bulle wurde klar, dass Mountain of Thunder gebraucht wurde, und zwar dringend. Es musste diese kleinen Bands aus mittelmäßig begabten, aber begeisterten Idioten geben (sah man mal von Ole ab, der klar überdurchschnittlich begabt war), die nicht berühmt werden wollten, sondern nur ihr eigenes und vielleicht ein paar andere Leben für ein oder zwei Stunden retten wollten.

Bei »Walking in the Shadow of the Blues« flog das Dach des Gebäudes weg. Während »Living after Midnight« hoben Band und Publikum ab. »Enter Sandman« katapultierte sie durch die Wolken. Zehn Minuten lang schwebten sie zu »Since I've been loving you« über der weißen Zuckerwatte und drifteten langsam ab in die Stratosphäre, und »Child in Time« war die Reise um den Mond. »Roll over Beethoven« war eine Punktlandung in affenartigem Tempo.

Wir sind die Größten, dachte Bulle, als er halb ertaubt, schweißüberströmt und müde in das Garderobenbüro taumelte und zwei kalte Flaschen Bier auf ex trank. Die anderen hingen ebenso zerschlagen und ebenso glücklich in den sprichwörtlichen Seilen. In Sekundenschnelle roch der ganze Raum nach Schweiß. Stoney kam herein und rief grinsend, sie seien heute a) großartig gewesen, b) fantastisch und c) überirdisch. Außerdem wollten d) mehr als die Hälfte aller anwesenden Frauen auf der Stelle mit ihnen vögeln. Ausgerechnet Konni sagte: »Na, dann geh ich mal da raus!« Tatsächlich stand er auf und mischte sich unters Volk.

»Gib mir mal dein Handy! Hab meins vergessen!«, raunzte Bulle Thomas an, riss ihm das Gerät aus der Hand und rannte durch die Hintertür nach draußen auf den Parkplatz. Er wählte ihre Mobilfunknummer und rief auch bei ihr zu Hause an, doch beide Male erwischte er nur den Anrufbeantworter. Er hinterließ keine Nachricht, sondern versuchte es gleich noch mal. Und dann noch einmal. Erst beim fünften Versuch bat er sie, ihn doch zurückzurufen.

Gegen ein Uhr in der Nacht war er wieder zu Hause. Keine Nachrichten von Angelika. Bulle schlich durch alle Zimmer und trank weiter Bier. Was kannst du sonst tun, wenn du es versaut hast? Wenn du zwar Schlagzeug spielst wie ein junger Gott, aber eben auch wie ein viel zu junger Gott den ganzen Rest an die Wand fährst? Du kannst dir nur noch einen ansaufen und dann besoffen Auto fahren.

Genau das tat Bulle. Er kurvte durch die Gegend, eine weitere Flasche zwischen den Schenkeln, lenkte nur mit einer Hand und hörte Freebird auf voller Lautstärke: *Wenn ich hier morgen abhaue, wirst du dich an mich erinnern? Ich muss jetzt weiterreisen, weil ich noch so viele Orte sehen muss. Aber wenn ich hier bei dir bliebe, könnten die Dinge nicht bleiben, wie sie sind. Ich bin jetzt frei wie ein Vogel, und diesen Vogel kannst du nicht ändern. Der Herr weiß, ich kann mich nicht ändern.*

Aber das war nur Musik.

32

Der Mai ist gekommen, dachte Rainer, und der Mai ist gegangen. Er legte die *GALA* zurück auf den unordentlichen Stapel und griff sich die *BUNTE*. Jetzt war Juni und alles wuchs und wucherte, vor allem dieses fiese kleine Teil in seinem Darm.

Das Wartezimmer war leer, er war der letzte Patient, und das war ihm auch ganz recht. Die beiden Sprechstundenhilfen – die eine um die zwanzig, mit kurzen dunklen Haaren, die andere Ende dreißig, blond, in die Breite gehend – saßen hinter dem Empfangstresen und gaben irgendwas in den Computer ein. Nicht ein einziges Mal hatten sie zu ihm herübergeschaut. Für sie war es nichts Besonderes, dass ein Mann darauf wartete, sich ein anderthalb Meter langes, biegsames, schlauchförmiges Gerät in den Anus schieben zu lassen.

Er hatte seit dreißig Stunden nichts gegessen, verspürte aber auch keinen Hunger. Das Abführmittel hatte er gestern heimlich getrunken und danach hektoliterweise Wasser in sich hineingekippt, bis sein Darm nur noch Flüssigkeit ausgeschieden hatte. Menschen, die dem fanatischen Heilfasten anhingen, erzählten immer wieder von einem Gefühl der inneren Reinigung, doch das konnte Rainer an sich nicht feststellen. Er fühlte sich in jeder Hinsicht leer und gleichgültig. Nicht so gleichgültig, dass er die Untersuchung abgesagt und sich fortan um sein Problem nicht mehr gekümmert hätte, aber doch so teilnahmslos, dass er im Büro die meiste Zeit auf die Schreibtischunterlage gestarrt hatte.

Zu den Jungs hatte er gesagt, ihn plage eine Magenverstimmung, und sie hatten nur gehofft, dass dadurch der heutige Auftritt nicht gefährdet sei. Brigitte hatte er seit zwei Wochen nicht gesehen, und Steffie, mit der er eigentlich heute zur Mittagspause verabredet gewesen war, hatte er ebenfalls etwas von Verdauungsproblemen erzählt.

Natürlich waren dann und wann Gedanken über das, was der Untersuchung folgen würde, nicht abzuwehren gewesen. Also hatte er letzte Nacht zum ersten Mal im Internet recherchiert. Darmkrebs war heilbar, wenn er früh erkannt wurde. Das Tückische war jedoch, dass er zehn Jahre oder länger wachsen konnte, ohne Symptome zu verursachen.

Wahrscheinlich also würde alles wieder gut werden. Und wenn nicht? Nun, die Kinder kamen allein zurecht, Brigitte würde von seinem Tod finanziell durchaus profitieren, außerdem würde sein baldiges Dahinscheiden ein langes, kompliziertes Scheidungsverfahren überflüssig machen. Das Leben verging ohnehin immer schneller, je älter man wurde. Gefühlt würde er also nicht dreißig Jahre verlieren, sondern vielleicht zehn oder fünfzehn.

Und dann? Er ging nicht davon aus, dass da ein helles Licht sein würde und dahinter eine Blumenwiese, ein Berggipfel oder auch nur ein Probenraum, in dem Jimi Hendrix, John Bonham und Bon Scott auf ihren neuen Keyboarder warteten.

Wieso fiel ihm kein berühmter toter Bassist ein?

Er hatte keine Ahnung, was mit einem passierte, wenn das mit dem Darmkrebs doch mal schiefging. Hing einem dann irgendwann ein Beutel aus dem Bauch? Und würde er dann die Kraft haben, selbst Schluss zu machen? Wie viele andere ging auch Rainer davon aus, dass das Sterben ihm nicht so große Probleme bereiten würde, wohl aber das Totsein. So viel Zeit, die mit nichts als Nichts gefüllt war.

Herrgott, wieso hatte er sich nie größere Mühe gegeben, religiös zu werden!

Jetzt war es zu spät. Es gab ja nichts Peinlicheres, als im Angesicht einer schweren Krankheit auf den letzten Drücker doch noch zum Herrn zu finden. Torschlusspanik, Notabsicherung.

Die jüngere der beiden Sprechstundenhilfen gefiel ihm, aber die ältere schaute zu ihm herüber und lächelte.

Doktor Knaup war ein rundlicher Mann Mitte fünfzig mit Stirnglatze und einem eigentümlichen Sinn für Humor.

»Oh, alle weg?«, sagte er, als er Rainer aus dem Wartezimmer abholte. »Na ja, bei dem, was wir vorhaben, können wir auch keine Zeugen gebrauchen, was?«

Rainer fragte sich, ob er diesen Ton auch gegenüber verunsicherten älteren Damen anschlug oder nur bei zahlungskräftigen Privatpatienten, die etwas mehr erwarteten als der Durchschnittskranke.

»Haben Sie so etwas schon mal mitgemacht? Also, ich will jetzt keine Details aus ihrem Liebesleben hören, sondern ihnen nur klarmachen, was Sie erwartet.«

Rainer versicherte dem Doktor, dass er über keinerlei Erfahrungen mit dem Einführen von Fremdkörpern in seinen Darmausgang verfüge, sah man mal davon ab, dass seine Mutter ihm als Kind rektal Fieber gemessen und Zäpfchen eingeführt hatte.

»Also, ich will Ihnen nicht verschweigen«, sagte Doktor Knaup, während er Rainer mit einer ausholenden Geste ins Behandlungszimmer bat, »man muss sich nicht schämen wegen dieser Untersuchung, aber viele Patienten fühlen sich trotzdem unbehaglich und empfinden die Koloskopie selbst als ziemlich unangenehm. Ich könnte Ihnen vorab ein kleines Beruhigungsmittel anbieten, dann kriegen Sie gar nichts mit.«

Nein, nein, sagte Rainer viel zu schnell, das sei nicht nötig. Gleich darauf ärgerte er sich über sich selbst. Was musste er hier den harten Mann markieren! Warum denn nicht ein kleines Mittelchen, damit er das Ganze nicht so mitbekam? Man musste nicht jede Erfahrung machen, die möglich war.

»Machen Sie sich untenrum bitte frei,und legen Sie sich auf die Liege. Auf die Seite bitte, die Knie ein wenig zum Bauch gezogen.«

Als Rainer das Koloskop sah, wünschte er, er hätte doch auf dem Beruhigungsmittel bestanden. Noch mehr, als die jüngere der Sprechstundenhilfen hereinkam, als er schon halb entblößt auf der Pritsche lag. Sie brachte dem Doktor irgendwelche Unterlagen und gab sich entweder große Mühe, Rainer nicht anzusehen, oder er interessierte sie wirklich nicht. Wahrscheinlich hatte sie nur ihren Feierabend im Kopf.

»So«, sagte Doktor Knaup, als die junge Frau den Raum wieder verlassen hatte, »dann wollen wir mal loslegen.«

Rainer mochte diese lauen Spätnachmittage, kurz bevor der Tag in den Abend umkippt. Es war zwanzig vor sechs, als er die Praxis verließ und durch die Fußgängerzone zu seinem Auto ging. Das waren so Momente, in denen man dachte, alles könnte passieren. Mit einer vielleicht lebenswichtigen medizinischen Untersuchung hinter sich hätte man durchaus in der Stimmung sein können, eine junge Frau in einem geblümten Sommerkleid anzusprechen und mit ihr einen leichten Weißwein in einem der vollbesetzten Straßencafés zu trinken. Allerdings hätte er nicht gedacht, dass eine Darmspiegelung einen so derartig schlauchen konnte. Deshalb hatte Doktor Knaup ihm wohl auch verboten, selbst Auto zu fahren und hatte erst Ruhe gegeben, als Rainer behauptet hatte, seine Frau warte unten auf ihn. Und genau der lief er jetzt über den Weg.

Brigitte trug große Papiertüten von diversen Boutiquen. Es wäre albern gewesen, nicht mit ihr einen Kaffee trinken zu gehen, auch wenn sie sagte, dann könne sie wieder die ganze Nacht nicht schlafen. Sie blickte auf die Uhr und überschlug in Gedanken wohl ihren Zeitplan.

Sie setzten sich vor das Starbucks am Dr.-Ruer-Platz, weil nur dort noch Platz war. Rainer besorgte den Kaffee, und dann unterhielten sie sich wie zwei Fremde, die sich gut kannten, über das Wetter.

»Die Kinder fragen nach dir«, sagte Brigitte, aber Rainer wusste, dass das nicht stimmte. Er hatte Helena und Daniel erst zwei Tage zuvor gesehen. Sie wussten also, wie es ihm ging, beziehungsweise, er hatte glaubhaft versichert, dass alles in Ordnung sei. Die beiden schien die Situation nicht allzu sehr zu belasten. Daniel wirkte geradezu gelöst, seit Rainer ausgezogen war. Helena schien ohnehin immer alles egal zu sein. Etwas anderes als gute Laune war bei ihr gar nicht eingebaut.

»Ich habe nicht viel Zeit«, sagte Rainer. »Muss noch zu einem Auftritt.«

»Ach, das mit dieser Band läuft immer noch?«

»Allerdings.«

»Und wie lange noch?«

»Wer kann das wissen.«

Rainer spürte, wie sie krampfhaft ein Thema suchte, um mit ihm in Kontakt zu bleiben. Er selbst hatte andere Sorgen, als ihr dieses Gespräch leichter zu machen.

»Ihr wollt auf eurem Stufentreffen spielen«, sagte Brigitte.

»So ist es.«

»Na ja, da habe ich ja nichts zu suchen.«

Was sollte diese Bemerkung? Wollte sie, dass er sie einlud, mitzukommen? Das wäre schon absurd gewesen, als es zwischen ihnen noch einigermaßen funktioniert hatte. Brigitte war nicht mit ihm zur Schule gegangen, und bei solchen Treffen ging es um nichts anderes als die Heldentaten und Sünden der Vergangenheit. Wer da nicht mitreden konnte, musste sich zwangsläufig zu Tode langweilen. Er war zu erschöpft, um das auszudiskutieren.

»Bis dahin müsst ihr also mindestens durchhalten«, sagte sie, da Rainer schwieg.

»Das werden wir. Sind ja nur noch zwei Wochen bis dahin.«

»So früh?«

»Es soll noch vor den Ferien stattfinden, bevor alle mit ihren Familien in den Urlaub fahren.«

Kaum hatte er es ausgesprochen, hätte Rainer sich am liebsten die Zunge abgebissen. Die Stille, die sich zwischen ihnen ausbreitete, hatte etwas Verzweifeltes. Die Familie Grigoleit würde in diesem Sommer ganz bestimmt nicht zusammen in den Urlaub fahren. Oder wollte Brigitte vielleicht genau das vorschlagen, um das ganze zerschlagene Porzellan wenigstens aufzusammeln, bevor man auch nur daran denken konnte, es wieder zusammenzukleben? Brigitte würde nicht mehr viel Zeit haben, sich auf den Urlaub einzustellen. Ihre Planungen waren Anfang des Jahres im Sande verlaufen.

Sie wandte ihr Gesicht von ihm ab und sagte: »Ihr spielt im *Hochofen*, habe ich in der Zeitung gelesen.«

»So ist es.«

Tatsächlich hatte Mountain of Thunder zum ersten Mal eine Ankündigung in der Zeitung bekommen. Allerdings nur deshalb, weil man heute mit zwei anderen Bands zusammen spielte, die schon einen gewissen Namen hatten. Beide Gruppen gehörten der gleichen Generation an wie Mountain of Thunder, spielten aber Blues, die eine mehr Richtung Chicago-Sound, die andere mehr Southern. Der Kontakt war über drei Ecken zustande gekommen, ging aber letztlich auf Thomas zurück.

»Ihr macht noch Karriere«, sagte Brigitte.

»Wir wollen nur spielen.«

»Musst du dich nicht noch umziehen?«

»Die anderen haben meine Bühnenklamotten mitgenommen.«

»Ach so.«

»Soundcheck haben wir heute Nachmittag schon gemacht. Um acht geht es los.«

»Prima. Und es macht Spaß?«

»Es macht Spaß.«

»Kommen viele Leute?«

»Oft.«

»Alles so alte Männer, wie ihr welche seid?«

»Ganz unterschiedlich.«

»Na, viele Groupies wirst du nicht mehr abkriegen, oder? Ach, ich vergaß, du bist ja versorgt.«

»Okay, Brigitte, ich muss los.«

»Ich habe da jemanden kennen gelernt«, sagte sie schnell, und Rainer sah ihr an, dass sie log. »Wollte ich dir nur sagen«, fügte sie hinzu.

»Ich komme vielleicht in den nächsten Tagen vorbei, um ein paar Sachen zu holen«, sagte Rainer und stand auf.

»Mach das. Du hast ja einen Schlüssel. Ich bin jetzt viel unterwegs.«

Rainer fragte nicht, wie sie das meinte, sondern verabschiedete sich einfach und machte sich auf den Weg, mit ziemlicher Sicherheit der einzige Rockmusiker auf der Welt, der in dieser Sekunde frisch darmgespiegelt zu einem Auftritt ging, um das Hohelied jugendlicher Unsterblichkeit zu singen.

33

Das Gedränge hatte ihn immer gestört. Dieses Gefühl, nicht mehr kontrollieren zu können, wohin man sich bewegte. Wenn von hinten die Wogen heranbrandeten und man gnadenlos nach vorn gedrückt wurde, gegen den schwitzenden, grölenden Vordermann, die ebenfalls schwitzende, hysterisch kreischende Vorderfrau. Ließ der Druck nach, ging es in die andere Richtung, genauso unkontrollierbar. Wenn man Glück hatte, blieben alle eine Zeitlang ruhig stehen. Vielleicht hüpften sie auch. Dann das selbstvergessene Nicken der Köpfe, das mehr ein Hacken war, ein Zustoßen.

Konni war nie richtig gern zu Rockkonzerten gegangen, und als dieser besoffene Glatzkopf ihm beim Deep-Purple-Konzert in Köln während Burn ans Bein gepinkelt hatte, hatte er endgültig genug gehabt. Aus Bremen war er gewesen, der Glatzkopf, und hatte sich gerühmt, schon soundsoviele Konzerte gesehen zu haben, und zwischendurch hatte er Korn aus einer Taschenflasche getrunken und Bier aus der Dose, bis er lallte: »Ich glaub, ich lauf gleich über. Ich kann hier nicht raus. Nee, ich kann hier nicht raus. Ich muss pissen. Ich kann hier nicht raus.« Es hatte sich angehört, als denke er darüber nach, was er tun solle, und als Konni spürte, wie es ihm warm das Bein hinunterlief, wusste er, dass der Mann aus Bremen eine Entscheidung gefällt hatte.

Sie saßen auf Gartenklappstühlen im Anbau. In der Mitte stand ein Tisch mit Kerzen und Bierflaschen. Bulle hatte noch einmal erzählt, wie er mit seinem Gipsbein bei Led Zeppelin gewesen war, woraufhin alle mit ihren Konzerterlebnissen geprahlt hatten. Thomas hatte einen Besuch bei Trio in der Zeche zu bieten, was allen wieder klarmachte, dass Thomas hier das Küken war, das aus einer anderen Zeit kam. Deutsche Texte – das konnte sich hier sonst keiner vorstellen.

»Du solltest dir die Haare wieder wachsen lassen«, sagte Bulle zu Rainer. »Hat dir gut gestanden!«

»Kann ich meiner Mutter nicht antun.«

»Ich glaube, ich lasse da mal ein Foto vergrößern und hänge das bei euch im Büro auf: der Steuermann mit Zopf und Vollbart!«

»Das war kein richtiger Vollbart!«, sagte Rainer. »Ich sah immer nur unrasiert aus. Lass uns von was anderem reden.«

Bulle ließ nicht locker. »Auf den Partys trug er das Haar offen! Und beim Tanzen hat er den Kopf immer so nach vorn gebeugt, dass ihm die Haare wie ein Vorhang vor dem Gesicht hingen. Machte einen auf entrückt. Und damit hat er sie alle abgeschleppt.«

Konni rückte ganz nah an Ulla heran und hielt ihre Hand.

»Rainer hatte sie alle«, sagte Bulle.

»Aber die meisten wollte er gar nicht«, warf Konni ein.

»Genommen hat er sie trotzdem!«

»In deinem Kopf ist doch eine große Leere!«, sagte Rainer, lachte aber.

Thomas, der zu den Geschichten nichts beitragen, sie nicht mal kommentieren konnte, stand auf und ging nach unten, dorthin, wo später einmal Konnis Arbeitszimmer sein würde und wo Thomas seit einigen Wochen auf einer Campingliege übernachtete. Er hätte auch drinnen bei Ole schlafen können, hatte das aber abgelehnt, weil er laut eigener Aussage unfähig sei, mit Leuten in einem Raum zu schlafen, die männlich und älter als fünfundzwanzig waren.

»Das Dumme war immer, dass er so wenig davon erzählt hat«, machte Bulle weiter. »Verdammte Kacke, ich hätte schon gern gewusst, wie es mit der Kaufmann gewesen ist.«

»Dame anwesend!«, sagte Konni.

»Ganz heißes Teil, wenn ich das mal so sagen darf! Sah immer aus, als brauchte sie es hart und ausdauernd.«

»Jetzt ist aber mal gut!« Rainer hatte aufgehört zu lachen.

»Na was denn!«, rief Bulle. »Hast du doch damals selber gesagt: Einer reicht ihr nicht. Die hat dich überfordert, hast du selbst gesagt. Mit ihren braunen Haaren bis zum Arsch, meine Fresse!« Bulle rülpste. »Wenn ich das mal so sagen darf!«

»Du bist ja nun auch nicht gerade auskunftsfreudig«, sagte Rainer. »Erzähl doch mal, wie es mit der Dame aus dem Tennisclub läuft!«

Bulles Gesichtsausdruck veränderte sich. »Lika«, sagte er.

»Lika?«

»Früher hat man sie immer Geli genannt, aber das hat sie gehasst. Da hat eine Freundin angefangen, Lika zu sagen, und das ist hängen geblieben.«

»Hört sich an wie ein Tierbaby«, sagte Konni.

»Der Lehrer sagt nicht viel, aber was er sagt, hat Hand und Fuß«, meinte Rainer.

Konni wusste, dass Bulle sich noch ein paarmal mit Angelika getroffen hatte. Sie war bei Auftritten aufgetaucht, und sie waren zusammen verschwunden. Bulle schien das alles gutzutun, aber dann musste etwas passiert sein. Konni hatte Angelika länger nicht gesehen, und Bulle wirkte in letzter Zeit seltsam gedämpft. Und wenn er, wie heute, Alkohol trank, trank er zu viel und redete schmutziger als sonst ohnehin schon.

Ole schwieg zu dem Ganzen. Es war das falsche Thema für ihn. Konni hatte den Eindruck, Rainer und Bulle gaben sich Mühe, ihn nicht anzusehen.

Thomas kam zurück, in der Hand seine akustische Gitarre. Er setzte sich in die Ecke auf den Boden und begann, leise zu spielen.

Die Zeit seit Januar war unglaublich schnell vergangen. Wenn Konni jetzt auf den zurückblickte, der vor einem halben Jahr einsam und deprimiert unter dem elektrischen Mond gehockt hatte, kam es ihm vor, als sehe er einen anderen.

Der Anbau machte, trotz aller Bemühungen der Bauarbeiter und des Architekten, Fortschritte. Das Parkett war verlegt, bald konnte gestrichen werden, dann würden die offenen Anschlüsse hinter Steckdosen verschwinden. Für das Haus eines Rockmusikers war das vielleicht zu wenig extravagant, aber man musste es mit den Klischees auch nicht übertreiben.

Seit dem Auftritt im *Hochofen*, bei dem sie sich den Respekt der anderen Musiker verdient hatten, war Konni geneigt zu glauben, der Auftritt beim morgigen Stufentreffen könnte doch ganz gut werden. Die Musiker der beiden anderen Bands beim Abend im *Hochofen* hatten ihnen gesagt, technisch sei da sicher das eine oder andere zu verbessern, aber sie würden eine ordentliche Energie auf die Bühne bringen und wirkten ziemlich authentisch. Ole hatten sie sich besonders angesehen und sich sichtlich beeindruckt gezeigt.

Heute hatten sie ab sechs geprobt, aber, noch geschafft vom gestrigen Abend, um acht wieder Schluss gemacht. Zwei Auftritte in drei Tagen, das war fast schon eine Tournee.

»Na ja«, setzte Rainer nach einigen Momenten der Stille, untermalt von Thomas' Gitarrenspiel, das Thema fort, »morgen hast du ja Gelegenheit, ein paar Dingen auf den Grund zu gehen. Wenn wir das ganze Pack wiedersehen.«

»Das Abitreffen«, murmelte Bulle. »Ich bin mir nicht mehr sicher, ob es wirklich eine so gute Idee ist, da zu spielen.«

Ole stand auf und ging nach draußen in den Nieselregen. Konni trank sein Bier aus und streichelte Ursulas Hand. Rainer ging zu der Matratze, auf der er schlief, seit er zu Hause ausgezogen war, und suchte in seinem Rucksack nach Zigaretten.

Während Konni ihn betrachtete, ließ er in Gedanken die letzten zwei Monate Revue passieren. Zwei Monate in dieser

Mittvierziger-Baustellen-WG. Wahrscheinlich hätte es nicht so lange gehalten, wenn noch Winter gewesen wäre. Rainer und Thomas hätten dann im Anbau ziemlich gefroren. Rainer hätte vielleicht in ein Hotel gehen können, aber Thomas hatte dafür kein Geld. Nach einer besonders gelungenen Probe, die sie in eine improvisierte Party hatten übergehen lassen, hatte Thomas gebeichtet, womit er in letzter Zeit sein Geld verdient hatte. Ole hatte nur genickt, und Bulle hatte die Bilder sehen wollen, die Thomas zu betexten hatte. Vor allem etwas namens *Latex Oil Fights* hatte Bulle interessiert.

Manchmal fragte sich Konni, wie lange das hier noch gehen sollte, aber eigentlich war es doch auch egal. Ich bin jung, die Welt steht mir offen.

»Was spielt der da eigentlich für ein weichgespültes Zeug?«, wollte Bulle wissen.

»Elton John. ›Tiny Dancer‹.«

»Ich fang gleich an zu weinen!«

»Nee, lass mal. Paar Sachen sind schon ziemlich gut«, sagte Rainer. »Die frühen Siebziger. *Madman across the Water* ist eine starke Platte!«

»Hast du so was heimlich gehört, damals?«

»Nein, und das weißt du auch.«

Schlagartig schien Bulle sich an etwas zu erinnern. »Ach Gott, ja!«, seufzte er. »Der Abend wegen Astrid Lambek. Aber das war Ende der Siebziger!«

»Februar achtzig. Und die Platte hatte ich von meiner Schwester.«

»Deine Schwester! Was macht die eigentlich?«

»Bulle will das Thema wechseln«, sagte Konni. »Er redet nicht gern über Astrid Lambek. Hat ihm das Herz gebrochen!«

»Blödsinn! Okay, sie hat mich sitzen lassen, aber peinlich

war nur, dass ich mit Rainer die ganze Nacht diese Schnulzen gehört und dann auch noch geheult habe wie ein Kind. Und dass er es herumerzählt hat!«

»Ich habe es nicht rumerzählt! Ich habe mich mit Konni und Ole darüber unterhalten, weil wir uns Sorgen um dich gemacht haben!«

»Übertreib mal nicht!«

»Du hast dir einen abgebrochenen Flaschenhals an die Halsschlagader gehalten!«

»Ich war stockbesoffen. Und ich hatte jeden Grund dazu.«

»Ist ja auch egal. Wenigstens kann die uns morgen nicht über den Weg laufen. Die war ja nicht mal auf unserer Schule.«

»Sei doch nicht gleich beleidigt. Das ist tausend Jahre her. Aber meinetwegen, wenn du es unbedingt hören willst: Du hast mir das Leben gerettet! Bist du jetzt zufrieden?«

»Ach, leck mich!«

»Dame anwesend!«, gab Bulle zurück.

Rainer stand auf. »Ich brauche Luft.« Er verschwand nach draußen.

»Noch jemand Bier?«, fragte Konni.

Bulle hob die Hand. Thomas nickte.

Konni küsste Ursula auf die Stirn und ging hinein. Er machte einen Umweg über die Toilette, und als er in die Küche kam, stand Ursula an die Spüle gelehnt und wartete auf ihn.

»Komm her!«, sagte sie.

Und er kam her. Wenn sie einander gegenüberstanden, sah man, dass sie ein oder zwei Zentimeter größer war als er. Sie umarmten sich.

»Eine großartige Jugendherberge hast du hier«, sagte Ursula.

»Die Kinder halten nur die Nachtruhe nicht ein.«

»Wir könnten schon mal nach oben gehen«, sagte Ursula leise.

Konni lächelte. So ganz hatte er die Sorge, Jürgen könnte plötzlich vor der Tür stehen, noch nicht überwunden.

In diesem Moment klingelte das Telefon. Konni sah auf die Uhr. Nach neun. Alle, die ihn vielleicht anrufen konnten, waren hier. Er konnte nur hoffen, dass es nicht wieder Jürgen war.

Konni ging hinüber ins Wohnzimmer und nahm ab.

»Hallo, Konni, ich bin's!«

Die Stimme kam ihm bekannt vor, doch er konnte sie nicht gleich zuordnen. Nur dass es nicht Jürgen war, dessen war er sicher. Etwas zu barsch fragte er zurück: »Wer ist ich?«

»He, da bin ich jetzt aber ein bisschen enttäuscht!«

Michaela. Rief hier an. Zum ersten Mal, seit sie weggegangen war.

»Ich habe dich gesehen«, sagte sie.

»Ach ja?«

»Im *Hochofen.* Ich stand ganz hinten. Und du auf der Bühne.«

Sie war im Publikum gewesen. Woher hatte sie davon gewusst?

»Hat mich beeindruckt.«

»Ach ja?« Er musste dringend seine Wortwahl variieren.

»Ja, wirklich. Ich habe dich gar nicht wiedererkannt.«

»Was macht der Orthopäde?«

»Jörg? Oh, es läuft gut. Na, sagen wir: Es läuft.«

Mehr nicht? Wieso erzählte sie ihm das? In seiner Brust zog sich etwas zusammen. Er atmete flacher, um nicht den Eindruck zu erwecken, seufzen zu müssen.

»Du hast anders ausgesehen«, sagte Michaela.

»Man wird nicht jünger.«

Sie atmete aus. »Konni ...«

»Rauchst du?«

»Merkt man das? Na ja, ein oder zwei am Tag. Wenn ich nervös bin. Bist du noch dran?«

»Ja.«

»Konni ...«

»Ja?«

»Ich wollte nur sagen ... Also, ich freue mich, dass wir uns morgen sehen. Es ist an der Zeit, dass wir uns mal wieder, nun ja, unterhalten. Einfach so. Um der alten Zeiten willen. Oh Gott, das hört sich so blöd an.«

Er hörte, wie sie unruhig an der Zigarette sog, hörte das Schmatzen ihres Speichels am Filter. Ursula ging an der Tür vorbei und winkte ihm zu. Kurz darauf öffnete sie die Tür zum Anbau, und Konni hörte Thomas singen, erkannte das Stück aber nicht.

»Ihr werdet morgen spielen, habe ich gehört?«

»So ist es.«

»Ich freue mich darauf.«

»Ich auch.«

»Und nicht nur *darauf*!«

Nachdem er aufgelegt hatte, wischte er sich den Schweiß von der Stirn. Er holte das Bier aus dem Kühlschrank, ging zu den anderen und verteilte die Flaschen.

»Wer war dran?«, fragte Ursula.

»Falsch verbunden«, sagte Konni.

»Dafür hat es aber lange gedauert.«

»Hat mich vollgelabert. So ein armer Irrer. Du weißt schon.« Konni wandte sich an Thomas: »Von wem ist das?«

»John Fogerty.«

Konni hörte einen Moment zu: *Did you hear them talking*

'bout it on the radio / Could your eyes believe the writing on the wall / Did that voice inside you say: I've heard it all before / It's like deja vu all over again!

Konni warf einen Blick nach draußen, wo Rainer und Ole unter dem alten Apfelbaum standen.

34

Ole, entrückt in der Ecke sitzend, rauchend, die Handgelenke auf die angezogenen Knie gelegt. Alle tanzen,

Ole sieht zu. Ole tanzt nicht. Jedenfalls nicht, wenn alle tanzen. Er sitzt und denkt, jedenfalls sieht es so aus. Spricht man ihn an, redet er, kein Problem, nur kommt er nicht selbst auf die Idee. Erst wenn es so spät wird, dass es schon wieder früh ist, steht er auf und stellt sich mitten in die Musik und macht Bewegungen, die verraten, dass er jede einzelne Note des Stückes kennt, das gerade gespielt wird. Er hat den Part jedes Instrumentes gespeichert. Die linke Hand greift kurz ein paar Riffs, die rechte haut in die Tasten, und mit dem Kopf nickt er den Becken eines imaginären Schlagzeugs zu. Und die Mädchen – die, die noch da sind, die noch nicht nach Hause mussten, die interessanten also – sehen ihn an, selbst die, die sich mit Rainer eine Matratze teilen oder in einem alten Sessel auf seinem Schoß sitzen, die gerade noch mit ihm herumgeknutscht haben. Rainer traut sich zu, fast jede ins Bett zu kriegen, aber durchbrennen bis ans Ende der Welt würden sie nur mit Ole. Und Dora wäre mit ihm noch weiter gegangen.

Daran dachte Rainer, als er neben Ole stand, im Nieselregen.

»Scheißwetter, was?«

Ole schob die Hände in die Seitentaschen seiner Kampfjacke, antwortete aber nicht.

»Der Countdown läuft«, sagte Rainer und hielt die Schachtel hin.

Ole nahm eine Zigarette heraus und gab sich und Rainer Feuer. »Nervös?«

Rainer zog den Rauch tief in die Lunge. »Geht so.«

»Ich schon.«

»Du bist doch der Einzige von uns, der sich keine Gedanken machen muss.«

»Findest du?«

»Du wirst alle an die Wand spielen. Wie immer.«

»Klar.«

»Es sei denn, du meinst etwas anderes als die Band.«

»Gibt es etwas anderes als die Band?«

Rainer sah Ole an. »Morgen nicht.«

»Ach, Rainer«, sagte Ole, »die Band und was sie macht, ist morgen so unwichtig, dass mir die Worte fehlen.«

Schweigend rauchten sie ihre Zigaretten herunter und ließen sich vom Regen durchweichen.

»Wenn es so schlimm ist, warum bist du dann hier?«, fragte Rainer.

Ole machte eine fordernde Handbewegung, und Rainer gab ihm noch eine Zigarette.

»Weißt du«, sagte Ole, »dass ich in Berlin in einer Band gespielt habe?«

Rainer war verblüfft. »Nein. Woher hätte ich das wissen sollen?«

»Nichts Großes, bisschen Blues, paar Auftritte im Jahr. Brachte ein wenig Geld rein. Fünf gute Musiker. Nicht so ein peinliches Geschrammel, wie das in Bluesbands manchmal sein kann. Junge Leute. Keine alten Säcke mit grauen Bärten, Bierbäuchen und karierten Hemden. Bin ausgestiegen, als die anderen eine Platte machen sollten.«

»Wird dir mit uns nicht passieren. Dass wir eine Platte machen.«

»Paul, der Bassmann, hatte eine Schwester. Die habe ich kennen gelernt. Ging ein paar Monate, dann war sie schwanger. Da hab ich mir geschworen, nie wieder in einer Band zu spielen. Man lernt einfach zu viele Leute kennen. Du weißt, was ich dir mal gesagt habe?«

»Was denn?«

»Das mit dem Leben habe ich nicht so drauf. Ich sehe lieber anderen dabei zu.«

Rainer erinnerte sich. Auch daran, dass er das damals für Schwachsinn gehalten hatte, für eine Ausrede.

»Du hast das damals für Schwachsinn gehalten«, sagte Ole, »für eine Ausrede. Du hast mir richtig den Kopf gewaschen. Der zielstrebige Karrieremann gegen den zögernden Loser.«

»So habe ich das nie gesagt.«

»Ist ja auch egal. Stimmt jedenfalls.«

Rainer dachte nach: Loser. Stimmt das? Und wann hat das angefangen? Hier vielleicht: Bulle, Konni und Rainer neben Ole. Alle rauchen und trinken Bier. Bulle, Konni und Rainer haben junge, glänzende, 17-jährige Gesichter, sie schwitzen. Ole schwitzt nicht. Die Lichtorgel, die immer im gleichen Rhythmus blinkt, egal, welche Nummer läuft, färbt ihre Gesichter abwechselnd in den Primärfarben. Oehlke legt Musik auf. Bei Rainer und Ole sind die Chancen gleich verteilt. Beide stehen vor einem Doppelpunkt und fragen sich, ob dahinter groß oder klein weitergeschrieben wird. 1982 – alles ist offen.

»So was wie ich«, sagte Ole, »sollte sich nicht vermehren. Und dann ist es doch passiert. Und weißt du, was ich gemacht habe?«

»Sag's mir.«

»Ich habe einen Job angenommen. Eine richtige Arbeit.«

»Kann ich mir nicht vorstellen.«

»Ich auch nicht. Heute denke ich, ich habe das nur geträumt. In so einem Scheißcallcenter habe ich gehockt und Sachen verkauft, die die Leute im Fernsehen gesehen haben. Und weißt du, was das Schlimmste war? Ich war richtig gut!«

»Muss man da nicht eine Menge reden?«

»Man muss quasseln, bis der andere aufgibt.«

»War früher nicht deine Art.«

»Da ging das plötzlich. Ich bin da richtig drin aufgegangen. Ich habe den Betriebsrat mitgegründet.«

»Wundert mich nicht. Der letzte Linke.«

»Du kennst die alte Nummer von Thommie Bayer? ›Der letzte Cowboy kommt aus Gütersloh‹.«

»Und der letzte Linke aus Bochum-Weitmar.«

»Und trägt seine Stiefel von 1982 auf.«

Am anderen Ende des Raumes eine Gruppe von Mädchen. Mittendrin Dora. Alle geben sich Mühe, nicht herüberzusehen. Bulle deutet an, was er mit ihnen anstellen würde. Mit allen, außer mit Dora. Über Dora redet man nicht, von Dora träumt man nur. Warum? Die Frage stellen heißt, sie nicht beantworten dürfen. Ole raucht und sagt nichts. Die anderen reden um ihr Leben.

Ole sagte: »Eine Zeitlang haben wir wie eine richtige Familie zusammengelebt. Vati Arbeit, Mutti Essen. Und manchmal ging Vati abends weg und machte Musik. Irgendwann ging das nicht mehr. Ich liebe meine Tochter, aber ich bin schlecht für sie. Also bin ich einfach weggeblieben. Hab meine Sachen dagelassen, bin bei einem aus der Firma untergekrochen, habe mir eine neue Wohnung gesucht, den Job geschmissen und nichts mehr gemacht. Ein verantwortungsloses Arschloch. Und jetzt mache ich wieder Musik. Und zwar eine, die wahrscheinlich schon scheiße war, als sie mir noch was bedeutet hat.«

Rainer dachte: Warum erzählt er mir das alles? In den paar Minuten hat er mehr über sich erzählt als in den fünfundzwanzig Jahren davor. Ist es jetzt an mir, auch mit einer großen Wahrheit herauszurücken? Soll ich ihm erzählen, wie mir ein rundlicher Mann Mitte fünfzig einen Schlauch mit einer kleinen Kamera in den Anus eingeführt hat? Und wie der Mann mir eine Woche später sagte, da sei etwas, das wir im Auge behalten müssten, er empfehle einen Krankenhausaufenthalt. Darm-K gilt als heilbar, wenn früh genug erkannt, aber wer weiß, nächstes Jahr scheiße ich vielleicht durch meine Bauchdecke in einen Beutel.

»Ich weiß, was du denkst. Ich weiß immer, was alle denken. Ich bin ein verdammter Gedankenleser. Es gibt nur eine Sache in meinem Leben, die ich richtig gemacht habe. Und selbst die …«

Er meinte die Geschichte mit Dora.

»Genau«, sagte Ole. »Und morgen gehen wir da hin und schaukeln uns gegenseitig die Eier und erzählen uns, wie toll alles war und wie gut es uns geht. Da reichen sie dann Bilder von ihren Blagen herum und von ihren Häusern, und plötzlich redest du mit Leuten, die du früher am liebsten vor den fahrenden Zug gestoßen hättest. Und wir machen die Musik dazu.«

»Du hast Schiss.«

»Natürlich habe ich Schiss. Jeder gesunde Mensch hätte Schiss, und jeder Bekloppte hätte noch mehr Schiss, und ich bin mehr als bekloppt, also habe ich mehr als Schiss.«

»Weil Dora da sein wird.«

»Ich weiß nicht, wer alles da sein wird. Es werden viele da sein.«

»Warum bist du dann nicht in deinem Berliner Loch geblieben?«

»Weil ihr so überzeugend wart.«

»Weil du wolltest, dass dich einer aus der Scheiße zieht. Und wir waren gleich vier.«

»So viel Zeit, Rainer, gefüllt mit nichts. Ein paar Monate nur, die wirklich zählen. Das ist zu wenig.«

Die dritte Zigarette.

»Was willst du?«, fragte Rainer. »Vergebung? Erlösung?«

»Wieso spielst du in einer Band?«, fragte Ole zurück.

»Es schien eine gute Idee zu sein.«

»Was ist mit dir und Brigitte? Wo soll das hinführen?«

»Keine Ahnung.«

»Bumst du irgendwen?«

Rainer atmete tief ein, sagte aber nichts.

»Ist das so eine kleinbürgerliche Seitensprungscheiße? So ein Frustficken gegen das Älterwerden? Wie bei Thomas?«

»Blödsinn.«

»Sag mir, dass du eine Affäre hast mit einer geschiedenen Frau Mitte vierzig! Dann will ich wieder an die Menschheit glauben!«

»Es ist nicht so, wie du denkst.«

»Also ist sie nicht älter als fünfundzwanzig.« Ole sah Rainer an. Rainer sah weg.

Wieder entstand eine Stille, die durch ein Geständnis hätte gefüllt werden können. Dass seine jugendliche Geliebte gar nicht wusste, dass er zu Hause ausgezogen war. Dass sein Sohn das ganz prima fand, weil er jetzt nicht mehr den Eindruck hatte, Mama und Papa machten sich was vor. Warum verstand er sich mit seinem Sohn umso besser, je schlechter seine Ehe lief?

»Mann«, sagte Ole, »wer erzählt endlich mal eine neue Geschichte!«

»So originell ist deine Story auch nicht!«

»Das ist das Problem! Wir sind alle so unoriginell. Denkt ihr, ein bisschen Radaumusik könnte uns erlösen? Das konnte sie noch nie. Sie kann trösten, aber nie erlösen. Wenn du sechzehn bist, glaubst du es noch, musst du davon überzeugt sein, aber wenn du es dreißig Jahre später immer noch glaubst, bist du ein armer Irrer.«

Der Regen hatte aufgehört. Wind kam auf. Trost, dachte Rainer. Das ist doch schon was. Aber wenn er es recht bedachte, war da viel mehr. In genau diesem Moment wurde ihm klar, dass Musik einem das Leben retten konnte. Es brachte einen in Kontakt zu jemandem, den man früher gekannt hatte, dem Jemand, der man gewesen ist, bevor man der wurde, der man jetzt war. Und das gab einem die Kraft, überfällige Dinge endlich zu tun. Ole leugnete das. Und doch würde er genau deswegen morgen zu diesem Fest gehen.

»Was machst du, wenn sie morgen da ist?«, fragte Rainer.

»Was machst du, wenn morgens die Sonne aufgeht?«, fragte Ole zurück. »Ich jedenfalls drehe mich um und schlafe weiter.«

Ole umringt von drei Mädchen. Dora ist eine von ihnen. Was findet sie an ihm? Er macht den Eindruck, als seien sie ihm egal. Und genau das ist es. Es läuft »Dazed and confused«. Plötzlich ist Dora die Einzige, die noch bei ihm sitzt. Was hat er ihr gesagt? Wieso kennt er die magischen Worte und wir alle nicht?

»Weißt du noch, was damals für ein Wetter war?«, sagte Ole.

»Es war heiß.«

»Ich kann mich an keine einzige Unterrichtsstunde erinnern. Wohl aber an die ganzen Partys. Auf der Party bei Oehlke im Frühling ging es los. Dann die bei Bulle im Keller. Dann die bei euch. Es war, als müsste es immer reihum gehen. Die Party bei Susanne Podlech. Die im Jugendzentrum in Wiemelhausen. Die in diesem SPD-Raum.«

Und dazwischen war Ole auf Radtour gegangen. Mit Dora. Niemand wusste, was da geschehen war, wie weit sie gegangen waren.

»Und dann die Abiparty. Der bewusste Abend.«

Ole und Dora gemeinsam auf einer Matratze, Hand in Hand. Dann tanzen sie eng umschlungen. Alle dürfen zusehen. Plötzlich sind Ole und Dora weg. Zehn, vielleicht fünfzehn sind noch da, wollen nicht nach Hause. Wie ein Hofstaat, der nicht zu Bett gehen darf, solange das königliche Paar noch wacht. Bulle in gespannter Erwartung, Konni fallen die Augen zu. Rainer tauscht mit einem Mädchen unkonzentrierte Zungenküsse. Er kennt sie nicht, sie geht nicht auf die gleiche Schule, irgendwer hat sie mitgebracht. Wo bleibt Ole? Warum gehen wir nicht nach Hause? Wir sind volljährig, niemand schickt uns ins Bett, wir sind der Ernst des Lebens.

Heute wusste Rainer nicht mal mehr, wem das Auto gehört hatte und wie Ole da herangekommen war. Nur dass plötzlich jemand hereinkam und etwas sagte. Warum weiß ich nicht mehr, wer das war?, dachte Rainer. An alles andere erinnere ich mich schmerzhaft deutlich. Es war eine heiße, schwülwarme Nacht. Ich sehe, welche Kleidung wir tragen, könnte den Ohrring dieses unbekannten Mädchens zeichnen, so deutlich steht er mir vor Augen, auch wie es in Bulles schwarzem VW-Käfer roch, in dem wir schließlich losfuhren, obwohl wir alle zu betrunken waren. Wie wir Ole nicht da fanden, wo wir dachten, sondern ganz woanders.

»Morgen wird das Wetter besser«, sagte Ole, als müsse er das nur bestimmen.

35

Eigentlich hatte er diese Art von Musik nie sonderlich gemocht. Dieses Pathos, diese zur Schau gestellte Virilität, die Selbstbefriedigung in den Soli, welche im Laufe eines Konzertes etwas Formelhaftes bekamen, weil jeder mal ranmusste: der Bassist, der Schlagzeuger, der Keyboarder und immer wieder der Gitarrist, minutenlang, die anderen konnten die Bühne verlassen und sich ausruhen, es war das reinste Abwichsen. Und: Man konnte eigentlich mit dieser Art von Musik nicht alt werden. Der Zorn wird unglaubwürdig, das Geschlechtliche peinlich, die Stimme rutscht ab, die Finger werden langsamer.

Thomas legte die Schläfe an die Scheibe. Am Steuer des geliehenen Transporters saß Stoney in einem schwarzen Jethro-

Tull-T-Shirt mit abgeschnittenen Ärmeln. Ole bot ihm eine Selbstgedrehte an. Stoney schob sie sich hinters Ohr.

Als Zwölfjähriger hatte Thomas sogar vor Status Quo Angst gehabt. Heute konnte er nicht mal mehr über sie lachen. Er war genau die drei Jahre jünger, die ihn zum Angehörigen einer anderen Generation machten. Er hatte sich nie viel aus Rockkonzerten gemacht. 1982 war er bei Simon & Garfunkel im Dortmunder Westfalenstadion gewesen, wo er sich einen gelben Button gekauft hatte, den ihm ein halbes Jahr später ein besoffener Hooligan im Bochumer Hauptbahnhof von der Jacke riss. Außerdem war er bei einem Konzert von Trio gewesen, in der Zeche, mehr eine humoristische Veranstaltung als ein echtes Rockkonzert. Der Sänger Stephan Remmler hatte gesagt, die Band beginne gleich mal mit der Zugabe, dann hätte man das hinter sich: »Kein Stress für euch, kein Stress für uns.« Auch dass er den Gesichtsausdruck des Schlagzeugers damit erklärt hatte, dass der die ganze Nacht onaniert habe, aber es sei nichts gekommen, hatte den pickligen Sechzehnjährigen gut gefallen.

Später hatten Bulle und Rainer Thomas mitgenommen ins Kölner E-Werk, wo die Schweizer Hard-Rock-Combo Gotthard aufgespielt und sich lächerlich gemacht hatte, weil der Gitarrist Englisch mit schwytzerdütschem Einschlag gesprochen hatte.

Ferner war da noch der Besuch eines Auftritts von Chris Cacavas, wieder in der Zeche, aber im »Club«, etwas kleiner als die Halle und nicht mal zur Hälfte gefüllt, wo Thomas bei den Versuchen des ehemaligen Mitglieds von Green on Red, wie Neil Young zu klingen, beinahe im Stehen eingeschlafen wäre.

Thomas rieb sich das Gesicht. Er war müde und hatte Kreuzschmerzen. Einem 41-jährigen Rücken sollte man nicht über mehrere Wochen eine Campingliege als Schlafplatz zumuten. Und für einen Kopf, der bis halb vier hellwach gewesen und durch den einiges an Bier geflossen war, war sieben Uhr einfach zu früh. Zu diesem Zeitpunkt, noch dazu an einem Samstag, hatte Zielek angerufen und sich beschwert, dass die Bildunterschriften für die Geschichte von dem Mädchen mit den blonden Zöpfen und der sechsköpfigen Motorradgang noch nicht bei ihm angekommen seien. Mach's dir doch selber, hatte Thomas gedacht, Zielek aber versichert, er werde das heute noch fertig machen. Jetzt war es kurz nach zwei, und einen Scheißdreck hatte er fertig, und er würde dazu heute auch nicht mehr kommen. Er war auf dem Weg zu einem Hard-Rock-Konzert bei einem 25-jährigen Abitreffen.

Wenn er ehrlich war, konnte er keine nackten Frauen mehr sehen. Und nackte Männer noch viel weniger. Die Schwänze sahen alle gleich aus. Alle beschnitten, alle länger als erlaubt. Manchmal hatte er sich gewundert, wieso er trotz dieser Bilder immer noch Lust gehabt hatte, mit Corinna zu schlafen. Wahrscheinlich, weil diese Bilder nichts mit Sex zu tun hatten. Welche Frau guckte beim Vögeln ständig in die Kamera? Und die Schminke! Und die aufgepumpten Titten, die betonhart vom Körper abstanden und in keiner Position ihre Form veränderten, immer nur ragten, nie flossen, nie ruhten! Und ständig mussten sie sich hinterher das Kinn abwischen! Meine Güte, nicht mal der härteste Macho war so erpicht darauf, den Akt ständig im Gesicht der Partnerin zu beenden!

Aber was sollte er machen! Er hatte nichts gelernt, keinen »ordentlichen« Beruf. Das Geld, das er mit seinem ersten Buch verdient hatte, war ihm unter den Händen weggeschmolzen. Die Vorschüsse für Buch zwei und drei hatten ihn einige Zeit am Leben erhalten, doch dann war ihm nur noch Schrott eingefallen, den keiner haben wollte. Irgendwann hatte er aufgehört, es zu versuchen, hatte sich damit abgefunden, dass diese Phase seines Lebens vorbei war. Wenn er an die Rente dachte, drehte sich ihm der Magen um, und das aus zwei Gründen: weil er überhaupt daran dachte (was bewies, dass er nicht nur älter, sondern alt wurde) und weil es nichts geben würde, was den Namen »Rente« verdienen würde. Realistisch betrachtet, wäre es am besten, mit sechzig das Bungee-Springen anzufangen und dann vor dem Sprung selbst das Seil anzuschneiden. *Lass es wie einen Unfall aussehen.*

Ole drehte sich zu ihm. »Nervös?«, fragte er.

»Geht so«, sagte Thomas.

»Kommt noch.«

»Mag sein.«

Ole trug sein »Ride with the Wind«-T-Shirt, um das sie alle so ein Geschiss machten, weil sie mal vor tausend Jahren einen ganzen Satz von fünf Stück in einer Biker-Kneipe in Kreuzberg gekauft hatten, und Ole war der Einzige, der dieses Ding immer noch anzog. Er war ein echter Held, der Ole. Ein Held mit einem dunklen Geheimnis, aber da rückten sie nicht mit raus. Nur, dass es problematisch werden könnte, wenn eine gewisse Dora auftauchte. Na ja, wir haben alle unser Päckchen zu tragen, dachte Thomas.

Er hatte keine Lust zu reden, hatte keine Lust von Oles reichen Erfahrungen als Musiker zu profitieren, also setzte er sich die Kopfhörer seines iPods auf und hörte Travis. *I'm sorry that you turned to driftwood.* Er konnte nicht mehr als fünf Songs am Stück von denen ertragen, aber jetzt war es beruhigend und ein ironisches Kontrastprogramm zu dem Lärm, den er gleich machen musste. Was Ironie anging, war er sich nie ganz sicher. Es schien unterschiedliche Arten davon zu geben. Ironie ohne Selbstironie zum Beispiel. Bei Pulp etwa. Thomas fand, das hatte in der Rockmusik nichts verloren. Er wollte Leute hören, die ihre Sache ernst meinten. Beim Lesen und Schreiben war es das Gleiche. Vielleicht wollte deshalb niemand den Dreck lesen, den er schrieb. Herrgott, es wollte ihn ja nicht mal mehr jemand drucken!

Dieses WG-Ding in den letzten Wochen ging ihm zusätzlich auf die Nerven. Außer Bulle wohnten jetzt alle bei Konni. Sie hatten auch alle Instrumente aus Rainers Garage geholt und im Anbau geprobt, man konnte sich also gar nicht mehr aus dem Weg gehen. Thomas fand, er sei aus dem Alter raus, sich mit anderen Jungs die Toilette teilen zu müssen. Das morgendliche Abhusten der Raucher erinnerte ihn an seinen Vater, und darauf konnte er verzichten.

Außerdem war Konnis Glück fast noch schwerer zu ertragen als sein Unglück zuvor. Diese Ursula war praktisch da eingezogen. Ständig hingen sie aufeinander, herzten und kosten und befummelten sich wie Teenager. Was nützte es einem, älter zu werden, wenn man im hormonellen Ernstfall doch nur den gleichen Mist durchzog wie mit vierzehn? Dass dieser Jürgen aufgetaucht war und Ärger gemacht hatte, war wenigstens ein bisschen amüsant gewesen.

Wann war seine Laune gekippt? Die Antwort war nicht allzu schwer: Als er sich zum ersten Mal Corinna zurückgewünscht hatte. Wie ein störrisches Kind hatte er eines Morgens, während Konni in der Schule, Rainer im Büro und Ole irgendwo unterwegs gewesen war, im Garten auf dem Rasen gelegen, hatte die vorbeiziehenden Frühlingswolken gezählt und es zuerst nur gedacht, dann laut ausgesprochen: *Ich wünsche mir meine Freundin Corinna zurück!* Eine innere Stimme hatte gesagt: *Geht aber nicht, du hast es versaut, und zwar end-*

gültig. Und was war ihm dazu eingefallen? Ein weinerliches *Ich will aber! Ich will, ich will, ich will!* Offenbar jedoch nicht so sehr, dass er es über sich gebracht hätte, sie anzurufen. Sie schien ihn ihrerseits nicht sonderlich zu vermissen, sonst hätte sie sich doch gemeldet, oder?

Am meisten hatte ihn in den letzten Wochen gewundert, dass er keine Lust auf andere Frauen verspürte. Bei den Auftritten hätte er was versuchen können, aber das war ihm immer erst hinterher eingefallen, und das hatte ihm nicht mal was ausgemacht.

Diesmal hielt er nur zwei Nummern aus. Er würgte Fran Healey ab und blickte nach vorn durch die Windschutzscheibe.

»Wer ist das?«, fragte er.

Vor dem Malakowturm der alten Zeche Hannover stand ein kleiner Mann mit kurzen roten Haaren und wedelte mit den Armen.

»Das ist Oehlke«, sagte Rainer.

Der Name war Thomas schon ein paarmal untergekommen. Peter Oehlke war schon zu Schulzeiten nicht sonderlich beliebt gewesen und hatte wohl genau deshalb die Mühe auf sich genommen, dieses Treffen zu organisieren.

»Der ist Anwalt geworden«, sagte Konni tonlos.

Durch ein breites Tor in einer Backsteinmauer fuhren sie auf das bekieste Gelände. Der Turm und die zwei Gebäude waren von Brache umgeben. Die Zeche war 1857 gegründet und 1973 als letzte Bochumer Förderanlage stillgelegt worden. Konni, ganz Lehrer, hatte ihnen noch am Morgen bezüglich des Ortes ihres bisher wichtigsten Auftrittes ein wenig auf die Sprünge geholfen. Alle waren sich einig, dass Peter Oehlke zwar ein Idiot war, mit dem schon auf dem Schulhof keiner hatte spielen wollen und der zu kaum einer Party eingeladen worden war, weil er sich schon mit zwölf der JU angeschlossen hatte, nun aber mit der Auswahl des Ortes für ihr Stufentreffen einen Glücksgriff getan hatte.

Oehlke kam im Laufschritt auf sie zu und drückte jedem seiner ehemaligen Klassenkameraden die Hand, als hätten sie gerade seiner Tochter mit einer Knochenmarkspende das Leben gerettet.

»Mensch, Jungs!«, rief Oehlke mit einer viel zu lauten Stimme, »was ist das toll, dass ihr da seid! Und Sie müssen Thomas sein!«

Ole setzte sich seine Ray-Ban auf, die an seinem kleinen Kopf viel zu groß wirkte.

»Ich helfe euch tragen!«, sagte Oehlke. »Mann, das ist ja richtig professionelles Equipment!«

Während sie ausluden und schweigend das ganze Zeug hineintrugen, kehrte Thomas zu seinen Gedanken von vorhin zurück. Wenn ihm diese Musik so wenig bedeutete, warum war er dann überhaupt dabei? Nun, er konnte heute besser verstehen, was sie mal an dieser Musik gefunden hatten. Er mochte den warmen, raumfüllenden Sound der Siebziger, der sich noch nicht so kalt und spitz in den Weiten des Halls verlor wie die Karikatur, zu der Hard Rock in den Achtzigern wurde und von Männern betrieben wurde, die mehr Zeit beim Friseur verbrachten als auf der Bühne oder im Probenraum. Deep Purple, Led Zeppelin, Uriah Heep oder auch Bad Company (jedenfalls die erste Platte) kamen ihm heute angenehm organisch vor, die Aggressivität hatte nichts Brutales.

Vor allem aber war er erleichtert, dass sie ihn mitmachen ließen. Wenn er nicht mitgezogen hätte, wäre er mittlerweile komplett außen vor. Er hatte nicht so viele Freunde, dass er sich das leisten konnte.

Er griff sich eine Kiste mit Kabeln und trug sie nach drinnen. Vor dem alten Lüftergebäude der Zeche hatten sich Hunderte von alten, ausgelatschten Bergmannsschuhen zu einer künstlerischen Installation versammelt. Auf dem ersten Treppenabsatz stand das Modell eines Grubenpferdes. Die Tiere hatten früher unter Tage Kohleloren gezogen. Dieses hier war aus Kunststoff, hatte nie gelebt, und trotzdem schien es Thomas anzustarren.

Als er gerade im ersten Stock angekommen war, riss ihn ein lautes, nachhallendes Krachen aus seinen Gedanken. Hier oben standen bereits lange Tische mit weißen Decken aus Papier. An der Stirnseite der Halle waren auf Metallplatten gezogene Bilder von Bergleuten angebracht, die hier früher gearbeitet hatten. Darunter war eine Bühne aufgebaut. Stoney packte gerade Scheinwerfer aus. Peter Oehlke hatte eine Monitorbox fallen lassen, was ihm sichtlich peinlich war. Den Tränen nahe, versicherte er, dass ihm das wahnsinnig leidtue und er für den Schaden aufkommen werde. Die Dinger hielten einiges aus, beruhigte ihn Stoney, regte aber auch an, dass Oehlke sich doch lieber ein wenig ausruhen solle, schließlich habe er als Organisator des heutigen Abends noch einiges vor der Brust. Oehlke umfasste Stoneys Rechte mit beiden Händen und nahm das Angebot dankbar an.

Thomas setzte gerade seine Kiste auf der Bühne ab, als sein Telefon klingelte. Die Nummer im Display kannte er gut. Es war seine eigene. Jedenfalls bis vor kurzem gewesen.

»Ich bin's!«, sagte sie überflüssigerweise.

Seine Entgegnung »Ich auch« war nicht besser, brachte sie aber trotzdem zum Lachen.

Sie fragte ihn, wie es ihm gehe und was da im Hintergrund los sei. Thomas erklärte es ihr.

»Der große Auftritt, was?«

»Nicht unser erster.«

»Ich weiß.«

Er fragte sich, ob sie vielleicht vorgestern im Publikum gewesen war, konnte sich das aber nicht vorstellen.

»Ich habe mich immer wieder gefragt«, sagte Corinna, »wieso du nicht anrufst, aber dann dachte ich, ich rufe ja auch nicht an. Ich habe mich gefragt, wieso ich das nicht tue, obwohl sich mindestens ein Teil von mir doch wünscht, dass du anrufst, und irgendwann schoss mir durch den Kopf, vielleicht geht es ihm genauso. Also durchbreche ich jetzt mal diesen Idiotenkreislauf. Was hältst du davon?«

Am liebsten hätte er ihr gesagt, wie erleichtert er sei, wie sehr er sich gewünscht habe, etwas von ihr zu hören, doch es war zu früh und zu einfach, jetzt gleich damit herauszuplatzen, also sagte er, es liege nicht allzu weit vom Bereich des Möglichen entfernt, dass das eine gute Idee gewesen sein könnte.

»Ach, du Sprachmagier! Was ist, kannst du dich vor dem großen Auftritt vielleicht noch mal loseisen? Gehen wir irgendwo einen Kaffee trinken?«

Er ließ sich von Stoney die Schlüssel für den Transporter geben und fuhr in die Stadt.

Er hatte mal ihre Eltern kennen gelernt, der Vater ein sportlicher, blonder Apotheker, die Mutter eine gutaussehende, schlanke städtische Angestellte im gehobenen Dienst, die mit etwas zu tun hatte, das »Raumplanung« hieß. Beide waren nur drei beziehungsweise vier Jahre älter als Thomas. Wenn sie Probleme damit hatten, dass ihre Tochter mit einem zusammenlebte, der aussah, als sei er schon aus dem Gröbsten raus, so ließen sie es sich nicht anmerken.

Als er Corinna jetzt gegenübersaß, fragte er sich, wie er je hatte glauben können, er würde ohne sie zurechtkommen. Ihr schien die Zeit der Trennung gutgetan zu haben, sie wirkte entspannter, älter, und zum ersten Mal ging ihm durch den Kopf, ihn könnte mehr an sie binden als nur ihre überragende sexuelle Energie – auch wenn er nicht anders konnte, als sie sich jetzt und hier und auf der Stelle nackt vorzustellen. Nackt, warm und weich und bereit zu Tätlichkeiten. Die Winterblässe war einer zarten Spätfrühlingsbräune gewichen, ihre Augen leuchteten hellblau, ihr schwarzes T-Shirt mit V-Ausschnitt war ebenso schlicht und passend wie ihre Jeans und ihre Turnschuhe. Sie sah frisch aus. Im Gegensatz zu ihm selbst. Nach dem, was ihm heute Morgen im Spiegel erschienen war, sah er aus wie etwas, das zu lange im Regal gelegen hatte.

»Um es mal gleich vornweg zu sagen«, begann sie, nachdem sie sich mit zwei Wangenküssen begrüßt hatten wie Nachbarn, die sich im Theaterfoyer zufällig über den Weg liefen, »ich finde es absolut albern, was wir hier veranstalten. Kannst du mich noch leiden?«

»Natürlich. Was …?«

»Bestell dir was. Der Kellner steht neben dir!«

»Cappuccino.«

Der Kellner verschwand.

»Ich sage dir mal, wie ich es sehe«, sagte Corinna. »Du hättest anrufen können, hattest aber keine Lust, zu Kreuze zu kriechen. Ich hatte dazu auch keine Lust, schließlich hatte ich mir von dir anhören müssen, ich lebe auf deine Kosten, obwohl das objektiv nicht der Fall war. Okay, also, du bist etwas schusselig, denkst zu viel an dich und zu wenig über andere nach. Geschenkt. Das ist doch alles Blödsinn!«

»Harte Worte.« Wann hatte er ihr zum letzten Mal gesagt, dass er es liebte, wenn sie Kraftausdrücke benutzte?

»Ich weiß, was du über uns denkst.«

»Ach ja?«

»Du denkst, die ist so jung, und ich bin so alt, ich bin doch nur Episode für sie, und deshalb sie auch für mich.«

»Ich bin so alt?«

»Du weißt, was ich meine.«

Jetzt war erst mal Pause, bis der Kellner den Cappuccino brachte. Thomas dachte nach: Wer war der Idiot gewesen, der ihr vorgeworfen hatte, sie gebe zu viel Geld aus, zahle ihre Schulden nicht zurück? Wer hatte ihr so schlecht zugehört, dass er eine Verabredung mit ihrem Patenkind für einen schlecht camouflierten Seitensprung hatte halten können? Wer war so dumm gewesen, zu Hause auszuziehen, um auf einer Campingliege in einem halbfertigen Anbau zu schlafen?

»Ich will«, sagte sie, und er sah, dass sie Tränen unterdrückte, was ihm wiederum das Wasser in die Augen trieb, »ich will, dass du zurückkommst, dass wir uns vertragen, wenn du so willst. Ich will mit dir zusammen sein. Sex mit dir haben, dir die Treppen hinaufhelfen, alter Mann, dir die Schnabeltasse halten. Ich finde das zwar nicht so toll, dass ich diejenige bin, die das alles sagen muss, aber scheiß drauf, bevor es gar nicht gesagt wird, mache ich es halt. Und ich will, dass du aufhörst, dein Talent an diesen Pornoscheiß zu verschwenden. Nichts gegen einen gut gemachten Fickfilm, aber ich will, dass du dich hinsetzt und wieder was Richtiges schreibst.«

Jetzt liefen ihr die Tränen über die Wangen. Sie zog den Rotz in der Nase hoch.

Thomas schluckte. »Niemand interessiert sich dafür.«

»Trink deinen Cappuccino, sonst wird er kalt!«

Thomas gehorchte.

»Die Frage ist doch«, machte Corinna weiter, während sie

sich in ein Papiertaschentuch schnäuzte, »was dich interessiert!«

»Fressen, ficken, fernsehen.«

»Weich mir nicht aus. Schon gar nicht mit so einem billigen, abgestandenen Blödsinn! Setz dich zu Hause hin und lies noch mal deine eigenen Bücher, und dann frage dich, was dich interessiert, und dann fang an, darüber zu schreiben! Wie kann man denn so eine Fähigkeit einfach wegschmeißen!«

»Ich will mit dir schlafen! Jetzt gleich!«

Corinna winkte dem Kellner.

36

Er kannte den Mann. Er war ziemlich sicher, dass er mit ihm zur Schule gegangen war, aber der Name fiel ihm nicht ein. Auch verband Bulle mit diesem Mann keine gemeinsamen Erinnerungen, entsann sich keiner Gespräche mit dem jugendlichen Ich seines Gegenübers, der mit seinem guten Gedächtnis für Kleinigkeiten aus dem Unterricht prahlte. Er war groß und dunkel, sah gar nicht schlecht aus. Bulle, angefressen von zu wenig Schlaf und zu viel Lampenfieber, kam sich neben ihm hässlich vor.

Um sechs Uhr war er aufgewacht. Die Mädchen hatten bis neun geschlafen, drei Stunden lang hatte er an diesem Samstagmorgen das Haus für sich gehabt, hatte lange Zeitung gelesen und Kaffee getrunken, barfuß, in kurzen Hosen und T-Shirt, auf der Terrasse, im Schatten, während die Sonne schon das Rasenstück weiter hinten erwärmte.

Beim Frühstück waren die Mädchen überrascht gewesen, dass das Nutella-Glas schon auf dem Tisch gestanden hatte. Überhaupt hatte ihr Vater abwesend gewirkt.

»Nun ja, er wird alt«, hatte Julia geseufzt.

»Bald machen wir *ihm* das Frühstück!«, hatte Nathalie hinzugefügt.

Als Gerda gegen Mittag gekommen war, hatte sie kaum ein Wort gesagt. Er ließ seine Kinder allein, um Musik zu machen, für die er viel zu alt war. Und er betrog seine tote Frau im Ehebett mit einer schwarzhaarigen Hexe aus Düsseldorf. Das alles sprach für sich.

Der Mann, dessen Name Bulle nicht einfiel, legte ihm jetzt eine Hand auf die Schulter und tat sehr vertraut. Er war als einer der Ersten gekommen. Noch war die große Halle fast leer, durch die Oberlichter fielen Sonnenstrahlen auf die langen Tische mit den weißen Decken. Am Rand war ein Buffet aufgebaut, italienisch leicht, der Jahreszeit entsprechend, auch wenn Bulle sich in dieser Umgebung eher für Deftiges hätte begeistern können.

Angelika hatte er seit dieser katastrophalen Begegnung im Schlafzimmer, als Gerda plötzlich in der Tür gestanden hatte, nicht mehr gesehen. Er hatte auch nichts von ihr gehört, dachte aber ständig an sie. Wie in einem schlechten Film hatte er bei Marianne am Grab gestanden und versucht herauszukriegen, wie sie darüber dachte.

Stoney hockte am Mischpult und war nicht davon zu überzeugen, es mal aus den Augen zu lassen und sich zu entspannen. Als Bulle ihn aufgefordert hatte, sich doch was zu essen zu holen und an den Tisch zu setzen, hatte Stoney gesagt: »A) ist es für mich Arbeit, und die mache ich b) richtig oder gar nicht, c) kenne ich hier niemanden, mit dem ich mich unterhalten könnte außer d) euch, aber ihr habt hier e) Klassentreffen und f) hätte ich keine Ruhe, wenn ich ständig daran denken müsste, dass irgendein Idiot an meinen Reglern herumspielt!«

Bulle hatte ihm dann ein paar kalte Vorspeisen gebracht.

Die, die pünktlich kamen, waren samt und sonders Leute, mit denen Bulle früher nichts zu tun gehabt hatte. Man grüßte einander, wechselte ein paar Worte und ließ wieder voneinander ab. Bisher war es noch etwas langweilig. Das Spannendste war die Frage, mit wem Bulle sich die ganze Zeit unterhielt. Beziehungsweise, wer ihn da so penetrant vertraulich bequatschte. Rainer erlöste ihn, indem er Bulle mit den Worten, es gebe da noch was wegen des Auftritts zu klären, von dem großen Dunklen loseiste.

»Weißt du, wer das ist?«, fragte Bulle, als er in Sicherheit war.

»Kommt mir bekannt vor, aber ich kann ihn nicht einordnen.«

»Der weiß alles. Sogar, wer damals den Papierkorb angezündet hat.«

»Verjährt.«

»Das war in Bio bei diesem überforderten Referendar.«

»Oh Gott, ich schäme mich heute noch, wenn ich daran denke.«

»Der kam schon mit schweißnassem Hemd in die Klasse, selbst im Winter. Der hatte richtig Schiss vor uns.«

»Zu Recht.«

»Und du hast auch noch gesagt: Mensch, Herr Möller, Sie brauchen aber auch mal wieder Deo Radikal!«

»Der ist heulend rausgelaufen.«

»Da noch nicht. Erst als Tanja Siebert ihn fragte, wieso er ihr so auf die Titten glotzt.«

»Dabei hatte er das gar nicht getan.«

»Und dann hat sie gesagt, dass er für fünf Mark auch mal anfassen dürfe.«

»Ach ja, was für eine Zeit, als man noch so richtige Schlampen kannte.«

»Weißt du, was aus der geworden ist?«

»Keine Ahnung.«

»Ich nehme sie jedenfalls mit aufs Klo, wenn sie heute kommt.«

»Wirst du eigentlich jemals erwachsen?«

»Ich spiele in einer Rockband! Und wenn ich schon keine Fernseher aus dem Fenster schmeißen kann, lass mich doch wenigstens versauten Schwachsinn erzählen.«

»Außerdem hast du ja was in Düsseldorf laufen.«

Rainers Bemerkung ließ Bulle zusammenzucken. Wenn jemand anders das sagte, hörte sich es sich wahr an, aber auch verboten.

»Mal langsam«, war alles, was er dazu sagen konnte, da hieb ihm auch schon jemand von hinten auf den Rücken, dass es ihm fast einen Lungenflügel zerrissen hätte.

»Bulle Geiger, alte Sau!«

Nicht nur das Grinsen war breit an Hotte Vorholz. Seit ihrer gemeinsamen Zeit bei Black Pearl hatte er mindestens zwanzig Kilo zugelegt. Sie umarmten sich, und Bulle wusste nicht, wieso. Seit dem Abitur waren sie sich genau einmal über den Weg gelaufen und hatten sich nicht viel zu sagen gehabt.

»Der Dicke will uns also rocken«, sagte Hotte Vorholz. »Ich dachte, du bist Arzt?«

»Bin ich auch.«

»Da hat man Zeit, was? Was macht deine Frau? Kommt die heute auch noch? Oder willst du hier noch mal alte Rohre verlegen?«

Es war Rainer, der Hotte Vorholz wegzog, bevor Bulle gewalttätig werden konnte. Bulle ging zur Bar und bestellte sich ein Bier. Allmählich nur füllte sich der Raum. Hundertzwanzig hatten zugesagt, etwa die Hälfte wollte Ehe- oder sonstige Partner mitbringen, hatte Oehlke eröffnet, den diese Zahl sehr stolz machte.

»Udo Geiger, genannt Bulle, ich grüße dich!«

Bulle fuhr herum. Diesmal musste er nicht lange nachdenken, wen er da vor sich hatte. Das erste Mädchen, bei dem man es unter den Pullover geschafft hatte, vergaß man einfach nicht. An der Gürtelschnalle war Schluss gewesen, und im Nachhinein war Bulle froh darüber, sonst hätte er bei diesem Streit vor einigen Monaten, als Konni und Rainer aneinandergeraten waren, ein richtig schlechtes Gewissen haben müssen. Soviel er wusste, hatte auch Ole mal mit ihr herumgeknutscht, und das machte Konni zum Einzigen in der Runde, der nie an sie herangekommen war.

»Gisela Kaufmann, genannt Gisela Kaufmann! Mein altes Herz ist voller Freude!«

Sie küssten sich auf die Wangen. Gisela roch gut. Immer noch wie damals, bildete Bulle sich ein. Würde er die Augen schließen, hätte er ihre Brustwarzen vor sich, also ließ er die Augen auf, zumal sich sonst auch noch ihr perfekter, flacher Bauch und ihr zauberhafter Nabel in sein inneres Blickfeld geschoben hätten, und verdammt noch mal, er war ein verheirateter Mann mit einer verärgerten Exgeliebten!

»Was sagen wir jetzt?«, fragte Gisela Kaufmann rhetorisch.

»Wie die Zeit vergeht? Wie toll es damals war? Wie mies? Oder machst du mir Vorwürfe, weil ich dich nicht rangelassen habe?«

»Letzteres.«

Sie musste lachen. Bulle lachte mit. Ungeniert sah er sie an. Sie war fast eins achtzig groß, trug ihr braunes Haar jetzt kürzer, hatte noch immer diese ausdrucksstarke Nase und war im Gesicht etwas voller, was ihr aber gut stand. Sie trug ein gelbes Sommerkleid. Bulle hoffte, sie heute Abend irgendwann mal im Gegenlicht zu sehen.

»Du konntest gut küssen. Eigentlich hätte ich mir denken können, dass der Rest mit dir auch nicht schlecht wäre.«

»Gisela, wir haben uns seit ich weiß nicht wie vielen Jahren nicht gesehen, und du kommst gleich mit diesen intimen Sachen!«

»Ach komm! Musst du nicht immer an die Zeiten denken, wo man einfach mal rummachen konnte? Die ersten drei Jungs, mit denen ich geschlafen habe, waren in dieser Stufe, und ich bin gespannt, ob alle drei auftauchen, und was aus ihnen geworden ist.«

»Rainer ist jedenfalls da.«

»Oh, okay, dann waren es wohl doch vier.«

»Was machst du so?«

Gisela Kaufmann nahm ihm sein Bier aus der Hand und nickte. »Die Standardfrage. Nun: Geschieden, zwei Töchter in der Pubertät und einen fetten Job im mittleren Management eines regionalen Energieversorgungsunternehmens in Baden-Württemberg, und ja: Der Dialekt geht mir auf die Nerven, aber: Nein, ich möchte nicht wieder ins Ruhrgebiet zurück. Und du?«

»Verwitwet, zwei Töchter in der Vorpubertät, Studium in

München und Hamburg, Arzt in einem Krankenhaus in Herne, und der Dialekt geht mir immer noch nicht auf die Nerven.«

Er wunderte sich selbst, wie locker ihm das erste Wort dieser kleinen Rede über die Lippen gekommen war.

Gisela Kaufmann wahrte die Form. »Verwitwet? Schöne Scheiße!«

Bulle nahm ihr das Bier wieder ab.

»Wie ist das passiert? Autounfall?«

»Krebs.«

»Was für eine Scheiße!«

Gisela Kaufmann war ehrlich fassungslos. Und sie hatte nicht diesen Ton drauf, den Bulle nicht mehr hören konnte und für den es kein Wort gab. Gisela tat gut.

»Und wie machst du das, mit zwei Kindern?«

»Meine Schwiegermutter hilft mir, auch wenn sie sauer ist, weil ich ihre Tochter nicht retten konnte, obwohl ich Onkologe bin, ich brauch noch ein Bier, ich habe vier Jahre mit keiner Frau geschlafen, jedenfalls bis vor ein paar Wochen, also mach dir keine Sorgen, danke für das Bier.«

»Vier Jahre, das könnte ich nicht.«

»Bin gar nicht auf die Idee gekommen.«

»Wenn mein Mann gestorben wäre, hätte er mir und den Kindern eine Menge erspart.«

Gisela Kaufmann hatte etwas an sich, dass man ihr diese Sätze nicht übelnehmen konnte.

»Hättest du mir einfach nur gesagt, du hättest seit sieben Jahren keinen Sex gehabt, hätte ich gesagt, komm, wir suchen uns ein lauschiges Plätzchen. Aber deinen Worten entnehme ich, dass diese deprimierende Zeit vorbei ist.«

Ich hätte das Angebot vielleicht sogar angenommen, dachte Bulle, so frei und unkompliziert wie es vorgetragen worden war. Er sagte jedoch nichts, sondern zuckte nur mit den Schultern.

»Und jetzt spielst du auch noch in einer Band?«

»Ich versuche es.«

Sie beugte sich vor, küsste ihn auf den Mund und streichelte seine Wange. »Ich werde in der ersten Reihe stehen und dir meinen Slip auf die Bühne werfen!«

Sie ging einmal quer durch den ganzen Raum zu einer Gruppe von Mädchen, nein, Frauen, so nannte man sie wohl, wenn sie Mitte vierzig waren. Eine von ihnen war Michaela. Bulle sah sich nach Konni um, konnte ihn aber nirgendwo entdecken. Er stellte das leere Glas auf der Theke ab, ging zu der Treppe, die nach unten zum Ausgang führte und stieß dort mit Schraube Scheffler zusammen.

»Oh!«, sagte der, offenbar wenig begeistert. »Der Rockstar!«

War Hotte Vorholz deutlich in die Breite gegangen, sah Schraube Scheffler aus, als sei er geschrumpft. Dabei war er damals schon nicht eben groß gewesen, gerade mal eins siebzig. Trotzdem oder gerade deswegen war er ein Ladies Man gewesen, ein Schürzenjäger vor der Herrin. »Ich leck sie, ohne mich zu bücken!«, war sein Lieblingsspruch gewesen. Bei Black Pearl hatte er Bass gespielt und Witze gerissen. Guter Schüler, ohne sonderlich aufzufallen. Ziemlich guter Fußballer.

»Wie geht es dir?«, fragte Bulle.

»Das ist meine Frau.«

Die Blondine, die hinter Schraube Scheffler die Treppe hochkam, war einen ganzen Kopf größer als ihr Mann. Sie trug ein strenges graues Kostüm, als wollte sie sich als Anwältin verkleiden, und außerdem schlechte Laune zur Schau. Sie weigerte sich, ihre Sonnenbrille abzunehmen und kaute manisch auf einem Kaugummi herum.

Ein paar Sekunden standen sie wortlos an der Treppe, bis Schraube Scheffler sagte: »Jetzt ist es dir nicht mehr zu blöd, was?«

»Ich weiß nicht, was du meinst.«

Schraube Scheffler verdrehte die Augen. »Mann, du hast uns damals so herbe sitzenlassen, das habe ich dir nie verziehen! Ausgerechnet vor dem Auftritt in Kurtis Kneipe!«

»Das kann nicht dein Ernst sein! Ich habe niemanden sitzenlassen! Und der Auftritt in Kurtis Kneipe wurde abgesagt, weil das Ordnungsamt ihm den Laden dichtgemacht hatte!«

»Erzähl nicht so einen Scheiß! Das war doch viel später! Und jetzt kommst du hierher und machst einen auf Ian Paice oder was weiß ich, mit Grigoleit, dem Popper, und Beckmann, der armen Katholenwurst. Ach ja, und der Gestörte ist auch dabei! Kann der inzwischen Auto fahren oder fährt er immer noch Leute zu Klump?«

»Pass auf, was du sagst!«

»Au Mann, Bulle Geiger, The Animal! Ich mach mir ins Hemd, echt!«

Bulle stieß Schraube Scheffler gegen die Brust und drängte sich an ihm vorbei. »Geh mir aus der Sonne, kleiner Pisser!«

Die große Blondine stand daneben, mahlte mit den Kiefern und betrachtete die Innenseiten der Gläser ihrer Sonnenbrille. Sie sah aus wie eine Paris Hilton für sehr arme Leute.

»Leck mich!«, rief Schraube Scheffler Bulle hinterher.

»So tief kann ich mich nicht bücken!«

Ohne sich umzudrehen, lief Bulle die Treppe hinunter, hatte kurz den Eindruck, das Grubenpferd lache ihn aus, und blieb auf der untersten Stufe stehen wie festgenagelt.

»Da isser!«

»Wie bestellt!«

»Guckt wie Auto!«

»Mach den Mund zu, Papa!«

Hinter den Mädchen stand Gerda, etwas zu schick herausgeputzt für den Anlass. Stimmt, sie hatte eine Tasche dabeigehabt, als sie heute Mittag gekommen war. Mehr als ein »Was …?« kam Bulle nicht über die Lippen.

»Ach ja nu …«, schimpfte Gerda in gespieltem Zorn. »Ist doch Sonntag, morgen. Und die Kinder sollen doch mal sehen, was ihr Vater so treibt. Als abschreckendes Beispiel.«

»Wie seid ihr hergekommen?«

Gerda hatte keinen Führerschein, und für ein Taxi war sie eigentlich zu geizig.

»Da war so'ne Frau«, sagte Julia.

»Die hat uns mitgenommen«, ergänzte Nathalie.

»Ziemlich schicker Wagen. Deine Freundin, Papa?«

Auftritt Angelika in ihrem Retro-Hard-Rock-Konzert-Outfit aus Lederhose, Rüschenbluse mit schwarzem Tank-Top drunter und Ketten drüber. Nur hatte sie diesmal ihr Haar nicht toupiert, sondern streng zurückgekämmt und zu einem Pferdeschwanz gebunden. Sie sah aus, dass es dafür kein Wort gab. Jedenfalls keines, das Bulle gekannt hätte. Sein Blick glitt blitzschnell an ihr herab und dann hinüber zu Gerda, deren Lider kurz flatterten, bevor seine Schwiegermutter woanders hinschaute, den Mund zu etwas verzogen, von dem sie wahrscheinlich selbst nicht wusste, was es sein sollte.

Bulle gab Angelika die Hand. Ihr einen Kuss zu geben, traute er sich vor diesem Publikum nicht. Sie verstand.

»Wann geht es los?«, fragte sie.

»Dauert noch ein bisschen«, antwortete Bulle. »Es gibt was zu essen und zu trinken und dann noch eine Rede. Das übliche Zeugs eben.«

Seine Aufmerksamkeit wurde von einem in diesem Moment auf das Gelände einbiegenden Wagen abgelenkt. Obwohl es noch nicht dunkel war, hatte der dunkle Mercedes die Scheinwerfer eingeschaltet.

»Wir haben Hunger!«, riefen die Mädchen.

»Ich denke, wir gehen erst mal nach oben und schauen uns ein wenig um«, sagte Angelika.

Gerda nickte und ging vor. Angelika folgte ihr. Julia stieß ihren Vater mit dem Ellenbogen an.

»Die ist in Ordnung«, sagte sie.

Und Nathalie fügte hinzu: »Aber Angelika auch! Komm, wir gucken, ob sie Nutella haben!«

Die Mädchen sprangen die Treppe hinauf, und Bulle ging nach draußen. Der dunkle Mercedes parkte etwa fünfzig Meter vom Eingang entfernt. Ein Mann Anfang fünfzig stieg auf der Fahrerseite aus und ging zum Kofferraum. Auf dem Beifahrersitz saß jemand, den Bulle nicht erkennen konnte. Er hatte das Gefühl, er oder sie sehe ihn an.

Der Mann nahm einen Rollstuhl aus dem Kofferraum und klappte ihn auseinander. Ein Gefühl, das einem Panikanfall nicht unähnlich war, durchlief Bulle. Auf seiner Stirn bildete sich Schweiß. Unwillkürlich trat er zurück in den Eingangsbereich der alten Zeche und hoffte, dass es dort dunkel genug war.

Der Mann hob eine Frau aus dem Wagen und setzte sie in den Rollstuhl. Auf dem tiefen Kies des Geländes kam er nur schwer voran. Bulle wusste, dass er hätte helfen sollen, aber er tat es nicht.

37

Konni hatte ein schlechtes Gewissen. Er hielt Ursulas Hand etwas fester, aber das half nicht. Er kam einfach nicht auf den Namen dieses Mannes, mit dem er schon seit einigen Minuten redete. Beziehungsweise: dem er schon seit einigen Minuten zuhörte. Konni hatte das Gefühl, mit diesem Mann zur Schule gegangen zu sein, meinte, ihn in einem Klassenraum an einem Tisch sitzen zu sehen, aber er wusste nicht mehr, wie der Mann hieß, der offenbar allein gekommen war und als Beruf unaufgefordert »Pharmavertreter« angegeben hatte. Er war groß gewachsen und vom Typ her eher dunkel, außerdem kein unangenehmer Gesprächspartner, schien sich an Konni gut zu erinnern und wusste alles über Lehrer und Mitschüler, kleinere und größere Skandale. Aber er nannte seinen Namen nicht, sondern ging ganz selbstverständlich davon aus, dass Konni ihn kannte.

Thomas – mit gelangweiltem Gesicht, schließlich kannte er hier kaum jemanden – kam auf ihre kleine Dreiergruppe zugeschlendert, und Konni wähnte sich gerettet, schenkte Thomas sofort seine Aufmerksamkeit.

»Hast du Ole gesehen?«, fragte Thomas.

»Schon länger nicht.«

Thomas schlenderte weiter.

Der Dunkle legte Konni eine Hand auf den Unterarm, beugte sich vor und erzählte, wie er es angestellt hatte, die eine Lateinklausur bei Dr. Bergmann zu schaukeln, bei der fast alle eine Eins oder Zwei geschrieben hatten, so dass es Bergmann zwar komisch vorgekommen war, er aber nichts hatte machen können. Konni erinnerte sich auch daran, kam aber trotzdem nicht auf den Namen des Mannes, der ihm jetzt noch einmal auf die Schulter schlug und dann pfeifend zur Bar hinüberging, während Konni im Augenwinkel etwas Gelbes auf sich zukommen sah, das sich schließlich als seine große Jugendliebe Gisela Kaufmann herausstellte.

»Konrad Beckmann, genannt Konni!«, rief sie aus und küsste ihn auf beide Wangen.

Warm durchrieselte es Konni, aber das war kein Problem.

»Scharfe Jacke, geile Buttons! Noch von damals?«

»Hallo Gisela. Das ist Ursula!«

Er war froh, ihr gleich seine Freundin vorstellen zu können, wollte er doch nicht für den Rest des Abends als der Sitzengelassene abgestempelt bleiben. Gleichzeitig war es ihm ein bisschen peinlich, dass er Ulla dazu benutzte, seinen sozialen Status zu erhöhen.

»Wir sind zusammen zur Schule gegangen«, sagte Gisela und machte irgendetwas am Ausschnitt ihres Sommerkleides.

»Tatsächlich?«, entgegnete Ursula.

»Hör mal«, sagte Gisela, »ich wusste das gar nicht von Bulles Frau!«

»Ja, schlimme Sache«, sagte Konni.

»Wie ist es dir ergangen in den letzten Jahren?«

»Na ja, das Übliche.«

»Du bist Lehrer, habe ich gehört.«

»Biologie und katholische Religion.«

»Schließt sich das nicht gegenseitig aus?«

»Äh … nein, kann man nicht sagen.«

»Und du?«, wandte sich Gisela an Ulla.

»Auch Lehrerin.«

»He, zwei Beamte! Die Lieblinge der Banken. Habt ihr auch so unter den Kindern zu leiden? Beschimpfen sie euch, bedrohen sie euch mit Handfeuerwaffen?«

»Ach«, sagte Ursula, »wenn man selbst zuerst Gewalt anwendet, geht es eigentlich.«

Gisela stutzte und brach dann in dieses donnernde Lachen aus, für das sie seinerzeit berüchtigt gewesen war.

»Ich könnte das nicht«, sagte sie, als sie sich beruhigt hatte. »Nein, ehrlich, ich bewundere Leute wie euch. Ich könnte es keine drei Tage an so einer Schule aushalten. Ich habe zwei Töchter, das reicht mir an Kindern in meinem Leben. Ich bin froh, dass es Leute gibt, die die Drecksarbeit machen.«

»Gisela war immer bekannt für ihr loses Mundwerk«, sagte Konni. »Und nicht nur dafür.«

»Oho! Ab 20.30 Uhr wird zurückgeschossen, was? Was er meint, ist mein nach katholischer Ansicht eher zweifelhafter Ruf, was Männer angeht. Angeblich war ich ja mit jedem Zweiten in der Stufe im Bett. Aber das stimmt nicht. Es waren viel mehr.«

Sie selbst lachte am lautesten.

»Aber keine Angst, mit Konni ist nichts gelaufen. Er wollte nicht.«

»Ich wollte nicht?«

Dass seine Stimme sich vor Verblüffung fast überschlug, war vielleicht ein wenig unangemessen.

»Auf dieser einen Party bei Oehlke«, sagte Gisela, »habe ich dich angebaggert bis zum Gehtnichtmehr, aber du hast mir die kalte Schulter gezeigt. Da musste ich dann mit Bulle Geiger abziehen.«

»Mit Bulle?!«

Wieder lag seine Stimme nahe am Frequenzbereich einer Hundepfeife.

»Wie, das hat er nicht erzählt? Prahlen Jungs nicht mit so etwas vor ihren Kumpels? Mann, da hätte es aber was zum Prahlen gegeben, mein lieber Mann!«

Was Konni jetzt durchrieselte, war schon eine Spur kälter als das Gefühl von vorhin. War er denn wirklich der Einzige, der nichts mit Gisela Kaufmann gehabt hatte? Und dass sie ihn angebaggert hatte, davon konnte überhaupt keine Rede sein. Gut, sie hatte neben ihm gestanden, in einer Gruppe mit drei anderen, aber sie hatte ständig Witze über ihn gerissen und sich zwei Stunden über ihn lustig gemacht; das hatte er nicht als sonderlich erregend empfunden, zumal Gisela um einiges größer war als er selbst, ihn also auch ein wenig einschüchterte. Immer noch.

»Jedenfalls werde ich gleich in der ersten Reihe stehen, wenn ihr auf der Bühne loslegt. Aber meine Unterwäsche habe ich schon Bulle Geiger versprochen!«

Sie küsste Konni noch einmal auf beide Wangen und verschwand im langsam zunehmenden Partygetümmel.

»So etwas nennt man wohl ein Vollweib«, murmelte Ulla.

»Das ist mir jetzt ein bisschen peinlich«, sagte Konni.

Ulla nahm seine Hand. »Das muss es nicht. Ich glaube, mit sechzehn wäre sogar ich scharf auf sie gewesen. Sag mal, wo sind denn hier die Toiletten?«

»Ist eine kleine Weltreise. Treppe runter, nach draußen, rechts rum, auf der Rückseite der Maschinenhalle.«

»Vergiss mich nicht, solange ich weg bin.«

Konni blickte ihr nach. An der Treppe drehte sie sich noch einmal um und winkte ihm zu. Schon komisch, wie viel Glück man im Leben haben konnte.

»Hallo Konni!«

Die Stimme, die ihn da von hinten ansprach, kannte er besser, als ihm lieb war, und das Gefühl, das ihn jetzt durchfuhr, war wieder ein ganz anderes. Als hätte jemand einen Mikado durch seine Schädeldecke getrieben. Unendlich langsam, wie er fand, drehte Konni sich um.

Michaela stand vor ihm.

Wie sah sie aus? Wie Michaela. Wäre es ihm lieb gewesen, wenn sie schlecht ausgesehen hätte? Gezeichnet von dem selbst zugefügten Verlust und den Problemen in ihrer Ehe mit dem Orthopäden? Ja, ganz sicher! Das wäre ihm sehr recht gewesen! Abgemagert, Ringe unter den Augen, fahle Haut – das hätte er gern gesehen. Und ihr dann Ulla vorgestellt – das blühende Leben mit brennendem Schopf!

Aber Michaela sah gut aus. Gesund. Blond. Frisiert. Trug eine helle Sommerhose und eine schwarze Bluse ohne Ärmel. Sie hatte schöne Arme.

»Ich habe gewartet, bis du allein bist«, sagte sie.

Wieso? Hatte sie ihm was zu sagen? Wollte sie dabei keine Zeugen?

»Sieht gut aus. Kennt ihr euch schon lange?«

Was ging sie das an? Wieso wollte sie das wissen? Warum kam sie gleich auf *diese* Art von Thema?

»Du sagst ja gar nichts.«

»Guten Abend.«

Seine Stimme kriegte er heute nicht mehr in den Griff. Von Hundepfeifenhöhe war sie abgestürzt in die Tiefen eines Stimmbandkatarrhs.

»Wie habt ihr euch kennen gelernt?«

Hör doch auf! Anderes Thema! Oder gar keins! Geh weg!

»Sie ist eine Kollegin.«

»Und hat sie auch einen Namen?«

»Ja.«

»Und welchen?«

»Ursula.«

»Schön.«

Nein. Oder doch? Jedenfalls egal. Ursula war kein Name, über den man sagte, er sei schön. Was bezweckte Michaela damit?

»Mach es mir doch nicht so schwer, Konni!«

Hatte sie das gerade wirklich gesagt? Er machte ihr etwas schwer? Das wäre der Zeitpunkt gewesen, sie mit verbaler Gewalt in den Boden zu rammen, ihr Beleidigungen an den Kopf zu werfen, auf dass sie verschwände, sich schämte und nie wieder auf die Idee käme, das Wort an ihn zu richten.

Er sagte: »Tut mir leid!«

Und hasste sich dafür leidenschaftlich.

»Ich bin allein hier«, sagte Michaela.

»Du rauchst«, hörte Konni sich sagen. Michaela hielt keine Zigarette, roch auch nicht nach Nikotin, aber gestern, als sie telefoniert hatten, hatte sie geraucht, und das hatte ihn gewundert.

»Ab und zu.«

»Der Orthopäde …«

»Jörg ist zu Hause. Ich wollte nicht, dass er mitkommt.«

Die Halle füllte sich immer weiter. Konni sah Leute, die ihn von fern grüßten. Er sah Rainer, der die Stirn runzelte, aber nicht herüberkam. Das Stimmengewirr wurde lauter. Konni hatte das Gefühl, sie redeten alle über ihn.

»Der Anbau müsste doch fast fertig sein.«

Der Anbau. Jetzt kam sie *da*mit.

»Wir proben darin.«

Michaela nickte. »Die Band. Ich verstehe. Toll. Ich finde das toll.«

Sie seufzte.

»Wieso redest du nicht mit mir, Konni?«

Warum sollte ich das tun, dachte er. Er sagte: »Tut mir leid.«

Und hasste sich dafür noch mehr.

»Weißt du«, sagte sie, schloss die Augen, senkte leicht den Kopf und hob dann die Lider, »manchmal denke ich, ich habe vielleicht einen Fehler gemacht.« Sie nahm das Kinn wieder hoch. »Versteh mich nicht falsch. Es ist nur ... Ich habe mir etwas eingeredet. Nein, eingeredet ist das falsche Wort, mir fällt nur kein richtiges ein, aber als ich dich auf der Bühne gesehen habe und vorhin mit dieser Frau ... Also nicht erst da ist mir aufgegangen, dass ... In den letzten Monaten habe ich öfter über das nachgegrübelt, was ich getan habe und wie ich über bestimmte Dinge gedacht habe, und manchmal kam mir der Gedanke, ich könnte einen Fehler gemacht haben, und jetzt redest du nicht mit mir und ... Ich weiß, das ist ein ziemlicher Überfall hier, aber ich konnte es nicht mehr für mich behalten, und da dachte ich ... Mensch, ich kriege die Sätze gar nicht mehr zu Ende. Ich würde gern noch mal über alles reden und sehen, na ja, was uns noch verbindet, denke ich. Was sagst du dazu?«

Das Gemurmel um ihn herum schwoll weiter an. Konnis Augen schienen durch den Raum zu wandern, tatsächlich nahm er niemanden bewusst wahr. Er gewahrte, dass er weiter gegrüßt wurde, doch er grüßte nicht zurück. Deutlich nur sah er Bulle, der, während seine gebleckten Schneidezähne die Unterlippe festhielten, beide Mittelfinger in die Luft reckte. Und plötzlich tauchten Wörter vor Konnis geistigem Auge auf, die altbekannten, magischen Wörter, die alles ins Lot bringen, die dafür sorgen würden, dass sein Leben endgültig wieder in den richtigen Bahnen verlief. Es waren Wörter, die Menschen in seiner Situation sagen mussten, um sich zu bekennen, um zu zeigen, wo sie standen. Der Mikado wurde aus Konnis Schädel gezogen, der Schmerz ließ nach, und das war ein wunderbares Gefühl. Ihn durchrieselte nichts außer einer tiefen Gewissheit, das Richtige zu tun, und auch seine Stimme spielte wieder mit, als er volltönend zu ihr sagte: »Michaela, leck mich am Arsch!«

Sich umdrehen, weggehen und sich größer fühlen als je, war eins. Konni ging zu Bulle, zog ihn am Ärmel hinter die Bühne, wo sie niemand sah, umarmte ihn und boxte ihn hart gegen die Schulter.

»Ich hab ihr gesagt, dass sie mich am Arsch lecken kann!«

Bulle packte seine Schläfen mit beiden Händen, küsste Konni auf die Stirn und sagte: »Coole Sau!«

Rainer kam dazu, mit ernstem Gesicht.

»Keine Angst«, sagte Bulle, »war nicht mit Zunge.«

»Habt ihr Ole gesehen?«, fragte Rainer, ohne auf den platten Scherz einzugehen.

»Nein«, sagte Konni. »Was ist los?«

»Seht selbst.«

Sie gingen um die Bühne herum. Neben der Treppe, am anderen Ende des langen, hohen Raumes stand ein Rollstuhl. Ein Mann kam die Treppe herauf, auf den Armen trug er eine Frau ohne Beine. Im Hintergrund lief Musik. Sonst hätte man gehört, dass für ein paar Sekunden alle Gespräche verstummten.

38

Stefan oder Steffen. Vielleicht auch Martin. Oder beides? Waren bei ihm nicht Vor- und Zuname austauschbar gewesen? Martin Steffen oder Stefan Martin. Jedenfalls redete er auf Rainer ein, servierte ihm Erinnerungen aus erster Hand, die Rainer vage bekannt vorkamen, sich aber zu nichts Gewissem verdichteten. Rainer hatte keine Lust, sich diesen Mist anzuhören. Nicht jetzt und nicht von einem, von dem er den Namen nicht kannte. Rainer wollte sich nicht die Blöße geben, den großen Dunklen, den man doch eigentlich schon damals nicht hätte übersehen können, zu fragen, wer er sei. Scheiß drauf, dachte er, ich bin der Mann mit dem Blut im Stuhl, bei dem man den Darm im Auge behalten muss und der sich gerade von seiner Frau getrennt hat, ich muss nicht mehr höflich sein.

»Weißt du was?«, sagte er plötzlich, ein wenig auch für ihn selbst überraschend, »das interessiert mich alles nicht. Ich bin froh, dass ich das alles hinter mir habe, ich muss nicht dauernd daran denken.«

Und dann drehte er sich um und durchquerte den Raum auf der Suche nach Ole, den er schon längere Zeit nicht gesehen hatte. Rainer grüßte mal nach rechts, mal nach links. Paule Beucker, das hinterhältige Arschloch, der ihn verpfiffen hatte, nachdem Rainer mit Bulle im Fahrradkeller geraucht hatte. Beucker hatte lange Fingernägel und eine feuchte Aussprache, erinnerte sich tatsächlich an die Sache mit dem Rauchen und brachte es fertig, sich zu entschuldigen.

»Echt Rainer, das war scheiße von mir«, sagte er, und Rainer wich vor dem fliegenden Speichel zurück. »Das würde ich heute so nicht mehr machen.«

»Aber anders, oder was?«

»Wie bitte? Nein, nein, das musst du mir glauben! Ich weiß, ich war damals ein Arsch, aber heute ... Ich meine, ich habe Kinder und so, da sieht man vieles anders. Aber wem sage ich das!«

Kaum hatte er Paule Beucker abgeschüttelt, lief er Micha Dudek in die Arme, der ihm beim Fußball mit beiden Beinen in die Hacken gegrätscht war, aber der Liebling von Frantz, dem Sportlehrer, gewesen war, weil er jede Sportart innerhalb von Minuten erlernen konnte: der erste Aufschlag beim Volleyball – perfekt; der erste lange Pass beim Handball – genau auf den Mann; das Führen des Balles beim Hockey – professionell. Befriedigt registrierte Rainer, dass Dudek fett geworden war.

»Mann, aus dir ist richtig was geworden!«, rief Micha Dudek und boxte Rainer gegen die Schulter. »Hab mir mal dein Haus angesehen. Natürlich nur von weitem. Nicht schlecht, mein Lieber!«

Bei dem Gedanken, dass dieses rücksichtslose, feiste Arschloch um sein Haus herumgeschlichen war, wurde Rainer schlecht. Dudek hatte das Gesicht eines Mannes, der sich per Katalog Frauen aus Asien bestellte oder im Keller Tierpornos sammelte.

Um von ihm loszukommen, winkte Rainer Susanne Hofmeister zu, die es nicht fassen konnte, dass Rainer mit ihr sprechen wollte. Noch vor ein paar Wochen hatte er sich ehrlich auf diesen Abend gefreut. Es gibt ein paar, hatte er gedacht, die würde ich gern wiedersehen, doch als er ihnen hier und jetzt über den Weg lief, wusste er nicht mehr, was er je an ihnen gefunden hatte. Der Typ, dessen Name ihm nicht einfiel, stand stellvertretend für alle anderen: Rainers Kopf leerte sich, wenn er sie ansah.

Er dachte an Steffie, deren Geschmack sich auf seiner Zunge langsam verflüchtigte, eigentlich schon verschwunden war. Nur eine Erinnerung an diesen Geschmack, für den noch niemandem ein gutes Wort eingefallen war.

Wie soll das alles weitergehen, fragte sich Rainer, während er mit Susanne Hofmeister sprach, die damals ein unauffälliges, unaufdringliches, uninteressantes Mädchen gewesen und mittlerweile zu einer unauffälligen, unaufdringlichen, uninteressanten Frau geworden war, die Haare nicht blond und nicht brünett, die Augen ohne erkennbare Farbe, die ganze Figur ohne Merkmale, ebenso wie ihre Kleidung. Die perfekte Gesprächspartnerin in Rainers Situation. Er konnte mit ihr reden, ohne ihr zuzuhören, konnte nachdenken, ohne von interessanten Sätzen unterbrochen zu werden.

Wie soll das alles weitergehen, dachte er also. Dieser Abend zum Beispiel. Vor diesen Gesichtern konnten sie doch nicht wirklich auftreten. Wer war überhaupt auf diese Idee gekommen? Diese ganze Idee mit der Band. War es nicht Thomas gewesen? Der, der hier am wenigsten zu melden hatte?

Wie soll das alles weitergehen, dachte er wieder. Am Nachmittag, als er kurz bei Steffie gewesen war, um mit ihr zu schlafen, hatte er sie gefragt, ob sie nicht zum Konzert kommen wolle. Das sei nicht sein Ernst, hatte sie gesagt, was durchaus stimmte, und doch bekräftigte er, dass er sich freuen würde, wenn sie käme.

»Keine Ahnung, warum du das sagst, aber natürlich komme ich nicht!«

Er wusste, warum sie das sagte, und sie hatte recht damit,

aber in dieser Sekunde konnte er sich nicht vorstellen, dass das hier mal vorbei sein würde, und das Gefühl in seinem Brustkorb näherte sich asymptotisch dem echter Verliebtheit an, die sich jedoch merkwürdigerweise nicht auf Steffie richtete, sondern ziellos waberte und nur diese Art von Leben meinte, die etwas vertraut Neues hatte, Ende offen, endlich wieder. Er würde zu Hause ausziehen, und Steffie würde einen anderen finden, der ihren Hintern anhob, um sein Gesicht in ihrem Schoß zu versenken, der ihr unter der Dusche von hinten zwischen die Beine griff oder der all die anderen Dinge tun würde, die sie so sehr mochte. Es würde einer sein, der jünger und nicht ihr Chef war.

Aber wann? Wie lange konnte das weitergehen, wie lange konnte er es noch genießen, einfach zu ihr zu gehen, sie auszuziehen und mit ihr zu schlafen, ohne dass er sich Gedanken darüber machen musste, ob sie auch etwas davon hatte, denn das hatte sie, jedes Mal, oder jedenfalls erweckte sie glaubhaft diesen Eindruck. Nicht nachdenken müssen – darin bestand der Kitzel dieser ganzen Sache.

Und deshalb ist es auch scheißegal, wie es weitergeht, dachte Rainer, während Susanne Hofmeister ihm erzählte, dass sie verheiratet sei und fünf Kinder habe, was ihn irgendwo tief drinnen dann doch wunderte, denn fünf Kinder, das war schon nicht mehr so unauffällig.

Und während er Susanne Hofmeister auf die uninteressante Stirn schaute, um ihr nicht in die farblosen Augen sehen zu müssen, wurde Rainer plötzlich klar, dass er zum ersten Mal in seinem Leben als Erwachsener keine Pläne machte. Nicht für den Urlaub, nicht für den nächsten Samstagabend, nicht für den nächsten Besuch bei seinen oder Brigittes Eltern. »Damit ich mich drauf einstellen kann«, war Brigittes Mantra. Sie musste sich ständig auf irgendetwas einstellen. Brigitte liebte es, Pläne zu machen. Sie war süchtig danach. Für Rainer würde sich von jetzt an alles nur ergeben. Einfach so. Der Auftritt – mal sehen. Danach – da gibt es mehrere Möglichkeiten. Ins Krankenhaus – kann sein.

Ihm war gar nicht richtig klar, dass er kurz die Augen geschlossen hatte, bis Susanne Hofmeister ihn fragte, ob alles in Ordnung sei. Rainer nickte, und als er die Augen wieder öffnete, schob sich ein anderes Gesicht vor das von Susanne Hofmeister, ein Gesicht, das er gut kannte, jedenfalls mal gut gekannt hatte, in einer jüngeren Version; wobei er zugeben musste, dass auch diese reifere Ausführung mehr als reizvoll war: ein unternehmungsfreudiges Blitzen in den Augen, voller Risikobereitschaft und erotischer Experimentierlust, das Gesicht der ersten Frau, die ihn oral befriedigt – nein, nicht »oral befriedigt«, sondern die ihm hingebungsvoll einen geblasen und für sein restliches Leben den Maßstab, was diese Praktik angeht, gesetzt hatte.

»Rainer Grigoleit, genannt Sexgott!«, sagte Gisela Kaufmann, legte ihm eine Hand auf die Schulter, beugte sich langsam vor und hauchte ihm etwas auf die linke Wange, das schon kein Kuss mehr war, sondern etwas weitaus Unanständigeres.

»Gisela Kaufmann, genannt die unanständige Prinzessin! Was für ein Zufall!«, entgegnete er.

»Gut siehst du aus!«, sagte Gisela, und Rainer bemerkte, wie Susanne Hofmeister sich enttäuscht zurückzog. Gisela Kaufmann hatte sie mitten im Satz aus dem Gespräch gedrängt.

Es gelang Rainer, sich ein paar Minuten mit Gisela Kaufmann über Unverfängliches zu unterhalten. Sie schilderten ihre jeweiligen familiären Situationen, wobei Rainer einige

Details der letzten Wochen verschwieg und das Bild aus seinem Kopf zu verbannen suchte, wie er auf Gisela Kaufmanns Bett lag, unter den Augen von Freddie Mercury, Brian May, John Deacon und Roger Taylor, während sie sich seinen Oberkörper hinunterküsste.

»Denkst du manchmal an mich?«, fragte Gisela plötzlich.

»Sicher«, sagte Rainer und fühlte, wie seine Mundhöhle schlagartig trocken wurde.

»Wir hatten eine Menge Spaß.«

»War eine schöne Zeit.«

»Ich weiß noch, dass du heimlich Elton John gehört hast.«

»Ich weiß noch, dass du ganz unheimlich Queen gehört hast.« Endlich war ihm mal wieder so etwas wie eine originelle Entgegnung gelungen.

»Ich möchte nicht mehr jung sein«, sagte Gisela Kaufmann.

»Ich fühle mich nicht alt.«

»Wenn du öfter an Versicherungen und Altersvorsorge denkst als an Sex, fängst du an, dir Gedanken zu machen.«

Rainer hatte plötzlich den Eindruck, jemand habe die Musik, die bisher dezent im Hintergrund vor sich hin geplätschert war, unangenehm aufgedreht.

Wieder legte Gisela Kaufmann ihm eine Hand auf die Schulter, wieder beugte sie sich viel zu lange vor. Diesmal jedoch küsste sie ihn nicht auf die Wange, sondern flüsterte ihm etwas ins Ohr. Ihr warmer Atem machte ihm eine Gänsehaut.

»Ich weiß noch, wie du schmeckst«, flüsterte sie, bevor sie ihn einmal kurz ins Ohrläppchen biss.

Und dann war sie weg.

Rainer trat an ein Fenster, den Unterleib Richtung Wand, und sah nach draußen. Was er sah, brachte ihn schnell auf andere Gedanken. Wo ist Ole? Er drehte sich um und ließ seinen Blick durch den Raum wandern. Ole war nirgends zu sehen.

Rainer eilte hinter die Bühne, wo Bulle Konni gerade auf die Stirn küsste.

»Keine Angst«, sagte Bulle, als er Rainer kommen sah, »war nicht mit Zunge.«

»Habt ihr Ole gesehen?«, fragte Rainer.

»Nein«, sagte Konni. »Was ist los?«

»Seht selbst.«

Sie gingen um die Bühne herum. An der Treppe nach unten stand ein Rollstuhl. Ein Mann kam die Treppe herauf, auf den Armen trug er eine Frau ohne Beine.

»Sie ist es wirklich«, flüsterte Konni.

»Wir müssen Ole finden«, sagte Rainer.

Sie durchquerten den ganzen Raum und bemühten sich, der Frau ohne Beine nicht nahe zu kommen. Rainer hatte trotzdem den Eindruck, sie sehe ihn. In seinem Rücken spürte er ihren Blick und ihre Frage: Wo ist Ole?

Auch Stoney hatte keine Ahnung.

Sie fanden Thomas im Gespräch mit einem jungen Mädchen, das sich als Tochter von Susanne Hofmeister herausstellte, neunzehn Jahre alt und sehr viel hübscher, als ihre Mutter je gewesen war.

»Das ist nur ein Zufall«, sagte Thomas, als sie ihn von dem Mädchen wegzogen. »Ich wollte nichts von ihr. Sie hat mich nur gefragt, ob ich mit ihrer Mutter zur Schule gegangen sei, und da sind wir ins Gespräch gekommen, ganz harmlos!«

»Es geht gerade mal nicht um dich«, sagte Rainer. »Wir suchen Ole.«

»Den habe ich schon länger nicht gesehen.«

Sie gingen die Treppe hinunter und nach draußen. Das

Licht zog sich zurück. Bald würde die Sonne untergehen. Die auf dem Schlackefeld herumstehenden, mit Stahlkappen bewehrten Bergmannsschuhe sahen aus, als würden sie jeden Moment losmarschieren und ihnen die Richtung weisen. Da drüben standen ein paar alte Loren. Auf einer stand geschrieben: »Letzte von Pluto 30.03.76«.

Stoney, der offenbar die Anspannung spürte, unter der sie alle standen (außer Thomas, der die Hintergründe nicht kannte), verteilte eine Runde Zigaretten. Dankbar inhalierten sie.

»Er ist abgehauen«, sagte Bulle.

»Kann ich mir nicht vorstellen«, entgegnete Rainer. »Er wusste doch, dass sie auch hier sein würde.«

»Aber dann hat er es doch nicht ausgehalten.«

»Meint ihr nicht, dass er rechtzeitig zum Auftritt wieder auftauchen wird?«, sagte Thomas.

»Wir können das nur hoffen«, sagte Rainer.

»Hoffen ist ein bisschen wenig«, warf Konni ein.

Rainer nickte. »Konni hat recht. Wir müssen ihn suchen. Scheiß auf den Auftritt, aber wir müssen dafür sorgen, dass er keine Dummheiten macht.«

»Du meinst, er tut sich was an?« Thomas musste lachen. »Warum sollte er das tun?«

»Er kann überall und nirgends sein«, sagte Bulle.

»Das glaube ich nicht.«

Und Rainer wusste sofort, was Konni meinte.

Sie gingen zum Wagen. Als sie das große Tor passierten, nahmen sie alle beinahe gleichzeitig links von ihnen, unter einer großen Kastanie, eine Bewegung wahr. Gisela Kaufmann stand da, an den Baum gelehnt, das Kleid gerafft, die Beine um die Hüften des großen Dunklen gelegt, dessen Name Rainer nicht hatte einfallen wollen, und dem jetzt Hose und Unterhose um die Knöchel hingen. Gisela Kaufmann sah Rainer über die Schulter des Mannes an und winkte ihm zu. Sie machte Geräusche, die eine Mischung waren aus Lachen und Stöhnen. Rainer kannte diese Geräusche.

»Wer ist dieser Typ nur?«, entfuhr es Bulle.

»Das ist der Mann von dieser Tussi«, sagte Thomas.

»Das ist keine Tussi!«, sagte Rainer.

»Woher weißt du das?«, wollte Konni wissen.

»Ich habe mich vorhin mit ihm unterhalten«, sagte Thomas. »Der weiß ziemlich gut über euch Bescheid. Er meinte, ihr habt alle ausgesehen, als würdet ihr euch nicht für zwei Pfennig an ihn erinnern! Er schien stolz darauf zu sein. Er hat gesagt: Sie hatten alle was mit ihr, aber ich habe sie abgekriegt, und heute wissen sie nicht mal mehr, wer ich bin!«

»Wir sollten uns beeilen«, entgegnete Bulle.

Gisela Kaufmanns Stöhnlachen oder Lachstöhnen begleitete sie bis zum Transporter und wurde erst vom Röhren des Motors übertönt, als Stoney den Wagen anließ. Rainer legte den Kopf an die Scheibe auf der Beifahrerseite. Fünfundzwanzig Jahre, dachte er. So viel Zeit. Weg wie nichts. Und die Erinnerungen so frisch.

Sie fuhren los. Hoffentlich hatte Konni recht. Und hoffentlich kamen sie noch rechtzeitig.

39

Es roch nicht gut im Wagen. Genau genommen roch es sogar ziemlich schlecht. Es gab drei mögliche Gründe: a) die vier hatten heute nicht geduscht, b) ihre Deos hatten infolge der Anstrengungen beim Aufbau und des feuchtheißen Wetters zeitgleich versagt, c) es war Angstschweiß, was da waberte. A) war unwahrscheinlich. Außer Ole nahmen es die Bandmitglieder mit der Körperhygiene sehr genau, auch wenn sie jetzt in einer verspäteten Jungs-WG wohnten. Dies hier war die bestgewaschene Rockband, die Stoney je gesehen hatte. B) hatte er eigentlich nur dazugenommen, damit es drei Möglichkeiten wurden. Also musste es C) sein. Sie hatten Angst. Sie waren nervös. Und ihre Nervosität war ansteckend. Stoney erwischte sich dabei, wie er nur mit einer Hand lenkte, während er am Nagel des Mittelfingers seiner Rechten herumnagte. Bulle saß auf dem Beifahrersitz und lotste ihn quer durch die ganze Stadt. Hinten machte Thomas den Eindruck, als wisse er gar nicht so genau, worum es ging. Er fragte, wo sie hinwollten, und Bulle warf den einen oder anderen Blick über die Schulter, der, da war Stoney sicher, von Rainer und Konni erwidert wurde.

Obwohl drei Jahre Altersunterschied jenseits der vierzig kaum noch etwas ausmachten, wirkte Thomas immer wie der Jüngste von ihnen, wie einer, dem man nicht alles sagte, dem man nicht alles erklärte, der nur die Hälfte begriff, weil er bei vielem nicht dabei gewesen war. Und jetzt erzählten sie ihm die Geschichte von Ole und dieser Frau ohne Beine, die Stoney vorhin auf dem Fest gesehen hatte. Es war keine schöne Geschichte.

Niemand hatte ihm gesagt, wo es hinging, also folgte er einfach Bulles Anweisungen. Es ging wirklich durch die ganze Stadt. Sie waren im Norden von Bochum, an der Grenze zu Wanne-Eickel aufgebrochen, waren auf der Dorstener Straße bis zum Ring gelangt, dort nach rechts abgebogen und dem Straßenverlauf bis zur Viktoriastraße gefolgt, wo sie sich abermals nach rechts wandten, so dass sie irgendwann am Schauspielhaus vorbeifuhren. Es ging jetzt nach Süden aus der Stadt hinaus.

Als sie mit der Geschichte fertig waren, wurde es still im Wagen.

Einfach um irgendetwas zu tun, bewegte Stoney den Kopf ein paarmal hin und her, als sei er verspannt. Er rollte mit den Schultern und musste dabei feststellen, dass der miese Geruch im Wagen nicht von den anderen, sondern von ihm selbst ausging.

»War damals nicht auch so ein Wetter?«, fragte Bulle plötzlich nach hinten.

Wenn gar nichts mehr geht, muss das Wetter herhalten, dachte Stoney.

»Damals war es so verdammt schwül«, antwortete Konni.

»Schwül ist immer am schlimmsten«, sagte Thomas. »Trockene Hitze – kein Problem. Da halte ich locker fünfunddreißig, sechsunddreißig Grad aus. Aber diese hohe Luftfeuchtigkeit macht mich fertig.«

Die anderen pflichteten ihm bei und gingen danach noch ein paar andere belanglose Themen durch, bis Bulle die Sprache auf die Setlist des heutigen Auftrittes brachte.

Wenn der überhaupt stattfindet, dachte Stoney.

Sie wogen das Für und Wider der längst festgelegten Reihenfolge ab, verwarfen, ordneten neu und ließen am Ende alles wie beschlossen.

»Was ist denn mit der kleinen Brücke passiert?«, rief Thomas plötzlich. »War hier nicht immer so eine kleine Brücke?«

Sie fuhren gerade am Haus Kemnade über die Ruhr.

»Du kriegst aber auch gar nichts mit!«, seufzte Bulle. »Die war doch im Herbst ständig überschwemmt, und der Bus kam nicht durch und alles. Die haben sie doch schon vor Jahren weggerissen und eine neue gebaut!«

Sie kamen an die Ampel.

»Steinenhaus steht leer?« Diesmal war es Rainer, der eine gewisse Fassungslosigkeit nicht verbergen konnte.

»Es steht nicht mal mehr *Steinenhaus* dran!«, sagte Thomas.

Bulle wies Stoney an, rechts abzubiegen.

»Aber die Haltestelle heißt noch immer so«, sagte Konni.

»Mann, das war doch immer so eine Wegmarke!«, rief Thomas. »Man sagte: ›Du fährst die Kemnader runter bis hinters Wasserschloss, dann am Steinenhaus rechts oder links oder geradeaus.‹ Gibt's ja nicht! Es geht alles den Bach runter!«

Die Straße wand sich hier den Hügel hinauf nach Hattingen-Blankenstein und beschrieb bald eine sanfte S-Kurve, erst nach links, dann nach rechts. Es war Stoney völlig unerklärlich, wie man hier von der Straße abkommen und sechzig Meter in den Wald donnern konnte, es sei denn, man war völlig besoffen und zugedröhnt bis zur Überdosis.

Oder man tat es mit voller Absicht. Aber wieso? Und: Wer wollte schon in einem alten Ford Granada sterben?

Als Rainer, Bulle und Konni vorhin davon erzählt hatten, waren sie sich einig gewesen, dass Ole zwar immer etwas merkwürdig gewesen sei und sich selbst gern als stillen, sensiblen Grübler stilisiert hatte, jedoch nie in den Ruf geraten war, selbstmordgefährdet zu sein.

»Jetzt links auf den Parkplatz«, sagte Bulle.

Stoney stellte den Wagen ab, und sie stiegen aus. An einem hölzernen Pfahl lud ein schreiend buntes Plakat zur 80er-Party, gesponsert von der Stadtsparkasse Hattingen. In einem Fachwerkhaus war die Gaststätte »Pilgrimshöhe« untergebracht. Stoney war nicht bekannt, dass diese Gegend ein Wallfahrtsort wäre. Dem Fachwerkhaus vorgelagert war ein Vorbau mit einer Imbissbude.

Sie gingen zur Straße. Auf der anderen Seite standen Gewächshäuser – ein Blumenhandel mit orangefarbenen Sonnenschirmen. Links stand, damit es auch der Letzte begriff, auf jeder Straßenseite ein Ortseingangsschild »Hattingen«.

Sie wandten sich nach rechts, überquerten die Straße und gingen ein Stück bergab. Zum Glück kamen ihnen nur wenige Autos entgegen. Zwei blendeten kurz auf. Es war kurz nach zehn und noch erstaunlich hell, fand Stoney. Aufgewachsen in einer Zeit, in der nicht zum Frühlingsanfang und im Herbst die Uhren umgestellt wurden, hatte er nie aufgehört, sich darüber zu wundern.

Dort, wo vor fünfundzwanzig Jahren der Unfall passiert war, am Abend der Abiturfeier, kletterten sie jetzt über die Leitplanke und gingen ein Stück in den Wald hinein. Das Gelände fiel sanft ab und war ein wenig unwegsam.

»Hier sieht man ja kaum was!«, sagte Konni.

Thomas holte sein Mobiltelefon hervor, das mit einer überraschend starken Leuchte ausgestattet war. »Drei-Megapixel-Kamera, MP3-Player und Taschenlampe«, murmelte er. »Endlich weiß ich, wieso.«

»Hier«, sagte Rainer und blieb vor einem Baum stehen.

Stoney konnte das kaum glauben. Wenn der Wagen bis hierhin geschossen war, musste er eine Schneise der Verwüstung durch den Wald gezogen haben.

Wenn sie gehofft hatten, Ole hier zu finden, waren sie jedoch enttäuscht worden.

»Scheiße«, brummte Bulle.

»Was jetzt?«, fragte Rainer.

Sie sahen sich an. Um elf sollte der Auftritt sein, aber wahrscheinlich war Stoney der Einzige, der jetzt daran dachte. Die vier wirkten jetzt wie kleine Jungs, die sich verirrt hatten.

Plötzlich schlug sich Bulle mit der flachen Hand vor die Stirn. »Wir sind so blöd!«, rief er. »Wir sind so verdammt bescheuert!«

»Was ist?«, fragte Konni.

»Wieso sollte er sich hier in den Wald hocken!«, sagte Bulle. »Er ist da, wo wir ihn damals gefunden haben, und macht, was er damals gemacht hat!«

Stundenlang, so hatte Stoney der Geschichte entnommen, hatten sie damals nach Ole gesucht, der zwar den Krankenwagen gerufen, sich aber aus dem Staub gemacht hatte, als das Mädchen gerettet war. Am Stausee hatten sie ihn schließlich gefunden, direkt am Wehr, wo ein schmaler Kanal die Durchfahrt für Sportboote erlaubte. Anderthalb Flaschen Wodka hatte Ole intus gehabt.

Sie liefen zurück zum Wagen. Stoney gab Gas. Er hatte den Eindruck, jetzt ginge es um Sekunden.

»Fahr erst über die Kemnader Brücke und dann rechts«, sagte Konni. »Da stellen wir den Wagen ab und laufen über die Brücke wieder zurück, das geht schneller, als wenn wir am Wasserschloss parken.«

Sie waren wieder nervös. Bulle klatschte irgendeinen Rhythmus auf seine Oberschenkel, Konni zog mehrmals die Nase hoch, Rainer stieß die Fingerkuppen aneinander, und Thomas hatte den Kopf an die Seitenscheibe gelegt, was jedoch nicht entspannt wirkte, sondern eher wie eine Vorsichtsmaßnahme, damit ihm der Schädel nicht hin und her zuckte.

Sie fuhren über die Kemnader Brücke. Gleich dahinter bog Stoney ab und fuhr, so weit es ging. Dann sprangen sie aus dem Wagen und liefen zum Wehr.

»Ich glaube, ich sehe ihn!«, rief Konni, als sie etwa in der Mitte der Fußgängerbrücke waren. Unter ihnen rauschte Wasser aus einer offenen Klappe im Wehr.

Jetzt sah auch Stoney eine Gestalt auf dem Holzsteg liegen. Bewegungslos. Das sah nicht gut aus. Wenn das Ole war, dann war er a) tot, b) besinnungslos betrunken, oder er betrachtete c) die Sterne. Im Laufen warf Stoney einen Blick nach oben. Tatsächlich, ein paar Sterne zeigten sich schon.

Sie erreichten das andere Ufer, wandten sich nach links und liefen die Böschung hinunter. Zu viert riefen sie Oles Namen, als müssten sie ihn wecken. Stoney überlegte, ob er auch rufen sollte, entschied sich aber dagegen. Die anderen machten schon genug sinnfreien Lärm.

Schließlich standen sie um Ole herum und sahen auf ihn herab. Ole hatte die Augen geschlossen. Die Sterne betrachtete er nicht. Aber es war auch kein Alkohol zu sehen, eine leere Flasche Wodka oder so was.

»Du bist Arzt!«, sagte Rainer zu Bulle. »Tu was!«

Sie standen um Ole herum wie um einen Toten, wie auf einer Beerdigung, fand Stoney. Wobei mir wahrscheinlich die Rolle des Totengräbers zukäme, dachte er.

»Ihr seid doch alle bescheuert!«, kam es da aus Ole, ohne dass dieser die Augen geöffnet hätte.

Erleichtert atmeten alle durch und hockten sich dann neben

die vermeintliche Leiche. Man konnte nicht sagen, dass Ole gut aussah, so hager und unrasiert wie er war, aber er atmete, und der Rest würde sich finden.

»Bist du dir darüber im Klaren, dass wir in einer Dreiviertelstunde auf der Bühne stehen müssen?«, sagte Rainer.

»Wir müssen gar nichts«, murmelte Ole.

»Komm uns jetzt nicht mit irgendeinem Zen-Scheiß!«, rief Bulle.

»Wieso sollte ich? Habe ich jemals was dafür übriggehabt?« Jetzt öffnete Ole die Augen und richtete seinen Oberkörper auf. »War ich jemals ein spiritueller Mensch? Habe ich jemals an Schicksal, Vorbestimmung, Karma oder so einen Scheiß geglaubt? Nein, ich war immer ein Fan der freien Entscheidung. Und der persönlichen Verantwortung. Ich war immer Gegner billiger Entschuldigungen.«

Stille. Nicht ganz: Im Hintergrund Wasserrauschen. Noch weiter im Hintergrund das Brummen der A43. Also: Schweigen. Minutenlang.

»Ja und jetzt?«, fragte schließlich Thomas.

Alle sahen ihn an. Auch Stoney. Keiner wusste, was Thomas meinte.

»Na ja, warum erzählst du uns das? Oder noch besser: Wieso gehst du uns auf den Sack mit dieser peinlichen Inszenierung deines Selbstmitleids? Nur du und diese Frau wissen, was damals wirklich passiert ist. Vielleicht hast du Scheiße gebaut, vielleicht nicht. Vielleicht war da Öl auf der Straße oder ein verdammtes Kaninchen. Du redest von Entscheidungen und Verantwortung, aber alles, was du getan hast, war, dich fünfundzwanzig Jahre hinter einem pittoresken Elend zu verstecken, zu dem dich niemand gezwungen hat. Und jetzt liegst du hier herum und guckst in den Himmel, als wären wir hier in einem Strindberg-Stück. Du wusstest, dass sie heute da sein würde, und wenn du mich fragst, ist das überhaupt der Grund, wieso du aus Berlin mitgekommen bist. Wie ein unrasiertes Dornröschen hast du da in deinem versifften Schloss gelegen und darauf gewartet, dass vier Prinzen in den mittleren Jahren dich wach küssen. Aber jetzt darf es natürlich nicht so einfach sein. Du kannst nicht einfach auf die Bühne gehen und auf den Pudding hauen, nein, da müssen wir noch mal quer durch die Stadt gurken und die Gegend absuchen, während du hier rumliegst und den Gürtel des Orion anglotzt. Und wir Idioten haben auch noch gedacht, du könntest dir was antun! Herrgott, du bist ja nicht mal besoffen! Also schaff jetzt deinen Arsch auf die Bühne und lass uns diesen Auftritt machen, sonst machst du nicht nur dich selber, sondern uns auch noch lächerlich!«

Thomas machte auf dem Absatz kehrt und stieg die Böschung nach oben. Die vier anderen sahen sich an. Stoney blickte auf den Stausee.

»Er meint im Ernst, wir sollen jetzt Rockmusik machen?«, fragte Ole, aber Stoney meinte, den Ansatz eines Grinsens in seinen Mundwinkeln zu erkennen.

»Du hast es selbst gesagt«, meinte Rainer, »es kann dich nicht erlösen, aber wenigstens trösten.«

Ole stand auf und klopfte sich Dreck von der Hose, der gar nicht da war. »Mal sehen«, sagte er. »Vielleicht rettet es einem doch noch das Leben.«

Sie erklommen die Böschung und gingen über die Brücke.

»Riskiert eine ziemlich dicke Lippe, unser Junior, was?«, meinte Bulle.

»Die Jugend von heute!«, seufzte Rainer.

»Im Unterricht möchte ich den nicht haben«, sagte Konni.

Ole schwieg.

»Was meinst du, Stoney?«, fragte Bulle.

»Na ja, also, ich würde sagen, Thomas ist a) ziemlich sauer, b) verwirrt oder c) ein echter Motivationskünstler.«

Alle waren sich einig, dass das die Situation ziemlich genau auf den Punkt brachte.

40

Das Grubenpferd grinste. Die Linien auf seinem Körper sahen aus, als hätte der Abdecker schon die besten Teile markiert. Wieso ihm ausgerechnet dieses Vieh erschien, wenn er die Augen schloss, war Thomas schleierhaft. Bei »Paranoid« hatte er zum ersten Mal die Augen geschlossen und den Gaul vor sich gesehen, der erst wieder verschwunden war, als Thomas sich zu freuen begann, dass er mit geschlossenen Augen spielen konnte. Es war, als müsse er gar nichts tun, als führe jemand anders seine Finger, als sei er kurz davor, aus sich selbst herauszutreten und sich beim Spielen zuzusehen.

Das war Unsinn.

Aber es fühlte sich gut an.

Dies hier war das Beste, was sie jemals hinkriegen würden. Vom ersten Ton an waren sie voll da gewesen. Bulle, in seinem an den Nähten langsam nachgebenden Led-Zeppelin-T-Shirt, drosch auf die Felle ein, als wären es gefährliche Tiere, die er töten musste, bevor sie ihm an die Kehle gingen. Rainer, der sich für ein nachtblaues Baumwollhemd entschieden hatte, hing bisweilen über den Tasten wie der späte Horowitz und hatte bei »Gypsy« ein doppelt so langes Solo wie sonst üblich hingelegt. Konni, in seiner alten, mit Buttons übersäten Jeansjacke, tänzelte hin und her. Und Kampfjacken-Ole hatte gerade erst einen Pete-Townshend-Sprung mit bis zum Kinn angezogenen Knien gezeigt.

Sie hatten ein paar Änderungen am Programm vorgenommen. Nach »Paranoid« verzichteten sie auf »Living after Midnight« und gönnten dem Publikum mit »Here I go again« eine erste Verschnaufpause. Sie verlängerten den langsamen Teil, damit alle etwas durchatmen konnten. »Wir spielen für Eltern«, hatte Rainer gesagt.

Praktisch nahtlos schloss sich »Walking in the Shadow of the Blues« an, auch wenn Bulle gemeint hatte, zwei White-snake-Nummern hintereinander, das passe ihm nicht so ganz, worauf Ole geantwortet hatte, es handele sich eigentlich nicht um zwei Nummern, sondern um einen White-snake-Block, und damit war Bulle zufrieden gewesen, mal abgesehen davon, dass es dramaturgisch einfach zu hundert Prozent hinhaute. Hier war es Konni gewesen, der darauf gedrängt hatte, das Stück ein wenig auszudehnen – was verständlich war, schließlich konnte er hier mit einem einzigen rollenden Ton auf dem Bass unheimlich viel Druck machen. Mittlerweile war kein Song mehr unter fünf Minuten.

Thomas fragte sich, wie der Sound im Raum war. Hier oben fügte sich alles zu einer Berliner Mauer des Lärms, zu einem antigeriatrischen Schutzwall gegen die Zeit und ihre Zumutungen. Weiter hinten im Raum, am Mischpult, hatte Stoney eine Faust nach oben gereckt und nickte rhythmisch, wobei ihm das offene Haar um den Kopf herumflog.

Vor der Bühne war einiges in Bewegung. Alle sahen jünger aus, als sie waren. Es war Stoneys Idee gewesen, die Bühne ein wenig höher zu bauen. Eine Bühne, auf der Rockmusik gespielt wird, hatte er gesagt, muss den Leuten bis zur Brust gehen, sie müssen aufschauen zu den Akteuren, mit Rockstars ist man nie auf Augenhöhe, nicht einmal, wenn man mit ihnen zur Schule gegangen ist. Thomas hätte nie gedacht, dass er sich mal derart über einen Haufen verschwitzter Gesichter freuen würde.

Und einige von ihnen waren verschwitzt besonders schön. In der fünften oder sechsten Reihe erkannte er Michaela, die Konni vorhin so endgültig abgefertigt hatte. Vielleicht tanzte sie nur so heftig, damit niemand dachte, das auf ihren Wangen seien Tränen. Schräg hinter ihr Ursula Gregorius, die Frau, die Konni gerettet hatte. Bulles Töchter standen ziemlich weit hinten, als trauten sie sich nicht näher heran. Neben ihnen die Schwiegermutter, die sich sichtlich unwohl fühlte. Neben ihr sah man Angelika an, dass sie sich zurückhielt, da sie dem neuen Frieden noch nicht so recht traute. Mittendrin Corinna, die erst ganz spät gekommen war.

Direkt an der Bühne, nicht in der Mitte, sondern genau da, wo Thomas stand, sah er das Paar, das vorhin draußen am Baum gevögelt hatte. Und wenn es nicht völlig unmöglich gewesen wäre, hätte Thomas geschworen, sie seien schon wieder zugange. Oder noch immer.

»Gisela Kaufmann«, hatte Bulle gesagt, kurz bevor sie auf die Bühne gegangen waren, »ist für mich der Beweis, dass alles gut werden kann. Wenn das heißeste Mädchen der Schule fünfundzwanzig Jahre später noch immer nicht abgekühlt ist, dann ist noch Hoffnung!«

»Auch das ist nur Trost, keine Erlösung«, hatte Konni geraunt.

Am wildesten tanzte in der ersten Reihe die Frau, von der Rainer erzählt hatte, sie sei fünffache Mutter. Ihr Kleid klebte ihr am Körper. Mal abgesehen davon, dass sie die Kondition einer Leistungssportlerin hatte, kannte sie auch noch alle Texte auswendig.

Auch Rainers Sohn war gekommen. Er trug ein violettes T-Shirt mit Kordelleiste und schien sich prächtig zu amüsieren.

Ganz hinten, an der Treppe, standen die beiden, mit denen Bulle früher in einer Band gespielt hatte. Sie sahen nicht fröhlich aus.

Rechts von der Bühne aus, ganz am Rand, aber so nah dran wie möglich: die Frau im Rollstuhl. Sie hielt eine Flasche Bier in der Hand und bewegte ihren Oberkörper zur Musik.

»Enter Sandman« war der erhoffte Höhepunkt, auch weil kaum einer mit dieser vergleichsweise jungen Nummer gerechnet hatte. Wie ein überraschender, aber gern gesehener Gast kam das Ding über die Leute. Da sie zuvor noch »Coast to Coast« und das Rock'n'Roll-Medley bekommen hatten, waren die meisten von ihnen stehend k.o.

Die Pause danach zog Ole ziemlich in die Länge. Ob er erschöpft war oder vor der nächsten Nummer Angst hatte, war unklar. Er nahm die Gitarre ab, stellte sie kurz in den Ständer und entledigte sich seiner Armeejacke. Das schwarze Unterhemd betonte seine Blässe. Seine Arme wirkten besonders dünn. Er nahm einen Schluck von dem Bier, das er auf dem Schlagzeugpodest abgestellt hatte, griff nach dem Handtuch, das daneben lag, wischte sich erst den Schweiß von der Stirn und dann über die Rückseite des Gitarrenhalses. Profis bei der Arbeit. Jeder Handgriff saß. Es war 1977, und es war Rockpalast, Jungs waren Männer. Man hörte das leichte Brummen der Anlage, Thomas stimmte die Gitarre nach, Konni entlockte dem Bass einen völlig unmotivierten Ton, der Bulles Snare zum Vibrieren brachte – alles Geräusche, die man auf den Liveplatten stets zwischen den Nummern gehört hatte und die man sich nicht hatte erklären können. Was machen die da? Was rühren die Schamanen an? Mit welchem Zauber, welchem Fluch werden sie uns als Nächstes belegen?

Schließlich gab Ole Stoney ein Zeichen. Das Licht ging aus, die Menge schrie auf. Im Dunkeln begann Ole zu spielen, allein. Stoney zog das blaue Licht hoch und ließ es nebeln.

Der Blues, den Ole spielte, klang noch nicht wie das Stück, das er mal werden sollte. Ole schlich sich an. Tastete sich vor, zögerte. In den Gesichtern, die Thomas durch den Nebel erkennen konnte, waren die Augen geschlossen. Die Frau mit den fünf Kindern griff sich ins Haar, als könne sie es nicht fassen. Und was da ihre Wangen herunterlief, das waren wirklich Tränen, die konnte kein Schweiß kaschieren.

Konni und Thomas traten zurück, hockten sich auf das Schlagzeugpodest. Ole war allein. Und woanders. Die Muskeln an seinen Oberarmen arbeiteten. Der schmächtige Körper bog und wand sich. Er zögerte es hinaus. Aber irgendwann hob er den Kopf, die Augen noch immer geschlossen, und spielte die fünf Töne, mit denen die eigentliche Nummer begann. Konni erhob sich. Bulle setzte ein. Rainer grundierte mit der Orgel. Dann kam auch Thomas dazu.

Working from seven to eleven every night / Really makes life a drag.

Ole hielt sich stimmlich noch zurück. Als er das erste Mal *Since I've been loving you / I'm about to lose my worried mind* singen musste, brachte er kaum mehr als ein Flüstern zustande.

Doch das änderte sich. Das änderte sich so sehr, dass Thomas anfing, sich Sorgen zu machen. Ole fing an zu schreien und zu grunzen und undefinierbare Geräusche zu machen. Zunächst dachte Thomas, nur er habe den Eindruck, dass Ole die Kontrolle verlor, dann aber fing er die Blicke von Konni und Rainer auf. Nur Bulle schien unbeeindruckt und hämmerte auf das Schlagzeug ein, als sei es sein Todfeind.

Ole öffnete keine Sekunde die Augen. Die Nummer war eine Anklage an eine Frau, die einen hart arbeitenden Mann ins Unglück stürzt. Ole lieferte zur Anklage gleich das Urteil.

Die Frau im Rollstuhl hörte irgendwann auf, den Oberkörper zu bewegen. Sie stellte die Bierflasche auf den Boden und legte die Hände in den Schoß. Thomas konnte den Blick nicht mehr von ihr wenden. Als die Nummer vorbei war, griff sie nach den Rädern, drehte auf der Stelle und fuhr in Richtung Treppe. Sie hatte darauf gewartet, dass Ole die Augen öffnete. Sie wollte, dass er sah, wie sie wegfuhr. Und er sah es. Während Rainer noch in den Nachklang von »Since I've been loving you« die ersten Töne von »Child in Time« spielte, folgten Oles Augen der Frau im Rollstuhl. An der Treppe war jetzt der Mann aufgetaucht, in dessen Begleitung Dora hier erschienen war. Sie sagte etwas zu ihm, er hob sie aus dem Rollstuhl und trug sie nach unten. Dann kam er wieder nach oben und holte den Rollstuhl.

Ole schaffte etwa das halbe Stück. Schaffte es bis in den ersten Orkan. Schaffte es bis zum Ende dieses aberwitzig schnellen Solos, in das sich heute einige Fehler einschlichen. Dann der Break, Sekunden der Stille, in denen Ole den Gurt seiner Gitarre löste, um sie achtlos auf den Boden fallen zu lassen. Aus den Boxen kamen ein Knallen und eine Rückkopplung. Einige in der Menge johlten, hielten das für Show, warteten darauf, dass Ole die Gitarre anzündete oder wenigstens zertrümmerte. Ole aber sprang von der Bühne, drängte sich durch die Menge und rannte die Treppe hinunter.

Thomas wechselte Blicke mit den anderen. Was jetzt? Rainer spielte einfach weiter, ließ das Thema von neuem beginnen. Mit hektischen Kopfbewegungen gab er Thomas zu verstehen, er möge bitteschön ans Mikro treten und singen. Das konnte nicht sein Ernst sein. Thomas schüttelte den Kopf. Rainer insistierte, Thomas blieb stehen. Konni verdrehte endlos genervt die Augen und ging selbst zum Mikro. Er konnte nur zu spät einsetzen: *See the blind man shooting at the world.*

Er war der Letzte, dem jemand das zugetraut hätte. Und es war – unglaublich schlecht. Konni traf zwar einigermaßen den Ton, doch er verfügte auch nicht über einen Anflug von Ausdruck. Sein »th« war schon in der Schule miserabel gewesen und hatte sich seitdem nicht gebessert. Glücklicherweise waren genug Anwesende betrunken und angeheizt genug, um das Ganze als Gag zu verstehen. Die Band hetzte durch den Rest der Nummer, und in dem Blackout, den Stoney ihnen vom Mischpult aus schenkte, eilten sie von der Bühne. Ohne nachzudenken, hetzten sie durch den Raum, die Treppe hinunter, hinter Ole her, Rainer voraus.

Die Menge forderte Zugabe.

Ole stand neben Doras Rollstuhl in diesem kleinen Feld aus alten Bergmannsschuhen. Er hatte ihr den Rücken zugedreht, sie redete auf ihn ein. Thomas konnte nicht verstehen, was sie sagte. Auf Oles Gesicht und auf seinen Armen glänzte Schweiß. Er stand bewegungslos wie ein Denkmal. Ein transpirierendes Denkmal der Angst.

Nicht Reue, nicht schlechtes Gewissen, nicht Trauer, sondern Angst.

Von oben hörten sie die unermüdlichen Zugaberufe.

Irgendwann hörte Dora auf zu reden. Und Ole drehte sich um. Ging auf die Knie, als wolle er beten. Dora schüttelte den Kopf. Dann schlug sie ihm ins Gesicht. Zuerst mit der flachen Hand, dann mit der Faust. Ole kippte um, kam aber wieder hoch, um ihr noch ein paar Schläge zu ermöglichen. Jetzt hörte man sie schreien und weinen. Von Ole hörte man nichts. Rainer, Bulle und Konni rührten sich nicht.

Eine Zeitlang hörten sie Dora schluchzen. Dann machte sie sich an den Rädern ihres Rollstuhls zu schaffen, versuchte rückwärts zu fahren, was ihr aber in dem tiefen Kies nicht gut gelang. Im Hintergrund hatte die ganze Zeit der Mann gewartet, der Dora hierhergefahren und sie die Treppe hinauf- und wieder hinuntergetragen hatte. Er trat hinter sie und schob den Rollstuhl zum Auto.

Ole kniete am Boden, bis der Wagen angefahren war. Dann stand er auf und kam auf sie zu. Er spuckte Blut auf den Boden, schob die anderen zur Seite und stieg die Treppe hoch. Als sie nicht nachkamen, drehte er sich zu ihnen um: »Was ist los? Wir haben noch eine Zugabe zu spielen.«

Beim Hineingehen hielt Ole Thomas zurück. Thomas sah, dass er Tränen in den Augen hatte.

»Es war ein Unfall«, sagte Ole, »ein verdammter Unfall.«

Thomas fragte sich, wieso ausgerechnet er das jetzt zu hören bekam.

»Ich habe mich überschätzt«, fuhr Ole fort. »Alle haben immer gesagt, wie cool ich sei, und irgendwann habe ich es geglaubt. Ich war cool und unverwundbar. Ich konnte saufen, ohne besoffen zu werden. Autofahren in jedem Zustand. Aber diese beschissene Kurve war zu viel für mich. Ich habe den Wagen nicht mehr unter Kontrolle gekriegt. Und hinterher habe ich gedacht: Ist besser, wenn alle glauben, es wäre Absicht gewesen. Besser für das Image, verstehst du? Ich war so ein bescheuertes Arschloch!«

»Warum sagst du das ausgerechnet mir?«

»Ich sage es dir als Erstem. Bei dir fällt es mir leichter, weil du damals nicht dabei warst.«

Die Tränen liefen Ole jetzt über die Wangen. Er wischte sie ab und sagte, er habe noch eine Zugabe zu spielen.

Als sie oben ankamen, drehten sich die meisten wie auf Kommando zu ihnen um und sahen sie an: Mountain of Thunder, die Band ohne Vergangenheit.

Ole hätte seitlich an der Menge vorbeigehen können, aber er wählte den Weg durch die Mitte. Die Menge teilte sich vor ihm wie das Rote Meer. Er stieg auf die Bühne, hängte sich seine Gitarre um und begann zu spielen. Er reihte einige lange Töne aneinander, experimentierte mit ein paar Rückkopplungen, ohne dass es zu laut oder zu aufdringlich wurde. Dann begann er zu picken, als wolle er bei Simon and Garfunkel einsteigen.

»Was spielt der da?«, murmelte Bulle.

Niemand wusste es.

Dann fing Ole an zu singen. Langsam und zärtlich.

Buddy you're a boy make a big noise playin' the street gonna be a big man some day, you got mud on your face, big disgrace, kickin' your can all over the place.

Die allzu bekannte Zeile des Kehrreims sang er nicht selbst, sondern ließ seine Gitarre den Job machen.

Buddy you're a young man hard man shoutin' in the street gonna take on the world someday, you got blood on your face, big disgrace, waving your banner all over the place.

Wieder sang die Gitarre. Das Publikum war still und unfähig, sich zu bewegen. Als Ole weitersang, nahm er kaum die Kiefer auseinander, hauchte mehr, als dass er sang.

Buddy you're an old man poor man pleadin' with your eyes gonna make you some peace someday –

Den letzten Vokal von *someday* zog Ole in die Länge, bis es nicht mehr ging, ließ das *mud on your face* unter den Tisch fallen und spielte stattdessen wieder den Chorus.

Thomas flüsterte: »Wenn man die Nummer nicht kennen würde, könnte man meinen, er hätte sie extra für heute geschrieben.«

»Er nicht«, sagte Konni.

»Aber Brian May«, murmelte Bulle.

»Nur für heute. Nur für uns«, fügte Rainer hinzu.

Als Ole fertig war und mit geschlossenen Augen vom Mikro zurücktrat, brauchte die Menge ein paar Sekunden, um zu sich zu kommen. Dann wurde vereinzelt, zögernd geklatscht, schließlich kollektiv, und endlich wurde geschrien und gepfiffen und gejubelt.

Bulle, Rainer, Konni und Thomas arbeiteten sich seitlich vor, stiegen die Treppe zur Bühne hoch und nahmen ihre Plätze ein. Ole zählte an und sie legten los. Die letzte neue Nummer, die sie sich angeeignet hatten: *Ratet mal, wer heute zurückgekommen ist! Die Jungs mit den wilden Augen, die so lange weg gewesen sind! Sie haben sich nicht verändert, wissen nicht viel zu sagen, aber Mann!, diese Typen sind immer noch großartig! Die Jungs sind zurück in der Stadt!*

Später

Das ist das Ende.

Ich habe wirklich gedacht, es schaffen zu können, aber es reicht wieder nicht. Als ewiger Versager werde ich in die Geschichte eingehen, als einer, der immer nah dran war, doch es nie geschafft hat, weil ihm im entscheidenden Moment etwas fehlte. Vielleicht war es Glück, vielleicht Können, vielleicht die Fähigkeit, mich lange genug zu konzentrieren oder zu erkennen, wann man auftrumpfte und wann man besser den Mund hielt, jedenfalls hat Konni mich in den letzten drei Spielen des Jahres doch noch abgefangen. Dieser kleine Pokal, den wir jedes Jahr ausspielen, wird niemals meinen Namen auf seinem Sockel tragen.

Rainer als Protokollführer übernimmt die Siegerehrung, findet lobende Worte für mich und mein in den letzten Monaten stark verbessertes Spiel, aber das ist natürlich kein Trost. Konni grinst wie ein Mainzelmännchen und bestellt noch eine Runde, mit der wir unter großem Hallo anstoßen. Die anderen Gäste sehen uns an, heben ihre Gläser und prosten uns zu. In den letzten Jahren haben wir den Jahresabschluss immer in irgendwelchen mehr oder weniger gehobenen Restaurants abgehalten, diesmal sind wir in eine alte Studentenkneipe in der Nähe der Uni gegangen, ein Laden, der sich in den letzten dreißig Jahren kaum verändert hat. Das Bier ist nicht unsere angestammte Marke, aber die Schnitzel sind groß und gut, der Tisch ist rund, was zum Kartenspielen immer noch ideal ist, und auch jetzt, kurz nach Mitternacht, schaut der Wirt nicht auf die Uhr und fragt uns auch nicht, wann wir endlich gehen. Ein paar Tische sind noch besetzt, am Tresen versacken die üblichen Verdächtigen, die es in jeder guten Kneipe gibt, und draußen heult der erste Schneesturm dieses Winters, leider eine Woche zu spät, aber so, wie ich niemals diese Runde gewinnen werde, werden wir hier niemals weiße Weihnachten erleben.

Im Sommer fing ich an, die Geschichte von Mountain of Thunder aufzuschreiben, die Geschichte von fünf Typen Mitte vierzig, die eine Rockband gründen, ein paarmal auftreten und ihr Leben neu würfeln. Ab Juli hatte ich einen Lauf bei den Spielen, bekam gute Karten auf die Hand, sagte beherzt an, spielte riskant und wurde für mein Risiko belohnt. Ich rollte das Feld von hinten auf, zog an allen vorbei und führte souverän, als Konni dann diese beiden Monsterrunden spielte, in denen er unseren bisherigen Highscore zweimal in Folge übertraf: im Oktober ein Damen-Solo, bei dem er »keine neunzig« ansagte, uns aber unter sechzig hielt, noch zwei Extrapunkte einfuhr und schließlich zweiundvierzig Punkte nur für dieses eine Spiel einheimste und am Ende mit über einhundertvierzig nach Hause ging. Im November ein Buben-Solo mit sechsunddreißig Punkten und unterm Strich einhundertvierundfünfzig. Mein Vorsprung schmolz zusammen, und heute, am vorletzten Tag dieses Jahres, das mit der Idee, eine Rockband zu gründen, begonnen hatte, bekam ich nur Dreck in die Finger, spielte schlecht, gab im letzten Spiel die Führung in der Gesamtwertung an den Lehrer ab und kriegte sie nicht zurück.

Jetzt sitzen wir hier und bestellen eine weitere Runde Wodka. Bulle hat im September eine Fortbildung in Russland gemacht, seitdem immer wieder von den Wassergläsern voll mit Wodka geschwärmt und uns heute Abend genötigt, immer wieder nachzulegen. Jetzt dämmert uns langsam, dass der Tag morgen fürchterlich sein wird. Silvester. Wir alle hängen unseren Gedanken nach, während der Wirt vier Pinnchen füllt.

Ich stehe bei Corinna schwer in der Kreide, weil sie mich mit ihrem Ersparten durchgeschleppt hat, während ich an dem Buch geschrieben habe, für das es noch keinen Titel gibt.

Kurz vor Weihnachten bin ich fertig geworden, habe die erste Fassung gleich an Wollner geschickt, der mich nach den Feiertagen anrief, um mir durch die Telefonleitung auf die Schulter zu klopfen und mir einen Vorschuss in Aussicht zu stellen, mit dem ich meine Schulden bei Corinna tilgen und dann noch ein paar Monate leben kann.

Bulle pendelt mittlerweile zwischen Düsseldorf und Bochum hin und her. Die Kinder mögen Angelika, nur Gerda ist die Sache nicht ganz geheuer, aber man kann auch nicht erwarten, dass sie »Lika«, das Tierbaby, gleich adoptiert.

Rainer hat sich eine Wohnung am Stadtpark und einen Anwalt genommen, in den letzten Wochen aber durchblicken lassen, es sei gar nicht so leicht, die Jahre mit Brigitte einfach so auszuradieren, also ist es nicht ganz sicher, was mit den beiden passiert. Die Affäre mit Steffie, der »Azubine«, ist passé. Sie hat einen hochgewachsenen Mann ihres Alters kennen gelernt, Rainer zu seinem Geburtstag einen Abschiedsfick geschenkt und arbeitet im Übrigen weiter in der Kanzlei.

Diese Darmgeschichte hat sich als schwierig herausgestellt. Rainer geizt mit Details, aber im Januar muss er zu einer längeren Behandlung ins Krankenhaus. Dass er mir überhaupt davon erzählt hat, als ich an dem Buch arbeitete, und nichts dagegenhatte, dass ich es verwende, ist schon ein Wunder.

Ursula Gregorius' Probleme mit ihrem Verflossenen sind noch nicht komplett ausgeräumt, die ganze Sache wird wohl ein juristisches Nachspiel haben, aber sie ist schon mal bei Konni eingezogen, und der Anbau ist auch fast fertig.

Ole pendelte eine Zeitlang zwischen Bochum und Berlin hin und her, jetzt hat er hier eine Wohnung genommen und fährt nur noch »nach drüben«, um sein Kind zu sehen. Stoney hat ihn in »Werners Musicstore« untergebracht. Sie übernehmen regelmäßig die Beschallung für verschiedene Veranstaltungen, von der Betriebsfeier über Kabarett bis zu Rockkonzerten. Dann und wann springt Ole bei anderen Bands als Gitarrist ein.

Hauptsächlich aber ist und bleibt er der Kopf von Mountain of Thunder. Unsere Proben laufen jetzt meist sehr entspannt ab. Da ist nicht mehr dieser Druck, unbedingt zu einem bestimmten Termin fit zu sein. Wir machen einen oder zwei Auftritte im Monat und genießen es sehr.

Der Wirt bringt die vier Pinnchen. Ein bisschen was schwappt auf den Tisch. Wir alle starren auf dieses durchsichtige Zeug und hoffen, es möge Wasser sein, aber es ist guter, starker russischer Wodka. Wir wissen, wir sollten das jetzt nicht trinken. Dies ist der eine Schluck zu viel, der, der uns das Genick bricht. Es ist ungesund, das Zeug hinunterzukippen, aber es ist auch ungesund, überhaupt auf die Welt zu kommen und so viel Zeit totschlagen zu müssen, so viele Erinnerungen zu produzieren, so viel Leben in sich zu haben, also stoßen wir an und hoffen, dass alles gut wird.

Thanks to all those without whom this album would not have been made:

Maria, Robert und Ludwig.
Matthias und alle bei Eichborn.
Dietmar Osses.
Die Jungs, auch wenn sie nicht vorkommen.
Christopher Wulff.